一葉以後の女性表現

文体《スタイル》・メディア・ジェンダー

関 礼子

翰林書房

一葉以後の女性表現◎もくじ

凡例

1、引用は原則的に初出によるが、そうでない場合は注記し、表記等は適宜改めた。

2、引用文の漢字は新字に、仮名遣いについては旧仮名のものはそのままにした。ルビは適宜残した。

3、出典は、著者（筆者）・書名（タイトル名）・出版者（誌名・紙名）・出版年（月・日）の順にした。また、比較的入手しやすい文献にかぎって頁を記した。なお雑誌の巻号は適宜施した。

4、年号は明治・大正期のものが中心のため、一九四五年以前は元号を、それ以後は西暦を用いた。

5、巻末の索引は主な人名・事項を五十音順に配列した。但し、同一論文内でタイトル・書名・筆名等が頻出する場合は重複を避けた。また同一の意味を示す類似表現をまとめたため、本文の表記と若干異なる場合がある。

序にかえて

一葉以後の女性表現

序——文体の転換期

本書は明治三〇年代前後から四〇年代を経て、大正初期に至るまでの女性表現の様相を検証しようとしたものである。

はじめに本書の構成について述べておきたい。第一章「メディアの時代」は、主として『明星』や『青鞜』という雑誌メディアを拠点にして時代と対峙することになる与謝野晶子・平塚らいてう・田村俊子・生田花世・伊藤野枝らの執筆活動の軌跡を、文体とジェンダーの関係に焦点をあてて考察したものである。本書は必ずしもメディアだけを焦点化するものではないが、従来個別的に論じられることの多かった女性表現者のテクストとその変容の軌跡を、雑誌等のメディアとの関わりのなかであきらかにしようとした。第二章「一葉というハードル」は、彼女たちの多くが直面することになる前時代の女性作家「樋口一葉」という署名との格闘の様相を、同時代の批評のコンテクストなどを掘り起こしながら検証した。第三章「明治から読む源氏物語」は、やや時代をさかのぼって、一葉や男性作家尾崎紅葉が参照軸とした『源氏物語』というテクストとの接触の様相を考察した。明治末年に与謝野晶子は『源氏物語』の現代語訳を試みることになるが、それについての分析は文体・メディア・ジェンダーの三者が交錯する地点を浮かび上がらせることになるだろう。

当初は与謝野晶子をはじめとして田村俊子および『青鞜』に結集した平塚らいてうを中心にした女性表現を、テクスト分析を主軸にしたクロニカルな表現史によって記述することを考えていた。しかし、検証のプロセスでこの時期が文語体から言文一致体へという文体の転換期であるという事実に改めて立ち止まらざるを得なくなった。[1]晶子・俊子・らいてうらは皆こぞって、明治二〇年代を代表する女性作家である樋口一葉、正確には没後の「一葉」という記号と格闘しているが、これは単に先行する前世代表現者を乗り越えるという通常の「世代交代」を意味するだけではない。この時期は、王朝物語がいわゆる「古典」としてではなくコンテンポラリーな物語の参照軸として生きていた、一葉ら明治二〇年代の女性表現者には想像できないような文体上の転換という特別な事情が介在しているのである。

もちろん他の諸要素、たとえば与謝野晶子という表現者の成立に『明星』という雑誌媒体が果した役割や、同様に平塚らいてうと『青鞜』との関わりなど、三〇年代以降の雑誌や新聞という媒体が表現者の生成や変容に与えた影響抜きに彼女たちの表現の様相を語ることは不可能である。彼女たちはメディアという近代の表象空間のなかでその表現を鍛え、さらに複数の雑誌や新聞を通じた応答や論争など、一言でいえば、「メディア闘争」を果敢に行うことによって言説の場で一定のポジションを占めることになるのである。だが文体の転換期という側面からみると、この「メディア闘争」にジェンダーの要素が色濃くつきまとうことは見逃せない点であろう。この事実を代表表象しているのが「樋口一葉」という署名である。没後の記号としての「一葉」が後進の、特に女性表現者たちに対し、「抑圧装置」として機能したことはすでに指摘されているが、[2]ここでは私なりの文脈で没後の「一葉」についてその意味するものを概観しておきたい。

明治二九（一八九六）年の死から三〇年代の半ば頃まで「一葉」という記号はカノン＝模範的な評価基準として機能した。「一葉」は文学を欲望する後進女性たちの書き物の価値を篩い分ける弁別装置の役割を果たしたのである。むろん、「一葉」が「小説文体のカノン」として位置づけられた背後には、「紅露」、すなわち紅葉・露伴に代表される作家たちが控えていたことは本書第三章で分析した通りである。「女性表現」が主題であるはずの本書で男性作家紅葉の『金色夜叉』（一章）や『多情多恨』（三章）を取り上げるのは、これらのテクストにはこの時期の文体《スタイル》・メディア・ジェンダーという三者関係に伴う問題系が集中されているからにほかならない。

だが、紅葉の死を境目とする頃から様相が一変する。文語文を書く者は男性・女性を問わず「美文家」などといわれ、同時に文学を目指す女性たちは、未来の「女流文学」の担い手として位置づけられる事態がやってくる。あきらかに美文や文語文の価値が低下し、替わって言文一致体による写生文や小説が新しい文章・文体として価値づけられることになったのである。文体の交替は、書き手の生物学的性に関係なく古い文体の所有者を「女性性」の側に追いやり、新しい文体である言文一致体はその担い手たちを「男性性」の側に置くことになった。言文一致体制のもとでの文体のジェンダー化のはじまりである。

ところで文体の転換期はまた内容の転換期でもあった。それまでは何といっても「作品」への関心が先行していたが、それを生産する「作家」、正確には「作家についての言説」への関心が高まるようになったのである。このようななか、明治四五年五月、博文館から一葉の死後、家族によって保管されていた日記が活字化されることになったのも偶然ではない。むろん日記が残されていたこと自体は偶然の賜物だが、その活字化は必然の産物といえよう。とりわけ個人作家全集の一角を占める形での活字化は、以後の近代作家の「全集」や「研究」の形を決めるルーツともなる。

しかし断っておくが、「ルーツ」といっても「一葉」がただちに「権威化」されたわけではない。宗像和重がいみじくも指摘しているように、「近代の個人全集は、際物ないし流布版である一方で、決定版ないし定本としての特権的な位置を付与されてきた[3]」という二重性をもっている。この二重性を背負いながら没後の「一葉」にとって三度目の全集『一葉全集　前編　日記及文範』が刊行された。これによって従来の作品中心のスタイルから、日記や手紙のマニュアルなどそれまでの基準では必ずしも中心ではない仕事もふくめた書き物が網羅的な形で収録されるという事態が訪れる。

それでは「一葉」という記号は、後進の表現者たちや研究者たちにとって「抑圧装置」としてだけ機能したのだろうか。確かにいまでは近代の個人作家の「全集」や「研究」の起源であることも忘却されるほど普遍化されている没後の「一葉」という記号は、私たちにとって抑圧的な側面を持っているかもしれない。しかし、らいてうや俊子などの書いた一葉論のコンテクストを追っていけば、それは単に「抑圧」としてだけではなく、私たちが表現やメディアへ連なることを誘発する牽引力に満ちた「欲望装置」として機能している面も見逃すわけにはいかない。私たちはあたかも相当な「抑圧装置」であるかのように「一葉」の力を過大評価することも、それとは逆に貧しさのさなか陋巷で窮死した市井の一女性のように過小評価することも同時に警戒しなければならないと思う。言い換えれば、「一葉」に言及することは近代文学にとって傍流の「女流文学」という一種の「サバルタン・スタディーズ」に参加することに等しいと認識することも、あるいはまた近代文学の主流に棹さし、カノン形成の一端に自らが加わることだと認識することも、ともに早計だということである。

本書第二章で検証したように、「女流文学」への参入を拒否したらいてうにとって、「一葉」はメディアのなかで自らを差異化するための否定的な媒介だった。いっぽう、同じ小説作家として田村俊子がジャンルと文体の両面で「一葉」と格闘した様相は同章で述べた。このほか叩き上げの「投稿女性読者」として文学への強烈な欲望を抱いて上京した生田花世が、『青鞜』周辺での同性同士の激越な論争を通じてやがて「文学」を再発見してゆく様相は第一章で論じた。花世はその後、同じ投稿仲間だった今井邦子と同様に、その文学的生涯のいずれかの時期に「一葉」に言及することになるだろう(4)。

このように「抑圧」と「欲望」の二重の機能をもつ「一葉」は、女性表現者にとって恰好の参照軸、より率直にいえば乗り越えるべき「ハードル」なのである。それでは、なにゆえ「一葉」は「ハードル」なのだろうか。

❶ 起源と忘却

近代文学における「一葉」の微妙な位置づけについて示唆を与えるのは、蓮實重彥が小説「にごりえ」について述べた文章のなかの次のような指摘ではないだろうか。

日本の近代小説の重要な部分は、樋口一葉の作品を起源としている。私は、そうした一つの仮説を持っております。もちろん、樋口一葉こそが近代小説の創始者にほかならないと主張したいのではありません。また、彼女の作品に霊感を得た次の世代の作家たちが、近代小説の概念を完成させたというわけでもありません。樋口一葉の文学史的な位置は、いまなお孤立したものにとどまっております。だが、ジャンルとしての小説にとって貴重な何かが、まぎれもなくそこに素描されており、その事実を否定するのはむつかしい。素描されるにとどまったその何かがほとんど集団的に忘却されたとき、日本の近代小説は初めて可能になったのだと考えてお

ります。その意味で、彼女は近代小説の負の起源だというべきかもしれません。(5)

彼独特のレトリックが施されているので慎重に解釈したいが、近代小説にとって「一葉」はその重要な「起源」でありながら文学史的には「孤立」し、しかも「起源」であることも「集団的に忘却」されていることが指摘されている。蓮實の主眼はあくまでも小説「にごりえ」を論じることにあり、ここでの最大の関心事である没後の記号としての「一葉」とストレートに繋がるものではないが、その点を差し引いたとしても興味深い示唆を与えてくれるように思う。

蓮實のいう「集団的に忘却」された記憶とは、彼女が前時代および同時代の文学的伝統や技法を短期間で習得したうえに、その成果をたった四年間で可能なかぎり効果的に表出した、という事実であろう。その結実が「にごりえ」などに集約される二二編の中・短編小説、さらには和歌や日記・手紙マニュアルなどである。これらを生産するために彼女が費やした時間とコストを考慮すれば、その効率性は群を抜いている。最小のコストで最大の成果、それが一葉という作家の類いまれな所以であろう。そのことを過去の評論家のように「奇跡」と呼ぶことはここでは差し控えるが、一葉という存在がついそう呼んでしまいたくなるような「短距離走者」であったことは間違いない。死後四九日もようやく過ぎようという頃にはもう最初の『全集』(『一葉全集』明治三〇年一月、博文館)が出版される作家、たとえ量的には少なくても稀少性=特権性のある作品だけを残して夭折した作家、さらに没後に遺族がひとりも同業に就かなかった作家、等々。

このように「一葉」という記号が帯びている「起源」性は抜群であるにもかかわらず、それはまたたくまに「負の起源」へと転位してしまう。「負の起源」性とその「集団的忘却」という事態は、「一葉」を「女流文学」の「起源」として位置づけるいっぽう、後年数多くの「一葉語り」が現出したことに象徴されるように、一定の歴史的コンテクストにおいては文学への欲望を抱く者の恰好の水路として、きわめてみごとともいうべき再生産機能をも担うのである。

❷「女流文学」体制に抗して

明治四〇年代以降、「一葉」が「抑圧装置」としても「欲望装置」としても機能し得たのは、小説の文体がかつて経験したことがないほど大きく様変りしたのと連動して、メディアにおいて「女流文学」という制度が成立し、そのなかで「一葉」が再配置されたからにほかならない。それは「一葉」を「窮極の素人」・「理想的素人」[6]などとまなざすような体制であり、厄介なことにこの体制は現在までも続いているので、その対象化は困難である。しかし、生前の一葉が決して「女流文学」などの担い手ではなく、単に「文学」を担う女性の作家であったことを再確認すれば、この体制がある時期に成立したという歴史性が見えてくるのではないだろうか。

もちろん人が歴史を選べないのと同じように、体制も所与のものである。この体制のもとでメディアを生きる女性表現者たちは「男性に対して後発の女性の書き手がどのように主体構築していくか[7]」という問題に直面する。「男流」という対語が認知されていない「女流」という呼称は「主流」ではないことを意味するが、大正期においてメディアは「女流文学」市場ともいうべきものを形成していたのである。その市場は、いっけん「素人」性を商品価値化するような側面をもって開かれてはいるものの、その実、つねに「稀少価値であること」を求めており、女性表現者たちは絶えざる差異化という市場論理にさらされることになる。文学市場へ「消費者」ではなく、「生産者」として参入するためのハードルは決して低くはなかったのである。『青鞜』に結集した女性たちが、多かれ少なかれ没後記号としての「一葉」を否定的媒介としてその差異化を図ったのはこのためにほかならない。

平塚らいてうや田村俊子などデビュー直後の表現者たちが『一葉日記　前編　日記及文範』刊行直後に相次いで『青鞜』や『新潮』誌上で一葉に言及したのは、基本的にはメディアの要請のなかで「主体構築」するためであったといえよう。だが、与謝野晶子の場合はやや様相が異なる。本書第一章で分析したように、すでに『みだれ髪』（新詩社、明治三四年八月）や第一次『明星』（晶子の参入期間は、明治三三年五月から終刊の四一年一一月まで）でデビューを果たしていた晶子は、明治末年に至って新しい戦略を立てなければならなかった。「美文」が同時代の主要な文体でなくなったとき、新しい文体とジャンルが必要とされたのである。そのとき晶子が召喚したテクストが『源氏物語』であったことは意味深長だ。本書第三章で分析したように、晶子は『源氏物語』を「彼らの文体」である言文一致体で訳すことを試みる。一葉が座右の書にしていたその書物を晶子が主体となって同時代に位置づけること、それは晶子なりの「一葉」との対決だったのかもしれない。

美文から言文一致体への文体革新と新領域への開拓が課題であった晶子にとって、古文から現代文への変換は単なる「移行」などではありえず、創造的な「媒介行為」を意味したはずである。と同時にいわゆる近代の「古典」研究の黎明期でもあった同時代において、この領域は稀少性と市場性の戦略にもかなう対象であったことも事実であろう。大正末期に晶子は鉄幹とともに『日本古典全集』という千冊にも及ぶ刊行を企画する。これが二六六冊で頓挫した経緯は香内信子の「出版「大衆化」と与謝野夫妻―『日本古典全集』刊行周辺―」(8)に詳しいが、第三章で論じたように、『新訳源氏物語』（金尾文淵堂、明治四五年二月～大正二年一一月）はその最初の試みだったのである。

❸ 影印版『樋口一葉日記』の出現

　本書第三章でも言及したように、晶子はそのあとがきで、「湖月抄は杜撰の書」といって罵倒に近い言葉を投げかけている。北村季吟が一七世紀に公刊した『湖月抄』はあとで触れるように、一葉が生涯座右の書とした書物である。一葉が所蔵していたのがいつ刊行された版なのか、一葉文学と同書との厳密な意味での相互テクスト性はどうなのかなど現在のところ詳らかではないが、同書の影印版と二〇〇二年の夏に刊行された影印版『樋口一葉日記』[9]とでは書風こそ違え、書体的には類縁性をもつことは一目瞭然である。磯前順一は日本の近世から近代への転換期の「書かれたもの」「書き物」を考察するにあたって、「文体・書体・字体の総称」をエクリチュールと呼ぶことを提唱している。[10]彼の指摘は「口語体と明朝体」があたり前のようにセットされた文字環境に置かれている私たちが見落としている複数の文体・書体・字体が混在する時空を指し示してくれるように思う。一葉の書は千蔭流といわれ、近世末から維新期にかけて普及したものである。連綿とつづく草・行書体の千蔭流の書体で文語体小説や文章をものした一葉は、エクリチュールの面では近世の尻尾ともいうべき領域を生きていたことになる。「一葉」との差異化をはかるため、らいてうがことさら文体的には漢語を多用した言文一致体、字体的には『青鞜』の表紙文字に象徴される骨太ゴチック体を使用した理由もわかるような気がする。

　ところでロマーン・ヤコブソンの六機能図式にもあるように、筆跡はコミュニケーション行為のなかの最前線であるコンタクトに属する。上記したように千蔭流の名手であった一葉は、書体からいえば確かに旧文化圏の住人である。しかし、五年にわたる彼女の身体性を色濃く彷彿させるコンタクトとしてのそれは、近代化のなかで均質化されて見えなくなってしまったエクリチュールを一挙に現前化する。いわば「窮極の商品」としての複製品である影印版日記は、活字文字文化を飛びこえて一挙に私たちを手書き文字文化のただなかへと誘う。ふつう一葉の筆跡は「流麗」とか「華麗」などと女性ジェンダー化された言葉で評価されることが多い。しかし、黒々としてしかも流れるような日記の墨痕は、率直にいわせてもらえば、レトロも女性性も超えている。近代の出版資本と手書き文字文化の出会いである原稿用紙上の一葉の筆跡が興味深いように、罫線なしの小振りの白い紙に記された日記の墨痕は彼女の愛用した小さな文机での想念の軌跡である。それは力強く自己主張する文字、文字、文字の連なりに満ちている。その筆跡は、良くいえばセクシュアリティを隠さなかった、悪くいえば女性ジェンダー化された半井桃水や斎藤緑雨など男性作家宛の書簡の文字とはまったく異なる、一葉固有のエクリチュールといえよう。

『翻刻樋口一葉日記』の解説で鈴木淳は、『源氏物語』からの用法が日記に頻出するばかりでなく、「一葉の『源氏物語』に対する理解度は、おそらく我々の常識を超えている[11]」と指摘している。彼はまた現在山梨県立文学館蔵の樋口家所蔵『湖月抄』本が「則義が一葉の萩の舎入塾を記念して買い与えた[12]」可能性をも示唆している。明治一九年の萩の舎入塾は、一葉にとって古典との出会いであり、『湖月抄』は生涯愛蔵されたテクストだった。想像をたくましくすれば、晶子は心密かに抱いていた一葉への挑戦を露わにするためにこの書を罵倒したのかもしれない、と思えてくる。それが正しい推定か否かはしばらく措くとして、『湖月抄』や『源氏物語』を、そしておそらくは「一葉」を超えようとした晶子が苦戦した様相は本書で分析した通りである。

ところで一葉自身は『源氏物語』について次のように述べていた。

ひかる源氏の物がたりはいみじき物なれどおなじき女子の筆すさび也　よしや仏の化身といふとも人のみをうくれば何かはことならん　それよりのちに又さる物の出こぬハか丶んとおもふ人の出こねばぞかし　かの御時

にハかの人ありてかの書をや書とゞめし　此世にハ此世をうつす筆を持て長きよにも伝へつべきを更にそのこゝろもたるもあらず　はかなき花紅葉につけても今のよのさまなどうたへるをばいミじういやしき物にいひくたすこゝろしりがたし　今千歳ののちに今のよの詞もて今の世のさまをうつし置たるをあなあやしかゝるいやしき物更にミるべからずなどいはんものか　明治の世の衣類調度家居のさまなどかゝんに天暦の御代のことばにていかでうつし得られるべき　それこそハことやうなれ　さるかき物の後の世に残らば人あやしミてもの、こかげにやおかん[13]

「清紫比較論」は明治期になっても盛んであったが[14]、一葉もしばしば「清紫」に言及している。時期によって清少納言に傾くときがあっても、基本的に一葉が作家としての紫式部を評価していたことは右の引用文からも窺われる。たとえ式部が「仏の化身」であっても「人のみ」を受けた者である以上、土俵は同じはずである、『源氏物語』以降、それを超えるような書物が生まれないのは「かゝんとおもふ人」が出ないからである、王朝には王朝の世を写す筆（技法）があるのと同様に、現代には現代を写す技法があるはずだ、というこの主張には明治の現役作家である一葉の紫式部への対抗心と自負が吐露されているように思う。第三章の「暗夜」論は、不十分ではあるが一葉テクストにおける『源氏物語』との関連を考察したものである。晶子が『湖月抄』や「一葉」と対決したように、一葉も『源氏物語』を超えよう、いや明治の『源氏物語』を書こうとしていた。それは「ジャンルとしての小説にとって貴重な何か」（蓮實）を、彼女の習得していた教養やリテラシーから生成するためのきわめて有効な方法だったのである。

本書では必ずしも「一葉」は主役ではないのだが、「一葉」との遠近法なしには為し得なかったことも事実なのである。「一葉以後」と命名したゆえんである。

注

（1）ここでは文語体（文）を、言文一致体以前に使用されていた明治期の和文体から雅俗折衷体までの文体の意味で用いる。

（2）小平麻衣子「〈一葉〉という抑圧装置―明治四十年代の女性の書き手をめぐる諸相―」（『埼玉大学国語教育論叢』第五号、二〇〇二年八月）。

（3）宗像和重「『一葉全集』という書物」（『季刊文学』第一〇巻第一号、一九九九年冬号）。

（4）生田花世「一葉女史の生活難」（『女流作家群像』行人社、昭和四年一一月）。山田（今井）邦子「樋口一葉私論　恋愛を通して観る一葉女史」（『婦人公論』昭和二年八月）、同「樋口一葉私論　生活を通して観る一葉女史」（『婦人公論』昭和二年一〇月）。

（5）蓮實重彥「樋口一葉の『にごりえ』―恩寵の時間と歴史の時間―」（『季刊文学』第八巻第二号、一九九七年春号）。

（6）小平注2前掲論文。

（7）小平注2前掲論文。

（8）香内信子「出版「大衆化」と与謝野夫妻―『日本古典全集』刊行周辺―」（『与謝野晶子と周辺の人々―ジャーナリズムとのかかわりを中心に』創樹社、一九九八年七月）。

（9）鈴木淳・樋口智子編『樋口一葉日記　上・下（影印）』、『翻刻樋口一葉日記』（岩波書店、二〇〇二年七月）。

（10）磯前順一「近代エクリチュールの統一　版本から活字本へ」（『現代思想』一九九六年八月）。

（11）鈴木淳注9前掲書「解題」193頁。

（12）同194頁。

（13）樋口一葉「感想・聞書10」（『樋口一葉全集』第三巻（下）、筑摩書房、一九七八年一一月　765～766頁）。なお野口碩はその脚注（765頁）で『湖月抄』発端に引用されている『河海抄』巻一の「或は又作者観音の化身也」を一葉が参照した可能性を示唆している。

（14）宮崎莊平『清少納言と紫式部―その対比論序説』（朝文社、一九九三年四月）を参照した。

I

メディアの時代

第一次『明星』誌上の与謝野晶子
――リテラシーとジェンダーの観点から――

序　読者論からリテラシー論へ

それは漢文崩しの華麗な文体のリズムに陶酔して政治的情熱を昂揚させる書生達でもなく、雅俗折衷体の美文を節面白く朗読する家長の声に聞き入る明治の家族達でもない。作者の詩想と密着した内在的リズムを通して作中ないし作中人物に同化を遂げる孤独な読者なのである。(1)

インターネットが広く普及し、紙に印刷されたテクストを読むことが必ずしも自明でなくなった現在からみると、かつて前田愛によって描きだされた、家族からの孤立と引き換えに「作者の詩想」と密着し、書物と一体化しようとする「近代読者」とは、かなり古典的な存在に見える。二一世紀の現在では、「読者」が「読む対象」は、活字文字によるテキストであるか、インターネットの電子文字や画像・音声によるハイパーテキストであるのかは一義的には決まっていない。その意味では、こんにちでは「読者」ではなく観衆や聴衆を意味する「オーディエンス」という語がふさわしいかもしれない。(2)しかしこんな時代だからこそ、いっぽうでアナログ文化の賜物である活字本や雑誌・新聞などの価値が再評価されてもいる。活字文字から電子文字への変換が何をどう変えるかまったく定かでないがゆえに不安も期待も存在するように、およそ百数十年前、手書き文字文化圏と重なって活字文化が開花した時代におけるメディア環境のなかで、何が価値化され何が後景に退いたのか、価値そのものやそれを生成する解釈共同体の問題[3]を扱うことは無駄ではないだろう。

ところで「近代読者」とは一言でいえば「作者密着型」の読者である。それは端的にいえば、テクスト生産者である「作者」に従属する「しもべ」のことである。したがって「近代読者の成立」とは、つねに読者の優位に立つ「近代作者の成立」に他ならない。マクルーハンがいみじくも指摘したように、写本時代には「読みびと知らず」ならぬ「書きびと知らず」も存在した。[4]活字文化が一般化され、密室で活字テクストに接する「孤独な読者」を惹きつける、それらの生産者である「作者」の誕生こそ、「近代読者」という概念が実は当初から依存していた重要な側面であったといえよう。近代読者と近代作者とはコインの裏と表であり、両者はテクストを媒介にしてともに手を携え、近代の文学シーンを構成したのである。

このような「作者」中心主義がメディアを制覇するのが明治四〇年代前後だとしたら、それ以前の読者・作者をめぐる読み・書きの環境、つまりリテラシーはどのような条件のもとに置かれていたのであろうか。通常「文書能力」と訳されるこのリテラシーという語をここでは活字テクストをめぐる読みと、そのような読むことを通して書くことが可能となる表象能力という意味で用いることにする。[5]そのような能力の所有者は、「想像の共同体」としての近代のメディア空間で一方的に「読者」でいることを強いられる存在ではなく、「書き手」にもなれる可変的な存在である。

藤田和美は明治四四年に創刊された『青鞜』の読者を「一度も作品を執筆しなかった人を〈読者〉、読者から執筆者に転じた人を〈読者／執筆者〉、『青鞜』以前にすでに作家経験があり、賛助員として執筆に参加した人を〈執筆者〉と分類して考える」[6]としたが、本論で問題としたいのはこの二番目の分類にほぼ重なる「可変的な存在」としての読者である。藤田は『青鞜』が多くの商業誌が採用した誌面戦略である「読者欄」を設けない理由を、「女性読者にみずから表現者になりうる可能性を開こうとした」ものとして積極的に捉えたのである。

『明星』と『青鞜』では時代も雑誌の性格も異なるが、大正期以降広範に成立することになる、専ら読むことに限定される読者や消費的な読者とは異なる可変的な存在、つまりリテラシー実践者の一例として、本論では与謝野晶子を取り上げる。晶子といえば、『みだれ髪』（東京新詩社、明治三四年八月）だけが焦点化され、『明星』はその背景として補足的に検証されることが多いが、ここでは明治三〇年代において短歌や美文など、それまでの文学営為においてかなりの成功を収め、『明星』派の求心力を担っていた晶子が、三〇年代の終わりから四〇年代にかけてさまざまのレベルで「リテラシー闘争」を経験することを焦点化する。晶子の「リテラシー闘争」は文体だけでなく、ジャンルやジェンダーなどの問題とも絡む。したがってその様相を跡づけることは、明治三〇年代から四〇年代にかけての解釈共同体の力学がどのように働いたのか、その一端を明確にするだろう。さらにこのような作業は、晶子自身の著作の全貌を把握するうえでも有益である。入江春行によれば、『定本与謝野晶子全集』（講談社、一九七九年一一月〜一九八一年四月）は、「晶子の全著作のざっと半分しか収められていない」[7]という。そうであるならなおさら彼女の拠点である雑誌『明星』からの接近は重要である。

❶ 明治三〇年代初頭のメディア環境

いうまでもなく晶子の文学活動を支えたのは『明星』という雑誌である。明治三三年四月に創刊号が刊行され、四一年一一月、通算百号で終刊するその雑誌[8]は、与謝野鉄幹という詩歌人の華々しい軌跡として、あるいは晶子・登美子・雅子ら女性歌人たちを輩出させ、詩歌の時代を演出した三〇年代の文芸誌として文学史を彩っている。確かにその通りなのだが、地と図を反転させ、まずこの雑誌が駆け抜けた三〇年代という時代の方を焦点化すると、どのような光景が見えてくるのだろうか。

　トリン・T・ミンハが指摘するように「識字能力《リテラシー》と文学《リタラチャ》との関係は緊密なので、文学には読む能力と正しく読まれる状況の二つがかならず必要[9]」である。ここでリテラシー形成に深く関わる学歴に目を向けてみよう。たとえば、明治二〇年代末のメディアを駆け抜けた樋口一葉は小学高等科第四級修了であり、田村俊子は明治三四年に創立されたばかりの日本女子大学校中退である。これらと比較すれば、堺女学校並びに同校補修科卒業の晶子は、学歴的にはちょうど一葉と俊子の中間的な存在になる。『明星』初期には、よく知られているように、一條成美のフランス裸体画による発禁処分[10]や文壇照魔鏡事件[11]、鳳晶子の家出と鉄幹との同居問題などが続き、その意味で晶子こそは「堕落女学生物語」言説が集中する明治四〇年代[12]を先取りする存在であったかもしれない。しかしここで、文学言説とその担い手が被るスキャンダラスな側面を言及＝再生産することに意味があるとは思えない。そうではなく、文学言説とその担い手たちの物語を再生産する供給と需要のシステム、そのおおよその見取り図とはどのようなものであったのかという点こそが重要だろう。

　近代の「想像の共同体」においては、確かに公教育のなかにおける教科書などの役割は大きいが、いっぽうで、私的な読書がリテラシー形成に果たした役割を見逃すわけにはいかない。晶子自身の回想には、学業や店の帳場での帳簿つけの傍ら忍ばせていたのが、古典書とともに『しがらみ草紙』・『文学界』・『めさまし草』・『帝国文学』などの文芸雑誌であったことが記されている[13]。これが事実ならば、明治二〇年代に相次いで東京で創刊された文芸雑誌の地方読者として晶子は出発したことになる。[14] そして『文芸倶楽部』（明治二八年九月）を皮切りに、『堺敷島会歌集』（同二九年五月）、『ちぬの浦百首』（同三〇年一二月）、『よしあし草』（同三一年二月）というように、晶子は自己の歌を活字化することによって読者から書き手への一歩を踏み出すのである。

ところで日清戦後から日露戦争へと至るこの時期は、すでに明治三〇年代研究会などが明らかにしているように[15]、女子の中等教育の普及[16]とメディア環境の質的変化が起きた時期である。このような日清戦争を契機とする博文館ジャーナリズムの隆盛とそれによる読者の変容は、地方在住の投稿青年のひとりであった晶子のような存在にとってどのような意味があったのだろうか。

永峰重敏は総合雑誌『太陽』の分析を通してこの時期の変化を鮮明に跡づけたが、注目したいのは彼の分析によると、雑誌初年度の明治二八年の「一号平均」部数「九八、五三七」をピークに三一年には、一号部数が「七六、〇七四」へと減少していることである。この数字は『警視庁統計書』[17]に基づくものであるが、このような数値はいっぽうで『太陽』の爆発的な人気を裏づける反面、大型雑誌のもつある側面を浮上させることにもなる。

『太陽』の受容構造はその読者層の構成においても、その受容様式においても『国民之友』の受容とは好対照をなしていた。後者をほぼ均質な青年学生層による聴覚を主とした反復熟読的受容とするなら、『太陽』の受容構造は多様かつ広範な中産知識人層による視覚を主とした部分的・消費的受容と要約されよう。[18]

周知のように『国民之友』は明治三一年八月に廃刊される。『国民之友』廃刊年の一回の発行部数は、およそ二、七一二部。購読誌を失った読者の行き先は不明だが、必ずしも『太陽』へと移行したわけではないらしい。永峰によれば『太陽』のなかで例外的に熟読型の読者層を集めた高山樗牛の死後、「学生生徒諸君の『太陽』からの離脱」があったという。樗牛の死は明治三五年、『明星』創刊は三三年である。二年の開きに加え、雑誌の性格を表す誌面構成・発行部数・購読者層などが異なる『太陽』と『明星』を同列に論ずることには無理があるが、明治三〇年代初頭の大まかなメディア状況を俯瞰するとき、先発の総合雑誌『太陽』の受容構造は、ある示唆を与えてくれるように思う。すなわち、明治三〇年代初頭、『国民之友』や『太陽』などの総合雑誌上の文芸欄、さらに『文芸倶楽部』という商業文芸誌の愛読者たちに、消費者的ではない読者、つまり自らが書き手にもなれるような一種の可変性＝可能性を与える読者をもつ雑誌を待望させたのではないかという仮説である。この説の当否はしばらく措くとして、明治三一年一月号をもって終止符を打つ『文学界』、同年八月を最終刊とする『国民之友』、さらに三一年一一月から三八年一二月まで休刊状態に入る『早稲田文学』という、それぞれ二〇年代をリードした雑誌の終焉ないし休刊は、数千単位の文学読者をして、新しい文芸雑誌を待望させた、と考えることはあながち無理ではないだろう。

そのような読者とは、『文芸倶楽部』や『新小説』などのすでに名のある大家を集めた商業文芸誌とは異なり、読者から書き手への可変性を感じさせてくれる間口の広い雑誌を求めたはずである。日清戦争に連動して起きた博文館ジャーナリズム隆盛の後、それまでの「消費的読者」では飽き足りない潜在的ライターたちは新しい媒体を求めたのではないだろうか。

❷ 初期『明星』の誌（紙）面構成とジェンダー

一『明星』は東京新詩社の機関にして、先輩名家の芸術に関する、評釈、論説、講話、創作、（和歌、新体詩、美文、小説、俳句、絵画等）批評、随筆等を掲げ、傍ら社友の作物と、文壇（特に和歌壇新体詩壇に重きを置く）

の報道とを載す。

一『明星』は与謝野鉄幹主として編輯に従事す。

一現代の歌人新体詩人に惜む所は、特に修養の欠乏にあり。『明星』は之が欠乏を補はんがために、文壇第一流の名家に執筆を請ひて、和歌、端唄、英詩、独詩、漢詩、俳句等の評釈を掲ぐ。

一『明星』は特に数ペイヂを『中学教育』の為に割きて、『中学時代』の一欄を設け、教育に関する先輩の論説講話等を掲載し、併せて中学生諸君の、文章、和歌、新体詩、俳句、絵画、筆蹟等の投稿を選抜して掲載す。委しきは本号の『中学時代』欄を参照せよ。

（『明星』創刊号第一面、明治三三年四月一日）

引用は創刊号の巻頭に掲げられた全文である。これをみるとわかるように、『明星』は文芸欄の本紙と投稿欄からなる「中学時代」の両面から構成されている。また署名はないものの、引用文も「東京新詩社清規」もすべて鉄幹個人の執筆と推定される。以後鉄幹は実数百一回にわたる第一次『明星』のほとんどすべての号にその名を記し、『明星』を支えることになる。[19]特に初期『明星』で興味深いのは、「修養」の呼びかけや「中学生諸君」への投稿募集記事であろう。これは中等教育の担い手である中学生をターゲットにした投稿雑誌的性格を打ち出した結果であり、男性ジェンダーが濃厚である。[20]むろんこれら読者

『明星』創刊号（明治33年４月１日、８面挿絵）

層の開拓とともに、梅沢和軒、落合直文、久保天随、薄田泣菫、広津柳浪、内海月杖、島崎藤村、蒲原有明ら著名なライターの作品掲載、「表題についての（略）アンケートへの回答」と題された井上哲次郎、久保猪之吉、泉鏡花、小栗風葉、小島烏水らの起用は、求心力を担うものとして誌面を飾ってもいる。このように初期『明星』は、韻文系を中心とした大同団結を目指しつつ、他方で中学生向けの投稿をも目論むという二本立てで出発したといえよう。

『明星』誌面の性格が鮮明になるのは、鳳晶子の署名が与謝野姓に替わる明治三五年一月号以降である。[21] 同時に誌面は、初期の男性ジェンダー路線から一條成美に象徴される両性具有的表象編成への転回を経て、さらに変容を見せはじめる。[22] それを女性ジェンダー化ということはこの時点では避けたいが、鉄幹は『みだれ髪』刊行を視野に入れた誌面編成をせざるをえなくなったことだけは確かであろう。この意味でこの時期の『白百合』への誌名変更や編集側の揺れなど一連の動きは、メディアとしての『明星』が抱えていたジェンダー編成の問題を明らかにするように思う。まず『白百合』誕生からみてみよう。

『白百合』表紙（明治35年６月15日）

・新詩社は、文学美術の両面より、国民一般の芸術眼を一新し、また作家互に研鑽の結果を公にせむが為めに、雑誌『白百合』を編輯す

・雑誌『白百合』は何が為めに生まれたる乎

（一）西欧文学の翻訳紹介（二）新短歌の研究と創作（三）新体詩の創作と批評（四）絵画及図案の創作（五）美文及小説の革新（六）新俳句の創作（七）文

学美術両界の批評と報道（八）新進才人の紹介（九）女流文学の奨励　（十）戯作者、宗匠、偽非ハイカラー、虚名家、模倣者、及び軽佻なる流行文芸雑誌等に反対す。
・雑誌『白百合』の企つる所実に以上の如し。毎号の寄稿は悉く現今の文芸界に在つて真摯にして実学を慕ふ真研究家諸君の筆に成る。

（『白百合』第一号、明治三五年六月一五日）

『白百合』はわずか一号のみで廃刊となるが[23]、この説明の言葉から当時の『明星』が抱えていた問題が見えてくる。すなわち文芸雑誌としての専門誌化と「女流文学の奨励」の二点である。「女流文学の奨励」を掲げざるをえなくなったのは、『みだれ髪』の成功が原因であろう。『明星』誌上でも上田敏「みだれ髪を読む」（署名なにがし、明治三四年一〇月五日）、佐々醒雪「明星の歌に就て」（明治三四年一一月一五日）などが発表され、『みだれ髪』は必ずしも賛美だけでなく褒貶両様であったが、メディア的な注目度において抜群の効果があったことは容易に想像される。結局「白百合」という女性性を色濃く暗示させる命名は、同人・読者の賛同を得られず、誌名はただちに『明星』に復することになるが、この後の『明星』は明らかに男女両性による「女装」路線[24]へと進路変更することになる。

いっぽう専門誌化という面では、『白百合』誌上のような露骨な表現ではなく、「一文学、美術の上に、最も進歩したる思想、形式、趣味を慕ふもの、愛するもの、楽しむもの、研究するもの、賛助するもの、これらに就て一致せる同人の結合を新詩社と名づく。一去る者は追はず、来る者は拒まず、画家、韻文家、小説家、美文家、音楽家、等の専門家と否とを問はず、前条の主意に適合するものは新詩社社友たり」（「新詩社清規」明治三六年五月一日）というような比較的開かれた同人誌的な側面が打ち出されてゆく。親密でもあれば教育的でもある、ゆるやかな「想像の共同体」を目指していたといえよう。

ところでいままで当然のように「『明星』という雑誌」という呼び方をしてきたが、『明星』は第五号までは雑誌型態ではなく新聞紙型であった。「現代のタブロイド判に近い」（上田哲、前掲論考）といわれるその紙型は、「月刊・一部六銭」で出発する。[25]『明星』創刊直前の明治三三年中の新聞発行部数上位三紙を見てみると、『万朝報』九六、〇〇〇部、『時事新報』八六、〇〇〇部、『中央新聞』五六、〇〇〇部、さらに「金色夜叉」を連載中の『読売新聞』は一四、〇〇〇部である。[26]これらの大新聞と比較すると、一六面（一四から一六面は広告頁）の新聞型から出発した『明星』は、専門ライターを求心力にして投稿青年層を結集させ、しだいに少数ではあるが確実な読者を開拓してゆくことがわかる。『明星』は大量読者による発行部数を誇る日刊新聞とは逆の方向で、読者の重点化・組織化をはかったものといえるだろう。

❸『明星』の書簡欄

『明星』は短歌、新体詩、美文を三本柱としたが、「可変性のある読者」という本論の視点からいって注目すべきなのは書簡欄であろう。書簡欄は『明星』が雑誌型に変化したのとほぼ同時期に「一筆啓上」（明治三三年八月一日）というタイトルの「社告、後記的記事」として第五号から登場する。以後タイトルの異なるものだけでも、「新雁」（同三三年九月一二日）、「吾妻葡萄」（同三三年一〇月一二日）、「凉榻」（同三四年八月一日）、「相思」（同三四年一〇月五日）、「梅もどき」（同三四年一一月一〇日）、「書牘一則」（同三六年七月一日）、「書牘三則」（同三六年一〇月一日）、「書牘二則」（同三八年一月一日）というように、初期から中期・後期へと一貫して誌面に登場している。当初は社告的な性質をもっていた欄が分離独立したのである。これは同人誌的雑誌において誌面と読者とを結ぶ常套手段でもあるのだが、『明星』誌面のこの欄で興味深いのは、本来ならば他誌に集まるべき読者が吸引されているのが垣間見られることである。

・鳳、山川諸女史の作中には、小生等にも面白く読まれ候ふし所々に有之やう存じ申候。多少の癖と言ひすごしとは有るやう覚え候ことも有之候へど、癖は発達して特色とも相成るべく、言いすごしは即《やが》てその意気のある所にも候べければ、今日強ひて彼是申すは酷に候べきか。（島村抱月「凉榻」明治三四年八月一日）

・小生は早稲田の里に学ぶ南海の一寒生に有之候（中略）小生は『明星』同人諸氏の如く恋、神、百合、罪、悶、子、紫、紅、まどひ、君、人、強き〳〵、弱き〳〵、星、ゐんじ色、ますか、等を入れたる歌は、中々夢にも作り得ず候はむ。若しこれらを入れて歌詠み得るに至らば、これ小生が『明星』の同人諸氏に化せられしものに有之候事と相信じ居り候。かかる次第ゆゑ『明星』の同人諸氏と小生とは、歌の上に於ての着目点は大に異り申し候は自然の勢に有之候。若し新詩社の所謂『自我』なる範囲内に、小生も入り得べしとせば、少しく今後の御指導願上申候（中略）暫らく仮名を用ゐて。（松山建雄「凉榻」明治三四年八月一日）

島村抱月は東京専門学校文科第二回生として二七年に卒業、以後『早稲田文学』・『新著月刊』などで評論や小説を発表し、三一年には『読売新聞』記者となって文芸欄「月曜付録」を担当していた。抱月は『早稲田文学』の休刊期（明治三一年一〇月〜三八年一二月）の明治三五年三月、東京専門学校の海外留学生として渡欧するまでの時期、『明星』に数回寄稿していた。(27) いっぽう松山建雄は、無名の人物と考えられるが、文面から推して本来『明星』に批判的なはずの読者まで吸引する力がこの雑誌にはあったこと、さらに『早稲田文学』の休刊の影響がこのような形で及んでいたことが窺える一文である。これに島崎藤村の次の一文を加えれば、当時の『明星』が果たしていた役割が一層明瞭になると思う。

南佐久の奥なる甲州境まで、旬日の旅に出かけ、漸く両三日前に帰宅致候処、机に明星十六号の待つありて、有難く拝見致候（中略）冬長く春秋短く、気候と戦ふに疲れて、土塵にまみる丶こと鶉の如き生涯を、『幸福なる』との仰せは、あまり心苦しく候（中略）身は一旅客ふところには一旅草はづかにつたなきしらべをかりて、青春の煩熱を盛るに過ぎざるもの、何を詩と名けて自ら慰むべき。『詩人』の一語もまた御返し致し、無名の一書生にかへるべきことと存じ候

（島崎藤村「小諸より」、『明星』明治三四年一一月一五日）

明治二〇年代後期に『文学界』を足場として活動し、同誌終刊後の三二年から小諸義塾で教師をしていた藤村が「無名の一書生」であるか否かは問わないとしても、このような一文を誘発する力が同時代の『明星』にあったことだけは確かであろう。青少年読者を中心に投稿雑誌として出発した『明星』は、ここに至って必ずしも同人に適さないライターまでをも集めることに成功していた。その求心力となったのは鉄幹という固有名である以上に、文芸諸派の集まるネットワークの結び目としての雑誌の機能であり、総合雑誌や文芸雑誌の相次ぐ廃刊・休刊という偶然の事態が招いた有利なそのポジションではなかったろうか。

ところで『明星』創刊と同時に新詩社社友になり、第二号から投稿原稿が活字化され、終刊の百号まで通算六六号、計八七回にわたって登場する晶子は、『明星』が発掘した大型新人であったといえよう。特に明治三四年八月の『みだれ髪』の刊行以後、晶子は雑誌をホームグラウンドとしつつも、数々の歌集刊行など雑誌と書籍の両媒体を巧みに使いながら無名から有名へと変貌してゆく。この変化は鉄幹との恋愛および結婚を挟むゆえにドラスティックかつ明快な物語として、あるいは近代文学史を構成する「神話」としての役割を果たしている。しかし本論の視点よりいえば、晶子の「神話」を形成したものこそ、『明星』という雑誌およびそれを支えたリテラシー共同体の力であったというべきだろう。

中・後期『明星』誌上の晶子を一瞥すると、歌を別とすれば、三五年頃までは多くあった「美文」がかなり減少

したことがわかる。こんにち一般にいう美文とは、『帝国文学』を中心とした塩井雨江・武島羽衣・大町桂月・大和田建樹らの用いた文章を指すが、この時点での美文とは漢文脈と和文脈を兼ね備えた「新国文若くは新散文」（高須梅渓「美文及び写生文流行時代」、『早稲田文学』大正一五年四月）を意味する多義的な概念であった。『明星』誌上における美文もこの文脈に属し、それは短歌・新体詩と並んで『明星』の三本柱の一角を形成していたのである。

しかし三七年以降、美文は急速に求心力を失ってゆく。その理由を特定することは難しいが、おそらく二年前の正岡子規、高山樗牛らの死にはじまる文学者たちの死の連鎖と無関係ではないだろう。三六年の尾崎紅葉、落合直文、三七年の斎藤緑雨など同時代の「新国文」・「新散文」の担い手たちの相次ぐ死は偶然とはいえ、文学共同体とその周辺の求心力を担う者の世代交代の速度を早めたことだけは間違いない。『明星』誌上での追悼記事の多さは、そのことを傍証しているのではないだろうか。[28]

❹『明星』の女性ジェンダー化と言文一致体小説の登場

『明星』誌上に三〇年代前半のメディアでカノン化されていた樋口一葉の名が登場するのがこの時期であることも見過ごせない。「一葉の声音を遣つてやり損ねたる人に佐藤露英女史あり」という一節が見られる山崎紫紅の「小観（評論）」（明治三六年三月一日）をはじめとして、馬場孤蝶「故一葉女史（談話）」（明治三六年八月一日）、「故一葉女史と其手簡（写真）」（明治三六年九月一日）、上田敏「故樋口一葉（談話）」（明治三六年一〇月一日）、「一葉会（写真）」（明治三七年三月一日）というように、美文衰退の態勢を立て直すかのように一葉という記号が導入される。一葉周辺の文学者の「談話」・故人の肖像写真・真筆写真など「没後の一葉」をめぐってさまざまな媒体が援用されるのである。[29] なかでも、本郷丸山福山町にある一葉晩年の旧居の庭先で、一葉の妹邦子とその息子悦を囲んで写された「一葉会」の写真は、『明星』および晶子をカノン化するための誌面戦略であったはずだ。現在も刊行されている『新潮日本文学アルバム』の一葉と晶子のアルバムの双方に収録されているこの写真は、直接的には『白百合』で謳った「女流文学の奨励」の産物であるが、間接的には「女流文学」におけるカノン継承の意味を担うことになる。

しかし、三〇年代末期のメディア環境のなかで「女流文学」や「女流」が帯びる意味は微妙に変化してゆく。少なくともこの時点での一葉という記号の導入は、善くも悪くも晶子および『明星』に女性性のジェンダーを付与したことは間違いがないだろう。一時的にせよ、一葉が「文学」のカノンであった二〇年代末期とは異なり、三〇年代のこの時期、異なる価値基準が生まれつつあったのである。たとえば先に引用した島崎藤村の「小諸より」から一年後、彼は言文一致体の小説『藁草履』(『明星』明治三五年一一月一日)を発表する。これは同時期のもうひとつの小説『旧主人』(『新小説』明治三五年一一月)とともに藤村における小説散文の獲得として、高く評価されているテクストである。ここではテクスト分析ではなく、『明星』誌上の評価がどのようなものであったかという点だけを検討してみたい。

『わら草履』は『旧主人』に比べると、よほど上出来と奉存候、八ツが嶽麓の海の口より板橋村にかけてのあたり、植物といひ、村の風俗といひ、景色といひ、よくも写生したるものかなと敬服致候(中略)藤村君の筆は、今の小説家諸先生のそれの如く、粋でなく、垢ぬけがせず、気が利いて居らざるだけ、却てかゝる土地と、かゝる人物を描くにふさわしき点有之候へども、併しながら始終を通じて慊焉たらざるは、筆が軽いことにて候、艶があれど、ドスの利かざることにて候　(小島烏水「藤村氏の二新作」、『明星』明治三五年一二月一日)

今日の評価からすると意外の感があるが、「筆が軽い」・「ドスが利かざる」等は美文圏内からの否定的な評価であろう。烏水は『文庫』の投稿者から記者に迎えられた経緯のあるライターで、『明星』には第二号から美文・評論などを寄稿していた。後に「山岳会」（日本山岳会の前身）を創立し、美文的な紀行文で山岳文学を大成させた烏水からみれば、藤村の写生文による小説は理解しがたいものだったかもしれない。

ところでこの文章から半年前の『明星』には次のような一文が掲載されていた。

石の上にも三年也、創刊位一年の『明星』今も矢張白河丸便にて受取れり。気の勝つた男雑誌ダスなどは詰らぬ小供の仲間入なれど、イヤナ顔もせず遣り徹す根気と真面目さ、僕等旧友の及ばぬ所、一同敬服也。ドウゾ先年の目論見通り、四五万持たせて、早ウ希臘、羅馬、印度の巡礼、伯林の留学、其内には此国も方が附いて居れば、暖かい全羅、忠清の沃野で、君がスキナ馬や豚を飼はせて、破天荒な気儘詩人が見たしと云ひ居る事ながら、君はモウ今日では朝鮮漬物の味を忘れてゐて、余計なお世話かも知れない。所で小刺客とはニクイものを書いたり（中略）言文一致流の嫌ひな男が言文一致流を書いて、ナカナカ読みゴコチの善い筆ツキ、気に入つたり。

（「小刺客（批評）」『明星』明治三五年五月一日）

これは『明星』（明治三五年四月一日）に掲載された鉄幹の小説『小刺客』の批評である。これを引用したのは、かつて間接的にもせよ朝鮮王朝閔妃暗殺事件に関与した経歴もあるといわれる鉄幹の一面を彷彿させたいためではない。そうではなく、先に引用した小島烏水もそうであるが、どちらも書簡形式による「批評」であることを強調したいためである。単に書簡を誌面に引用したというだけかもしれないが、問題はこのような私信的な寸評が、まがりなりにも「批評」として機能したという点である。ここでは雑誌の中心にいる者の批評、周縁に位置する者の批評という序列が働く。中心の評価軸を担うのが「美文」であるとしたら、言文一致体は当然のことながら「周縁化」されてしまうだろう。引用文にみられる鉄幹の「言文一致流」への賛辞は、「批評的賛辞」としての機能を果たしておらず、単なるインサイダー情報というレベルであろう。「短歌・新体詩・美文」が『明星』の中心を構成するジャンルであったことはすでに指摘した。三五年以降にみられる藤村を中心とする言文一致体小説の模索は、ジャンルと文体の両面で『明星』の求心力を脅かそうとしていた[30]。「東京新詩社」という名において『明星』というリテラシー共同体をジャンルと文体の両面で支えていた側は、やがてその双方における評価軸が大きく変容するという事態に直面することになるのである。

❺「ひらきぶみ」の位相

『明星』誌上で晶子という名を追ってゆくと、登場回数のピークは『みだれ髪』刊行前後の明治三四〜三五年であることは、容易に推定されることとはいえやはり興味深い。三四年は三〜五月の三号に欠場したのみで、あとの九号に計一五回登場している。ちなみに次に多いのは三五年の九号計一四回、三八年・四一年がどちらも九号に、それぞれ一一回、一二回登場している。数量が質を伴わないことは当然にしても、登場頻度により『明星』八年のなかで晶子の活躍期が初期から中期にあったことが窺えよう。中期以降の『明星』が直面するのは、自ら掲げる「短歌・新体詩・美文」というジャンルそのものが中心的位置を喪失しつつあるという事態であった。

このような時期に起きたのが日露戦争であった。日露戦争といえば、その際発表された長詩「君死にたまふこと勿れ」が著名だが、いまその主要なメッセージ内容の検討、たとえばその意図するところが「反戦」か「非戦」あるいは「厭戦」かをこんにちの尺度で論議してもあまり生産的ではないだろう。本論の視点からまず確認したいのは誌面構成の点である。明治三七年九月一日号の『明星』の目次で目につくのは赤城山登山関係の記事である。冒頭の長詩「大沼姫」（鉄幹）をはじめとして、絵画「赤城山中『箕輪』」（三宅克巳）、写真「赤城山登遊一行」、絵画「赤城山中『小沼』」（石井柏亭）などである。日露戦争の開戦から約半年、『明星』誌上での戦争関係の記事は平出露花（修）の評論「所謂戦争文学を排す」（明治三七年六月一日）、ゆふちどり（石上露子）「あこがれ」（明治三七年七月一日）などが目立ち、特に石上露子の短歌「みいくさにこよひ誰が死ぬさびしみと髪ふく風の行方見まもる」は、平出修から高く評価された[31]。鉄幹はすでに二年前に小説「開戦」（明治三五年一月一日）で日露両国の戦争が必至であることを予言しており、だからといって一概に開戦派とはいえないが、少なくとも「明星辰歳第九号掲載要目」のラインナップは少しも「戦時的」ではない。

そのような誌面のなかで、晶子の長詩「君死にたまふこと勿れ」は掲載された。第一回の旅順総攻撃に失敗した日本軍は、死傷者一万五千八百を数えた。晶子の実弟籌三郎も召集され、六月に手紙を受け取った晶子は、弟が旅順口包囲作戦に加わっていたと判断したようだ[32]。本論の視点からいって興味深いのは、この後に起きた大町桂月との論争で晶子が再反論した「ひらきぶみ」（『明星』明治三七年一一月一日）である。ここではまず「ひらきぶみ」が「みだれ髪」という署名をもつ書き手から「君」へ宛てた書簡文であることを最初に確認しておきたい。

「開封の手紙」（『広辞苑』）の意味をもつ「ひらきぶみ」で想起されるのは、『明星』が投稿雑誌として出発した当初から誌面構成の上でもっていた書簡欄（『明星』誌上の名称は「書牘」欄）である。書き手と読み手の垣根がいかにも低いかのように演出するその手法は、読者参加を促す『明星』が元々内包していた特色であった。晶子は『明星』の、というより「書牘」欄という場所があったからこそ、手紙形式による批評が可能になったといえよう。

「君」という二人称の一文字ではじまるその文は、出征した弟の留守宅見舞いに帰省した書き手から「君」への私的なメッセージの形を採っている。実家の人々の安否、品川駅頭まで見送ってくれた「君」への礼、幼子連れの車中の様子等々、私的なメッセージがあたかも楯となるかのように、『太陽』誌上の大町桂月への反論が遂行される。このように過剰なほど私的メッセージを採り込んだのは、桂月の一文が「私的なもの」の対局に立って論理構成されているからであろう。

戦争を非とするもの、夙に社会主義を唱ふるもの、連中ありしが、今又之を韻文に言ひあらはしたるものあり。晶子の『君死にたまふこと勿れ』の一篇、是也（中略）さすがに放縦にして思ひ切つた事言ふ人も、筆大にしぶりたり。されど、草莽の一女子、『義勇公に奉ずべし』とのたまへる教育勅語、さては宣戦詔勅を非議す。大胆なるわざ也（中略）家が大事也、妻が大事也、国は亡びてもよし、商人は戦ふべき義務なしと言ふは、余りに大胆すぐる言葉也。先年、内務省は明星に裸体画あるを咎めて、発売を禁じたりしが、裸体画は、実際、さまで風俗を害するものに非ず。世を害するは、実にかゝる思想也。単に措辞の上より云ふも、調はぬふし多し。晶子の特長は、短歌にありて、文章にあらず、新体詩にあらず。妄りに不得手なる事に手を出さゞるは、本人にありても得策なりとす。（大町桂月「雑評録」、『太陽』明治三七年一〇月、引用者注、中略部分は晶子の詩の部分）

桂月は『美文韻文　黄菊白菊』（博文館、明治三一年一一月）で名声を博したライターとして初期から中期にかけての『明星』に寄稿（「鉄幹子に寄す（新体詩）」明治三三年八月一日、「短歌雑談（評論）」同三三年一〇月一二月、「社会と文学（評論）」同三六年一月二八日）したこともある人物だが、この時点では『太陽』文芸時評の担当者として筆を揮っていた。引用後半部に出てくる内務省の裸体画による発禁とは、一條成美の裸体画による発禁処分のことである。いかにも、かつて関わった雑誌の事情に通じた者らしい言い方で晶子の詩を攻撃している。この論難が端緒となって、近代文学史だけでなく近代史のうえでも著名な論争がはじまるのであるが、ここで避けたいのはこんにちの価値観や文体観からのみ晶子の詩を論じることであろう。晶子の詩が置かれていたのは次のような価値観と文体が支配する時空であった。

・父母に孝に兄弟に友に夫婦相和し朋友相信し恭倹己を持し博愛衆に及ほし学を修め業を習ひ以て智能を啓発し徳器を成就し進て公益を広め世務を開き常に国憲を重んし国法に遵ひ一旦緩急あれは義勇公に奉し――（「教育勅語[33]」）

・天佑ヲ保有シ万世一系の皇祚ヲ践メル大日本帝国ハ忠実勇武ナル汝有衆ニ示ス朕茲ニ露国ニ対シテ戦ヲ宣ス朕カ陸海軍ハ宜ク全力ヲ極メテ露国ト交戦ノ事ニ従フヘク（中略）朕ハ此ノ機ニ際シ切ニ妥協ニ由テ時局ヲ解決シ以テ平和ヲ恒久ニ維持セムコトヲ期シ有司ヲシテ露国ニ提議シ半歳の久シキニ亘リテ屢次折衝ヲ重子《ママ》シメタルモ露国ハ一モ交譲ノ精神ヲ以テ之ヲ迎ヘス曠日彌久徒ニ時局ノ解決ヲ遷延セシメ陽ニ平和ヲ唱道シ陰ニ海陸ノ軍備ヲ増大シ以テ我ヲ屈従セシメムトス――（「詔勅[34]」）

前者は明治二四年六月の「小学校祝日儀式規程」いらい、「御真影」への拝礼などとともに「捧読」され、声と文字の両面で繰り返し再演されつづけたことは類書にくわしい[35]。また後者は、前者との連続性の面では不可侵の神格化された政治主体の言語として「聖語」化されながら、同時に敵国露国を「陽ニ平和ヲ唱道シ陰ニ海陸ノ軍備ヲ増大シ」というように、不誠実なやり方で「我ヲ屈従セシメムトス」と訴えるような「情による共感」を臣民に求める「感性の主体」の言語という二重構造になっている。桂月が勅語や詔勅を引用＝再生産した以上、晶子もこれらの言葉たちと向き合うことになる。

私が『君死に給《ママ》ふこと勿れ』と歌ひ候こと、桂月様太相危険なる思想と仰せられ候へど、当節のやうに死ねよ〳〵と申し候こと、又なにごとにも忠君愛国などの文字や、畏おほき教育御勅語などを引きて論ずることの流行は、この方却て危険と申すものに候はずや。私よくは存ぜぬことながら、私の好きな王朝の書きもの今に残り居り候なかには、かやうに人を死ねと申すことも、畏おほく勿体なきことかまはずに書きちらしたる文章も見あたらぬやう心得候。いくさのこと多く書きたる源平時代の御本にも、さやうのことはあるまじく、いかがや。

（「ひらきぶみ」『明星』明治三七年一一月一日）

言文一致体が制覇した現代文の視点からみれば、教育勅語や宣戦の詔勅だけでなく、晶子の詩やこの「ひらきぶみ」も同質の文語体圏内のことばに見える。しかし勅語や詔勅の文体と併置させると、晶子の文体は対抗的な女性性を身にまとっていることに気づく。「ひらきぶみ」には王朝文学へのシンパシーとともに、「平民新聞とやらの人達の御議論などひと言きゝてみぶるひ致し候。さればとて少女と申す者誰も戦争ぎらひに候」という著名な一節があり、反戦の立場を取る『平民新聞』と差異化する形で自らの女性性がうち出されていた。皮肉なことに文学という領域と重ねた女性ジェンダー化[36]が効果を発揮することで、晶子の詩と私的な書簡文は封殺されずに一定のポジションを持つことができたのである。

もっとも、性別による役割分担が自明化されていた同時代においては、「ひらきぶみ」は、公／私の二項対立として問題構成された。それを端的に示すのが剣南（角田勤一郎）の「理情の弁（大町桂月子に与ふ）」（『読売新聞』明治三七年一二月一一日）である。

剣南は「晶子の歌に現れたる思想ハ、吾人の見る所にてハ、正しく一箇の私情を表白し、商家の子を送るその同胞の心情を端的に言明したるもの」、「理性を加へざりし刹那詠嘆の情」、「理性の調摂無けれバ之を一の思想としてハ見るを得ず」と「情理」を分離させて晶子を擁護した。晶子は「刹那の骨肉の情愛」にかられて詩情を表現したのである、だからといって彼女を「理性を没却したる人」というべきではない、なぜなら「戦争其ものを呪ひ出征そのものを非とする情」は表明されていないからである、というのである。しかし、これは潜在化していたジェンダーを浮上させることを意味した。「私情」・「心情」・「刹那詠嘆の情」の担い手である晶子および『明星』派を女性性の側に明確に位置づける機能を結果的に果たすことになったのである。晶子を「草莽の一女子」と呼び、「晶子の特長は、短歌にありて文章にあらず」と言い切った桂月も剣南の批評も、晶子の文体とその論理を限定化＝周縁化していることでは共通していたのである。あるいは剣南は新聞紙上という点を考慮したかもしれない[37]が、特に桂月の一撃は、晶子だけでなくこの時期の『明星』が直面していた問題の核心を衝いている。既に指摘したように、この頃『明星』はジャンルと文体の両面で低迷期を迎えていた。桂月のいうように、「短歌の晶子」として括られることは、短歌が求心力をもち得なくなったときには、晶子及び『明星』そのものの周縁化につながるのである。

旅順総攻撃とともにはじまり、翌年の戦局と重なるように展開されたこの論争は、戦場の男性性／銃後の女性性という戦時における性別分業とも呼応し、かつては突出した『みだれ髪』の詩人であった晶子を「草莽の一女子」の側に再配置する機能を果たしたのである。

❻ 結びにかえて

以前晶子の最後の文語体は「ひらきぶみ」ではないかと推定していたが、本論を執筆するための調査のプロセスで、藤岡作太郎著『国文学全史』（平安朝篇）の書評が最後の文語体であることが判明した。晶子の全集にも未収録なので次に引用する。

われはをさなきより、源氏栄華のたぐひを人に隠れてもまさぐりながら、心には、今の世の和文家国文家と云はるゝ学者達を厭ひぬ。そは昔の古学者達などのやうにはあらで、歌詠み給はず、文かき給はず、まして己が家の学びの大き著述とては、なにがし達の辞書をおきて、ふつに又見も聞きも及ばぬものを。文典とやらむ、注釈とやらむ、名はことごとしけれど、さばかりのこと、中学の教師すら書きぬべし。いかで筆とらば、源氏などの文法をも注釈をも物せよとこそ思へ。何のいさをに国文の博士達はあまたいますらむとあさまし。さるにてもこゝにいたく打驚かされつるは、国文の学士藤岡作太郎先生の新著『国文学全史』なりけり。われは今をさなきものに乳《ち》ふくませ、針もつ手のいとまぬすみて読み耽りぬ。かねて好める平安の朝を叙し給ふ巻なれば、殊に我には嬉しきにや。史料の豊かなるは固よりなれど、史料だに足らはば良き史の出でこむと思ふおほかた心こそ浅はかなれ、この書の第一に尊きは、著者がおのれ生れ給ひし国の世々の思想と趣味とに至り深くおはすることにて、さる上に著者の学殖の博きと、史料の豊かなると、事叙し給ふ用意の細やかに到らぬ隈なきと、さて併せてかやうに難有《ママ》き史とはなりぬ。

（「出版月評（批評及紹介）」『明星』明治三八年一一月三日）

近代における古典文学のカノン化に貢献したといわれる藤岡作太郎の『国文学全史』（平安朝篇）は、明治三八年に東京開成館から刊行される。近代において「古典」が領域設定される様相をジェンダーの観点からとらえた鈴木登美は、藤岡の書をこのように位置づける。

藤岡は、「男性的な江戸時代・江戸文学」を賞揚する態度を、古い封建社会の「不自然な束縛」に縛られた「前代の旧套」（マイナス）と結びつけ、一方、「女性を尊重した平安文学」を人間の自然な感情を尊重、追求した「情の文学」として、すなわち「近代的な文学」の先駆（プラス）として打ち出し、国文学史上における平安文学の新たな意義を説いたのである。[38]

鈴木の立場は、晶子のいう「おのれ生れ給ひし国の世々の思想と趣味」に通暁した者による「国文学」・「王朝篇」という領域の成立を「カノン」の観点から語り直したものにほかならないだろう。ここで指摘されている「情の文学」としての「平安文学」の価値づけは、論争における剣南のキーワードと相通じている。後に晶子は再三『源氏物語』の現代語訳に挑戦することになるが、それは「情の文学」として「国文学」の「王朝篇」が領域設定され、そこに女性性というジェンダーが付与されたことと無関係ではない。

翌年島崎藤村という署名による自費出版の新刊小説本が刊行され、その後に復刊された『早稲田文学』誌上での座談会や評論によって、「われは今をさなきものに乳ふくませ、針もつ手のいとまぬすみて」というような晶子の文体は名実ともに周縁化される。周縁化と女性性が結びつくとき、美文や文語文そのものが女性ジェンダー化されるのである。そのとき言文一致体は男性性を帯びた新文体として新しい文学的価値を担うことになるだろう[39]。こののち晶子は、「小説『破戒』其他（批評）」（明治三九年五月四日）などの談話体を試みることでこの新しい文体と格闘することになるが、勝敗はすでに決していた。『明星』に替わる解釈共同体[40]が成立しつつあったのである。

注

（1）前田愛「音読から黙読へ」（『近代読者の成立』有精堂、一九七三年一一月166頁）。なお金子明雄は「『近代読者の成立』という生成する書物の可能性」（『日本近代文学』第六四集、二〇〇一年五月）において、かつて筆者が言及した同書の「文体論」的可能性と「社会学的な探求」との間の「緊張関係」という視点が、「日清戦争以後の状況にどのように展開しうるかという検討に重要な意味を持つ」と指摘したが、本論は基本的にはこのような認識と重なる問題意識のもとに執筆されている。

（2）私的でもあれば、公共的でもあるメディア受容者としての「オーディエンス」の定義については、吉見俊哉『カルチュラル・スタディーズ』（岩波書店、二〇〇〇年九月）を参照した。

（3）解釈共同体の定義については、主にスタンリー・フィッシュ『このクラスにテクストはありますか』（原著一九八〇年、邦訳小林昌夫、みすず書房、一九九二年九月）による。近代文学における解釈共同体およびパラダイムの観点からの論としては関「テキスト・解釈共同体・教育者」（『ジェンダーと教育』世織書房、一九九九年九月）を参照されたい。

（4）マーシャル・マクルーハン『グーテンベルクの銀河系　活字人間の形成』（原著一九六二年、森常治訳、みすず書房、一九八六年二月201頁）。なお今日では同書に対してメディア論の領域からさまざまの批判があるが、二〇世紀初頭を分析対象とする本論においては、活字人間の形成を論じたマクルーハンの視点は一定の有効性をもつと思われる。

（5）本論の基になった発表は、二〇〇〇年度日本近代文学会九月例会「読者論の現在―受容・解釈・歴史―」という特集に対して行われたものである（於大妻女子大学市ケ谷校舎、二〇〇〇年九月三〇日）。

（6）藤田和美「『青鞜』読者の位相」（『「青鞜」を読む』學藝書林、一九九八年一一月470頁）。

（7）入江春行「あとがき」（『与謝野晶子研究』一九九一年七月）。

（8）周知のように『明星』は、第一次（明治三三年四月～四一年一一月）、第二次（大正一〇年一一月～昭和二年四月）、第三次（昭和二二年五月～二四年一〇月）の三回に亙って刊行されたが、ここでは第一次を扱う。なお本論は上田哲「第一次『明星』書誌学的研究（一）・（二）」（『七尾論叢』七・八号、一九九四年一二月、一九九五年三月）に多くを負っている。通常『明星』は百号刊行とされているが、これは臨時増刊号『明星』九号（明治三三年一二月一二日）や単発の『白百合』（明治三五年六月一五日）を除いた数である。

（9）トリン・T・ミンハ、竹村和子訳『女性・ネイティヴ・他者』（岩波書店、一九九五年八月17～18頁）。

（10）『明星』（明治三三年一一月一七日）。『明星』の表紙絵ならびに挿絵は長原止水・一條成美・藤島武二らが担当した。

（11）『文壇照魔鏡』（明治三四年三月）が刊行され、与謝野鉄幹は「魔書『文壇照魔鏡』に就て（雑文）」（『明星』明治三四年六月一日）で反論する。

（12）藤森清「語ることと読むことの間◆『蒲団』の物語言説」（『語りの近代』有精堂、一九九六年四月）を参照した。

（13）「ひらきぶみ」（『明星』明治三七年一一月一日）による。

（14）中村文雄『「君死にたまふこと勿れ」』（和泉書院、一九九四年二月 128頁）によれば、明治二七年頃には「堺で『文学界』の読者は晶子と河井酔茗の二人だった」という。

（15）紅野謙介・小森陽一・高橋修編著『メディア・表象・イデオロギー 明治三十年代の文化研究』（小沢書店、一九九七年五月）、金子明雄・高橋修・吉田司雄編著『ディスクールの帝国 明治三〇年代の文化研究』（新曜社、二〇〇〇年四月）。

（16）『婦女新聞』（明治三七年四月二五日）紙上の「公私立高等女学校に付文部省の最近の調査」というタイトルの記事には、明治三四・三五・三六年の学校数は、それぞれ五一・六九・七九校で、生徒数は一一、六七八・一七、二二五・二一、二〇四名で、かなりの伸びを示しているとある。

（17）警視庁編『警視庁統計書』（クレス出版、一九九七年七月復刻版）による。

（18）永峰重敏『雑誌と読者の近代』（日本エディタースクール出版部、一九九七年七月 129頁）。

（19）「新詩社清規」など明らかに本人と思われるもの、鉄幹または寛と署名のある記事は通算二百二〇数回を数え、九九号に亙って登場している。

（20）『婦女新聞』（注16前掲）によれば、明治三三年の「公私立中学」の学校数は一八三校、生徒数七七、九九四名である。

（21）「はたち妻（美文）」（『明星』明治三五年一月一日）から署名が「与謝野晶子」になる。

（22）『明星』の視覚的表象を担った画家たちについては別の分析が必要であろうが、ここでは初期『明星』の画像には男性ジェンダーを潜在させた両性具有性があるという立場に立つ。

（23）『白百合』は内容的には明治三五年六月一日発行の『明星』と同一である。

（24）「女装」については、女性表現者による「女装」と男性表現者による「女装」の二面があり、両者は重なりつつ時に差異性を発揮する。二つの「女装」は女性性を本質的な属性として限定させないために必要な観点であろう。表象をめぐる価値づけのヘゲモニー闘争においては、つねに何らかの「装い」＝形象が求められるからである。

（25）鉄幹はかつて『二六新報』学芸部主任記者であった。ちなみに『二六新報』は二八年から休刊し、三三年に復刊されている。二〇年代末の鉄幹については五味渕典嗣「与謝野鉄幹と〈日本〉のフロンティア」(『ディスクールの帝国　明治三〇年代の文化研究』(注15前掲書)を参照した。
(26)『警視庁統計書』(前掲)の年間発行部数を一日当たりの発行部数に換算して概算した。
(27)島村抱月「抱月雑談(談話)」(『明星』明治三三年一一月二七日)、「銷夏録」(同明治三四年九月五日)など。
(28)阪井久良伎「子規先生を哭す」(『明星』明治三五年一〇年一日)、与謝野鉄幹「故高山博士追悼会」(同明治三六年二月一日)、「故尾崎紅葉氏と葬列と墓地(写真)」(同明治三六年一二月一日)、幸田露伴・伊原青々園・馬場孤蝶他「故斎藤緑雨君(談話)」(同明治三七年五月一日)など。
(29)関「『没後』の一葉姉妹」(本書第二章)を参照されたい。
(30)評論面では長谷川天渓「自然主義とは何ぞ(評論)」(『明星』明治三五年九月一日)、小説では時代はやや下るが、大塚楠緒子「あのかたの記」(『明星』明治三八年一月一日)、「炎」(同明治三八年五月一日)など。
(31)平出修はこの歌を「戦争を謡つて、斯くの如く真摯に斯くの如く悽愴なるもの、他に其比を見ざる処、我はほこりかに世に示して文学の本旨なるものを説明してみたい」(「最近の短歌(雑文)」『明星』明治三七年八月一日)と絶賛している。
(32)中村文雄『「君死にたまふこと勿れ」』(注14前掲書)による。
(33)「教育勅語」の引用は、国分操子編『日用宝鑑　貴女の栞』(大倉書店、明治二八年一二月)による。
(34)「詔勅」の引用は、国府種徳・梅田又次郎・田山録弥(花袋)著『訂正　日露戦史』(第一巻　博文館、明治四〇年七月)による。
(35)山住正己『教育勅語』(朝日新聞社、一九八〇年三月)、八木公生『天皇と日本の近代(上・下)』(講談社現代新書、二〇〇一年一月)などによる。なお晶子における「教育勅語尊奉」を論じたものに平子恭子「与謝野晶子の道徳教育論―修身教科書への考察と教育勅語尊奉―」(『日本の教育史学』第四〇号、一九九七年刊)があり、参照した。
(36)戦時における文学と女性ジェンダーとの結びつきについては関「ジェンダー/戦争/文学」(『日本文学』第四八巻

第三号、一九九九年三月）を参照されたい。

（37）剣南は「警露集」（『読売新聞』「日曜附録」明治三七年一一月一三日）のなかで、「思ふに情と理との範疇自から別ありてしかも情理並行相戻らざる処のもの存す」と述べていた。なお『読売新聞』の明治三六年一一月の発行部数は二万一、五〇〇部（「日本大新聞発行紙数高比較表」『二六新報』明治三六年一一月二六日による）。

（38）鈴木登美「ジャンル・ジェンダー・文学史記述」（ハルオ・シラネ、鈴木登美編著『創造された古典—カノン形成・国民国家・日本文学』（新曜社、一九九九年四月　98頁）。

（39）飯田祐子『彼らの物語　日本近代文学とジェンダー』（名古屋大学出版、一九九八年六月）を参照した。

（40）金子明雄は「短い期間に、『破戒』を評価する言説を媒介にして、『早稲田文学』とその周辺に新たな読書共同体が出現した」（「小栗風葉『青春』と明治三〇年代の小説受容の〈場〉」『ディスクールの帝国』注15前掲書　127頁）と指摘している。

文体《スタイル》のジェンダー

――『青鞜』創刊号の晶子・俊子・らいてう――

はじめに

『青鞜』創刊号（明治四四年九月）に掲載された著名な三つのテクストといえば、与謝野晶子「そぞろごと」、田村俊子「生血」、平塚らいてう「元始女性は太陽であつた」（以下「元始」と略記）である。しかし著名であるにもかかわらず、これら三つのテクストを総体的に論じることは、現時点までほとんどなされていない。[1] 三者の「揃い踏み」は『青鞜』史上で創刊号と明治四五年一月号のわずか二回だけであり、なかでも揃って長文の力作を寄せたのは創刊号だけなのである。

本論はこれらのテクスト分析を通じ、『青鞜』創刊時、明治四四年前後の文におけるジェンダー闘争[2]の様相を考察することにする。なぜいまテクスト分析なのかといえば、晶子を除いて二人の女性表現者には現在でも「全集」はなく、「作品集」あるいは「著作集」の形でしか彼女たちの書き物《エクリチュール》に触れることはできないので、テクストを読むことともに、それを時代との関わりのなかで位置づけることが必要だからである。

ではなぜ「文におけるジェンダー闘争」なのか。内容上の問題をひとまずおくと、この時期は前時代の女性表現者たちが強力な器としていた文語体が退潮し、言文一致体という女性表現者たちにとっては必ずしも得意ではない文体が文学および文学を語る言説として中心化していたことを挙げたい。[3]歴史が示すとおり言文一致体とは近代において成立した文体であるが、その先駆的な担い手は二葉亭四迷・山田美妙にはじまり、尾崎紅葉らを経て島崎藤村・夏目漱石などに至る男性作家たちであったことを思い起こそう。注目すべきなのは、文語体に比べ簡潔さや明晰さが謳われたこの文体は、成立と同時にジェンダー的にはあたかも中性であるかのように装われたことである。

明治四〇年前後とは、社会のなかで文学の位置づけが明確化され、そのプロセスで文学が「男性ジェンダー化した読者共同体によって支えられる」[4]という事態を迎えた時期である。それと連動して文体《スタイル》そのものにおいても、言文一致体という男性ジェンダー化した文体への流れが推し進められたといえよう。平田由美が指摘するように「言文一致文体をめぐる言説にはジェンダーや階級といった『近代語』としての書きことばの成立にかかわるさまざまな規範が深く埋めこまれている」[5]。平田は明治前期のメディアに掲載された女性表現をめぐる文の変容を主題としたが、四〇年代はこの問題が焦眉の課題としてもっとも先鋭化したときだったのである。

たとえば明治四二年には三〇年代の女性表現にとって正典化[6]されていた樋口一葉への批判が晶子によって行われる。[7]以後一葉日記の公刊（明治四五年五月）を機にらいてう（「女としての樋口一葉」大正元年一〇月）、俊子（「私の考へた一葉女史」『新潮』大正元年一一月）と文字どおり矢継ぎ早に一葉論が発表される。ニュアンスに違いはあるものの、それらはおおむね一葉批判および相対化を試みたものである。辛口順にいえば、らいてう・晶子・俊子となるが、ここではその彼女たちの文体がすべて言文一致体であったことに着目したい。[8]一葉切断の身振りは言文一致体の成立と無関係ではない。ときあたかもメディアでは女性性の新旧が取り沙汰されていた時期でもあった。[9]女性表現者たちは、文と内容の双方において男性ジェンダー化の潮流に対処しなければならなかったのである。

三人のうち後発のらいてうを除く二人はすでに表現者としてデビューを果たしていた。特に晶子は『みだれ髪』(東京新詩社、明治三四年八月)の成功により、文字通り『明星』の女王として君臨していたが、第一次『明星』の終息(明治四一年一一月)以降、自然主義文学運動の隆盛に押されるかのように、七つ目の歌集(『常夏』明治四一年七月)を刊行してからは停滞期にあった。また「露分衣」(『文芸倶楽部』明治三六年二月)で幸田露伴の門下生として一葉の文体を模倣してデビューした田村俊子も、明治四四年一月一日に『大阪朝日新聞』の懸賞小説に当選した「あきらめ」が連載されるまで、さまざまの雑誌に単発ものを掲載したり、新聞に連載あるいは投稿するなど習作期にあった。[10] そのような俊子にとって、明治四四年は言文一致体で本格的な作家活動を始める重要なときであったのである。

このような仕切り直しの時期にあった先発の晶子・俊子とらいてうは異なっていた。のちに「煤煙事件」(明治四一年三月)といわれるようになる森田草平との心中未遂事件で社会的にみれば「負のデビュー」を果たしていた平塚らいてうにとって、『青鞜』は初めて表現者としての一歩を踏み出す大きな節目の舞台であった。『平塚らいてう著作集1』(大月書店、一九八三年六月。以下『著作集』と略記)によれば、らいてうの最初の活字化された書き物は『明星』最終号に掲載された「幽愁」と題された短歌三八首(『明星』明治四一年一一月)である。そのなかでらいてうは、「居も立つも寝るにも堪えず歌わんも唇こわし君も厭わし」と歌う。著作集の「解題」[11]によれば、活字化された短歌作品はこれらのみであるという。晶子らにとって恋や失意など、そのセクシュアリティを盛り込むための大切な器であったはずの歌は、らいてうにおいては発表数わずか三八首でその機能を終える。多くの近代の表現者が反復することになる「歌のわかれ」をらいてうも経験したのである。

『青鞜』が文体における男性ジェンダー化の完了しつつあった明治四四年に生まれたことは意味深長である。それは史上初の女性編集人による女性のための雑誌であることにはちがいないが、文体という観点からみれば事態はかなり複雑な様相を呈する。二〇年代後半の一葉の活躍とその余波ともいうべき三〇年代の一葉カノン化などに象徴されるように、文体において女性表現者たちは相対的に優位性をもつことができた。だが、雅俗折衷体に集約される文語体が衰退し、代って言文一致体が中心化したとき、女性表現者たちは劣位に立たざるをえない。文語体は歌や書簡文など、限られたジャンルや日常的に使用されるものとして領域設定されてしまったのである。小説が主要なジャンルとして中心化されるにともない、量ではなく質における文学の階層秩序において、擬古文の領域設定はその担い手たちをも周縁化してしまうことになったのである。

なかでも明星派／女性／歌人という、四〇年代の文学シーンにおいて三重の意味でマイナスのイメージ(12)を負わされていた晶子は、現在彼女に与えられている文学史上の評価では想像できないほど苦戦を強いられていた。以下晶子のテクスト分析を通じてその様相を検証してみよう。

❶ 「そぞろごと」の位相

晶子の「そぞろごと」は、創刊号の『青鞜』巻頭を飾るにふさわしい詩表現としてしばしば言及されてきた。しかし、「山の動く日来る」からはじまる冒頭第一連やつづく「一人称にて物かかばや」の第二連を除けば、全一二連のうちほとんどの部分はマニフェストとは異質な詩表現であることに気づかされる。一般にはこの二連のみが一人歩きして受容されることになるが、そのような読みの「偏向」＝「誤読」に歴史的意味があったことは十分認めるにしても、明治四四年時点での晶子の位置を正確に知る上では、多義性をもつテクスト全体のレイアウトを記述することが必要であろう。すでに指摘されているように、後年晶子はこの詩を改稿することになるが[13]、改稿へと至るプロセスはすでに発表時のテクストのなかに内包されていたのである。

「そぞろごと」とはいうまでもなく「すずろごと（漫ろ事）」に通じる伝統的な随筆のスタイルを意味する。それはまずスタイルとして、ひとつのテーマやメッセージに集約されない心中の断片を綴ったものである[14]。昭和四年の時点で晶子はこの詩を「山の動く日」・「一人称」・「乱れ髪」・「薄手の鉢」・「剃刀」・「煙草」・「女」・「大祖母の数珠」・「我歌」・「すいつちよ」・「油蟬」・「雨の夜」という一二のタイトルを持つ詩に分離独立させるが[15]、そのような主題の分解に通じる多様性は、すでに初出の「そぞろごと」に含まれていたのである。その意味でマニフェストにふわさしくないことは明瞭であるが、それと同時にこの詩句の連鎖が一定の方向づけられたイメージを喚起することも事実である。以下テクストにそって具体的に述べてみたい。

たとえば第三連「しをたれて湯瀧に打たるるこころもち」や第六連の「にがきか、からきか、煙草の味は」に託された心象は、第四連「薄手の玻璃の鉢」、第五連「細身の剃刀」、第八連「青玉」、第一〇連「すいつちよ」など、脆く儚い器物や小さな生物のイメージと呼応して倦怠感を醸成している。だが、これらの表象は脆いが決して「われ」にとって好ましからざるものではない。好ましくないものとは、喧噪に満ちた声で啼く「油蟬」や「アルボオス石鹸《しやぼん》の泡」・「慳貪《けんどん》なる男の方形に開く大口」・「手握みの二銭銅貨」・「近頃の芸術の批評」・「誇りかに語るかの若き人等の恋」などである。このなかでいままで指摘されていないのは、「近頃の芸術の批評なり」から「いつの世もざらにある芸術の批評なり」への改稿と「誇りかに語るかの若き人等の恋なり」の詩句の削除である。特に前者「近頃の芸術の批評」は、第九連の「わが歌」の詩句と響きあって、詩人を圧迫するものを明示している。

この圧迫感は直接的には明治四一年一一月の第一次『明星』の終焉や、その前年、田山花袋『蒲団』（『新小説』

明治四〇年九月）の成功などによってもたらされた文芸上の自然主義時代の到来によるだろう。しかし晶子を囲繞するものは小説ジャンル上の自然主義だけではなかった。たとえば歌人の伊藤左千夫は、長文批評「与謝野晶子の歌を評す」のなかで、一首の歌には一首たる「思想が組織されて居らねばならぬ」と説き、晶子の上の句と下の句が不統一であると指摘しただけでなく、次のような改稿さえしてみせた。(16)

遠つあふみ大河ながるゝ国なかば菜の花さきぬ富士をあなたに（晶子）

↓

国断てる大河に続く菜の花や菜の花遠に富士の山みゆ（左千夫）

曲線を描きつつやわらかく流れる大河の表象と、いっぽうそれと対照的な国を裁断する記号としての大河という表象。物語絵を思わせる前者で焦点化されているのは「菜の花」であるのに対し、後者は定点観測による遠近法を用いて「菜の花」を強引に「富士の山」につなげようとする。ここからは文語短歌内部のリアルな言説闘争の様相が見てとれるのではないだろうか。達意・明晰・簡潔などをモットーとする言文一致体が制覇した現代からみると、両者の差異は詠法の違いにすぎないともいえるが、同時代においては簡明な論理性を有する左千夫の方が格段に「新しく」見えたことは十分想像される。

次の「誇りかに語るかの若き人等の恋」とは、おそらく明治四一年三月の文学士森田草平と日本女子大出身の平塚明《はる》による心中未遂事件とそれを基にした小説の新聞連載（「煤煙」『東京朝日新聞』明治四二年一月一日〜五月一六日）、さらには漱石の小説によるその引用（「それから」『東京朝日新聞』『大阪朝日新聞』明治四二年六月二七日〜一〇月一四日）など、後に煤煙事件・塩原事件などと呼ばれる一連の出来事であろう。[17]「煤煙」には名取春仙のカットが用いられたが、島崎藤村の「春」（『東京朝日新聞』明治四一年四月七日〜八月一九日）で起用されて評判となった名取春仙の画像に象徴される、いかにも「新しい」恋の様相がメディアに流通していたのである。あとで触れるようにその恋の担い手は晶子が依拠していたような伝統的な女性性の表象に基づくセクシュアリティとは異質な存在であった。

これらが外側から「われ」を圧迫する存在であるなら、内側から「われ」を包囲する存在としての「寝汗の香、かなしさよ。よわき子の歯ぎしり」など、子供という身内＝まさに内部的な存在が「われ」が抑圧し、それらによって「われ」は苦しい闘いを余儀なくされていることが表出されている。子育てで苦戦中の「われ」に自然主義小説の隆盛、短歌の新潮流、異なる恋のモードをもつ若い世代の台頭が加わり、「われ」を追いつめる。このような八方塞がりの苦境のなかで立ち現れるものこそ最終句「この中に青白きわが顔こそ／芥に流れて寄れる月見草なれ」であろう。「青白きわが顔」を「月見草」という表象に託す詩人。「月」でさえ「太陽」と比較すれば色褪せてしまう表象なのに、ましてやその「月」を仰ぎみる地上の植物である「月見草」に自己を仮託してこの詩は閉じられる。

すでに指摘されているように、この詩句は『青鞜』の中程の誌面に置かれたらいてうの「元始」の中の「月」のイメージと呼応し、強い相互テクスト性が窺われる。[18]かつて『みだれ髪』のなかで「星の子」と自ら歌った詩人は、いまや地上で月を仰ぎ見る「月見草」へと変貌する。[19]この変貌の原因を見いだすには、連鎖的なイメージ群の表出だけで構成されている「そぞろごと」という一テクストだけでは不十分であろう。ここで晶子の苦境＝周縁化の様相を三〇年代に溯って記述してみよう。

❷「ひらきぶみ」と文語体の命脈

生涯文語体の歌を詠んでいた晶子にとって、ジャンルの異なる散文の文体変革はどのようになされたのだろうか。晶子の業績を集めたのは『定本 与謝野晶子全集』二〇巻（講談社、一九七九年一一月〜八一年四月）である。これは近代文学の個人全集の常としてジャンル別に構成されているが、文体別にみれば、文語短歌・文語詩・美文などを除くと、半数以上の書き物は言文一致体で記されていることがわかる。もちろんこれは分量での話であるが、晶子の場合、ある時期から歌を除くすべての書き物が言文一致体へと変換された。それではその移行期はいったいいつなのだろうか。

よく知られているように晶子は日露戦争時に「君死にたまふこと勿れ」（『明星』明治三七年九月）を発表し、大町桂月との間で論争を巻き起こした。論争の経緯については中村文雄『君死にたまふこと勿れ』（和泉書院、一九九四年二月）などで詳しく述べられているが、文体の闘争という本論の視点からいえば晶子の反駁文「ひらきぶみ」（『明星』明治三七年一一月）に着目したい。

第一にこれは候文という書簡文の形であること、さらに『明星』誌上の晶子の署名が「みだれ髪」であったことである[20]。これら候文や「みだれ髪」という署名などに現れた女性性の痕跡は、晶子の「女装文体」[21]として位置づけることも可能かもしれない。結果的に晶子の「女装」は、状況のなかで両義性を帯びることになる。日露戦時という非常時において、「文学」の領域に属する者は「女性性」の側にカテゴライズされ周縁化される。だが同時に同一カテゴリーの内部の言説闘争においては、体制翼賛的な桂月側より晶子の方が「文学」的に優位性をもつことができたのである。[22]「ひらきぶみ」は重要なテクストでありながら、論争のなかの一資料としてみられることが多く、近年に至るまで注目度はそれほど高くなかった。その理由のひとつに、後年の文学的配置のなかでこの文章が韻文でも言文一致体でもなかったことが挙げられるだろう。たとえば先の『定本 与謝野晶子全集』のなかで、木俣修の解説によればこの文章は「反動的な」と形容されて「美文」の巻（第一二巻、講談社、一九八一年三月）に収録されているのである。

だが、「美文」とはなんであろうか。たとえば一葉の時代、誰も彼女の小説を「美文小説」とは言わなかった。つまり文語体が「現代文」として有力であったときには、「美文」という呼称は使用されなかったということだ。言文一致体が勢力をもつにしたがって、文語体が「美文」としてグルーピングされるようになったのである。晶子全集の「美文」という区分けはむろん事後的に為されたものである。実際の文の転換期においては、（すべての転換期がそうであるように）プラス・マイナスの価値づけが同時に為されたり、評価の入れ替りや一時的な逆転などのジグザグも当然起こりうる。たとえば明治三七年五月から『明星』に連載された歌論「籔柑子《ママ》」はこのような文体である。[23]

①自分の心で想像の出来ぬことを歌つたりする人は無い筈で御座いますが、併しときどき見受けまする或ものはさうで無いかと私は思ひます。心の閲歴と申すのは、つまり種々のものを読み、さまざまの人に多くのことを聞きまするると、いろいろのことを想像することの出来る閲歴を心につくるもので御座います。それの無い人が、他人が詠むからと申して無暗にいろいろの境地を歌はうとするのは、それは無理では無いでせうか。

（『明星』明治三七年七月）

「聞きまする」など、一葉小説の会話部分に見られる文末が挿入されており、言文一致体というより談話体というべき文体である。歌会を彷彿させるこのような文章が『明星』という文学共同体を背景として生まれた文章であるとしたら、新聞メディアという不特定多数の読者に開かれた文体とはどのようなものが望ましかったのだろうか。わたしたちはその文例を『東京二六新聞』に掲載された「産屋物語」（同紙明治四二年三月一七日）に見ることができる。それ以前の文体との対照をあきらかにするために、ここで三六年に書かれた「産屋日記」（発表は『明星』明治三九年七月）を同時に掲げておこう。

②雛の節句の晩に男の子を挙げて未だ産屋に籠つて居る私は医師から筆執る事も物を読む事も許されて居りません。所で平生忙《せわ》しく暮らして居りますので、斯う静かに臥つて居りますと何だか独りで旅へ出て呑気に温泉にでも入つて居る様な気が致しますし又平生考へもせぬ事が色々と胸に浮びます。お医者には内所で少し許《ばかり》書きつけて見ませう。（『産屋物語』）

③時は五時十分と云ふ。やうやう心静まるまま、戸のすき白うさす光に、束の間やつれ羞かしく、さきの程汗など拭はれしきぬ顔にかづきて、嬉しきよしを互みに語る。ちさき人はまだ知らず、初湯のほどなり、君は早見給ひてかと云へば、見ずとあるに、かたち醜くては耻かしと顔おさへて在るわれに、さもあるまじと云ふ君、昨日までやがて見む児のかたちにおどけの数々云ひける人とも覚えず、思はず微笑みなどするほどに、この夜明の短き時の長き苦痛夢のやうに忘れぬ。（「産屋日記」）

三六・三七・四二年の三つの文章を比較してみると、この六年間の文章の変容をおおまかながらたどることができるように思う。特に③は「羞かし」・「耻かし」などの語から類推されるように、それらの語を誘発する対象者である男性性の「君」と女性性の「われ」とがかなり明瞭にジェンダー化されている。対関係のなかの書き手の心情にアクセントが置かれているといってもいい。いっぽう②はかなりぶっきらぼうな談話体「です・ます調」で、産褥にあるひとりの女性としての「私」の心境が語られている。いまこれを広義の言文一致体とみなせば、このようなモノローグ的な女性一人称は興味深い。「お医者には内所で少し許書きつけて見ませう」というメッセージは、書き物はおろか読み物などまで禁じた産褥の女性への伝統的な禁忌が破られていることを明確に伝えている。このようなメッセージ内容と文体の達意・簡潔さは呼応して、一定の効果を挙げている。同じ産褥中の執筆という点では③もほぼ同じ事態であるが、新聞メディアのなかで告げられる三月三日の出産、その産婦がライターとなって紙面に記された一七日という日付は、奇妙に生々しい印象を読者に与えたにちがいない。

出産と執筆、書く女と産む女という二重性、つまり女性表現者における書くことと身体性の問題は、後に平塚らいてうなど『青鞜』の若い女性ライターが発言に加わることで本格的に論じられることになるが、この時点では晶子という特異な書き手の問題として限定されて展開されている。遠くは王朝の日記文学や『源氏物語』などにも登場する産む女の表象が、ここでは近代的な装いのもとに提示されているのだ。「産屋物語」はこれらの伝統的表象から切断されることで、たったひとりの「女」、衆に抜きん出て突出する「女」の表象へとその意味を変容させる。そのことの功罪を問うことはここではしないが、ただいえることは出産というきわめて女性性に結びついた事態においても、男性性の言語で語るという時代が到来したということである。[24]そのとき語り手/書き手は、男性性的な明晰さや簡潔性を身にまといつつ、自らの女性性を語るという方法を採用しなければならないことになる。

散文の領域における「近代化」はこのような形で行われつつあった。だが、韻文の領域で晶子は異なった動きを見せることになる。わたしたちはここで『青鞜』創刊号の巻頭を飾った「そぞろごと」が文語詩であったことを改めて思い起こしたい。現代の視点ではいかにも「旧派」のイメージを与えるそれは、晶子がいかに「われ」という文語の「一人称」にこだわったかを証明していると思う。その文体は「今ぞ目覚めて動く」女性表象を打ち出しながら、そのほかならぬ文語/女性/一人称であるがゆえに、末尾の「月見草」という後退的な表象をもたらしてしまうのである。晶子が詩的言語を招きよせようとすればするほど、発話主体の「われ」によって呼び寄せられるのは、産み育てながら書くという女性表象であり、そのメタファー化された表象が「月見草」という語であるといえよう。

「そぞろごと」の翌年晶子は『源氏物語』の現代語訳を刊行する。五四帖全部としては初の現代語訳として位置づけられるそれは、鷗外の校正を経て刊行されたという。(25) 現代語訳とは、古語と現代語という二種類の言語間の媒介行為である。晶子は『源氏物語』という古典を男性ジェンダー化した文体で再構成するという、いままで誰もやっていない言説闘争を試みる。「産屋物語」ではやや生硬な談話体でしか書けなかった晶子は、自己のセクシュアリティの立脚点である古典を口語訳することで、散文の領域でのサバイバルを試みたことをここでは確認しておきたい。

❸ 候文の周縁化

田村俊子という女性作家の本格的な評価は、戦後において初めて系統だてられたテクスト集成である『田村俊子作品集』(オリジン出版センター、一九八七年一二月〜一九八八年九月)の刊行によって実現されたといっても過言ではない。中野重治が俊子の小説『枸杞の実の誘惑』の初出を関係者に問いただしたところ誰も知らなかったと記したのは、実に一九七四年七月のことであった。(26) その意味で作品集の成果は十分認めるものの、「あきらめ」と「露分衣」のあいだがまったく空白になっていることは、文語体から言文一致体へという俊子の文体上の変容プロセスを見えにくくしているといわざるをえない。ここではその空白を埋める一助として、『手紙雑誌』という書簡専門誌に掲載されたテクストを検討することにする。

長らく病床にありし妹は遂に先月二十二日の夜半この世を去り申候日数経る程夢より覚めしやうにてたしかに冷えたる頬も撫でたり、棺へおさむる時変り果てたる面も見たり、煙りとなりて残りたる哀れの姿も見たること、幾度思ひ返し思ひ直すにて候へど、いかにしても失せたりとは思はれず今にも何処よりか帰り来るやうに思はれ候（中略）拙者とてそしりたる習字の清書、絵など残りたるを見れば誰よりも勝れて書きなれしやうに思はれて賞めてやらざりしが口惜しく、挿し古したる簪にも一度も簪さゞりし花にも、それ〴〵の哀れこもりて限りなき悲しさを覚え候

（「賞めてやらざりしが口惜しく候」「手紙雑誌」創刊号　明治三七年三月）

―肥えて帰られなば金を得て来る事と思ふそれより痩せて帰られなば、詩想は充分に得て来られしなるべきにも金は持たぬ事と知るべしと申さるゝ方もあり笑ひ興じられて、やがて賑やかに波止場まで参られ候（中略）△△様は再び身体検査にて一度もお出なく、やがて其れも済みし時、出船も程なければ桟橋へ出よとの事に候ひき、皆様は充分名残を惜まれて、御無事にお達者にと云ひ交はされしも私は一言も何も申さず唯ぼんやりとして船より出て候ひしが恐ろしく暑き日の色を眺め候ひし時は今にも仆るゝかと思ふやうにて○○様に手を引張られ、漸く桟橋の端まで参り候ひき

（「痩せて帰られなば詩想を得て　友の外国へ出発したる時の模様を其師へ報ずる手紙」「手紙雑誌」右同）

最初のものは、手紙の末尾に「九月五日　師の君御前　露英」とあることから、明治三五年八月二二日に俊子の妹茂子が一三歳で亡くなったときのものであろう。露伴はこの手紙のあとに「露伴曰く」として「すべて文は情至れば即ち筆至るものなり。この書状は実にその適例」とし、さらに「此の状ほど美しく書かれたるは無し」と最大級の賛辞を贈っている。あとの手紙は、おそらく明治三六年同じ露伴門下の田村松魚が渡米する際の見送りの模様を綴ったものであろう。この手紙のあとにも「此の発信者露英は漸くこのごろ其の著を世に出せるのみの婦人なる

が其の小説の調子は故一葉に似て其の尖鋭のところは及ばざれども其の艶麗のおもむきは或は勝れり勗めて休まずんば前程測るべからざる作家なり」とプレゼンテーションされている。一葉と同時代作家であった露伴は、俊子を「ポスト一葉」として世に出そうと目論んでいたのである。

死別と生別というふたつのわかれをテーマにしたこれらの手紙ではあるが、不思議とそのトーンは暗くない。どちらも心置きなく悲しみに身をゆだねている、といった風情なのである。このような風情の表出は、手紙の受信者露伴のキャラクターや二人の置かれている状況によるところが大きいのであろう。露伴はこの頃生活者としては安定期にあり、いっぽう弟子の俊子は不幸な状況のなかでも精進をつづける「健気な娘」として奮闘していた。だが二者間の交情が美しければ美しいほど、発信者と受信者はその美しさを維持しようという暗黙の規制にとらわれてしまう。健気な娘と彼女をいたわり導く師というイメージは相互に働きかけあって、それ以外の関係が生まれる可能性やさらにノイズなどは排除することになるだろう。私的で自由なはずの手紙という形式がはらむ陥穽である。[27]

のちに俊子は自叙伝的な小説のなかで言文一致体小説「あきらめ」の評価をめぐって、師の露伴に対して激しい反感をあらわにするが、[28]それは文語文や候文を用いることで女性性を演出していた表現者俊子自身が支払わなければならなかった当然の代償であった。俊子は露伴の忠実な弟子を演じることでその枠組みに荷担したからである。

ところで俊子が模範としたのはおそらく一葉の『通俗書簡文』（博文館、明治二九年五月）であろう。野口碩の調査によればこの手紙マニュアルは一葉の死後もロングセラーをつづけ、特に日露戦後にあたる明治四一年には二五刷にまで達したという。[29]しかし俊子よりも三歳年下の日本女子大の後輩で『青鞜』発起人のひとりでもあった木内錠子の回想記にあるように、[30]明治三〇年代前後においては『通俗書簡文』と同時に下田歌子の『女子書翰文』（博文館、明治三〇年）が、女学生やその予備軍の若い世代には強い影響をもっていたことは想起されてよいだろう。一葉にとっては自在にセクシュアリティを解き放つことのできた容器としての候文であるが[31]、それに対抗する手紙文体が勢いを持ちつつあったのである。

歌子はそのマニュアルのなかで「室町将軍時代以降」、「男女の書翰文」が「甚だしく、隔離し」たので明治の女子の文も男子に近づくべきであり、さらに「擬古文即ち、現世の人の耳に疎かるべき、死文」とまで言い切っている。さきほど引用した『手紙雑誌』の明治三七年一二月には一葉の『通俗書簡文』とともに歌子の『女子書翰文』からの引用がみられ、一葉に比べても引けを取らない大きな影響力を歌子のマニュアルがもっていたことが窺われる。さらに歌子は明治三九年には次のような発言をするに至る。

文章なるものが、果たして、言文一致ならざるべからざる、否、寧ろ願くば言文一致たらしめたいと云ふならば、先づ現今通俗の詞から直して、語脈を正しくし、言辞を選んで、なるべく高雅簡明にし、口を突いて出づる詞を速記すれば即ち文を為すやうに致して、そして先づ、書翰文から、俗語の儘を移して、差し支へないやうに致したいと存じます。

（『文章世界』明治三九年五月）

ここに至って歌子は「言文一致の女性イデオローグ」に変貌している。そんななかで同じ誌面に載った三宅花圃の「文話」はどうか。

物を人にたのみ聞こゆるにも願ひますとあると願上候とあると、いづれか人の心よく感ずるやを思はゞなほ文章体のまされる事多かめり、まこと言文一致とはいへ、相対して物かたる折には、眉目の気勢身体の態度手上げ下げするなど真情もあらはれて、人の心をよきに融合さすれども、目にみえぬかたちを筆の力かりて、たゞ言葉のまゝかきくださむは無理なるべし、かゝれば今のまゝ言文一致とて人のいふはいかにぞやおぼゆる

花圃は「目にみえぬかたちを筆の力かりて、ただ言葉のまゝにかきくだ」すことにこだわっていた。それは彼女

のライヴァルであった一葉に対する回想記の文体によく表れている。「相対して物かたる折」であったはずの「談話筆記」体であるところの「女文豪が活躍の面影[32]」は実に明け透けな調子で一葉像が語られていた。そのような露骨な文体では表現されないもの、あるいは語り手をしてつい「露骨に」してしまう文体に対するに彼女なりの抵抗があったといってもいいだろう。鈴木淳が指摘したように[33]、大正五年四月に一葉と同じ書体である千蔭流の整版本『女子消息玉つさ[34]』を刊行した花圃は、近代の文化史のなかで文体だけでなく書体という文の形においても周縁化されようとしていた候文[35]に強く拘泥したのである。

それは言い換えれば、文化のなかの副次的・匿名的な領域へとかつての文体や書体が囲い込まれることを意味していた。磯前順一は「文体・書体・字体の総体をエクリチュールと呼ぶ[36]」ことを提唱しているが、確かにこの時期、活字メディアの隆盛にともない、文体だけでなく、書体や字体までも大きな変容をこうむっていたことは記憶されてよいだろう。本論での守備範囲からはずれるが、文体と連動した書体や字体の変容が、前時代の作家たちをより「過去の方へ」と追いやることに貢献したことは確かであろう。

それではこのような転換期、文学に関わる領域で固有名を立ち上げようとしていた俊子やらいてうなど若い世代の女性表現者たちはどのような戦略のもとに書くことを試みていたのだろうか。ここでわたしたちは四〇年代の時空に立ち至ることになる。

❹ 「生血」の虚構空間

『青鞜』創刊号に載った「生血」は黒澤亜里子の的確な要約を借りれば、「初めて性交渉をもった男女の一日を描いた奇妙な小説[37]」である。田村俊子において言文一致体という文体面での変革はすでに「あきらめ」によって為されていた。俊子にとって次なる課題は、内容面つまり「初めて性交渉をもった男女の一日」というかなり露骨な主題を言文一致体で書くという点にあったはずである。しかしよく読むとテクストは「性交渉へのプロセス」を描くことではなく、「その後のプロセス」にこそその主眼があることに気づかされる。その意味では伝統的な「後朝」の物語ということもできるかもしれない。いまジャンルの違いを無視すれば、後朝の女性表象という主題は、百人一首で著名な「長からん心もしらず黒髪の乱れてけさは物をこそ思へ」（待賢門院堀河）をはじめとして、広く知られた表象でもある。その意味では晶子の『みだれ髪』も、古歌と比べればかなり身体的ではあるものの、伝統的な後朝の情景を含む「性交渉」の一連のプロセスを読み替えたものということもできるだろう。

今はゆかむさらばと云ひし夜の神の御裾さはりてわが髪ぬれぬ
細きわがうなじにあまる御手のべてささへたまへな帰る夜の神
みだれごこちまどひごこちぞ頻なる百合ふむ神に乳おほひあへず[38]

先の古歌が、恋人が去った後の一人の空間で詠まれたものであるなら、これら晶子の歌は「いま・ここ」の現在進行形の恋人たちの光景を詠んだものである。晶子が大胆な身体詠を詠むことができたのは、後朝の女性表象をはじめとするコード化された「女歌」の伝統[39]があったからといえよう。

むろん、歌は歌というジャンルのものである。歌というジャンルには許されていたセクシュアルな女性表現を、小説という近代の新しい「器」に盛り込むことはできるのだろうか。これら恋歌の系譜や同時代の先行歌人の伝統は伝統として、それとは異なる小説という散文の領域で明治の恋人たちの情景を描くこと、そこに俊子の課題があったといえよう。「生血」に限らず、「あきらめ」においても女性同士の濃密な恋愛感情など当時のセクシュアリティの水準からいえば、俊子の小説は過剰さを内包している。鈴木正和がいみじくも指摘したように「〈女〉が〈男〉と関係を持つことは、〈男〉が〈女〉と関係をもつこととは、同一でない[40]」という困難な地点から俊子は女性の性を対象化しようとした。しかし、その理由を小説内部の物語展開からのみ追求することには限界がある。性をめぐる物語を語るわたしたちの言葉はあまりにも「〈男〉が〈女〉と関係をもつこと」の枠組みで語られてしまっているからである。ジャンルとジェンダーがわかちがたく接合している以上、性をめぐる物語内容をいくら積み重ねても堂々巡りに陥る危険性があるのである。

ここでひとつの仮説を立ててみたい。俊子のテクストの過剰さは「セクシュアリティの器」としての女歌およびその姉妹であるところの候文を包含する文語文体が失われたゆえにもたらされたもの、というものである。鈴木日出男が分析しているように、このようなセクシュアリティの器としての「女歌」というコードは、男性歌人でも使用可能な強靭なコードである[41]。その強靭なコードが臨界点に達したといえる近代の言説空間において、セクシュアリティはどのような水路を必要としたのだろうか。特に芸者や娼妓といういわゆる玄人女性でない女性の性を女性作家が扱う場合、近代小説というジャンルがどのように機能したのかを問うことは重要であろう。

たとえば明治四〇年代において小説というジャンルの男性側のセクシュアリティ表現のひとつの明確な表象を示してみせたのは、「蒲団」(『新小説』明治四〇年九月)であろう。かつては桂園派の歌人であるいっぽう、文壇的出発期には一葉と同一誌面に登場(「新桜川」『都の花』明治二五年一一月二〇日)したり、美文小説「わすれ水」(『国民之友』明治二九年八月)や『美文作法』(博文館　明治三九年一一月)などの著作歴のある花袋は、文体の新旧交替期を生きた表現者であった。交替期の現場をライターとして歩んでいた花袋は、美文では可能であったコード化されたセクシュアリティ表現が、言文一致体小説のなかでそのままでは通用しないことを認識していたに違いない。それゆえか花袋は、「蒲団」の男性主人公時雄の髭面に涙を流させたり、女弟子の蒲団の残り香を嗅がせたりする。彼はこのようなおろかしくもリアルな男性主人公の行為が、小説という「散文の自由の国土[42]」では逆にある種のセクシュアリティ表現として機能する可能性に賭けたのかもしれない。

いっぽう「生血」においてこれらの表象と対応しているのは、金魚や蝙蝠にまつわる女主人公の行為であろう。前者はヒロインゆう子によって「目刺し」にされるし、後者は見世物小屋の娘の生き血を吸う加虐的な動物表象としてアレゴリカル化されている。これらの加虐的な表象は直接的に語られないゆう子の心情を託す代替物として、あるいは内発的な女性の性的欲望を表すものとして機能している。同時代評のなかで「多少の誇張はあるとしても、硝子鉢の金魚を掴み出して、ピンでつゝき殺ろ《ママ》す振舞ひにも、玉乗りの小屋で、扇子もて破目板へ抑へつけた蝙蝠の黒い片々の翼に物の怖えを感じたことにも、態々しいふしの伴はなんだのは何よりだ」（無署名「九月の文芸」、『時事新報』明治四四年九月一三日）という解釈が存在したのも、「生血」のセクシュアリティの新しさを辛口ながらも認めたものだろう。ゆう子は伝統的な女性性のコードに依拠すれば、愛玩すべき対象であるはずの小動物を残酷に殺す。そうすることで暴力的にセクシュアリティを表現するのだ。伝統的な女性性を逸脱するその行為と表現は、「性的アノミー[43]」というべき性的交渉から派生する心理的空間を語るに適した散文表現といえよう。

しかしこのテクストの面白さはジェンダーの越境性だけにとどまらない。小説は宿屋の場面と街を彷徨する二つの場面から構成されている。モノローグ的な前半部から二人が外出することで、町中のざわめきや浅草付近の市井の光景が印象深く繰り広げられる。すでに指摘したように「生血」はポスト性交渉の物語である。その意味で性行為の有無やその痕跡探しに執着した「蒲団」的主題からみれば、ゴールに位置するべきその地点がスタートに置かれている小説といえよう。テクストは男女の交わりではなく、その後の心象風景を、密室の男女ではなく、盛り場の街路や小屋のなかで、つまり「群集として」語る。二人が繰り出すのは浅草の街。ちょうど文語体の衰退と符合するかのごとく明治三七年四月に亡くなる斎藤緑雨に、一三二年に発表された浅草と上野について述べた「両口一舌」というエッセイがあるので引用してみよう。

御代太平の兆は、浅草公園第六区に著きを覚ゆ。玉乗り、かつぽれ、剣舞、娘手踊りの前に立ちて、往くにもあらず、帰るにもあらず、紐ほどけたる人の顔に、最も著きを覚ゆ。（中略）上野は悠揚也、浅草は狼藉也。上野は誂への公園也、居坐りの公園也、紀念像の公園也。浅草は仕入れの公園也、立変りの公園也、覗眼鏡の公園也。紙入と目的とを持たざるも、上野には入る可く、蟇口と手段を持たざれば、浅草には入る可からず。犯罪の一面より言はゞ、上野は過去也、過去を思はしむる也、悔悟也。浅草は現在也、現在を思はしむる也、構成也。(44)

「水色の洋傘」と「白いパナマの帽子」という当時流行のいで立ちで街を歩く二人。彼らはたとえ内面的には葛藤を抱えていたにせよ、よそ目には中流階層の気楽な都市の散策者である。明治四二年五月から田村松魚と谷中に住んで上野に土地勘があった俊子にとって、浅草は上野とは明確に異なる場所であったにちがいない。ここで森田草平の「煤煙」（明治四二年一月一日～五月一六日『東京朝日新聞』）を参照すると、そこでは、二人の男女が徘徊するのは新井薬師を除くと、九段の洋食屋や上野公園などである。九年ほどの時差はあるものの緑雨の比較論を用いれば、このような場所選びは期せずして二人の学歴や交情の段階を示唆している。一夜を過ごして浅草の街を徘徊するゆう子と安藝治は、群集のなかの匿名的な存在なのである。テクストには見世物小屋の娘芸人だけでなく、お酌の「雛妓」の娘や酌婦を思わせる「赤い蹴出しをちらつかせる」、「真つ白な顔をした女たち」など玄人女性たちの表象も書き込まれている。このような表象は階層的な差異を孕みつつ、いっぽうで「女たちの表象」としてゆう子に連続する。言い換えれば、他なる「女たちの表象」によってゆう子自身も都市のなかの女性表象として三人称化されているのだ。

明治四五年の『紅』（桑弓堂）に採録する際、俊子は小屋の中で「浅黄繻子の男袴」の娘芸人に二人して見惚れる場面を、ゆう子のみが見据えるものとして改稿している[45]。これは群集という中性的な存在にジェンダーの分割線をいれたものであるが、初出テクストではそこは未分化である。女芸人を視る存在として、ゆう子は安藝治ともども階層的に優位な立場にあるが、そのようなゆう子自体は都市のなかでは男と街を彷徨する女として、人々からは有徴化されている。テクストはこのような都市のなかの多層的な視線を内包していたのだが、同時代の批評はヒロインのセクシュアリティの特殊性のみに関心が集まってしまった。「五感の働きのみによつて生きて行くセツクス―それを描くのに女史は実に鮮やかな筆を持つて居る（中略）記者は『青鞜』の諸子が如何に感官的優勢に向かつて競ひつゝあるかを認めざる能はざるものである[46]」という同時代評が端的に示す通り、「生血」は女性性のセクシュアリティの側面ばかりが受容されてしまう。これ以後俊子は、「〈女らしさ〉を過剰に演出する[47]」女性作家として、内容と文体の双方において男性性が有利な文壇のジェンダー配置のなかを生きることになるのである。

❺ らいてうの文体戦略

それでは上野公園を実際に森田草平と徘徊した経験をもつ平塚明はどのような文体遍歴を経て『青鞜』にたどりついたのだろうか。冒頭部分で触れたようにらいてうは「幽愁」と題された連作短歌を第一次『明星』最終号（明治四一年一一月）に発表していた。だが、それから四四年九月の『青鞜』創刊号の「元始」までの間は空白になっている。『平塚らいてう著作集』補巻の年譜[48]によれば、らいてうは四一年の三月の「煤煙事件」を経て九月から信州の山中に滞在し、「幽愁」の歌稿と共にエッセイ「高原の秋」を執筆したといわれる。後者は『青鞜』第一巻第三・四号に「随想」として掲載されることになるが、筆名に結実する高原の空を飛翔する「雷鳥」としての「私」の発見は、以後彼女を支え続けることになる。このような転回は文字どおり、山岳的な表象のなかの癒しの時間と空間によって可能となったものだろう。時間的にいえば「高原の秋」・「幽愁」を経て「元始」となるが、それではその間にらいてうはどのような文体変容のプロセスをたどったのだろうか。

「高原の秋」がそうであるように、「元始」も既成のジャンル分けでは納まりようもない書き物《エクリチュール》である。詩・小説・俳句・戯曲・短歌・翻訳・小品という『青鞜』創刊号の誌面構成のなかで、「元始」は「感想」に分類されている。散文詩ともいうべきそれは、三七頁から五二頁まで実に一六頁に及ぶ長さをもっており、すぐ前に配置された俊子の「生血」の一五頁を量の面で抜いている。後年形成される「らいてう神話」からすれば、らいてうは俊子や晶子のような「文学幻想」からは自由であり、それだけに比較的容易に新しい時代のエクチュールを獲得できたと推測することも可能である。

しかしことはそれほど簡単ではない。なぜなら空白とされる明治四一～四二年のらいてうの書き物の痕跡ともいえる手紙文が存在するからである。それは森田草平「煤煙」（既出）のヒロイン朋子の手紙、さらにそれから七年後にらいてうが自ら事件を綴った小説「峠」（『時事新報』大正四年四月一日～一二日。未完）に登場する、正しくは手紙の一部である。もちろんこれらは虚構テクストのなかに挿入されたものであり、書き手による改稿もしくは新稿の生成などの処理がなされていることは十分推量される。そうではあるのだが、これらの手紙テクストは文句なく興味深い。それは『平塚らいてう著作集』ではこの時期のらいてう書簡はいっさい掲載されていないので、わたしたちは虚構作品を手掛かりとせざるをえない、という消極的な理由からだけではない。「峠」に登場する「私」の手紙は、「煤煙」に登場する手紙とほとんど同じであるのだ。これは森田草平が平塚明から届けられた手紙を使用した可能性が大きいが、らいてうがそれをほとんどそのまま使うというのは、この手紙が原型とそう隔たってはいなかったことを物語るのではないだろうか。

興味深いのは、その文体である。「峠」に挿入された手紙はほとんど言文一致体であるのに対し、「煤煙」のヒロインの手紙は候文と言文一致が両様混在している。もっとも二〇回で未完に終わった「峠」から、手紙の傾向を分析することには無理があろう。その点「煤煙」は四ケ月に及ぶ連載の後に完結した小説なのでほぼその全容をたどることができる。以下印象的な手紙の文言を引用してみよう。(49)

①「此夜此頃御言葉のはしぐ〵まで繰返して、思ひ乱る、ことの繁く候」

（「煤煙」九の四『東京朝日新聞』明治四二年二月一一日）

②「お許し下さい。昨日私は禁じられて居る酒を三杯まで一滴残さず頂きました。後で何様に成るか、全く無経験で予期は出来なかつたのですが。私は寧ろ狂して見たかつたのです。上野へお伴したのも、あの儘では自分に対して少からず不満足であつたからです」

（同十三の三、同二月二七日）

③「私は中庸といふことは出来ないのですから、火かさらずば氷、而して火は駄目だと確めたのです、氷です、雪です、雪国へ突進します」

（同十三の三、同二月二八日）

④「私の最後の興味は涅槃寂静の日に繋がれ居り候。この日を味はひ楽まむが為に候。日夜様々な事を考ふるも、最後はそこに帰し申候。私に取りては死が唯一の厳粛なることに残り居候。されば仲々容《たや》すき事にては死するを惜しと思ひ申候、眠るが如く死ぬるやうな不幸は考へて見る丈でも可厭に候」

（同十七の二、同三月二日）

⑤「私は失はれた。此手紙は死物狂ひに成つて書く。この上は書けるだけ書いて、一歩でも先生に接近する道を求める外はない」

（同二十六の二、同四月二五日）

これらの手紙はすべて要吉へ宛てた朋子の手紙である。「煤煙」は手紙小説といってもよいほど、手紙が数多く挿入されている。一般論でいっても、手紙は二者間の思いを伝え合う媒体であるが、明治四〇年代初頭の言説空間において、要吉も朋子もともに二つの文体を使い分けているのである。だが男性の師、女性の弟子という関係の中では、朋子の言文一致体の手紙に対し、要吉は「如何も文章が生硬で不可ない。同じ事でも可いから何故もつと女らしく書けないいんだらう」（同十三の五、同三月一日）と不満露わな感想をもらす。ここで花袋の「蒲団」の芳子と時雄の場合を思い起こしてみたい。男師匠／女弟子という関係では、「煤煙」と「蒲団」は似ている。しかし後者では言文一致体が師に甘える女弟子にふさわしいものとして評価され、かたや候文は「礼儀正しい」ものとして疎まれている。[50]これは言文一致体が、柄谷行人のいう「告白・真理・性」の三つから構成されている「内面」を語るに適した文体であり、そうであるならば他者の「内面」の吐露された言文一致体の手紙は、その受け手で同時に師という優位性をもつ読み手にとって非常に操作しやすい文体であることになる。

しかし朋子の言文一致体の手紙は読み手を撹乱する。要吉が望んでいたのは①のような手紙であろう。「思ひ乱る、」女の内面こそは言文一致であると否とを問わず、男性の読み手にとって好ましいものであったにちがいない。だが四〇年代初頭の文学シーンにおいて、「思ひ乱れる、」女という表象ほどステレオタイプなものはない。朋子の手紙が言語的には優位に立つ男性表現者たちの検閲を意識した「戦略的主体」であることを指摘したのは高橋重美である。[51]高橋論は拙論で用いた一葉の「女装文体」が「読まれる」ことを意識した文体であることを前提として、それとは異なるレベルの「読む」ことを前景化させたらいてうの「判断的主体」の問題を問うている。高橋の分析につけ加えるとすれば、一葉らが依拠したのが和文系の文語体であったという点であろう。むろん文語体でも対自的な表現は可能だが、手紙文という対他性のコードが強力に働く文章スタイルの場合、それは「読まれる」ための文体といっても過言ではない。

　だが、恋の駆け引きにおいて相手に「読まれる」ことは敗北を意味する。そうならないためには、解釈を一義的にしないために、時には衒学的な言葉や誇大な言葉も厭わず使用することが必要となる。ここにらいてうの手紙における戦略があったといえよう。

　この戦略が功を奏したことは、引用④の手紙に要吉は「女から受取りたいと思つたのは斯んな消息ではない」（同十七の二、同三月二一日）といいつつも「女の背後に潜む黒い影」（同）を想定したことからも窺える。彼は、そのような影を想起させる言葉にやすやすと魅せられてしまうのである。これは同時代の『明星』出身の女性表現者である茅野雅子が、「私の見たところでは、此女主人公は、要吉の思つた様に深い根のある、底の知れない人ではなく、もつと平易に解釈が付けられるやうにも思ひます[52]」と冷評しているのと好対照である。雅子はまた朋子の「戯曲的」な点を指摘したが、それは朋子およびその原型としての平塚明が、「こう読まれたい」という戦略的な解釈コードをもっていたということだろう。らいてうは後に「茅ヶ崎へ、茅ヶ崎へ」（『青鞜』第二巻第八号、明治四五年八月）で尾竹紅吉との交情を私小説的な「雑録」として発表するが、そのなかには紅吉かららいてう宛の手紙が多用されている。実在の人物の名を使ったこのテクストは、「判断的主体」を濃厚にもつ同性同士の関係という違いはあるものの、手紙の多用という点では「煤煙」を反復しているテクストといえよう。らいてうにとって、手紙は自己を想像的＝創造的に作り上げ、それを他者に認知させる手強い武器だったのである。

❻「元始」の多義性

巻頭詩「そぞろごと」と小説「生血」のメッセージ上の異義をひとまず度外視すると、晶子と俊子のテクストはふたつとも「読まれる」戦略を備えていることでは共通している。だが、らいてうの「元始」はそんな手続きを無視している。その長大さもさることながら、語や文脈のレベルでの漢語的表現や言文一致体の文末表現など、既成の女性性の書き物のイメージから遠いことだけはまちがいない。これは超越的な「判断的主体」（高橋重美、前掲論考）の位置にらいてうが立っていたゆえだろうか。一時代前の女性解放のコード、そして現在の読みに援用されているスピリチュアリズムのコード[53]などを参照すれば、らいてうの超越的審級は動かしがたいようにみえる。だが、これら特定のコードに囚われることなく仔細にテクストを読めば、コードは多種多様であり、それらの合成合体にこそテクストの独自性が認められることが見えてくるように思う。

確かに「元始」の言葉は、晶子のような明晰な文語でも、また俊子のような小説技法に長けた暗示的言文一致体からも程遠い「大言壮語」とみえる。「天才」・「真正の人」・「我が太陽」・「全智全能性の『自然』の子」・「神秘家」・「理想家」・「破船の水夫」など、人に関する語彙だけでも、小説言語のコードとは異質な言葉の連鎖である。端的にいってこれらの語彙は脱女性性の言葉である。「元始」の構成をみると、このような性別の超越は「天才は男性にあらず、女性にあらず」というような性別に無意識であったかつての自己から導き出されたものであることがわかる。難解な「元始」の中心的なドラマとは、そのような性的未分化の認識をもっていた自己が、何らかの理由で性別に目覚め、女性としての自己を発見した点にある。執筆時現在、らいてうは女性であることを受け入れた上で「女性も亦一人残らず潜める天才だ。天才の可能性だ」と主張するのである。ここには魂のドラマトゥルギーともいうべき弁証法的思考が認められる。それは詩や小説とは異なるが、劇詩的な魂の遍歴譚として読者に呼びかける力をもっている。晶子や俊子らの言葉からみれば、一目盛りも二目盛りも地上を離脱しているかにみえるそれら浮遊する言葉こそ、らいてう独自の言説編成の織物であったといえよう。

このような言葉のネットワークが可能になったのは、一義的にはらいてう自身の精神的遍歴による自己の思考プロセスの言語化であろう。同時に同時代において耳目を集めた流行現象との関連も見逃せない。たとえば繰り返される「精神集注」という語は、むろん禅学のコードである。方法的にも教義的にも「精神集注」を必要とした禅は、日本女子大時代および卒業後のらいてうを形成する重要な精神の参照軸であった。詳しい説明は本書『円窓』から の発信―初期らいてうの軌跡―」を参照していただきたいが、禅問答に象徴されるような一種の論理性を有する禅学は、官僚の父をもち、女子大の家政科にのみ進学を許されたという経歴をもつらいてうにとって、制度的なジェンダーを相対化する機能を果たしたにちがいない。あるいは現代のフェミニストのように、過剰な女性性にはその反対のもので対抗するという「戦略的本質主義」をらいてうは採用したのかもしれない。

「潜める天才」を実現する助けになるものは禅だけではない。催眠術も天才発現の方法として提出される。一柳廣孝によれば、明治三〇年代から四〇年代にかけては催眠術が近代科学のカウンター・カルチュアとして流行し、「催眠術は、精神主義の優位を示すための有力な証拠」とみなされたという。(54)「元始」のなかの「今日学者達の真面目な研究問題となつたかの催眠術」という言葉は、一柳が描き出した「煩悶の時代」の様相とぴったりと呼応している。こんにちの常識からこれらの言説を笑うことはたやすいが、催眠術や禅は明治末年から大正初期の「煩悶の時代」に適合した時代の言説モードであったのである。

またロダンへの崇拝。これは日本における初の本格的な紹介であったところの『白樺』のロダン特集号[55]を踏まえたものである。「インスピレーションを待つかの奴隷のやうな芸術の徒を彼は笑つた」、「何時でもインスピレーションがある彼こそ天才となるの唯一の鍵を握つてゐる」と記すこの書き手は、返す刀で「日本の自然主義者」への批判も展開する。ロダン崇拝にはオクシデンタリズムの影響がないわけではないが、禅がそうであったように、らいてうはジェンダーの相対化のためには参照すべきものはすべからく摂取しようとするのだ。小説「峠」では明治四〇年頃の文学に引きつけられながらも「飽き足りないような一種の侮蔑」を感じていたことが記されているが、このような心性は森田草平との出会いと決別を経過して明晰に言語化される。

日本の自然主義者と云はれる人達の眼は現実其儘の理想を見る迄に未だ徹してゐない。集注力の欠乏した彼等の心には自然は決して其全き姿を現はさないのだ。人間の瞑想の奥底に於てのみ見られる現実即理想の天地は彼等の前に未だ容易に開けそうもない。

彼等のどこに自由解放があらう。あの首械、手械、足械はいつ落ちやう。彼等こそ自縄自縛の徒、我れみづからの奴隷たる境界に苦しむ憐れむべき徒ではあるまいか。

私は無暗と男性を羨み、男性に真似て、彼等の歩んだ同じ道を少しく遅れて歩まうとする女性を見るに忍びない。

このように書きつけるらいてうは、もはや「煤煙」に見られるような、危険や混乱そして誤解を顧みることをせずにその女性性を担保にして状況に対峙した人ではない。言文一致体という「彼らの」武器を手にいれたらいてうは、逆説的ながらこれ以後「彼等の歩んだ同じ道」ではない道を歩みはじめることになる。同時代的なコンテクストにおいてそれは必然的なコースだったといえよう。

注

（1）最新の『青鞜』に関する基礎文献として米田佐代子・池田恵美子編『『青鞜』を学ぶ人のために』（世界思想社、一九九九年一二月）は必読の書であるが、その性格上個々のテクスト分析ではなく、問題別の構成になっている。

（2）かつてリオタールの「抗争」論に基づいて「ジェンダー抗争」という語を使用した（「テキスト・解釈共同体・教育者―文学教材をめぐるジェンダー抗争」『ジェンダーと教育』教育学年報七、世織書房、一九九九年九月 267～293頁）が、ここでは静態的な二項対立をイメージしやすいこの語を避け「ジェンダー闘争」という表現を用いる。

（3）文語体の定義は17頁・注1による。

（4）飯田祐子『彼らの物語―日本近代文学とジェンダー』（名古屋大学出版、一九九八年六月 47頁）。本書全体がその「男性ジェンダー化」の過程を論証しているが、ここでは理論的なまとめである序章を指摘するにとどめる。

（5）平田由美『女性表現の明治史　樋口一葉以前』（岩波書店、一九九九年一一月 174頁）。

（6）金井景子「自画像のレッスン」（『メディア・表象・イデオロギー―明治三十年代の文化研究』小沢書店、一九九七年五月 294頁）。

（7）与謝野晶子「産屋物語（四）」（『東京二六新聞』明治四二年三月二〇日）。

（8）厳密にいえば、晶子の文体は談話体ともいうべき敬体である。俊子は冒頭に談話体（敬体）による断り書きが置かれ、以下すべて常体となっている。らいてうはすべて常体で統一されている。なおジャニーン・バイチマンは「『産屋物語』における与謝野晶子の女性文学者論」（『大東文化大学紀要』第三三号、一九九五年三月）で晶子のこのテクストを「『文学者』である女」を論じたものと位置づけた。

（9）関「新しい女／旧い女」（『姉の力　樋口一葉』筑摩ライブラリー、一九九三年一一月 242～245頁）。なお同様の観点からの最近の考察として中山清美「明治四十年代一葉受容と『新しい女』―『円窓より　女としての樋口一葉』を中心にして―」（『名古屋近代文学研究』一五号　一九九七年一二月）がある。

（10）この時期の俊子の新聞小説との関わりを論じた先行研究に柴瑳予子「田村俊子『あきらめ』以前の隠れた新聞小説

二篇とその文体をめぐる考察」(『日本文学』第三九巻第七号、一九九〇年七月)がある。
(11) 小林登美枝「解題」(『平塚らいてう著作集1』大月書店、一九八三年六月 413頁。以下『著作集』と表記)。
(12) その意味で『青鞜』に一六回寄稿している晶子や一五回寄稿の茅野雅子などにとって、発表媒体という意味で『青鞜』は『明星』の後継誌という側面があったかもしれない。
(13) 中島美幸「革命的自己の表出─詩」(『「青鞜」を読む』學藝書林、一九九八年一一月 82~83頁)にあるように、晶子は大正三年と昭和四年の二回に亙って改稿している。
(14) 「そぞろごと」の分析については高良留美子「与謝野晶子と『青鞜』」(『想像』五〇・五六号、一九九〇年一〇月、一九九二年四月)が晶子とらいてうの緊張感のある相互性と独自性の観点から論じて興味深い。
(15) 『晶子詩篇全集』(実業之日本社、昭和四年一月)。
(16) 伊藤左千夫「与謝野晶子の歌を評す」(『馬酔木』第三巻三、明治三九年三月)。なおこの批評は、晶子の歌に代表される短歌の女性性と後の『アララギ』系男性性の言説闘争の発端として位置づけられるかもしれない。
(17) 「煤煙事件」の際、馬場孤蝶、夏目漱石らの談話と共に「与謝野晶子女史の談」が『東京朝日新聞』(明治四一年三月二六日)に掲載されているが、晶子は「森田さんは七年来の友達、明子さんはまだ委しく存じません」と語っている。
(18) 荒井とみよ「母性意識のめざめ─『青鞜』の人びと」(脇田晴子編『母性を問う』下、人文書院、一九八五年)、高良注14前掲論考。
(19) 『みだれ髪』のなかで「星の子」を初句に置いた歌は「星の子のあまりによわし袂あげて魔にも鬼にも勝たむと云へな」である。なお、『明星』(明治三七年七月)誌上での『白羊宮』合評会では寛は「月見草の歌へる」という詩を絶賛しており、少なくともこの時点では「月見草」はマイナスイメージのみではなかったことが窺われる。
(20) 関「ジェンダー/戦争/文学」(『日本文学』第四八巻第三号、一九九九年三月)や本書「第一次『明星』誌上の与謝野晶子(副題略)」を参照されたい。

（21）女性表現者が女性性を装った文章を使うことを「女装文体」という（関「桃水の小説指導」『姉の力 樋口一葉』前掲書 144頁）。なお『語る女たちの時代 一葉と明治女性表現』（新曜社、一九九七年四月）でも指摘しているように「女装文体」の語は漆田和代「女性学的文学研究の地平」（『女の目で見る 講座女性学4』勁草書房、一九八七年二月）に基づき、男性表現者の「女装文体」として使用したものであることを付記しておく。

（22）関「ジェンダー／戦争／文学」（注20前掲論考）。

（23）この時期晶子は『手紙雑誌』明治三七年五月の「名媛書簡」特集号に無題の候文の手紙を掲載している。内容から判断して父の宗七の死（明治三六年九月）からそう遠くない時期と思われ、文体上のジグザグの様相を示す一資料といえよう。なお『手紙雑誌』は明治三七年三月から四二年一一月まで刊行された手紙専門誌。美文・候文の「女性ジェンダー化」期の様相の一端を窺うことができる。

（24）明治三九年時点ですでに「美文」がはっきりと「女性ジェンダー化」されてしまった一例として、先に挙げた左千夫の文章のなかで、三七年時点で論争した大町桂月と晶子の二人を左千夫が同列視していることが挙げられる。またこの頃「美文」がマニュアル化されるという現象が起きていることは、『美文作法』という名の書物が相次いで刊行されたことからも推測できる。

（25）新間進一「与謝野晶子と源氏物語」（『源氏物語とその影響 研究と資料』武蔵野書院、一九七八年三月 258〜259頁）。

（26）中野重治「日本の女」（『海』一九七四年七月）。

（27）ヴァージニア・ウルフは一七世紀英国の女性作家ドロシー・オズボーン著『書簡集』の書評で女性の手紙文の技巧を「女性が女性らしさを失わずに発揮できる技」・「表向きはなにかしら有用な目的のために書く口実を持った技」であるものの、書き手は常に「匿名に等し」い存在として置かれるとした（『女性にとっての職業』出淵敬子・川本静子監修、みすず書房、一九九四年七月 92〜93頁）。この規範性・有用性・匿名性は女性と手紙文の関係を考察するうえで示唆的である。

（28）田村俊子「木乃伊の口紅」（『中央公論』大正二年四月）。

(29) 野口碩「『通俗書簡文』をめぐって」(『國文學　解釈と鑑賞』第三九巻一三号、一九七四年一一月)。
(30) 木内錠子(「一葉女史」『女史文壇』大正元年一二月)は、日本女子大学校卒。在学中に幸田露伴の門下生となり卒業後は『婦人世界』の記者となる。『青鞜』発起人の一人。以上『「青鞜」を学ぶ人のために』注1前掲書を参照した。
(31) 本書第二章「手紙のジェンダー／手紙のセクシュアリティ」を参照されたい。
(32) 三宅花圃「女文豪が活躍の面影」(『女学世界』第八巻九号、明治四一年七月)。なお近年花圃の美文による一葉回想記「虫のかごと」(『家庭講話　母と子供』同文館、明治三八年一二月)が発見された(山根賢吉「一葉関係資料拾遺—三宅花圃の「虫のかごと」について」『解釈』第四六巻第一・二号　二〇〇〇年二月)。
(33) 鈴木淳「樋口一葉と千蔭流」(『季刊　文学』第一〇巻第一号、一九九九年冬)。
(34) 三宅花圃『女子消息　玉つさ』(廣文堂書店、大正五年四月)。
(35) ハルオ・シラネは「明治に新しい文学の概念は、また、書かれたものと、そのさまざまな物質的表現媒体のあいだに境界線を引いた。早くは平安時代から、(とくに詩歌を)書くこと、書道、そして絵画はしばしば不可分のものだった」(「創造された古典—カノン形成のパラダイムと批評的展望」『創造された古典—カノン形式・国民国家・日本文学』新曜社、一九九九年四月　25頁)と指摘している。
(36) 磯前順一「近代的エクリチュールの統一　版本から活字本へ」(『現代思想』一九九六年八月)による。
(37) 黒澤亜里子「近代日本文学における《両性の相克》問題　田村俊子『生血』に即して」(『ジェンダーの日本史　下—主体と表現　仕事と生活』(東京大学出版会、一九九五年一月　26頁)。
(38) 引用は『与謝野晶子全集』第一巻歌集一(講談社、一九七九年一一月)による。なお、和歌・和文の塾「萩の舎」で題詠を学んだ一葉の詠草に「後朝恋」という題の歌が書き込まれており、後朝の歌がパターン化されていたことが窺える。
(39) 鈴木日出男「女歌の本性」(『古代和歌史論』東京大学出版会、一九九〇年一〇月　42〜63頁)。なお、晶子が寛と共著で『和泉式部歌集』を編むのは大正四年一月のことである。

（40）鈴木正和「彷徨する〈愛〉の行方―田村俊子『生血』を詠む―」（『近代文学研究』第一三号、一九九一年三月）。
（41）鈴木日出男前掲書。
（42）石川啄木「明治四十一年日誌」七月七日の記。
（43）黒澤亜里子「『生血』解説」（『ジェンダーの日本近代文学』翰林書房、一九九八年三月 99頁）。
（44）斎藤緑雨「両口一舌」（『わすれ貝』博文館、明治三三年八月）。
（45）鈴木正和は前掲論考で改稿を肯定的にとらえており、初出『青鞜』を問題としている本稿の立場と異なる。
（46）無署名「九月の小説と劇」（『三田文学』第二巻第一〇号、明治四四年一〇月）。
（47）光石亜由美「田村俊子『女作者』論―描く女と描かれる女―」（『山口国文』第二一号、一九九八年三月）。
（48）小林登美枝「解題」（『著作集1』注11前掲書 413頁）。
（49）初出『東京朝日新聞』版は通し番号による回数表示ではないので、煩雑ながら月日を入れておく。なお『著作集』に収録された「峠」は断片的な未完小説の印象が強いが、挿絵のある新聞小説として配置されている初出『時事新報』版は収録版とは異なった印象を与えている。
（50）花袋『蒲団』（『新小説』明治四〇年九月）。なお『蒲団』の分析については藤森清『語りの近代』（有精堂、一九九六年四月）から示唆を得た。
（51）高橋重美「〈読まれる〉者から〈読む〉者へ―『煤煙』・朋子の手紙に見る新しい女の主体定立過程―」（『日本文学』第四七巻第六号、一九九八年六月）。
（52）茅野雅子「煤煙を読む（一）～（四）」（『東京二六新聞』明治四二年六月一二日～一五日）。
（53）岩見照代「平塚らいてうと神秘主義」（『「青鞜」を読む』學藝書林、一九九八年一一月）など。
（54）一柳廣孝『〈こっくりさん〉と〈千里眼〉―日本近代と心霊学』（講談社選書メチエ、一九九四年八月 79頁）。
（55）『白樺』明治四三年一一月号。なお「元始」に登場する「接吻」はロダンの一九〇五年作の「接吻」をイメージしている可能性がある。

※なお以下本書の『青鞜』からの引用はすべて復刻版『青鞜』（不二出版、一九八三年六月）による。

「新らしい女」の生成と挫折
――メディアを駆け抜ける生田花世――

はじめに

長曾我部菊子のペンネームで『女子文壇』に盛んに投稿していた西崎花世が、創刊して間もない『青鞜』に最初の一文「新らしい女の解説」を発表したのは大正二年一月のことである。後に改姓して生田花世となる西崎花世は、その出発期は徳島で小学校教師をしながら『女子文壇』に新体詩・美文・散文詩などの投稿をつづけ、受賞作が誌面を飾るという経験を数回にわたって繰り返す積極的な女性読者であった。[1] このような花世の前に出現したのが『青鞜』である。後年、『青鞜』関係者の集まる座談会で、花世は二誌の違いを『女子文壇』は「だれからも悪くいわれない」のに対し、青鞜社は「新聞社がよつてたかつて袋だたきというようなありさま[2]」だったと評している。平塚らいてうをはじめとする初期『青鞜』の社員たちの活躍がいかに画期的だったかは、この花世の回想からも窺えるが、両誌の差異はかなり歴然としている。それまで女性文芸誌とはいっても、その編集権はほとんど男性たちが握っていたのに対し、『青鞜』は組織においても女性による運営が貫かれていた。創刊号巻末には「青鞜社概則」が掲げられ、「他日女流の天才を生まむ事を目的とす」というストレートな文言や、すべて女性の発起人・賛助員・社

『青鞜』第3巻第1号（大正2年1月）
巻頭広告8頁

『青鞜』第3巻第1号（大正2年1月）
巻頭広告1頁

員で構成されるその組織形態は斬新なものであった。

しかし『青鞜』の特長は、女性による組織づくりにあっただけではない。たとえば読者の組織化という点では、「誌友倶楽部」や懸賞当選作欄を毎号もうけていた『女子文壇』のほうが先輩格にあたる。さらに女性文芸誌としては『女子文壇』よりも先発だった『女学世界』が、同誌の「誌友倶楽部」欄を真似たことはよく知られているが、『青鞜』はなぜかこのような読者欄をもうけていない。これは書き手と読み手の間に階層秩序が発生するのを避けようとした積極的な方法だったといえよう[3]。読者欄とは読者相互の親しみを醸成する虚構の広場であるとともに、メディアと読者の間に階層差を生み出し、さらにその差異の調節機能も果たすという大変操作的な誌面空間なのである[4]。

このような『青鞜』に参加することになった花世は、この雑誌の求心力を担ったらいてうや、後にらいてうからバトンを受け継ぎ、破天荒ともラディカルともいえる編集を試みる伊藤野枝のような目立つ存在と比べると大変地味な存在である。しかし『青鞜』という言説の場は、らいてう・野枝らによってのみ支えられていたわけではない。飯田祐子のいう「その他大勢の彼女たち[5]」こそ、なにより

『青鞜』の持続力を担う存在であったはずだ。その意味で、『女子文壇』誌上で投稿読者としてスタートしながら、『青鞜』で「新らしい女」を演じ、その後いわゆる「貞操論争」で激しい言説闘争に直面することになる花世という存在は、『青鞜』という多層的な場のもつ意味を明らかにする格好の媒介者といえよう。さらに「花世」という署名で書かれた一連の書き物《エクリチュール》を探ることは、『女子文壇』・『反響』など、『青鞜』以外の雑誌がいかに同誌と関わったか、同時代における相互メディア性の足跡を明らかにすることにもつながるはずである。

❶ 前期『青鞜』の曲がり角

すでに触れたように、西崎花世が『青鞜』に登場するのは「新らしい女の解説」（第三巻第一号、大正二年一月）からである。筆名は『女子文壇』で使用していた長曾我部菊。この号は本欄に野上弥生子の翻訳「近代人の告白」（ミユッセ《ママ》作）、与謝野晶子の詩「巴里雑詠」、長谷川時雨の脚本筋書「王昭君」、茅野雅子の詩「日常生活」などが巻頭から並んでいる。巻末「附録」欄は特集「新らしい女、其他婦人問題に就て」で、平塚らいてうによるエレン・ケイ著「恋愛と結婚」に寄せられた「ハアベロク・エリスの序文の訳」、伊藤野枝「新らしき女の道」、岩野清「人類としての男性と女性は平等である」、加藤緑「新らしい女に就いて」とつづき、そのつぎに花世の「新らしい女の解説」が置かれている。ちなみに伊藤野枝は花世より二ヶ月早く『青鞜』に参加したが、実質的なデビュー作はこの号からである。花世はほとんど同じ時期にデビューした野枝のこの頃のプロフィールを次のように語っている。

はじめて、平塚さんをその曙町の父君の宏大なお宅の一室、『まるまどの部屋』におたづねした。先客として二名の女の人がゐた。その一人は赤い帯をしめてゐる色の浅黒いまるがほの年若なまだ少女あがりの人であつた。

『この方、伊藤さんです』と平塚さんは紹介した。その時は、さして何とも思はなかつたが、其後『青鞜』に、その伊藤野枝といふ人の感想がのりはじめた。のび〳〵とした、少しも囚はれたい《ママ》感じのフレッシユな文章で、其若い婦人の立場から、不当な婦人の社会的地位について、反抗的言説をのべ、爽かな感じ方で、これからの生長を約束するやうなその態度は実に可憐な、同時に気持のいゝものであつた。平塚さんがこの伊藤さんの天分を愛し、それを十分育て、ゆかうと誌面を自由に許してあげてゐる事がはつきり分るやうであつた。(6)

らいてうは関東大震災の際に、不当に虐殺された伊藤野枝のことをかなり突き放した言い方で語っているが、(7)少なくともこの頃、野枝は『青鞜』の寵児として同じ地方出身者である花世が羨むほどらいてうから厚遇されていたことは、この花世の証言からも窺える。『青鞜』が日本女子大出身者だけでなく、その多くの社員や賛助員が東京や地方の女学校卒業生から構成されていたことは忘れてはならないポイントであろう。四国の徳島高女を卒業し、はじめは村の小学校教員、上京後は東京で小学校教員をしながら『女子文壇』などに投稿をつづけ、のちに同誌の訪問記者などを勤めつつ、ようやく『青鞜』に参加することになる花世にとって、女学校卒業と同時に恩師との同棲、さらには『青鞜』への参加を果たした野枝は、いかにも「ラッキーガール」に映ったに違いない。

ところで後年の回想ではしばしばこの時期における「文学への欲望」を否定することになるらいてうであるが、実際はかなりの「文学遍歴」を経ていた。(8)このような状況はらいてうだけではなかった。先述の『青鞜』関係者の座談会のなかで板垣直子は質問者の意見として、この時代は「文学以外に、女が天才になつたりえらくなる道つてないんです」(9)という興味深い発言を行ったが、この言葉に花世は深く共感していた。彼女は、自分が一五・六歳の頃から淡路島と鳴門海峡の海をながめながら、「あの海を越えていきたい」と熱望していたことを告白している。「文学」＝「天才」とはいかにも単純すぎる気もするが、女性が何事かを成し遂げたいという漠とした欲望を抱くとき、

「文学」がその格好の水路になったということであろう。

ここで前期『青鞜』の誌面構成を一瞥してみたい。すでに触れたように、『青鞜』は「女流文学」の育成を掲げていた。「本社は女流文学の発達を計り、各自天賦の特性を発揮せしめ、他日女流の天才を生まん事を目的とす」という創刊号「概則」は誌面にも反映され、短歌・詩の与謝野晶子、茅野雅子、小説の田村俊子、岡田八千代、長谷川時雨などすでにデビューを果たしていた既成の「女流」たちが召喚されている。しかし、これらの「既成女流」はさておき、これから育成されるべき「女流の天才」とはいかなる存在であったのか、『青鞜』という場において期待される「女流文学」とはどのようなものなのか、実のところ誰もはっきりとは分からなかったに違いない。飯田祐子は初期『青鞜』の小説分析を行ったうえで、小説表現が抱える危うさに触れ、ここでは「文学はむしろ不可能性と結び付いている」[10]と指摘した。この時期、夏目漱石、島崎藤村などの新聞小説をはじめ、『スバル』・『白樺』・『早稲田文学』（第二次）・『新思潮』（第一次・第二次）などの文芸雑誌系の同人誌及び専門雑誌、『文章世界』・『新小説』など既成の商業文芸誌、さらには『中央公論』・『新潮』など、新旧文芸雑誌の小説は揃って言文一致体の時期を迎えていた。

ここで「青鞜社概則」の文言が「文学」ではなく「女流文学」であったことを思い起こそう。前掲した先行諸雑誌は決して「男流文学の育成」などとは謳わなかったことはいうまでもない。したがって『青鞜』が創刊号概則に「女流文学」という語を使ったことは、「文学」の担い手ではなく、はっきりいって一段格下の「女流文学」の担い手であることを自ら表明するに等しかったのである。

『青鞜』が「女流文学」という語を概則から降ろすのは、第三巻第一〇号（大正二年一〇月）以降である。このことの意味は大きい。「女流文学」という足枷がはずれるのに連動して、組織も「社員　賛助員　客員」（創刊号「青鞜社概則」以下「概則」と略記）から「係員、社員、賛助員」（同号「概則」）というように変わる。創刊号概則では「賛助員」は「女流文壇の大家」とされていた。また「男子にして社員の尊敬するに足るを認めた人」を擁する「客員」という制度も無くなる。代わりに登場するのが「本社の事業を経済的方面より助力するものを補助団員とす」（同概則）という文言である。これは読者対策というよりも、書き手予備軍である読者の組織化であろう。全体的に男女を問わず、既成大家を廃したこの改革は、『青鞜』の「小説離れ」を象徴する出来事であった。これによって少なくとも「女流文学」＝「二流文学」という周縁化から免れる体制が整ったのである。このような時期、つまり『青鞜』がいわば「女流文学」の看板をもてあましていた時期に登場するのが、伊藤野枝や生田花世といえよう。

❷ 長曾我部菊子の再出発

『青鞜』誌上の花世の書き物は「編集だより」などもいれて全部で一九編。らいてうの七五編、野枝の六四編にはさすがに及ばないものの、尾竹紅吉の一八編、加藤緑の一七編を抜く数である。花世が選んだのが「感想」・「人生記録」などの形式であったことは賢明であった。前述したように小説というジャンルが男性作家たちによって主導されていたとき、小説評価のハードルは高く、女性表現者は常に先行する男性作家ないしその予備軍のチェックを受けなければならない。既成大家に師事しながらも永い雌伏の時期を余儀なくされ、結果的には埋もれた女性作家予備軍は枚挙に暇がない。既成大家主導による既成の「女流文学」への道ならば、確かに東京在住でしかも当時日本に一校しかない女子大出身であることは有利な条件であろう。その意味で、地方出身でさらに小学校教員の履歴をもつ花世は青鞜社のなかで突出して「不利な」存在である。

しかし、状況は「不利」を「有利」に転化する時期にさしかかっていた。もちろん花世といえども、上京や小学校教員の経験だけではらいてうらの関心を引きつけることはできなかった。経験が言説化されて初めてそれは共感や支持など評価の対象となることができるのである。花世は大正二年一月に岡村盛花堂から『情熱の女』という初めての本を出版する。[11]『青鞜』第三巻二号（大正二年二月）の広告頁には「竹下夢二氏口絵、小寺白衣子氏装幀　菊判裁　洋装美本」とされ、次のような惹句がみられる。

本書に現れたる女性は、周囲の人々を熱愛する為に生まれて来たもの、様である。弱いのが女の代表である時代はもう過ぎ去つたが、現代の理智の冷たい女の心にくらべて此の女性の強い感情を味はうのは面白いに相違ない。

このことばから『青鞜』デビュー時の花世の位置がみえてくるように思う。時期的には伊藤野枝と同じだが、花世は野枝のような素人ライターではなかった。『女子文壇』生え抜きで、しかも初刊本を引っさげて『青鞜』に加わったのである。それは『青鞜』誌上での花世を優位づけると同時に、「周囲の人々を熱愛する為に生まれてきた」・「強い感情」という語に表象されるように、「新らしい女」から距離を取る立場でもあった。花世は『青鞜』デビュー時から「周囲の人々を熱愛する」／「新らしい女」という二律背反的なポジションを生きることになったのである。

『情熱の女』長曾我部菊子著（大正2年1月13日　岡村盛花堂）

こうして花世は『青鞜』に登場する。花世の最初の書き物「新らしい女の解説」は自己省察に貫かれた「新らしい女」宣言であり、誌面では「感想」に繰り入れられている。

私は自分の性格を、自分でだん〴〵理解する事が出来た。先天的、後天的の性質にある欠陥があり、ある長所があると云ふ事を自覚したときに、然らばこの性格をどのやうにおし進めて、私の生涯の最良な道を歩かれやうかと云ふ事を考へた、同時に私は自分の境遇を観察する事も出来た。自分のもつてゐる職業、自分《ママ》に常に顔を合せる生活難、それから自分の結婚と云ふ事にまで、そうする事が果してよいものであらうかと結果を価値づけねばならないやうな境遇も来た、此の境遇をどのやうに生きて行くべきであらう、人間としていかに生きてゆくべきものであらうか。

（「新らしい女の解説」、『青鞜』第三巻第一号、大正二年一月）

こんにちでも「感想文」といえば、未熟な書き物、という見方があるが、飯田祐子が詳しく分析しているように、告白的な散文という領域は、小説ジャンルでは『文章世界』などから差別化されざるをえなかった『女子文壇』などの投稿女性たちが、誌面を通じて育てて行った文体であった[12]。すでに述べたように、この頃『青鞜』は「女流文学」の看板はずしに向かっていた。そのとき『青鞜』において既成の小説ジャンルは、「書くことへの欲望」（「文学への欲望」ではない）や書きかたのスタイルとしての規範力を持ち得なくなったはずである。スタイルとしての規範力が失墜するとき、何が書かれているかという内容の問題が前景化する。

このとき、揶揄や冷評をともなってメディアで流通していた「新らしい女」という語は、きわめて適切な論題として召喚されることになった。刊行後三年にあたるこの時期、『青鞜』は第二回目の発禁処分を受けている[13]。堀場清子が指摘するように、当初はメディアで期待され、しだいに及び腰になる「新らしい女」という表象を彼女たち自身がどう位置づけるかが問われる時期に至っていたのである[14]。むろん花世の文章はらいてうなどからの影響が顕著であるとともに、安倍能成・長谷川天渓などの引用も見られ、相互テクスト性は一枚岩ではない。だが、引用の文章からは「境遇」・「職業」・「生活難」など、花世的主題[15]が出揃っている。花世をおいて『青鞜』の他の誰が「自分のもつてゐる職業」・「自分分《ママ》に常に顔を合せる生活難」という言葉を発し得たであろうか。たとえば地方の女学校を卒業して小学校教員および代用教員を経験したのは、『青鞜』関係者のなかでは上野葉子がいるが、彼女は代用教員を六ヶ月で辞めてから女子高等師範学校に再入学し、その後女学校教員となっている。[16]上京組でしかも小学校教員経験者となると花世しかいないのである。このような新しい体験を盛り込むのに既成のジャンルはまったく不適切であった。

・私たちはそれがどう云ふ感情でも、必らず一度味つてみる必要がある。それとともに、その感情を殺す事はつらいと思ふ。同じく殺すものとしても自分の内で殺すよりも外で殺すのが本当であると思ふ。

（「この頃の感想」『青鞜』第三巻第九号、大正二年九月）

・どうして此の次の生活を切り開いてゆかうさう《ママ》云ふ事については、その判断の必要が切迫する時までは、出来るだけ多くの考へ方を作つて見たいと思ふ、考へて置けばその判断と撰択とは生れながらに持つてゐる私のよく生きようとする本能の力がそれを左右するまでである。考へ方を作る。それほど楽しい事はないのであつた。

（同右）

・他人にひきずられる心は、無意味にそれを殺す事が多い。少なくとも意味を捉へて自分を殺す事の出来る力が私に在る間は、私は他人にひきずられては居ない。私は、他人にひきずられたくない。私が私を連れてゆかう。

（「自己の或る心に与ふ」『青鞜』第三巻第一一号、大正二年一一月）

「新らしい女の解説」から「自己の或る心に与ふ」に至る花世の文章の主題を一言でいえば、「新らしい女」が「人間としていかに生きてゆくか」であろう。だがそれは、一度発せられれば二度とは使えない陳腐なクリシエであることも否定できない。いくら『青鞜』が曲がり角に差し掛かり、「新らしい女」宣言が求められたとはいえ、紋切り型を多用するわけにはいかない。それでは花世にはどのような手持ちのカードが用意されていたのだろうか。『女子文壇』という言説の場が「だれからも悪くいわれない」と同時に、「袋だたき」にも遭わなかったことはすでに述べた。それは端的にいえば、「文学への欲望と禁止」という二重拘束が働いた場所であったということであろう。花世はこの二重拘束をすり抜けるようにして『女子文壇』を卒業する。ここで時間が前後するが、花世がいかにその二重拘束を克服したかを検証してみよう。

❸ 二重拘束を超えて

いま仮に『女子文壇』での花世の書き物《エクリチュール》を、上京前後を記述した「入京記」(『女子文壇』第六巻第五号、明治四三年五月)以後とその前の二期に分けてみたい。前期に花世は主に美文と新体詩を(もちろん文語で)書き、後期は散文を言文一致体で発表している。これはこの時期の一般的傾向でもあるが、上京前後の身辺を綴った記述はやはり興味深い。

> 私の身にとつて永久の紀念日は三月十七日であつた《ママ》その日私は、生涯の一転機に立つて、徒に悶々たる心の羈絆をふつりと切つて、水の低きにつくやうに東京の地にはいつたのである。
> (「入京記」)

しかし、これだけなら多くの地方出身者の手記と変るところは少ないだろう。花世のケースが異質なのは、彼女が小学校教員という職業女性のひとりでありながら、職を擲ち、都会で文筆生活を求めたことである。米村みゆきは地方の「女教師」あるいは「ローカル・インテリ」という表象が『青鞜』に結集した女性たちの「心的地理上のポジション」になったことを指摘したが[17]、地方の「女教師」から都会の「文学青年」へとにじりよる花世の軌跡は、『文章世界』などの投稿男性たちと重なるものだろう[18]。たとえば、書き手は「中央新聞社」に所用のある先発上京組の友人を待ちながら新聞社入口の人の出入りを眺めやる。

社内からは、十二三の洋服の子供が二人、ちよこちよこと走り出て、右へ一人は行つた。一人は左へ行つた。手には手紙をもつて。私はその子供の後姿を見おくつて――つまり、一つの職業の塊を見送つて、現在の私はあの子供よりもさらに、いかに、後姿の憫然なる女であらう？と思つた。（「入京記」、傍点引用者）

新聞社の給仕らしい少年の姿を「一つの職業の塊」とみる観察主体。ここには書き手の欲望が性差を超えて「新聞社」に働く給仕少年に向けられていることがわかる。いやもっと正確にいえば、書き手の欲望は職業としてのメディアそのものに向けられているといってよいだろう。書き手はまさに「メディア都市東京」を求めて出郷したのである。

『女子文壇』が読者操作を巧みに行ったことはすでに指摘した。そのようななかで読み手から書き手へと「成長」した山田（後、今井姓）邦子や西崎花世などの存在[19]は、「文学」をめぐる二重拘束が働かない場所、すなわち上京して「職業」という領域を担保に入れることで逆説的に「文学」という領域に近づく、という方法を採用したのである。それは迂路ではあってもこの時期において、「文学」に接近するための可能なひとつの道であったはずである。『女子文壇』初出で『情熱の女』に採録された作品群、「上京」・「都会より地方へ」・「武蔵野より」・「月あかり」などに散見される上京にともなう負荷と優越感という二重性は、『女子文壇』時代の二重拘束の扉をこじあけるための必然のステップだったといえよう。

このような体験自体は決して珍しくはないが、それをタイムリーに言説化したことはまぎれもなく稀な出来事だったはずである。さまざまの体験時において作動していた、絶えざる書くことへの欲望と書かれた事柄への差異化への促し。その成果は「私はノートであつて私ではない」（「吾が生きかた」『青鞜』第四巻第二号、大正三年二月）という「ノート」を通じて絶えず発信されることになる。[20] そこで花世の取った戦略は、既成の文学ジャンルとは異なる書き方と主題を選び取ることであった。こうして「感想文」やさらに短い「警句形式[21]」などの文章が綴られる。また主題的には「境遇」・「職業」・「男」が差異化に必要なキーワードとなってゆく。

ここで花世が性のコードだけではなく、「境遇」・「職業」など階層のコードを採用していることの意味を考えてみたい。「あの男の中に私のほしいものがない」「あの人はよく私を棄て、くれた」（「昔の男」『青鞜』第三巻第一二号、大正二年一二月）などと花世は綴る。書き手の女性性と書かれている内容の女性性を一致させることは一方で表象にリアリティを与えるという意味では相乗効果をもたらす反面、他方で既成の女性表象のコードに依存することでもある。いわゆる「女流」路線の採用である。たとえば生田長江は花世の単行本に寄せた序文で「『泣いて訴へる女』の泣き腫らしたる目蓋に、おうおう声に打ち克たれてしまひます。これはそれほど『女』らしく書かれてゐる、それほど『女』らしく強く書かれてゐる、書物であります[22]」と記し、花世の路線が「女流」路線であったことを端的に指摘している。確かにその通りなのだが、同時に私たちは、花世の文章には他の『青鞜』関係者にはない「労働」や「生活難」などのコードが明瞭に差し挟まれていることを見逃すわけにはいかない。

私は常に働いてゐる、然し女の労働の安価は私のパンを充分にする事がない。若しも私が美貌であつたら、私が何をして生きて行つたであらうかは私にも想像ができる。此の生き苦しい世の中の恐ろしさを思ふ。生き苦しい時おのづから飢えて死ぬ事であらう。死ぬべき意味にふれる時私はすぐに死ぬ事が出来る。私は死に座する事が出来る。併し死は感情で断行したくはない。死は意識して死なねばならぬ事を思ふ。死ぬ可き意味が、

正しく私に来よ。私はすぐ死にたいと思ふ。（「恋愛及生活難に対して」『青鞜』第四巻第一号、大正三年一月）

花世のこの一文は同性ではなく、男性の熱烈な読者を招き寄せることになる。

❹「新らしい女」の結婚

生田春月はこの一文を読んだ印象を『新潮』（大正三年二月）に「人格的評論」と題して掲載する。この頃、若い男女のライター同士がメディア空間で私的な事柄をめぐって応答することは必ずしも特殊なことではなかった。たとえば、伊藤野枝は大正二年八月、木村荘太との間で彼ら自身の恋愛体験をめぐって応答した。[23] これはらいてうと森田草平の恋愛の反復という側面をもつが、これらのカップルのことごとくが「悲恋」に終わっているのに対し、花世・春月の二人の場合はいささか異なっていた。

私は彼女の十五頁に、一個の世界を見た。彼女はその世界の女王である。彼女がいかに世間から虐げられようと、彼女はその中で小さな歌をうたふことが出来る。彼女は思想家である、よし学殖は足らずとも、よし **philosophieren** する術は拙くとも。何となれば、彼女は真に生活してゐるからだ。私は彼女に於て、凡てのものの芽を見る。この芽は尊重しなければならぬ。私の唯一の希望はかかる芽にかかる。私自身もかかる芽にすぎぬ。（「人格的評論」）

後年、「地獄を見せた恋[24]」などと評されることになる花世と春月の誌上恋愛の開始である。少なくともこの時点での二人は誌上恋愛の奇跡に賭けていたといってよい。確かに恋愛結婚、春月の不倫、彼の自殺などその後の二人は苦難の道を歩むが、だからといってこの時点での出会いの意味を過小評価してはならないだろう。何よりもそれは

「誌上」というメディアを媒介にした恋であり、メディアなしには成立も発展もありえなかったことはあきらかだ。たとえば春月が花世に熱烈な支持を表明した同じ号の『新潮』には、「西崎花世と云ふ謂ゆる新しい女がある。青鞜社の女だ。其の顔の醜きこと山出しの女中よりも甚だしい。彼の女は青鞜に其の感想を書いて、「我々は欠陥を満たさねばならぬ」と絶叫する。何だか女中顔であるだけに、斯くの如き種類の絶叫は変に聞える。幾ら臆面がないからと云つたつて、少したしなまつしやい」(「卓上語」)というあからさまなセクハラ言説が見られる。

しかし、このような攻撃は逆に二人の結合を強める触媒になったようだ。先に触れた野枝・荘太の場合も「新らしい女の恋」としてメディアで取り上げられたことはよく知られているが、それからおよそ九ヶ月後の「新らしい女の恋」は「新らしい女の結婚」として結実することになるのである。花世のキーワードである「労働」や「生活難」に敏感に反応したのは同じく生活難に苦しむ男性表現者であったことは意義深い。それは性差を超えることでもあると同時に、性差という二者間の性的な落差が牽引力となる、異性愛恋愛の必然の道筋でもあった。

したがって、二人の恋を「奇跡」と解釈するのは正確ではない。それは異性愛恋愛に特有なコースであるとともに、メディア都市に賭けていた二人らしい個別性も見られるからである。花世の『情熱の女』には「新婚」という小説が、春月には「求婚の危険」(『新潮』大正二年九月)という訳文があり、二人がいわば確信犯的に事態を先取りしていたと思われる痕跡が存在するのである。

私の可愛いい夫。私はこの人に一生従順であらう。死んだ様な服従ぢやない。枯れたやうな従順ぢやない。生々した心から、理解にとんだ従順。私はそれを夫にささげねばならない。夫に同情する上から云つても、また私の愛をより大きなものにする上から言つても私は自分の心と身体とを絶えず活発に動かして居りたいものと思ふ。

(「新婚」『情熱の女』盛花堂、大正二年一月)

日付を見なければ、読者はこれを体験に基づいた花世の告白的文章だと思うかもしれない。しかし、この文章は体験に先立つこと一年以上まえに記されたものである。実際の結婚後に書かれたのは次のような文章である。

私は今かういふ事を考へて置かねばならぬ必要を感じます。それは私があなたと同棲する事に就いて、私があなたから生活を維持される事に就いて、あなたが私を食べさせて下さると云ふ事に就いて。それからあなたのお力によつて私が食べて行くと云ふ事によつて生ずる私の服従と云ふ事です。男が女に養はれる時には男が女に服従するのが自然の成行であるように女が男にやしなはれる時女が男に服従するのも当然である事を私は知つて居ります。（中略）私は私があなたのまへに跪《ひざま》づいて此のやうに寛恕を求め、服従を約する事が私の「人」としての卑屈を示すものであるとは思はれません。もとよりそれが女性が男性に対する降伏であるとも思ひません。あなたもそれを御存知です。私はあなたの「人」を尊敬いたします。私はあなたの「命」を愛します、そのやうに私の正しい服従の上に、あなたの「男」としての正しい態度とお言葉とをお示し下さいませ。

（「結婚」『青鞜』第四巻第六号、大正三年六月）

ここでいわれている「正しい服従」が矛盾を含む概念であることはあきらかだ。だが、翻って考えれば『青鞜』誌上の「新らしい女」論議に一番欠けていたものこそ、「生活」という視点ではなかったか。その生活を遂行するうえにおいて、起こりうる一切についての考え方の可能性を列挙すること。それは何よりも花世独自の思索方法なのである。しかし、残念ながらこのような用意周到さを春月側はもっていなかったようである。「危険なる求愛」は困難を克服して結ばれる男女の話であるが、結ばれるまでの熱意や感動はあっても、それから先はまったく描かれていないのである。

花世の関心が結婚というゴールへの「感動」ではなく、スタートさせた結婚生活の「持続」にあったことは先に引用した「新婚」にすでに書き込まれていた。

私にはまだ考えなければならない事がある。それはこの新婚の夢が漸くさめて、互ひの心が外の刺激をふりかへらうとする時の二人の愛の保護である。私は夫を信じてゐる。夫が私を捨てて走らうなどと思ふものではない。けれども其処に何か二人の愛のつかれた虚に忍びこまうとするものが無いとは云はれまい。（「新婚」）

周到さの固まりのような妻と感動に浸る夫。二人の落差はあきらかだが、「正しい服従」を標榜して「新らしい女の結婚」を生きていた花世が直面したのは、異性ではなく、同性からの異議申し立てであった。

❺ 貞操論争と相互メディア性

『青鞜』誌上の三大論争のひとつといわれる貞操論争の発端は実は『青鞜』誌上ではじまったのではない。それは『反響』誌上の生田花世「食べることと貞操と（感想）」（同誌第一巻第五号、大正三年九月）からはじまる。貞操論争を語るに先立って、ここではまず花世を軸にした『反響』と『青鞜』の相互性に焦点を合わせてみることからはじめたい。

『反響』は大正三年四月に生田長江・森田草平によって創刊された。前者は『青鞜』生みの親ともいうべき人物、後者は「煤煙事件」でらいてうと心中行を共にした人物である。大正三年といえば、『青鞜』第三年目にあたり、前年五月に『青鞜』は生田長江から「独立宣言」[25]した直後である。このような時期に創刊された『反響』は、したがって好むと好まざるとにかかわらず、『青鞜』との関係性のなかに置かれていたといっても過言ではない。文芸雑誌だけでなく、美術誌やその他雑誌の創刊ラッシュが続いていたなかにあって、『反響』は大変特別な位置を占めることになる。まず、文芸雑誌としての側面からみてみよう。

文芸雑誌としての『反響』の特色を一言でいえば、小説を中心化しなかったことであろう。浦西和彦作成の「総目次」によって雑誌の頁を繰れば、小説は沼波瓊音「乳のぬくみ」(第一巻第三号〜第一巻第四号、大正三年七月〜八月)、素木しづ「雛鳥の夢」(同)、真山青果「昼寝」(第一巻第四号、大正三年八月)、森田草平「下画」(同)、豊島与志雄「父母」(第一巻第六号、大正三年一〇月)、田村松魚「塔」(同)などで、その数は多くない。誌面で目立つのは評論である。『反響』は大正三年時点で他の多くの雑誌メディアと切り結ぶ「あるひとつの広場」[26]であった。

そのような「広場」に参集したのは純文芸系統のライターをはじめ、第一次『明星』終焉後の与謝野寛、晶子、さらには生田長江と論争する堺利彦などである。きわめて大同団結的なネットワークが編まれたことがこの雑誌の特色であろう。復刻版の刊行により、近年『反響』への関心がとみに高まっているが、この時点での『青鞜』との関係こそ、『反響』だけでなく『青鞜』そのもののメディアとしての特質を解明する鍵になるはずである。米田佐代子は、とかく単独でしか取り上げられず、それも往々にして顕彰だけに偏りがちな『青鞜』を『反響』との相互性で位置づけ、次のようにして指摘している。

1913年の後半から1915年のはじめにかけて、大杉栄・堺利彦・荒畑寒村らの社会主義者をはじめ、生田長江・森田草平・土岐哀果らの当時の文壇・論壇の急進的な進歩派—『近代思想』『生活と芸術』『反響』のメンバーは、密接に交流し合い、エールを交換しあっていたのであるが、ここで注目したいのは、それらのグループのいわば接点をなすものとして『青鞜』が存在していたという点である。[27]

『青鞜』が単独で存在したのではなく、他誌との相互メディア性のなかで絡まり合い、相互介入や交渉を行うなかで「成長」したことは、マクロ的に雑誌をみる場合に見逃してはならない点であろう。ただ同時に雑誌の持続を支えるのはしばしば無名の存在であるというミクロの視点も重要である。この意味で内容にかかわる主題的側面ではなく、執筆回数という量的側面が参考になる。生田長江二八回、春月三三回、花世一三回となり、数字的には春月が長江を抜いてトップとなる。花世の一三回も、森田草平の一八回には及ばないものの、かなり肉薄していることがわかる。このなかには「新刊紹介」など、編集者として『反響』に関わったことが窺われるもの(28)も含まれるが、それらを除いても一〇本ほどの作品を寄せている。

しかしなんといっても花世の名を著名にしたのは、彼女の一文「食べることと貞操と（感想）」である。性をめぐる大正の論争史上、その反響の大きさにおいて他を抜きんでているこの論争の発端が『反響』誌上の生田花世であったことは意義深い。もちろん論争が成立するには、まず前提として複数のメディア間で言説の共有があり、その範囲において相反する立場からかなりの強度をもつ言説が相互に発信される必要がある。この意味で貞操論争は起こるべくして起きた論争といってよい。

結婚して生田姓に代わった花世は問わず語りに自己の恋愛遍歴を語る。これは現在の安定を前提にした過去語りであろう。「私の心がどういふ風に推移してゆくであらうか　この結婚の生活が私の考へをどう動かしてゆくであらうか」（「嘲笑のあたひ」『反響』第一巻第二号、大正三年六月）と自らの結婚生活への興味を隠さない花世は、ある職業女性から身の上相談を受けたのをきっかけに自己の体験を告白する。いや正確には過去への記憶を現在の時点から再構成するのだ。

私の砕かれた事は貰い意味があつた。私はたしかに砕かれた事によつてはじめて人と人との真実食べること、貞操との事実に気が附いたのである。私はあの時の自分のあゝした行為は止むを得ない自然であると思つてゐる。がこれは善悪の批判ではない、私はあれを善悪の批判にかけ、道徳のはかりにかけると云ふことよりもあの事によつて自分が目を覚ましたと云ふ事の値をよろこぶのである。

（「食べることと貞操と」『反響』第一巻第五号、大正三年九月）

自己の体験や行為を赤裸々に告白したうえで、唯一の解釈主体としてその体験や行為を意味づけること。それは『女子文壇』いらい感想や告白の書き物で花世が培ってきた方法である。いわば「他から何も言われない」を暗黙の前提にして採られた方法である。しかし、『青鞜』は違っていた。社員や賛助員であろうと誌面で相互批判を行うことは、伊藤野枝と木村荘太との間で起きた「動揺」事件の際での扱いをみればあきらかだ。批判を買って出たのは安田皐月である。

私は林檎や柿の柔い匂ひの充ちて居る店先で九月号の反響の中から生田花世さんの「食べる事と貞操と」を見付け出して私は少なからず血の濁りを感じた。口で生きる事と頭で生きる事と、二様の生き方を考へると云ふ事は殆ど自分には想像も及ばない程愚な話だ。生きる道は一直線だ。少くも自分にはさうである。此の「食べると云ふ事が第一義の要求であつて、自分一箇の操の事などは第二義的の要求であつた」と云はれた事は、殆と《ママ》醒めた女の叫び声とは思はれない程自己を侮蔑した言葉だ。

（安田皐月「生きる事と貞操と―反響九月号「食べる事《ママ》と貞操と」を読んで」『青鞜』第四巻第一一号、大正三年一一月）

「生活難」・「職業女性」・「男」などが花世のキーワードであることはすでに指摘した。白山坂に「水菓子屋サツキ」を開店したばかりの安田皐月（『青鞜』同号巻末及び「編輯室より」による）と花世の「職業」を同じ水準で捉えることはできないが、花世が「貞操」という語を自らのキーワードに加えたとき、それは花世個人のレベルを超えて誰でもが論じることの可能な問題に一般化される。どんなに露骨な話題でもそれが「花世という固有名」の「自己語り」であるうちは問題がなかった。しかし語りが「貞操」という女性一般の問題に及んだとき、それは誰にでも共有可能な、したがって誰もが語ることの可能なテーマに転位したのである。論争が『青鞜』・『反響』という二誌の枠を大きくはみ出して第三誌へと波及し、さらにそれが『青鞜』にも逆流して『青鞜』自身が自己変革する可能性に逢着したとき、花世は『反響』から再度『青鞜』へとUターンする。次の文章は、花世の心境の変化を端的に示している。

私は誠実であると自ら証《あかし》した。しかし私の口が自分の誠実を証する時、誠実はもう私の骸《むくろ》から飛び放れてしまつたことを私は知つてゐたか　愚かな女は誰か。不誠実な女は誰かあなたよりは私が苦労してゐますと誇つたものは誰か、そしてしきりにはしたない自己弁護をしたものは誰か。

（生田花世「懺悔の心より――平塚様、伊藤様、原田様に寄せて」『青鞜』第五巻第四号、大正四年五月）

花世の『青鞜』誌上での自己批判は呵責ないものである。「生れてからこちら、まだその人程に私を罵り非難してくれた人がなかつた」（引用文）と記す花世にとって、これは明らかにひとつの挫折である。しかし、ここで「挫折」の心理的側面を問うことに意味があるとは思えない。批判が『青鞜』メンバーから提出されたということ、そしてそれを契機に『青鞜』誌上で自己批判が行われるというパフォーマティヴな身振りは、強いメッセージ性を帯びる。『反響』と『青鞜』という二つの雑誌は伴走誌としていわばいい意味でのライヴァル関係にあったので[29]、後者において自己批判することの効果は大きかったにちがいない。加えて『青鞜』の編集は大正四年一月から伊藤野枝に移行していた。野枝がらいてうとは異なる編集路線を採用したことはよく知られているが、花世の一文は『青鞜』と『反響』が融和的な連携ではなく、論争的な対立を実現したことを告げている。それは「生田」という夫とその師の二重の姓に包囲された女性表現者が、表現における「主体」に回帰するための貴重な一ステップだったにちがいない。「私は青鞜の手伝がしたかつた」という花世がもらした声[30]は、この女性同士の論争が無駄ではなかったことを端的に物語っているのではないだろうか。
しかし『女子文壇』以来、いわばメディア叩き上げの花世が、自己懺悔や敗者の弁によって書くことのテンションを低下させる類いの人ではなかったことは、同年六月『恋愛巡礼』を出版していることからも窺える。『反響』発表のもの五編、『青鞜』発表のもの六編[31]というその絶妙なバランスをもつ書面構成は、二誌なくしてはこの本が刊行されなかったことを雄弁に伝えている。
「殆ど三四ヶ月も苦しんで、考へて、とう〳〵、それを告白のやうに描写して、始めて、自分の姿が明かになつたやうな気がします。けれどもまだこれが私の間違ひのない真実の生活記録だとは云はれません。誤謬が多いと思ひます。で、もし私がそれに気がついたら何度でも訂正しようと思ひます」（生田花世自序『恋愛巡礼』紫鳳閣、大正四年六月）と記す花世に対して『青鞜』社員の加藤みどりが批判を加えると[32]、花世も『青鞜』誌上で次のように反論する。

みどり様。以前の私はかうした静安を知りませんでした。走馬灯の如く現われ、現れて私を刺激し動揺させるものに狂奔させられてゐた時代が私の本当の姿か、これからが私の本当の姿かと疑はれます。私の心は日を経るにつれて、過去の生活が鮮やかに鮮やかに意味多く現れて、私の思索に任せて展開いたしてまゐります。私はそれにぢつと目をつけて二百冊ばかりの記録帳を相手にして、何かを造り上げて行かうと思ひます。私はこれから本当の生活に入り、これから自分の生活をいとなみ、これから芸術を知り、芸術を造らうといたして居ります。みどり様、この意味で「恋愛順礼」一巻はあれは芸術品ではありません。あれは人生記録帳です。そうしてあの様なものは私にはただ一度だけしか書けないものの一つです。それでも私も我ながら、あの書物の貴うとさに打たれて了ひます。

（生田花世「感想より追想へ」『青鞜』第五巻第九号、大正四年一〇月）

『青鞜』という場で初めて花世は、論争も批評も可能な他者としての女性たちに出会ったのである。挫折は次の扉への道行きを可能にする得難い一歩だったといえるだろう。

注

（1）『女子文壇』誌上での花世の書き物については、和田艶子『鎮魂　生田花世の生涯』（私家版、一九七一年）所収の「著作年表」、飯田祐子「愛読諸嬢の文学的欲望―『女子文壇』という教室」（『日本文学』第四七巻第一一号、一九九八年一一月）、「〈告白〉を微分する　明治四〇年代における異性愛と同性愛と同性社会性のジェンダー構成」（『現代思想』ＶＯＬ27／1、一九九九年一一月）などを参照した。

（2）座談会「『青鞜』の思い出」（『国文学　解釈と鑑賞』一九六三年九月）の生田花世の発言。なお出席者は生田花世・遠藤初子・神近市子・小林哥津の四人。

（3）藤田和美「『青鞜』読者の位相」（『『青鞜』を読む』學藝書林、一九九八年一一月）を参照した。

（4）『女子文壇』の誌面構成については飯田祐子注1前掲論考を参照した。

（5）飯田祐子「『青鞜』の中心と周辺」（『名古屋近代文学研究』一五、一九九七年一二月）。

（6）生田花世「伊藤野枝さんのこと」（『近代日本婦人文芸女流作家群像』行人社、昭和四年一一月。但し引用は大空社、一九九六年五月の復刻版142頁による）。

（7）平塚らいてう「私の見た野枝さんといふ人」（『婦人公論』大正一二年一一月・一二月合併号）。

（8）出発期のらいてうについては本書第一章の「文体《スタイル》のジェンダー」（副題略）及び二章を参照されたい。

（9）座談会「『青鞜』の思い出」（注2）による。

（10）飯田祐子「『青鞜』の中心と周辺」（注1前掲論考）による。

（11）長曾我部菊子著『情熱の女』。なお引用は国立国会図書館蔵本による。

（12）飯田祐子「愛読諸嬢の文学的欲望―『女子文壇』という教室」（注1前掲論考）。

(13) 『青鞜』第三巻第二号掲載の福田英子「婦人問題の解決」が「安寧炎秩序妨害」で発禁となる。詳しくは池田恵美子「「風俗壊乱」の女たち—発禁に抗して」（『『青鞜』を学ぶ人のために』世界思想社、一九九九年五月）を参照されたい。

(14) この点に関しては佐光美穂「〈新しい女〉に見る表象=代表の政治学　近代劇をめぐる書く女と演じる女の」（『『青鞜』という場　文学・ジェンダー・〈新しい女〉』森話社、二〇〇二年四月）が、「新しい女」というカテゴリーを引き受けるときの「特権的、あるいは超越的な主体の位置」の政治性と危うさに触れている。確かにそのとおりであるが、そのような政治の場はメディア空間のなかで起きていることを考慮に入れる必要がある。

(15) この時期「生活難」を主題化したものは他誌にも見られるが、『青鞜』のなかでは花世が初めてである。

(16) らいてう研究会編著『『青鞜』人物事典』（大修館書店、二〇〇一年五月）による。

(17) 米村みゆき「〈女教師〉という想像力　『青鞜』を醸成する〈ローカル・インテリ〉」（『『青鞜』という場』注15前掲書による）。

(18) 紅野敏郎編『文章世界総目次・執筆者索引』（日本近代文学館刊行、八木書店、一九八六年二月）には五〜三二四頁におよぶ「投稿者索引」が掲載され、投稿雑誌としての同誌の性格を遺憾なく伝えている。

(19) 生田花世は『青鞜』関係者の座談会（注2）で、『女子文壇』で投稿の同志だった山田邦子（今井邦子）の家出同然の上京を助け、後を追うように自身も上京したことを活き活きと語っている。

(20) 花世はこの頃までに二百冊余の「ノート」を作成していた（「恋愛及生活難に対して」『青鞜』第四巻第一号、大正三年一月による）。

(21) この頃、後に『箴言集』で著名なラ・ロシュフーコーが『反響』誌上で紹介されている（同誌第二巻第三号、大正四年三月）。

(22) 生田長江序（西崎花世『恋愛巡礼』紫鳳閣、大正四年六月）。なお花世は『恋愛順礼』と表記している。

(23) 木村荘太の「牽引」（『生活』大正二年八月）と伊藤野枝「動揺」（『青鞜』第三巻八号、大正二年八月）に表象された二人の恋愛事件。
(24) 戸田房子「地獄を見せた恋―生田春月と花世―」(『新潮』一九八五年一〇月)による。
(25) 「生田先生(長江氏)が本誌と特別に深い関係ある方のやうに世間の人々が考へてゐられるやうですが、それは先生に於ても定めし御迷惑とせられることだらうと思ひます。ここに本社に関する一切の責任は最後まで只私共同人の上にあることを明にしておきます」(「編集室より」『青鞜』第三巻第五号、大正二年五月)。
(26) 紅野敏郎「『反響』の位置づけをめぐって」(『日本近代文学』第一七集、一九七二年一〇月)。なお、『反響』については浦西和彦作成「解題」・「執筆者名索引」・「総目次」(『反響』複製版、不二出版、一九八五年一月)を参照した。
(27) 米田佐代子「『青鞜』と「社会」の接点―らいてうと長江を中心に―」(『山梨県立女子短期大学紀要』第二四号、一九九一年三月)。
(28) たとえば「具体的問題の具体的解決」(『反響』第二巻第二号、大正四年二月)は無署名であるが、記者は生田花世ではないかと推測される。
(29) 『青鞜』関係者で『反響』にも執筆したのは、岩野清・加藤みどり・上野葉・与謝野晶子・原阿佐緒・三ヶ島葭子・原田琴子・茅野雅子などである。ちなみに安田皐月も注29の「具体的問題の具体的解決」では回答者として登場している。
(30) 生田花世「編集だより」(『青鞜』第五巻第八号、大正四年九月)。
(31) 『恋愛巡礼』には、『反響』休刊で未刊のままだった「わが恋の道程」(『反響』第二巻第五号、大正四年五月)の続編が掲載されている。
(32) 加藤みどりは「生田花世氏に与ふ―生活の恋愛化―恋愛の生活化?」(『婦人雑誌』大正四年一〇月)で「花世さんには形而上の感念が極く希薄」、「生田氏との結婚にしても花世さんは涸いた者が水を求めるやうに何の考へもなく生田氏の懐に走つた」と批判した。

論争と相互メディア性

——『青鞜』という言説の場——

❶ 論争の季節

『青鞜』周辺での性をめぐる三つの論争とは、貞操・堕胎・廃娼についての各論争を指すが、いずれも編集が平塚らいてうから伊藤野枝へ移る大正三年一一月以降起きている。[1] 岩淵宏子も指摘するように、「三論争は、女性のセクシュアリティをめぐる政治学に異なった角度から挑んでいるが、根底においては通底する一連なりの問題提起[2]」である。ここではいささか視点を変えて、一つの論争の内部から他の問題が生まれ、さらにそれが当該誌から他誌へ波及するという相互メディア性の面に注目したい。特に論争のトップを飾る貞操論争から次の堕胎論争へのプロセスには相互メディア性が顕著であるので、まずはその点から検証してみよう。

貞操論争は『反響』誌上の生田花世「食べることと貞操と」(同誌第一巻第五号、大正三年九月)から始まる。「生きることと貞操と―反響九月号「食べる事《ママ》と貞操と」を読んで」(『青鞜』第四巻第一一号、大正三年一一月)で花世論と真っ向から対決することで論戦に参加した安田皐月は、花世の再反論「周囲を愛することと童貞の価値と―青鞜十二月号の安田皐月様の非難について」(『反響』第二巻第八号、大正四年一月)が発表されると、すかさず「お目に懸かつた生田花世さんについて」(『青鞜』大正四年二月)という訪問記を書く。この記事はまた「再び童貞の価値について—安田皐月様へ」(『反響』第二巻第二号、大正四年二月)を生み出し、伊藤野枝「貞操に就いての雑感」(『青鞜』第五巻第二号、大正四年二月)を経て、舞台を『新公論』誌上へと移し、三月号のらいてう「処女の真価値」が書かれるのである。このらいてう論は同誌四月号の大杉栄、原田皐月の論を生むとともに、『第三帝国』にも飛び火し、野枝の「らいてう氏の「処女の真価値」を読みて」(同誌大正四年三月二〇日)となって結実する。この一連の流れからは、ほぼ理想的な相互メディア性といってよい応答関係が見られるのである。

なかでも『新公論』四月号の大杉栄「処女と貞操と羞恥と—野枝さんに与へて傍らバ華山を罵る」は、手紙ほんらいの相互性を活かしたもの(3)である。だがそれ以上に興味深いのは、大正四年一月、結婚して原田姓となった皐月の「貞操の意義と生存の価値に就いて」ではないだろうか。皐月は野枝かららいてうへと発展的にバトンタッチされた問題を正面から受け止め、彼女なりに回答しようとしたものである。現在この貞操論争の評価は、ラディカルではあるが多分に観念的な原田皐月より、地方出身で在京の「職業婦人」が抱える性的な危機や自立の困難さを訴えた生田花世のほうに分があるようである。しかし、彼女は花世のいうように「贅沢で気まぐれなお嬢様ごつこ」(「周囲を愛することと童貞の価値と」(副題略)、『反響』前掲号)をしていたわけでは決してない。皐月が花世の提起したマテイリアルな問題に無関心ではなかったことは、堕胎罪で獄中にある女性を主題とした小説「獄中の女より男に」(『青鞜』第五巻第六号、大正四年六月)で証明されることになる。

❷ 堕胎論争と編集者伊藤野枝

堕胎罪で獄中にある女性が男性に宛てて綴った手紙形式のこの作品は、堕胎に至る経緯や獄中に捕えられるまでの一連の出来事などはすべて捨象されている。また男性の存在感も希薄だ。その意味で虚構としての構成力は弱く、女性の一方向的なメッセージという印象が強い。だが、一人称回想体で描写が少ない点が逆に心情のリアリティというべきものを醸成していることも否定できない。現実的にはありそうもないが、どこかで起きてもおかしくないというような奇妙な存在感＝普遍性が感じられるのだ。出色なのは裁判官との次のようなやり取りの場面であろう。

裁判官は人類の滅亡も人道の破滅も考へない虚無党以上の犯罪だと云つて卓を叩いて怒りましたの。私が裁判官の

「では何所迄も悪いと思はないのか」

と云ふ問ひに答へて

「悪かつたと思います。ほんとうに。然しそれは私が今迄妊娠した経験がなかつた為に其方に不注意だつたと云ふ事に対してなのです。私が凡ての点に於て未だ独り前の母になる丈けの力のないのを承知し乍ら妊娠しない様に注意しなかつたと云ふ事が大いに悪かつたのでした。」

と云つた時にですの。

（原田皐月「獄中の女より男に」『青鞜』前掲号）

「公序良俗」に照らし、堕胎を法律的であると同時に倫理的な問題として厳しく責任を問おうとする裁判官と、妊娠という事態に対応できなかったゆえの自己の過失責任として事態を捉えようという「私」の対照は鮮やかだ。彼

女によれば、堕胎も妊娠もともに「不注意」ゆえの結果ということになる。また彼女は「女は月々沢山な卵細胞を捨てゝゐます。受胎したと云ふ丈けではまた生命も人格も感じ得ません。全く母体の小さな附属物としか思はれないのですから。本能的な愛などは猶さら感じ得ませんでした。そして私は自分の腕一本切つて罪となつた人を聞いた事がありません」（原田「獄中の女より男に」）といってはばからない。ここには現在に至ってようやく問題化されている「生殖の自己決定権」の思想が表明されている。

果たしてこの文章の掲載された『青鞜』は発禁になった。池田恵美子によれば、明治四三年に内務省は、従来は行っていた発禁図書の官報掲載や在庫品の応酬などを「一切告示せず秘密裏に行うことにした」という[4]。つまり発禁の原因となった文書の明示はもとより、発禁という事実の公表も行われなくなったというのである。これは公表が一種の宣伝効果を生むことへの危惧からかもしれないが、これにより、発禁処分は実に不透明なものとして処理されることになった。発行者側が及び腰であれば、不透明性は当事者のみが味わわなければならない見えない圧力として重くのしかかる。編集者伊藤野枝はこの事態をどのように受け止めたのだろうか。

先月号は風俗壊乱と以ふ名の下に発売を禁止されました。忌諱にふれたのは原田さんのらしいのです、他には何にもそんなのはありませんから。私は少しもそんなことを考へずに、可なりさうした考へが誰の頭にも浮ぶことを思つて立派な一つの問題を提供するものとしてのせました。けれども私は不注意な編輯者としてしかられました。けれども私は可なりあの堕胎とか避妊と云ふことについて男の人たちの意見は聞きました、けれども女の意見は聞きませんから知りたいと思つたのです、（中略）それで九月号には堕胎避妊についてのお考へを成べく多数の方から伺ひたう御座います、これも前号に申ました日記や感想とおなじに、たゞもうお考へになつたことをそのまゝお書き下さればいゝのでしてどんなに永くても短かくてもかまひません、何卒読者諸姉の

まじめなお考へを伺ひたいと思ひます。（伊藤野枝「編輯室より」『青鞜』第五巻第七号、大正四年七月）

らいてうから雑誌『青鞜』を受け継いだ野枝は、編集で苦慮していた。野枝に編集が移った大正四年一月以降の「編輯室より」からには、焦り、戸惑い、気負いなどを表す語が頻出している。しかしそのようななかから新しい方向性を示すものとして立ち現れたのが、堕胎・避妊というテーマであった。引用の編集者野枝のことばや編集姿勢から判断するかぎり、発禁は外圧になっていない。堕胎や避妊は「誰の頭にも浮かぶこと」としてむしろ積極的に捉えられている。また文章的に見ても、「編輯室より」という誌面ゆえか、かなりラフな文体である。「けれども」がたて続けに三回使われるなど、稚拙な印象さえ受ける。だがこの稚拙さこそ、野枝の武器であった。野枝は「けれども」という単純明快な逆接表現で官憲や「男の人たち」と対峙しようとしているのである。

さすがに次号の「編輯だより」には、「堕胎と避妊についてのい丶原稿が可なり集まりましたから出さうと思ひましたけれどこの間の今月号ですからどうかとあやぶまれもしますし少し注意をうけたこともありますので暫く見合はせて玉稿はお預かりいたして置きます」（伊藤野枝『青鞜』第五巻第八号、大正四年九月）[5]とあり、発禁を意識したことばが見られはする。しかし、野枝は皐月の原稿を見た段階でテーマの重要性を認識し、「私信―野上弥生子様」を皐月と同じ号に掲載していた。この文章によれば、野枝の立場は避妊には賛成であるが、堕胎は「自然を侮蔑し、「生命と云ふものを軽視した行為」であるゆえに認められないというものである。後年関東大震災時に虐殺され、いらい彼女に貼りつくことになる「虐殺された女性アナーキスト」という一枚岩のレッテルから見ればかなり不徹底な立場であるが、この言説が生成した同時代においては、『青鞜』周辺のセクシュアリティを集約する集合的な見解であったことは十分推測される。[6]当時の『青鞜』周辺では、胎児を「母体の小さな付属物」（原田皐月「獄中の女より男に」）とみなす堕胎肯定論から、「堕胎も避妊も等しく大きな罪悪」（山田わか「堕胎に就て」『青鞜』第五巻第八号、大正四年九月）とみなす否定論まで、かなりの幅で堕胎言説が編成されていたのである。

❸『第三帝国』と『青鞜』

しかしこれらは所詮『青鞜』内部の見解の相違であった。かつての貞操論争がそうであったように、「見解の相違」が他誌との間で闘われてこそ、「相違」は「論争」へと孵化するのである。[7] 今回論争の孵化役を果たしたのは『第三帝国』であった。松本悟朗は発禁処分の直後に同誌の「社会評論」欄に「『青鞜』の発売禁止」（大正四年六月一五日）を書き、発禁の事実をアナウンスするとともに論争への道筋をつけた。

婦人雑誌『青鞜』六月号が秩序紊乱の廉に依つて発売禁止になつたさうだ、そしてそれは多分或る婦人の書いた小説の為めだといふ、其の小説には堕胎罪で刑を受けた女が、獄中から堕胎の必らずしも罪悪でない事の主張を男に宛て、書き送つて居るところがあるさうだ《ママ》。堕胎、名何んぞ恐ろしき、それが今日の法律に照らして犯罪行為であることは僕も認める。又今日通俗の道徳から見て罪悪と称せらるべき事も僕は認める。併しそれ以上を僕は知らない。そこで堕胎が罪悪であるといふ事を真に僕の合点行く迄立証出来る人があるなら、是非それを聞きたいものだと思ふ。[8]

『第三帝国』は大正二年一〇月、茅原華山を「主盟」、石田友治を「主事」として創刊された旬刊の言論誌である。野枝の同誌への登場は先に記した「らいてう氏の「処女の真価値」を読みて」で、以下「自覚の第一歩」（同大正四年四月一五日）、「婦人の反省を読む」（同大正四年四月二五日）、「感想の断片」（同大正四年五月五日）、「雑感」（同大正四年六月二五日）などで、大正四年の三月から六月にかけて、『第三帝国』と伊藤野枝はかなり接近していたことがわかる。そのような流れのなかで『青鞜』の発禁が起こる。大正四年一月からの『青鞜』は野枝の編集なので、このとき両誌が連携して堕胎・避妊を問題化しようとしていたとしても不思議ではない。『第三帝国』は、『反響』が貞操論争のときに果たしたのと同じ役割を演じたのである。特に野枝は、花世が貞操論争で大きな一石を投じたのと似た役割を今回は『第三帝国』で務めた。しかし事態はそれにとどまらない。貞操論争は結局他誌でその頂点を迎えることになるが、編集者野枝としては、こんどの論争は是非とも『青鞜』を主要な舞台として演じられる必要があった。

はたして『青鞜』（大正四年九月）には、らいてう「個人としての生活と性としての生活との間の争闘に就いて（野枝さんに）」と、山田わか「堕胎に就て―松本悟朗氏の「青鞜」の発売禁止を読んで」の二論文が掲載され、論争は『青鞜』誌上で本格的に展開されることになった。

らいてうは、初めての妊娠経験のなかで論を展開している。あくまで自己から発想しようとするらいてうは、理性的に避妊は「文明人の特権、義務」として肯定しながらも、感覚的には「瞬間的に感ずる烈しい醜悪の感」を受け入れがたいとする。そして妊娠の事実を受け入れたうえで、これからはじまるであろう「「個人」と「性」との間の争闘」・「分裂の苦痛」を「重大なそして困難な、真に意義あり、内容ある具体的な婦人問題」として提示するのである。これは山田わかの「堕胎も避妊も等しく大きな罪悪」（前掲論）とする論と好対照をなし、後の母性保護論争にもつながる問題系がここに胚胎する。

この後、『青鞜』誌上では廃娼論争が起き（大正四年一二月）、貞操・堕胎に続く性をめぐる三論争がすべて揃うことになるが、なかでも堕胎論争は堺利彦「産む自由と産まぬ自由」（『世界人』大正五年二月）などで貧困問題へと発展するなど、安田（原田）皐月が発端となった堕胎論争は、発禁を媒介にして『第三帝国』などの応援を得て、『青轄』という言説の場に結実したといえよう。それから八〇数年、「貞操」や「公娼」という語が死語になった現在も、「堕胎」という言葉だけは現行法でも健在（刑法第二一二条～二一六条「堕胎の罪」）である。[9]民法でも「私権ノ享有」は「出生ニ始マル」（第一条ノ三）とされており、「人はいつから人であるか」という問題は、身体と意識の両面にからんでわたしたちの根源的な想像力をいまも喚起しつづけている。その意味で論争はいまだ終わっていないといえるのだが、この時点で『青鞜』という言説の場が果した役割は小さくはなかったのである。

注

（1）論争の全貌については折井美耶子編集／解説『資料　性と愛をめぐる論争』（ドメス出版、一九九一年一〇月）を参照した。

（2）岩淵宏子「セクシュアリティの政治学への挑戦―貞操・堕胎・廃娼論争」（日本文学協会新・フェミニズム批評の会編『『青鞜』を読む』學藝書林、一九九八年一一月）。

（3）当時の言説には私信の形を取ったものがかなりある。特に伊藤野枝はこの大杉の論をはじめ、らいてう「「動揺」に現はれたる野枝さん」（『青鞜』第三巻第一号）・「青鞜と私―『青鞜』を野枝さんにお譲りするについて」（同第五巻第一号）・「個人としての生活と「性」としての生活との間の争闘に就いて―野枝さんに」（同第五巻第八号）など名指しされた言説を多くもつ。

（4）池田恵美子「「風俗壊乱」の女たち―発禁に抗して」（『『青鞜』を学ぶ人のために』世界思想社、一九九一年一二月）。同上による。

（5）『青鞜』は大正四年八月には発行されていない。

（6）生田花世は伊藤野枝について「野枝さんは『動揺』を書いてから興味ある女性として、一部の人に認められてきた。いろんな雑誌に、有為な新人として紹介され、執筆がつづいた。『天才を出したい』といふ『青鞜』の宣言は、まさに此人の出現を暗示したもの、やうに思はれもした。野枝さんは一般に好運であつた。グングンと伸びて行つていつの間にか平塚さんと名をならべてゐた」（『近代日本婦人文芸女流作家群像』行人社、昭和四年一一月 143頁）と述べている。

（7）「孵化」についてはエドガール・モラン著、杉山光信訳『オルレアンのうわさ』（みすず書房、一九七三年二月）による。

（8）松本悟朗「『青鞜』の発売禁止」（『第三帝国』大正四年六月一五日。引用は不二出版、一九八三年の復刻版による）。なお松本悟朗はこの後「貞操は道徳にあらず」を連載（『第三帝国』大正四年六月三〇日、七月五日、同一五日号）する。なお『青鞜』と『反響』の関係については米田佐代子「『青鞜』と社会の接点―らいてうと長江を中心に―」（『山梨県立女子短期大学紀要』二四号、一九九一年三月）から示唆を得た。

（9）現在では「堕胎」は母体保護法にある「中絶」という語で論議されることが多い（荻野美穂『中絶論争とアメリカ社会　身体をめぐる戦争』岩波書店、二〇〇一年四月参照）。

※伊藤野枝と『青鞜』の関わりの詳細については本書に収録できなかった関「伊藤野枝という表象―大正期のメディア空間のなかで」（『岩波講座　文学10』岩波書店、二〇〇三年一〇月）を参照されたい。

『金色夜叉』と「女性読者」
――ある合評批評の読書空間――

❶「女性読者」とはなにか

ヒロイン宮の側から『金色夜叉』[1]を読み替える試みを行った高田知波はその論の最後を次のように締め括っている。

少女時代から「閉じ籠め」られることへの馴致を拒み続けてついに道徳の及ばない「愚」の砦を発見するに至った『金色夜叉』のヒロインは、妻の座の〈牢獄〉性をあばき出す存在として自らを顕在化させることによって、自己破壊との引き換えで「天職」論（引用者注「女性にとって良妻賢母こそ天職であるとする論」）の虚構性を撃ちつつあったのだと見ることもできる。「良妻賢母」が制度化されつつあった時代において、この虚構の〈悪妻〉が多くの女性読者の共感を集めていた事実は、もっと注目されていいのではないかという気が私はする。[2]

明治三〇年代において制度化されつつあった「良妻賢母」論[3]を時代の参照軸とすることで、ヒロイン宮の位相を明確に位置づけてみせた高田の論は、現在でも基本的にはその衝撃力を失ってはいないだろう。だが、引用の末尾にある「女性読者」という語については再検討が必要ではないだろうか。そもそも「読者」といっても、社会学でいう「読者層」に該当する「読者」、あるいはイーザーなどの受容美学による「内包された読者」など、その対象は多岐にわたる。とりわけテクスト論と接合することで読みの生産性をもたらした「内包された読者」論もテリー・イーグルトンらによってその観念性が批判されており[4]、現在における読者論は新しい段階を迎えているように思う。私見によれば「読者論」は、「読者とはどういう存在なのか」あるいはまた「『読者』という視座によって何が見えてくるのか」という問いが伴わない限り、大橋洋一のいう「読者が読者自身としか出会わない閉鎖回路をつくりあげる[5]」という陥穽にはまる危険性があるのである。

特に明治三〇年という一九世紀末の近代日本の新聞紙上に登場し、その後分冊刊行され、尾崎紅葉の死（明治三六年一〇月）後、全集版・合本版などとして一括読書が可能になった『金色夜叉』の場合、その受容形態は複雑なプロセスを経ている。たとえば「読者」といっても、そのすべてが黙読する「近代読者[6]」であるとは限らず、読者の文化圏や階層によっては音読の可能性も十分ある。また『読売新聞』の雑多な記事が溢れる紙面の一画で日々読んだ新聞読者と刊行本読者では、自ずと読書形態が異なる。明治三一年七月、「近来絶無之奇書」と銘打たれてこの本が春陽堂から分冊刊行されたことは、単に紅葉というブランド名の紙価を高からしめただけではない。マーシャル・マクルーハンがいうように「どこでも手に入り、どこへも持ち運びできるような本作りへのごく当然な要求とあい携えて登場したのが、文字を読む速度が急速に増したという現象である。こうした速読は形の揃った活字なればこそ可能であったのであり、写本ではおよそ不可能であった。容易に手にはいり、持ち運びできる本への欲求は、さらにグーテンベルク世界の誕生には不可欠な、大きな読書人口と販売市場の開拓へとつながっていった[7]」。刊行本による「速度性」や「携帯可能性」が「個人主義賛美」や「読書人口と販売市場の開拓」へとつながったという、こんにちでは自明すぎてほとんど意識にさえ上らないマクルーハンの指摘は、日本近代のメディアが飛躍的に拡張される明治三〇年代初頭に登場する『金色夜叉』の場合、やはりあてはまるといえよう。

ところで宮下志朗は「本の密猟者エンマ―一九世紀フランスの読書する女」という文章のなかで、フランスの一九世紀半ば、中産階級の読書のプラチックを「新聞が早くも男たちの定番として位置づけられている一方で、妻や娘たちは小説類に夢中だ[8]」とし、男女による「メディアの棲分け」を指摘している。ただしここでいう小説とは新刊本ではなく貸本のことである。日本の『金色夜叉』の分冊形式と貸本との関係は不明だが、新聞＝男性、小説＝女性というメディアでの性別による棲み分けというジェンダー化現象は日本の場合も当てはまるのだろうか。中嶌邦は「都会を中心に、ようやく新聞が家庭に入って家族もよむようになるのは明治後半である。この期になると婦人も新聞をよむよう奨励されはじめる」と述べ、明治三〇年代の初頭まで若い女子にとって新聞を読むことは「禁止」の対象であったと指摘している。[9]中島も引用しているように、『婦女新聞』に女性が新聞を読むことを求めた社説「婦人と新聞」が登場するのは明治三四年四月八日のことである。[10]このように新聞への「女性読者」参入の遅れ現象ひとつ取っても、「読者」にジェンダー区分が伴うのは容易に想像される。

坪内逍遙の『小説神髄』（松月堂、明治一八年九月〜一九年四月）には、「具眼の士」の対局的な存在として規定される「婦女童蒙」という語がある。その系譜に連なり、現在でも「女・子ども」などの呼称と類延性をもつ「女性読者」とは、いゆわる「玄人読者」の対局にある「素人読者」・「二級読者[11]」の別名でもある。だが、このような副次的な存在こそ「新聞」と「小説」が合体して「新聞小説」が生まれるとき、重要なスプリング・ボードの役割を演じることになる。「新聞小説」史上比類ないほどの規模で愛好され、そして忘れられた名作であるところの『金色夜叉[12]』をいま取り上げるには、ジェンダーの視点、特に「女性読者」という視点は有効性をもつのではないか。なぜなら、小説の成功と忘却に女性性《フェミニニティー》は重要な役割を演じていると思えるからである。言い換えれば、「女性読者」という発想によって、その成功と忘却の理由の一端が解明できるのではないだろうか。

高田論文に話をもどせば、そこに登場する「女性読者」はきわめて操作的な概念であったことを確認する必要がある。たとえば関肇は、初出紙『読売新聞』の読者投稿欄「葉がき集」の分析から、女性名による投書が意外に少ないことを指摘している[13]。確かに「読者」が消費者としての側面をもつなら、商品としての新聞の購買者になることなど、きわめて稀なケースであったかもしれない[14]。たとえ読んだとしても、それはおそらく直接の購読者である父兄などが読んだ後であろう。それから投書という主体的行為に及ぶまでには幾つかの飛び越えなくてはならないハードルが存在したはずである。また単純に考えても、女性名が必ずしも「女性読者」であるとは限らない。男性読者の「女装」も十分考えられるであろう。このように「女性読者」を実体的にとらえることには無理がともなう。そこで飯田祐子のように、「実体としての女性読者は昔も今も、存在してきたし存在している。そのことと、『女性読者』が何かを代表し、ある意味づけや評価をうけることとは、レベルが異なる問題[15]」だとして、「実体としての読者」と「抽象的理念としての読者」を峻別し、機能としての「女性読者」に着目しているが、これも一方法であろう。また平田由美のように、十数年にわたる一定のタイムスパンのなかで新聞紙上の女性名の投書を分析し、量としての「女性読者」の動向を推測する方法[16]もある。

ここでは社会学的な方法としての「読者大衆」の動向分析という方法は採らない。また作品論という形も採らないことにする。あくまでも『金色夜叉』というテクストにおける「女性読者」の意味を把握することをねらいとしたい。私見によれば、「女性読者」とは両刃の剣的な概念といえよう。ときには高田論文のようにテクストの現代における「期待の地平」を鮮やかに照らしだす光源になることもあれば、またあるときは「素人読者」・「読者大衆」として中心的な読みを同一性／差異性のいずれかで補完する周縁的な存在となるべく宿命づけられる側面をもつ。

近代文学研究の領域で「女性読者」を最初に扱ったのは前田愛の『近代読者の成立』に収められた「大正後期通俗小説の展開—婦人雑誌の読者層—」(前掲書所収)であろう。これとても、日本近代において広範な「女性読者」が成立するのは大正後期と限定したうえで、量あるいは層としての「女性読者」と文学テクストとの関連を説明しようとしたものであるということを忘れないでおきたい。

❷ 貶下説の生成と流布

現代の通説的な評価において『金色夜叉』と「女性読者」は切り離せないものとして結びつけられている。忘れられた名作イコール同時代の「女性読者」による受容という図式である。だが果たして同時代において『金色夜叉』の読者は誰だったのか。そもそもいったい何時から作品が女性読者に支持されている、という通説が成立したのであろうか。また尾崎紅葉という作家において一次資料ともいうべき本格的な全集が近年に至るまで刊行されなかったことと、「女性読者」はなにか関係があるのだろうか。全集ばかりではない。今日書店の文学関係のコーナーや公共の図書館の棚などでしばしば目にする『新潮日本文学アルバム』からも、尾崎紅葉という作家は排除されている。このような紅葉および『金色夜叉』の忘却現象はいったいいつ起きたのだろうか。

今日のいはゆる文学全集といふ出版形式を最初につくつたのは、昭和のはじめに出た改造社の「現代日本文学全集」です。これが一円本といふ新しい形で数十万部を売つたのが、文学の普及に貢献したことは勿論、作家の経済生活にも大きな影響を及ぼしました。文士といへば貧乏人と同義語であつた明治大正の常識を破つて、作家が有利な職業とみられるやうになつたのもこのときからです。(中略)この現代日本文学全集の第一回配本が「尾崎紅葉集」でした。これは紅葉が、その死後三十年を経たのちも、今日で云へば谷崎潤一郎、あるひは井上靖に匹敵するやうな、大衆的人気を持つてゐたことを示す事実です。そのころ僕は中学生でしたが、ちやうど姉にあたるやうな年ごろの若い女性たちが樺色の表紙の紅葉集を、電車のなかなどで読みふけつてゐるのをよく見かけました。紅葉の小説の人気のもとは――いつの時代の小説もさうであるやうに――女性の心をとらへたところにあるやうですが、そのやうな力を、死後自分の生涯とほとんど同じ長さだけ持ちつづけるのは並並ならぬことでせう。[17]

これは一九六三（昭和三八）年に刊行された『日本現代文学全集5　尾崎紅葉集』（講談社）に収められた中村光夫の解説文である。こんにちでは違和感のある敬体・歴史的仮名遣いで、「昭和初期」の市井の読書風景が点描されている。ここに登場する紅葉本に読み耽る「女性読者」像には、あるいは一九六三年時点での中村の解釈が混入しているのかもしれない。いずれにせよ中村文の書かれた時点では、作品は「女性読者」によって支持されているという見方が一般的であったといえる。

それでは同時代評は作品にどのような評価を与えていたのだろうか。いわゆる「紅露時代」への称賛を述べたもの（無署名「紅葉と露伴」『太平洋』明治三四年七月）や「足下は多幸の詩人なり」というオマージュではじまる「紅葉に与ふ」（『帝国文学』明治三三年七月）などの儀礼的な文章を除くと、島村抱月の一文が目につく。彼は春陽堂から分冊『金色夜叉』前編（明治三一年七月）が出た翌月、『読売新聞』紙上で「金色夜叉略評」（『読売新聞』明治三一年八月八日）を発表した。それには、「吾人は此編に特標すべき二点ありと信ず、一は男主人公貫一が恋の絶望を因として所謂心機一転後の消息に筆を着けたることなり、一は女主人公お宮が当人の性格と女性《によしやう》一般の弱点とに基づく、一味道破し難きの心緒を捉へ来り、恋にして恋にあらざる微処に境を設けしことなり」と捉え、「貫一の性格はお宮に比して明確ならず、無難なれども特性的（若しくは詩中の人物的）ならず」とするいっぽう、お宮には「優に大悲劇の女主人公たるべき地をなす」と高い評価を下した。この頃抱月は『読売新聞』文芸欄「月曜附録」の主任記者であり、媒体への配慮もあったかもしれないが、これは毀誉褒貶を備えた本格的な批評に属するものといえよう。また『早稲田文学』誌上の佐藤迷羊も「お宮なる女は、現今の日本、特に東京中流社会の女を最もよく代表している」（「金色夜叉前篇を読む」、『早稲田文学』明治三一年八月）と評価した。

それではいつマイナス評価が始まったのか。たとえば『文章世界』臨時増刊（明治四一年五月）号は「近代三十六文豪」特集を組み、外国人作家三一名、日本の作家五名のなかに紅葉を入れている（ちなみに他の四人は子規・透谷・樗牛・一葉）。いっけん高い評価が為されているようだが、「時代思潮の推移は急激である。彼の没後いまだ幾年ならずして、彼の評価は略定まらんとし、彼の作品も漸くにして歴史的ならんとしてゐる。併しながら文学史上より見たる尾崎紅葉は、如何なる時に於ても其偉大たるを失ふまい」というように、現代の文学としてではなく、過去の文学として文学史の中に繰り込んでいる。このような評価は基本的に現代でも変わっていない。たとえば『近代文学年表』（年表の会　双文社、一九八四年四月）では、明治三六年の項に「尾崎紅葉死亡し、旧時代文学の終りを象徴する」とあるが、これは現在的視点に立った見方であろう。紅葉が死亡したからといって即座に「旧時代文学の終り」が到来したのではない。死後から明治三〇年末のわずかの間に紅葉を過去化する評価軸の変動があったということである。

よく知られるように明治三〇年代末は、自然主義文学や夏目漱石に象徴される「新時代文学」の登場が、メディアを軸にして「玄人読者」と「素人読者」の分離をおこない、その結果いわゆる「純文学」と「非純文学」の二極分解が進められた。このとき、「純文学」の読者から排除された人々は、飯田祐子のいうように「文学」を「読めない読者」として「女性ジェンダー化」される。[18] そして興味深いことに読者の「女性ジェンダー化」は、その読書対象の作家たちをも「女性ジェンダー化」する。小平麻以子は現在の紅葉の評価は「素人」と「玄人」のふたつの側面から意味をもつものとみなした。すなわち「文学や社会の最先端を理解できない人々のための読み物としての位置」があるいっぽう、専門家にとっては「〈文学〉の避難所」であり「文学」を活性化するための「〈文学〉のカンフル剤」としての利用価値があるとその評価の二重構造を指摘したのである。[19] これは錯綜してきた紅葉評価の「二重性」を正しく整理したものだろう。さらに小平は次のように指摘している。

> 〈女〉とは、男性権力の強かった長い時間の中で、〈男〉という中心とのに対比によって、周縁としての意味を与えられている言葉である。（中略）紅葉が〈女性〉と結び付けられるのは、その中心化されない位置が、性の比喩で語られた結果であると考えられる。[20]

明治四二年には大勢は決し、紅葉そして一葉らは「旧時代文学」派として一括される。その際かつては紅葉支持であった島村抱月が藤村の『破戒』出現以後、「新時代文学」支持に回ったことを契機に、田山花袋らによる相次ぐ明治文学総括の書が刊行されたことは文学史の示す通りである。[21] その後『縮刷金色夜叉』（春陽堂、大正四年九月）は一一年間で一八九版という驚異的な数字を記録し、すでに触れた昭和初期の二種類の円本である『現代日本文学全集』（改造社、大正一五年一二月刊行開始）・『明治大正文学全集』（春陽社、昭和二年六月刊行開始）でも、それぞれ第一回配本は尾崎紅葉であったが、それは過去化された紅葉文学の評価と対になるものであった。もっとも円本という予約購読制は出版資本の商業戦略であり、必ずしも文壇的評価につながらない。円本時代の作品評価の例証としては正宗白鳥の次の文章が参考になるだろう。

> 最近配本された「現代文学全集」の有島武郎集を手にして、何の気なしに、そのうちの「ある女《ママ》」を読みだし

た。よほど長いもので、まだ半分ばかりしか読んでゐないのだが、有島君の芸術的手腕に感嘆してゐる。（中略）その豊富なる芸術的天分弛《ママ》みのない鍛練された文章、外面的にも内面的にも人間を見る目の微細に的確なところ、日本の作家には類例がないと思ふ。私は読みながら、及び難しとの感じにいく度打たれたか知れない。紅葉、漱石、武郎といふ順序で、明治以来の国民的一般向きの作品が連続してゐると云つてもいゝのだが、紅葉は要するに江戸軟文学の継承者で、その作品は低調卑俗であつた人《ママ》間を見る目は常識を出てゐなかつた。漱石は、学殖識見兼ね備はつて人間の心理についても深く索つてゐた人であつたが、その作品は書斎の臭味がつよい。

（『読売新聞』昭和二年七月二五日「月曜付録」）

かつて『金色夜叉』が掲載されたのと同一紙上での紅葉貶下、武郎絶賛は時代の評価軸の変容をよく物語っている。白鳥は先ほど引用した中村の文章にも出てくる『現代日本文学全集』で有島の「或る女」を読んだのである。ここでは漱石も（そして別の箇所では花袋も）否定的な評価を受けている。「明治以来の国民的一般向きの作品」というこの評は、現代の通説にも相通じている。興味深いのは、紅葉否定の理由が「要するに江戸軟文学の継承者」であるという点である。ここでいう「江戸軟文学」が何を意味するか定かではないが、おそらく文中の「低調卑俗」・「人間を見る目が常識的」という語に関係してくるのであろう。果たしてこのような白鳥の評価は正しいのであろうか。白鳥評を再検討するためにも、ここでテクストの同時代評を検討してみたい。

❸ 破格の合評会

よく引用される『金色夜叉』の作品評に「金色夜叉上中下篇合評」（『芸文』明治三五年八月、以下「金色夜叉合評」

と略記）がある。「『金色夜叉』について物いうほどの人が、必ず一見すべき文章であるのはいうまでもない」[22]とされ、引用頻度はかなり高いが、いずれも部分的な引用のみで合評会そのものの全貌が明らかにされているとはいいがたいので、ここで詳しく紹介してみよう。ちなみに『芸文』は明治三五年六月に創刊、八月の第二号のみで廃刊された雑誌である。[23]主催者は九州の小倉から東京に復帰したばかりの森鷗外。ちなみに『芸文』は、この後『万年草』と名を変えて日露戦争前まで刊行をつづける。

まず出席者は平田禿木・星野天知・戸川秋骨・上田柳村（敏）などの旧『文学界』のメンバーから佐佐木信綱・伊原青々園・饗庭篁村・依田学海・鈴木春浦らの大家連、さらに森隠流（鷗外）や当の尾崎紅葉までが加わっている。だが、最も興味深いのはこれら錚々たるメンバーに交じって「片町の一女」・「麹町の一女」・「駒込の一女」なる「女性読者」らしき存在が三名、名を連ねていることであろう。地域による女性の分類は何を意味するのか定かではない。また冒頭に「明治三十五年六月二十九日於日本橋倶楽部」とあるが、この「日本橋倶楽部」とは日本橋にあった社交場で、日露実業協会（明治二七年六月一五日）、大日本写真品評会（明治二七年一〇月五日）、東京瓦斯紡績会社創業総会（明治二九年二月一八日）、京釜鉄道発起人会（明治二九年七月一日）などが開かれた場所であった。依田学海の箇所が「筆記」とあることや、座談会に登場しない人物の評も話者の口から紹介されていることなどから、実際に談話が行われた可能性は低い。さらに合評の冒頭に掲げられたメンバーのなかで、安田衡阿彌・川尻清潭・伊臣紫葉・佐佐木信綱・伊原青々園らは仮名を使っているようなので、誌面のなかでのそれぞれの話者名は特定できない。

今日の常識からすると余りの多士多彩ぶりに、まったくの架空合評かという疑念さえ生じる。録音テープなどはもとよりありえず、速記・メモ・記憶その他にたよらなければならなかった当時、声による応答が文字化される実際のプロセスはよくわからない。また本誌の半分近い五二頁にも及ぶ長談義の合評会は、誌面づくりの点でもかなりバランスを失しているといえよう。さらに内容的にも出席者は多彩なだけで、殆どいいっ放しで、出席者同士が応酬して話題が深化するという現象も見られない。現代の座談会によく見られる求心性・ダイアローグ性に比べると、まったくもってラフであり、全体に放談的である。

かくも破格の座談会はその前もその後も行われたであろうか。たとえばこの合評会から先立つこと五年前、『早稲田文学』誌上で『多情多恨』（初出『読売新聞』明治二九年二月二九日、六月一二日〜九月一日　初刊春陽堂、明治三〇年七月）の合評会が行われたが、それは綱島梁川などいわゆる「玄人読者」による読みの応酬であり、現在文学雑誌や研究誌などで行われる座談会のスタイルと基本的にはそう隔たっていない。それに対しこちらは、小説と劇、小説と挿絵など他のジャンルの要素が入り交じり、多声的な批評空間を現出している。もちろん雑誌編集者の「操作性」がかなり働いていることが推測されるが、ここでは事の真偽よりも結果として誌上に実現されているものに目を向けることにしよう。

明治三五年八月という合評会が行われた日付は、『読売新聞』初掲載から五年が経ち、連載はこの年の五月一一日で途切れ、代わりに春陽堂の分冊形式版の第四回配本『金色夜叉続編』（明治三五年四月）が刊行されてから三ヶ月後である。これは読者が新聞だけでなく、分冊で物語に接することが可能な時空にいたことを意味する。ここで新聞読者論を展開するつもりはないが、その受容形態は雑多な紙面構成の一角を新聞小説が占めることで、娯楽性と強く結びついていることは容易に想像される。作者の側にどんな意図があろうと、新聞小説の読者は基本的に濫読的な読者といえる。だが、所蔵可能な分冊という図書形態は、潜在的な精読者を生成する。一時的な所蔵者である「貸本読者」も原則的には、「精読者」になることができるのである。いわば単に受身ではない、批評をも行う可能性が開かれたといえよう。

ここで合評会の参加者を誌面順に並べてみよう。なお無字庵の括弧内の話者には、誌面に「嘗て聞いて覚えて居るだけ」の「専門家以外の普通の、読者の眼に映じた金色夜叉の評」という説明が付記されている。

松迺舎→片町の一女→禿木→無字庵（画の具屋の倅→園丁→生娘→囲ひもの→裁縫に通ふ娘→お店もの→役者→世話焼→料理店主人→高襟→銀行員）→紫葉→天知→眠叟（世話焼）→麹町の一女→洋行帰り→駒込の一女→大西の小僧→海老茶式部→冥土の鰐淵直行→間貫一→渭滄浪→口頭禅→学海（世話焼）→心理家→春浦→（世話焼→石肯→三昧→石肯→三昧）→書生→駒込の洋服屋→学生→隠流→柳村→紅葉

「世話焼」というのは話者の話を補足し、明らかな誤読があった場合、訂正を行うなど一種の行事役である。今日での司会役に近いが、たとえば宮と貫一の「肉交の契ありしものと見るより他はない」という天知の発言に、「後篇弐三十六ペエジに「肌身を許せし初恋を擲ちて」とチヤアンと書いてある」などと介入する様子には、大胆でありながらも滑稽味も十分に漂っている。以下、形式面と内容面について分析してみたい。

まずスタイル面での特徴を一言でいえば、演劇性であろう。この合評会全体がひとつの劇であるかのような空間を形成している。誌上でありながら「演劇的」であることは間々あるが、ここでは比喩ではなく文字通りの演劇性である。先程紹介した登場人物はそれぞれ「主役」や「脇役」ないしは「通行人」的な役割を負って劇を支えている。演劇がそうであるように、「主役」から「通行人」までが一体となって演劇的空間を生み出しているのである。冒頭の「松迺舎」による序開きからはじまり、発端から転回へと時には横道に逸れながらも、長老級の依田学海の登場で花を添え（時には「世話焼」の軌道修正が入り）、最後は鷗外・敏、そして大トリは紅葉本人で収束させるという仕組みには、ドラマトゥルギーが看取されるのである。それではこのような演劇性は何に由来するのであろうか。

ひとつはテクスト自体がもつ演劇性の問題がある。確かに『金色夜叉』は『読売新聞』連載時から演劇化され、演劇に適したテクストであることはしばしば指摘されている。「世話焼」に至っては「『小天地』二巻十号に出た、劇に於ける金色夜叉の頗るくはしい調べを、こゝに抄出しておかう」と、以下七頁にわたって劇化された『金色夜叉』の上演記録を掲載している有様だ。また「紫葉」は約二頁分ものスペースにわたって劇評を述べている。これはテクストの特長であるとともに、見方によってはマイナスの要素でもある。読者や俳優などがテクストに容喙を入れたり、参入しやすいということは、テクストが「近代小説」として自律していない証拠になるからである。そこで想起されるのが、紅葉が当初『金色夜叉』の挿絵を拒絶したことである。関肇は読者からの挿絵要望の理由を「挿絵という視覚表現とともに小説を読むという経験は、音読の習慣が根づいていた当時の読者にとって、演劇を見ることと近いものであった」（前掲論考）と述べている。関論では音読と挿絵・演劇の関係がいまひとつ鮮明にされていないので、ここで先駆的に読者論を展開した前田愛の説を参照してみよう。彼は挿絵と小説の描写の関係を次のように説明する。

活字で印刷された紙面、これはかなりなスピードで黙読できる。そこのところで木版本では挿絵に預けられていた視覚的な要素というものが小説の描写の中にくり込まれてくる。潜在的な音声は消失して読者は印刷された紙面の背後にあるイメージをつくりだす。記号表現としての文字の物質性が失われて透明になるかわりに、記号内容が分離されてくる。これが今まで近代文学のリアリズムと言われていたもののもう一つの側面になるわけです。(24)

活版印刷の紙面が速読性をもたらすことで、かつて木版の「挿絵」が担っていた「視覚的な要素」が「小説の描写の中にくり込まれ」、その結果、読者の「潜在的な音声」が失われ、「イメージ」が生成されるという指摘は大変興味深い。逆にいえば、挿絵を求めた読者は、『金色夜叉』というテクストが抱えている音読性、そしてその空間化であるところの演劇性という側面に無意識ながらも反応したことになるのではないだろうか。このようなテクスト自体の演劇性と呼応する形で実現したのが、「金色夜叉合評会」という実に稀有なスタイルではなかったろうか。

それではさらに合評会の内実に立入ってみよう。

❹ 「女性読者」の諸相

前章で合評会の演劇性を指摘したが、だからといってここでの批評水準が低いわけではない。「現時社会の活写真」（松迺舎）、「黄金と愛との二つを提げ来つて、愛の幸福は所詮黄金に換え難き尊きもの」（無字庵）などの評は今日共通了解となっている。また紅葉自身の評であるところの「明治式」と「超明治式」という宮像の二重性の問題、鷗外評に見られる「金色夜叉は高利貸の小説」、「紅葉君の小説は不屬饜の小説《あくことをしらないこと》」というテーマや、貫一・宮ともかえって「不屬饜」が不徹底なゆえに読者を惹きつけるという点の指摘、また柳村（上田敏）の「此小説は男子の喝采よりも、美しき性の熱心なる賞嘆を得て、むかし湖月抄を持て、嫁づいたのが、今では金色夜叉の美本を携へてゆく位、妙齢の深窓に此書を読みそめた人が、緑葉の歎ある家庭にて、女主人公の功過を論ずる事もありませう[25]」等の解説に至るまで、今日の読みの幅を決定しているとさえいえる。

問題はこのような読解が抽出されるプロセスに、出席している「女性読者」が関係するのか否かという点である。断っておくが、この「女性読者」が架空の存在でも男性の「女装」でもいっこう構わない。「女性読者」というカテゴリー化によって意味されるものが重要だと思うからである。また冒頭に記された「女性読者」は「片町の一女」・

「麹町の一女」・「駒込の一女」の三名のみであるが、この他に「無字庵」の話題のなかに「生娘」「囲ひもの」など今日ではセクハラに値する呼称で呼ばれる者や「裁縫に通ふ娘」が登場する。また違う箇所で女学生を戯画化した「海老茶式部」も顔を出す。これらは間接的な「女性読者」といえよう。

分析に入る前にまず仮説を立ててみたい。通説のように「女性読者」は作品を支持しているという仮説である。しかしこの予想は大筋では裏切られる。むろん座談であるので、一定の評価は前提にされていることはいうまでもないが、社交辞令的な挨拶は最小限で意外に辛辣な批評が展開される。たとえば冒頭近くに登場する「片町の一女」は次のように述べる。

書き出されて居るお宮の性格はどんなもので御座いませう。性格があまり判然せぬとおもはれる個所もあるやうで御座いますが、斯ういふ女も御座いませうかしら。どの位の教育を受けた女で御座いませう。（中略）主義があり従つて意志があり思慮や分別が正しく出来るやうな教育は受けて居りませんから女ひと通りのよいものが食べたい楽が為たいよい衣服が着たい作り飾つて生得の美に一層の美が添へたい一心でつひ富貴に迷つたので其罪はよく知りつゝさて反省する事の出来ぬ意志の弱い女をつまり作者は写されたので御座いませう。ともすればこのお宮なる者は若し時が許し事情が許し貫一が許したならば富山を良人として側ら貫一を情夫として逢引きする事をも仕兼ねぬ女であらう思《（ママ）》ひます

この話者は作中の宮が某音楽院で学んだことは承知で、あえて宮の「教育」歴を問うている。見ようによっては「良妻賢母」を地で行っている女性のような気もしないではないが、教育と宮の志向が関わるという指摘、宮の欲望のありようなど、談話末尾で鷗外が主張する「不屬魘」の思想にも通じており、その辛口批評はむしろ新鮮でさえある。さらに話者は、「全体の仕組み全体の木振りの如何よりまづ其小枝のさきに咲いてゐる類の無い花の美しいの

に見取れてしまふ」というように、構成の甘さを婉曲に指摘することも忘れていないのである。

それでは「麹町の一女」はどうか。

金色夜叉といふ小説は、大層女学生受けが好いのださうですが、私共には何処が旨いのだか解りませんね。皆さんが貫一の事を可愛さうだと仰いますが、私は又あの位己惚の強い人はないと思ひます。第一自分が子供の時から世話になつた大恩人の娘を、仮令《よし》許婚になつて居たからつて、盃もしない内に疵物にして、我物顔に膝を枕とは、何たる事でせう。その又女が心変りをしたからつて、手離しに沸える涙を溢して、思ひ直して呉れと頼む辺のしつこさ、宮でなくつても、あれでは堪りませんね。加之《おまけ》に宮の返事がないのを見て、姦婦呼ばはりをしたり、足蹴にしたりしますが、制服の前に対して、好く耻かしくないことです。

「麹町の一女」は、引用箇所以外でも、宮を「愛敬のないしんねり娘」と見なしたり、熱海の梅林で貫一が現れた場面で示される宮の母親の迂闊さ、貫一が高利貸しになる必然性や説明の不足を指摘するなどかなり辛辣な評が開陳される。

もう一人の女性メンバー「駒込の一女」は、前の二者が辛口なのに比べ、「宮の服装」評に終始している。田鶴見邸で「白襟紋附」を着し、「珊瑚」の挿しもので装われている宮のいで立ちが評価される。また物語のもう一人のヒロインともいえる女性で、高利貸業を営む赤樫満枝のＴＰＯに応じたその服装が賞賛される。そして最後に次のように締めくくるのである。

この作家のご著述中に見えたる服装は、ほかの小説家のと違ひ、如何にも、実地に御調べになつたかと思はれるほど、すべてそつがなく、かゝる事のみを気に致す女性の眼から判断致しても感服のほか御座りませぬ。或は、紅葉ぬしの趣味を、三井式と批評致す方もありますが、この本の宮や満枝などは、それが適当なので、照降町などと凝つたならば、却つて性格と矛盾致しませう。

最後の方に出てくる「照降町」とは、江戸期に日本橋小舟町・芳町・小網町のそれぞれ一丁目付近にあった通りの名称で、雪駄・下駄などの履物問屋と雨傘問屋が軒を並べていたところから、服装に凝る者をいう。「駒込の一女」によれば、昭和初期の正宗白鳥からは「江戸軟文学」と評されたこの作品も、この合評会の時点では江戸の趣味から差異化される最新流行の「三井式」に染め上げられたファッション性を有するものと映ったのである。小平麻以子は「宮という女性の欲望を描いた『金色夜叉』の成立は、紅葉が三井呉服店のPR誌に携わっていたという個人的な関係を引き合いに出すまでもなく、そのさまざまな位相において女性が主役を演じた消費社会の加速と不可分である」と指摘した[26]。紅葉は三井のPR誌『花ごろも』(明治三一年一月一日号)に中山白峰と共著の小説『むさう裏』を寄稿してもいる。小平も指摘するように、デパート文化ともいうべき本格的な都市の消費文化が成立するのは、日露戦争以後のことであるが、「駒込の一女」は、年齢的にこそ若い世代とはいいがたいが、消費者的な発想の持ち主という点では、新しいタイプの読者に重なるといえよう。

発話を行っている「女性読者」を中心に分析を進めてきたが、前に触れた「無字庵」の話題中に登場する「裁縫に通ふ娘」も見落とせない。周知のように近代日本の女子教育の場において裁縫は重点科目として位置づけられてきた。明治二六年の文部省訓令「女子教育ニ関スル件」で「女子ノ為ニ其教科ヲ益々実用ニ近切ナラシメサルベカラス裁縫ハ女子ノ生活ニ於テ最モ必要ナルモノナリ」(引用は『学制百年史』資料編、ぎょうせい、一九七二年一〇月による)や明治二八年の文部省令「高等女学校規程」などで「裁縫」は再三必須教科と目されているところをみると、「裁縫に通ふ娘」とはいわゆる「婦徳」をもち、将来の「良妻賢母」の資格を備えた娘という意味合いであろう。その意味でこれは明治三五年時点での女学生をイメージした「海老茶式部」と対になった存在といえるかもしれない。

以下、「裁縫に通ふ娘」・「海老茶式部」の順でその発言を引用してみよう。

・人様は皆んな熱海の海岸がいゝと仰しやるが、私は自分の身の上に積もつて考へて、合点の行かない所があり升。それは外でもないのですが、宮さんは少くとも貫一を愛して居たのに違ひないのは、前々からの文章を見ても分かつて居り升のに、現在自分を愛して呉れた人、自分が肌身を許した貫一が、目の前で全身の血と涙を尽して自分を愛して居る事を語つて居るにも拘らず、宮さんは此当時、たとひ富山の富貴に眼が眩んで、只一身の栄誉許りを夢見て居たにしても、貫一に対して何とか慰める言葉のある所だと思ひ升。私などの考へでは、よしそれ程に惚れて居ない男にして見ても、たつた二人差向ひに成つて、あれ程に心切のあらん限りを尽されたならば、腹の中では貫一と夫婦に成る心がないまでも、情として貫一の怒をなだめる言葉が出なくつてはなりますまい。

・妾たちの寄宿舎で金色夜叉の載った読売を見ました朝は、こんな騒ぎですよ。

「金色夜叉─」

「おや、金色夜叉よ」

「金色夜叉??」

「ほんとに金色夜叉!」

「まあ金色夜叉よ」

「御覧なさい金色夜叉」

「あらまあ金色夜叉??」

「待かねてた金色夜叉!」

「可恐《おそろし》く遅いのね、金色夜叉」

「紅葉さんの金色夜叉」

瞬く間に卅余嬢は相呼び相応じて文章の美を謳へり!!

「自分が肌身を許した」・「惚れて居ない」・「情として」など彼女の言語は近代的というよりも江戸的・人情本的な価値観で構成されているといえよう。いわば「わけ知り」的な感覚からの人情論なのである。だが、情による理解だけでは物語の起伏に欠けることも事実だ。高木健夫の『新聞小説史稿一』(27)で紹介されている村井弦斎の『報知新聞』連載小説「日の出島」(明治二九年七月八日〜三〇年七月一一日)には「小説の愛読者たる婦人」の好む小説の特質として、「何でも自分の神経を感情的に刺激するもの」「陰鬱悲哀なもの」「自分の心に極端な厭世主義をよび起こす様なもの」を挙げている。そしてその読者年齢といえば「先ず十五、六歳以上から二十一、二まで」もしくは「年齢だけが三、四十になつて居てもその心の発達が二十位の程度に止まつた人」を設定しているのである。(28)

弦斎の「日の出島」は世情観察・名所案内を兼ねた現在のテレビ番組のような多彩さをもつ娯楽作品である。作中で述べられた「女性読者」論をそのまま『金色夜叉』の「女性読者」へスライドさせることは出来ないが、「十五、六歳以上から二十一、二」という年齢層の限定は、女学生ないしその卒業生層を意識したものであり、リアルな一面も窺える。明治二八年の文部省令「高等女学校規程」によれば、当時の修業年限は六年でその入学資格は「修業年限四箇年ノ尋常小学校ノ卒業生若クハ之ト同等ノ学力ヲ有スル者」とされていた。むろん弦斎のイメージする「女性読者」とさきに引用した上田敏のいう「妙齢の深窓」系のそれではかなり異なるであろうが、優雅か否かを別にすれば共通項も見られる。弦斎のいう「感情的」・「陰鬱悲哀」・「厭世主義」というような情緒面と、たとえば敏のいう「緑葉の嘆」とはいわゆる「感情の共同性」という点では同質的なものが看取されるのである。無字庵の話中に登場する「海老茶式部」系の「女性読者」など弦斎のそれにかなり近いものが窺われる。

問題はこのような「女性読者」を覆う「共同性」がメディアの送り手側から発信され、「女性読者」自身もそのような「共同性」を内在化することになったことである。これは「女性」にかぎらず、近代の「活字的人間」の逃れようもない宿命でもあろうが、こと「女性読者」を包囲する眼差しには特有の共同性への傾斜=カテゴリー化が生じる。現実には性別や境遇さらには階層などさまざまの差異がありながら、そのような差異抜きに彼女たちはひたすら「女性読者」というカテゴリーに繰り入れられてしまうのだ。たとえば宮下志朗は貸本小説を耽読し、ついには現実と虚構の境界が不分明になってしまったマダム・ボヴァリーを「ルソー型読者[29]」の系譜に連なる者と見なしたが、このようなカテゴリー化こそ「女性読者」につきまとう陥穽であろう。

合評会の出席女性のなかで、このような均質的な共同性からのズレが感じられるのは、「片町の一女」・「裁縫に通ふ一女」・「麹町の一女」たちということになる。むろん彼女たちは宮を物語全体のなかで評しているわけではないが、どこを焦点化させるかというポイントの置き方に差異が見られるといえよう。おそらく「海老茶式部」系の「女性読者」は、「裁縫に通ふ一女」系の評を「旧時代文学」的な読みとして退けたに違いない。ここには「海老茶式部系」という男性の「玄人読者」によって定義される「女性読者」と、それとは異なる「女性読者」という二種類の「女性読者」が存在するのである。

❺ まとめにかえて

いままでほとんど言及しなかった合評会メンバーは、星野天知・平田禿木などである。彼らは作品の全面否定に近く、主催者側を代表する「松迺舎」の対局的存在である。検察側・弁護側、否定側・肯定側などまるで法廷やディベートのようだが、それらと異なる点は判事やレフリーが不在であることである。このような破格の批評空間をなんと名づければよいのであろうか。これを判断するには近代的な基準とは異なる参照軸が必要であろう。ここで同時代のひとつ前の時代、近世の批評の形を参照することにする。菅聡子は紅葉の「読者評判記」(『百千鳥』明治二二年九月〜二三年一月)論のなかで、「読者評判記」に内包されている読者の形態は、近世の「役者評判記」の流れを汲むものではないかと指摘している。[30] 菅論文で言及されている中野三敏の『江戸名物評判記案内』[31]には「近代文学界におしもおされもせぬ文芸批評のはしりとして有名な、森鷗外・斎藤緑雨・幸田露伴三者による合評『三人冗語』『雲中語』の試みも、これはまぎれもなく述べきたった名物評判記の血脈の中に生じたものなのである」という言葉がある。

すでに見てきたように、「金色夜叉合評会」に登場する「生娘」・「囲ひもの」・「お店もの」・「書生」など、いわば「読者尽くし」は、紅葉の「読者評判記」にも見られる。またその「頭取り」・「ヒイキ」・「悪口」などの甘辛二様の批評形態は「三人冗語」でも踏襲されている。そうしてみると大まかながら、「役者評判記」→「読者評判記」→「三人冗語」→「金色夜叉合評会」という流れが看取されるのではないだろうか。もちろん「三人冗語」はすべて玄人集団による批評であり、「女性読者」は全く登場しない。しかし、そのような違いを越え、多種多様な声が谺するこの空間は「評判記」という多声的な読者・読書空間にかぎりなく近いといえるのではないだろうか。

最後に、女性読者論を展開した本論にとってはやや蛇足の感はあるが、五年におよぶ連載がようやく最終段階に差しかかった『金色夜叉』の初出紙面を引用してこの論を締めくくることにしよう。

惜しくもなき命ハ有り候ものにて、はや其より七日に相成候へども、猶日毎に心地苦しく相成候やうに覚え候のみにて、今以て此世を去らず候へバ、未練の程の御つもらせも然ぞかしと、口惜くも御耻しう存上参らせ候。
（『読売新聞』明治三五年五月五日）

『続々金色夜叉』と銘打たれた長編小説の未完の末尾は、宮の屍を抱く貫一のロング・ショットでも、登場人物がそれぞれの悲しみを背負ったまま一瞬交差して見えを切る芝居がかった終幕でもなく、このように宮から貫一宛の手紙が一切の作者のコメントもなくそのまま差し出されて擱筆される。『明治節用大全』（博文館、明治二七年四月）に収録されている「日用書簡文例」や各種の文範類、さらに一葉の『通俗書簡文』（博文館、明治二九年五月）を挙げるまでもなく、近代郵便制度の普及とあいまって同時代にとって手紙という媒体は大変馴染みある表現手段であった。特に引用文の掲載された日の『読売新聞』第一面最下段の中央には、文机らしきものにもたれ掛かって一心に筆を運ぶ宮像が挿絵として活写されている。束髪の鬢のほつれ、外出間近を思わせる私室での黒っぽい羽織り姿は富裕な貴夫人のイメージを遺憾なく発揮している。その次の回の新聞の挿絵はといえば、文机は消え、深々とした籐椅子に腰を掛け、両手を組んで軽く膝に載せ、なにやら思いを巡らしているらしい宮の姿である。この二葉の挿絵に共通するコードは、上田敏のいう「緑葉の嘆」と推定される。

此命御前様に捨て候ものに無御座候はゞ、外にハ此人の為に捨て可申と存候。此の御方を母とし、御前様を夫と致候て暮し候事も相叶ひ候はゞ、私ハ土間に寝《い》ね、蓆《むしろ》を絡ひ候ても、其楽しみハ然ぞやと、常に及ばぬ事を恋く思居りまゐらせ候。私事相果て候はゞ、他人にて真に悲みくれ候は、此世に此の御方一人に御座あるべく、第一然やうの人を欺き、然やうの情《なさけ》を余所に致し候私ハ、如何なる罰を受け候事かと、悲く〲存候に、はや浅ましき死様は知れたる事に候へば、外に私の願の障りとも相成不申やと、始終心に懸り居り申候。
思へバ、人の申候ほど死ぬ事は可恐ろしきものに無御座候。私ハ今が今此侭に息引取り候はゞ、何よりの仕合

讀賣新聞

明治三十五年

五月五日

白耳義の大修羅

勞働者の破裂

天津交還期決定

内國電報

雜報

續々金色夜叉

紅葉山人

明治35年５月５日の紙面１面、小説挿絵、梶田半古

と存参らせ候。唯後に遺り候親達の歎を思ひ、又我身生まれ効も無く、此世の縁薄く、かやうに今在る形も直に消えて、此筆、此硯、此指環、此燈も此居宅《すまい》も、此夜も此夏も、此の蚊の声も、四囲《あたり》の惣皆永く残り候に、私独り亡きものに相成候て、人にハ草花の枯れたるほどにも思はれ候はぬ儚さなどを考へ候へば、返すぐ情無く相成候て、心にならぬ未練も出で申候。

（『読売新聞』明治三五年五月一一日）

「上中下三巻丈」をまとめ読みした鷗外なら、合評会の時点では目にしていない箇所である。活字だけでこの二回分の場面を読むと、候文の迫力に圧倒されるが、五日掲載の机にうつぶすかのように前かがみで筆執るやつれた宮の『読売新聞』紙上の挿絵と対になった初出で読む（見る）と、宮の書くことへの欲望の激しさはなぜか緩和されてしまう。画像は獄舎にもひとしい宮の生きられる空間の狭さを、活字文字はそんななかで筆執る宮の不遜さを伝えているように思う。

唯継の母である姑がいい人だから、彼女を義母とし、貫一を夫として暮らしたい、とは何という大胆さであろうか。ここには「懲りない女」を演じる宮がいる。最後のくだりでは、死は恐ろしくないといったその瞬間から、生への執着がふつふつと沸き起こるのである。それは明治三〇年代という時代にふさわしい明治式＝超明治式の女にふさわしい表象といえるかもしれない。

注

（1）初出『読売新聞』の連載形式を考慮すれば、「金色夜叉」が正しいが、その後の刊行本や受容形態も視野に入れているので、ここでは作品名の表記として『金色夜叉』を採用する。

（2）高田知波「「良妻賢母」への背戻―『金色夜叉』のヒロインを読む」（初出『日本文学』第三六巻第一〇号、一九八七年一〇月）。引用は『樋口一葉論への射程』（双文社、一九九七年一一月所収、186頁）による。

（3）明治三〇年代の女子教育と「良妻賢母」論との関係については、深谷昌志『増補良妻賢母主義の教育』（黎明書房、一九九〇年一月）、芳賀登『良妻賢母論』（雄山閣出版、一九九〇年四月）などを参照した。

（4）テリー・イーグルトン『文学とは何か　現代批評理論への招待』（大橋洋一訳、岩波書店、一九八五年一〇月、123〜125頁）。

（5）大橋洋一『新文学入門　T・イーグルトン『文学とは何か』を読む』（岩波書店、一九九五年八月、101頁）。

（6）前田愛『近代読者の成立』（有精堂、一九七三年一一月、163〜167頁、のち『前田愛著作集第二巻　近代読者の成立』筑摩書房、一九八九年五月所収）。

（7）マーシャル・マクルーハン『グーテンベルクの銀河系　活字人間の形成』（森常治訳、みすず書房、一九八六年八月、但しここでは一九九九年一二月刊行の第九刷、316頁による）。

（8）宮下志朗『読書の首都パリ』（みすず書房、一九九八年一〇月、207頁）。

（9）中嶌邦「近代日本における婦人雑誌、その周辺―『婦人雑誌の夜明け』によせて―」（近代女性文化史研究会編『婦人雑誌の夜明け』大空社、一九八九年九月、8頁）。

（10）社説「婦人と新聞」（『婦女新聞』明治三四年四月八日）には次のように記されている。「維新前の女子教育は、卑屈に、因循に、室内的に、お雛様的にして、成るべく世間に遠ざからしめんとしたり、か丶る教育主義が女子に適当ならば、女子に新聞紙を読ましめるは却つて危険ならん。廿世紀の潮流に乗じて世界の大舞台に上りたる今日の日本婦人は、決してか丶る『箱入娘』たらしむるべからざるなり。家の奥に蟄居する『奥様』の本分なりと思はしむべからざるなり。成るべく世馴れしめ、人馴れしめ、酸も甘いの世間的智識を与へざるべからざるなり。而してこれ新聞紙の力をからずして何にかよるべき」。

（11）金子明雄「小栗風葉『青春』と明治三〇年代の小説受容の〈場〉―『早稲田文学』の批評言説を中心に」（金子明雄・高橋修・吉田司雄編『ディスクールの帝国　明治三〇年代の文化研究』新曜社、二〇〇〇年四月、124頁）。金子は明治三〇年代末の小説読者を「風葉や天外の作品を好む向こう側の『素人読者』、その内容を批判できるこちら側の『玄人読者』」の二種に分類している。なおこの二種類の読者という発想は、島崎藤村の新聞小説「春」の読者分析を行った池上研司「新聞小説『春』の読者層」(『島崎藤村研究』九・一〇合併号、一九八二年八月)における「一般読者」・「文学読者」とも対応すると思われる。

(12) 高木健夫は新聞小説研究の基礎資料ともいうべき『新聞小説史稿第一巻』(三友社、一九六四年四月、135頁)のなかで「この大作が、当時はともかく、日本の近代文学史の上では、一流の作品として評価されず、むしろ紅葉が骨身を削った美文ゆえに、あるいは筋のために人間性を不自然に歪めた作意のゆえに、逆に軽蔑に近い評価を与えられているのだが、これは、紅葉が、『読売』在社十四年間に、読者の好み、あるいは時代の要求をはっきりとのみこみ、そこまで、文学の限界をぎりぎりに近づけることに成功した、ということの反証なのである」と指摘している。

(13) 関肇「『金色夜叉』の受容とメディア・ミックス」(小森陽一・紅野謙介・高橋修編『メディア・表象・イデオロギー 明治三十年代の文化研究』小沢書店、一九九七年五月、166頁)。

(14) 女性作家を目指していた樋口一葉は定収入のない家計のなかで、最初は借読してまとめ読みしていたのが、しだいに購読するようになる。これなどは例外的なケースであろう。なお一葉と新聞との関係を「読者」の観点から焦点化したものに成田龍一「新聞を読む樋口一葉」(『季刊文学』第一〇巻第一号、一九九九年冬号)がある。

(15) 飯田祐子「境界としての女性読者〈読まない読者〉から〈読めない読者〉へ」(『彼らの物語 日本近代文学とジェンダー』名古屋大学出版、一九九八年六月、36頁)。

(16) 平田由美「女の声を拾う」(『女性表現の明治史 樋口一葉以前』第一章、岩波書店、一九九九年一一月所収)による。

(17) 中村光夫「解説」(『日本現代文学全集5 尾崎紅葉』講談社、一九六三年三月、422頁)。

(18) 飯田注15前掲書による。

(19) 小平麻以子「近代文学の中の紅葉」(『尾崎紅葉〈女物語〉を読み直す』第一章、日本放送協会、一九九八年一〇月、10～11頁)。

（20）小平、同上、13頁。
（21）明治末年の代表的なものだけを挙げると、田山花袋『小説作法』（博文館、明治四二年五月）、島村抱月『近代文芸の研究』（早稲田大学出版、明治四二年六月）、生田長江『最近の小説家』（春陽堂、明治四五年二月）などがある。
（22）吉田精一『芸文』複製版別冊解説（臨川書店、一九六八年七月、10頁）。
（23）吉田、同上による。
（24）清水徹・前田愛・山田有策による鼎談「読者論・読書論の今日的意味―文学論の前提として―」（『国文学 解釈と鑑賞』一九八〇年一〇月）での前田愛の発言。
（25）上田敏が合評会で紹介しているフランスの『ルモンド』誌日本特派員で、帰国後の明治三四年に同誌掲載の後、刊行された日本旅行記 **LA SOCIETE JAPONAISE**（**PERRIN ET Cie・PARIS**）には、『金色夜叉』の紹介・抄訳と共に第七篇に、明日の日本人像として女学校の創設ラッシュに伴い、「本を持ち歩く女性たち」が増加し、「新文学の読者層は大半が女性」という記述が見られるという（本書の内容照会についてはパリ第八大学に留学中の立教大学大学院仏文科院生関末玲の協力による）。
（26）小平麻以子「もっと自分らしくおなりなさい―百貨店文化と女性」（『ディスクールの帝国』注11前掲書、140頁）。
（27）高木注12前掲書、130頁。
（28）このほかにも「日の出島」には「文学論」（『読売新聞』明治二九年八月一四日）、「悪小説の害」（同明治三〇年一〇月二〇日）などのタイトルで、恋愛小説好きの「小説娘」が揶揄されていたり、「世道人心に関せずんば文字美と雖も取るに足らん」というような説が披瀝されている。
（29）宮下、注8前掲書、224頁。ロバート・ダーントンは「読者がルソーに応える」（『猫の大虐殺』海保真夫・鷲見洋一訳、岩波書店、一九八六年一〇月）のなかで、一八世紀末のフランスの一地方青年商人ジャン・ランソンの購読書一覧ならびに書簡の分析を通じ、著者に入れ込みその理想的な読者となるような読書方法を「ルソー型の読書」（300頁）と呼んだ。ちなみにこの論文はロジェ・シャルチエ編『書物から読書へ』（水林章他訳、みすず書房、一九九二年四月）にも採録されている。

（30）菅聡子「『読者評判記』の周辺」（『淵叢』第六号、一九九七年三月）。

（31）中野三敏『江戸名所評判記案内』（初刊、岩波書店、一九八五年九月）。ここでは特装版（一九九三年七月、68頁）を参照。

「一葉」というハードル

「円窓」からの発信
——初期らいてうの軌跡——

はじめに　多義的ならいてう像

平塚らいてうといえば、明治・大正、昭和の三代にわたる婦人解放運動の第一者としての像がまず浮かぶ。しかしその登場期、明治四〇年代末から大正の初期にかけて彼女がメディアを通じどのような表象を形成していったのか、一部の研究を除いては十分あきらかにされているとは言い難い。それは研究者側の怠慢というよりも、第一には一次資料であるところのらいてう全集の不在、第二には彼女が中心的存在となった『青鞜』そのものの研究の立ち後れなど、らいてうを取り巻く研究環境の未整理が挙げられる。[1] 特に初期らいてうを語るには、『青鞜』誌上でのらいてうの足跡を丹念に追うことは当然の課題であるにもかかわらず、「らいてう」という署名のあるテクスト全体の分析さえ十分ではない。

確かにらいてうには、婦人運動家というイメージと同時に、いっぽうで「悪魔的」・「神秘的」・「冥想的」などということばで形容される多義的なイメージもあり、その全体像を掴みにくくしているのも事実である。[2] さらに、らいてうには他の『青鞜』の面々と同様、決して少なくない回想記のたぐいがあるが、それらも時代によって変化を見せており、当事者における記憶の再構成が一筋縄にはいかないことも事態をいっそう複雑にしている[3]。誰しも現在の関心や問題意識に基づいて記述を行うのであるが、とりわけ集合的な知的運動体を扱う場合には、どこをどのような立場から焦点化するかで、まったく違った像が結ばれることは少なくない。よく知られているように、『青鞜』は前期から後期にかけて劇的な変貌を遂げている。知的運動体に共通する複雑さにこのような通時的な変貌が加わり、らいてう像の把握をより困難にしているのである。

ところで『青鞜』を語るとき、私たちは当然のように「女流文学」という言葉を使う。しかしこの語を私たちは無前提に使ってよいのだろうか。確かにらいてう、本名平塚明《はる》がメディアに登場する明治四〇年代初頭は、本書の第一章でも述べたように、「女流文学」・「女流作家」という表象の成立期であり、『青鞜』自身も創刊号「概則」に「女流文学の発達」を掲げていた。だが、それがこんにち一般に流通しているようなイメージ[4]を含意するようになるのはもう少し後の時期である。特に明治の末期、「煤煙事件」でスキャンダルまみれの言説の淵から生還したらいてうが、やがて立ち上げた『青鞜』周辺で「女流文学」がどのようなものを意味していたか、ことはそれほど自明ではない。後に成立した「女流文学」・「女流作家」という表象から遡及してらいてう及び『青鞜』を語ることは、ステレオタイプ化された像を再生産するだけだろう。私たちは出来るだけ同時代のオリジナルな場を取り戻す必要がある。

たとえば、子安美知子は「「青鞜」運動の展開と終熄」[5]のなかで、『青鞜』を「文学系列」と「思想系列」の「ディアレクティーク」として捉えるという斬新な見方を提出したが、そのなかで次のように指摘している。

彼女がいかに思索家型であったにせよ、また執拗に女性の自覚をとくような発言をしたにせよ、この時期のらいてうは、そうした自己の主体的欲求を、あくまで文学をとおして表現しようとしたのであり、自身が編集する雑誌にしても、すぐれた文学作品で充実させることをのみ考えていたのである。（中略）すくなくとも初期「青鞜」におけるイプセンは、文学系列と思想系列との間にディアレクティークを成り立たせる契機となりうるものだった。その対話は、のちに見るように必ずしもみのりある発展をとげなかったが、しかしそのような可能性が「青鞜」というひとつの結社において芽ぶいていたということは、女性文学の歴史において注目されるべき事実であろう[6]。

『青鞜』を「文学系列」と「思想系列」の二つの観点から論じることは多いが、それは前者から後者へという通時的な軸を設定した場合の見方であり、子安のように二系列の「ディアレクティーク」という共時的な軸をつくることは稀である。二系列を共時的に設定するというこの方法は、それら相互の対話やそれぞれが混沌と重なりあう領域を扱うことを可能にしてくれるだろう。さらに筆者が注目したいのは子安が「女流文学」ではなく、「女性文学」と記している点である。子安も他の箇所では「一葉・晶子を表面に立て、そのかげで群小作家とはいわれながらも文学の道に精進する女性の数は年を追って増し、明治の末年にかけてともかく女流文学の厚味は加わってきていた」（前掲論考）というように、「女流文学」という語を用いてはいる。このような子安の二つの引用を比べてみると、既成の路線を「女流文学」、新しく『青鞜』に生まれつつあった文学路線を「女性文学」と呼んでいることがわかる。これはむろん一九六八年時点での子安の認識でもあるのだが、そのことを差し引いても子安の指摘は、現在流通している「女流文学」・「女流作家」という表象が意味するものとは異なる文学路線が『青鞜』周辺にあったことを示唆しているように思う。

それではらいてうはいったいどのような文学路線を歩んでいたのだろうか。ここでは『青鞜』明治四五年四月から大正元年一〇月までの時期に連載された「円窓より」と題された一連の評論（主に第二巻第四号、同五号、同七号、同八号、同一〇号)を取り上げることにしたい。この時期は明治四五年七月三〇日の明治天皇の崩御によって大正に改元されるので、実際は一年と数ヶ月の短期間であり、初期らいてうの軌跡を探るに恰好のテクスト群といえよう。

❶ 拠点としての「円窓」

周知のように、らいてう平塚明はかつて「禅学令嬢」[7]とよばれるほど禅に傾倒していた女性だった。禅は北鎌倉の円覚寺初代管長に釈宗演が就任する明治二五年以降、急速に知識人男性のあいだに普及する。宗演は慶応義塾入学後、セイロン留学、渡米体験などを経た臨済宗円覚寺派の僧侶で、周辺に鈴木大拙・元良勇次郎ら帝大の学士や教授らが集まっていた。夏目漱石が大拙の紹介で円覚寺帰源院に宿泊したのは明治二七年一二月のことである。[8]漱石の「門」(『東京朝日新聞』明治四三年三月一日~六月一二日)には、このときの体験を基にしたと推測される場面があるが、「門」の宗助が老師から出される公案「父母未生以前本来の面目」と同じものを実は「禅学令嬢」だったらいてうも受けていた。

この日わたくしは、相見につづいて参禅をゆるされ、初めて最初の公案――「父母未生以前の自己本来の面目」をいただきました。老師からは公案についての説明らしいものはほとんどありません。日月星辰《じつげつせいしん》もなく、自分はもとより父母も生まれない前の自己本来の面目、さあ、向こうへ行って、坐り方を教わって、しっかり坐ってよく見てこい、と言われて、馬鈴のような小さな鈴をチリ、チリと鳴らされただけですから、なんのことかよくわからないまま、引き退るほかないのでした。(『元始、女性は太陽であった』以下『元始』と略記)[9]

右の引用箇所にはきわめて控えめな形ではあるが、らいてうと禅の出会いが語られている。他の箇所でも「見性」

によって「安名」を許されたこと、[10] その頃宗演の法嗣で、らいてうが参禅に余念のなかった両忘庵の老師を務めていた釈宗活の臨済録の提唱を「六十年後の今日」までも記憶していること等々、らいてうの禅学体験が一時的なものでなかったことが窺える。[11]

ところでらいてうは姉の孝が入夫して家の別棟に移った際、父定二郎から三畳と四畳半の二間続きの部屋を自室として与えられる。らいてうは大きな円窓のある三畳の部屋を書斎に、四畳半の方を「寝室兼座禅の間」に決め、床の間には釈宗活からもらった「珍重大元三尺劔」・「電光影裡斬春風」の偈を記した書の掛け軸と「花瓶、床脇に香炉一つ」(『元始』)のほかは何も持ち込まなかったという(同)。のちに『青鞜』の編集室にもなるこの円窓のある部屋を、らいてうはたいそう気に入る。円窓はしばしば寺の書院や料亭などに使われる建築様式のひとつであるが、禅宗趣味の彼女にとってこの円窓の部屋が書斎や寝室そして編集室以上の意味をもったことは、『青鞜』誌上に「円窓より」と題した評論を連載したことによく表れている。富裕な階層の女性なら「二間つづき」の部屋を自室として使用していても怪しむに足りないが、その小部屋に禅僧の手になる額が掛けられている、という事例は必ずしもありふれたものではないだろう。禅は「らいてう」を生み出すバイタリティの源泉だった。[12] そこで培われた静座による「精神集注」という禅の身体技法こそ、いわゆる「煤煙事件」を経過しても変らなかったらいてうの思考と行動の持続を支えたものであったはずである。たとえば、らいてうは塩原行を目前にしてこの円窓のある空間で次のような時間を過ごす。

四年前のこの夜、この時(三月二十一日午後十時十五分)私はこの円窓の自分の部屋を捨て、死ぬべく抜け出たのだ。何にせよ突差のことだつたから、いよ〳〵形体上の死を決行するといふことになると、私のやうな人との関係の極少ない者でもなか〳〵せねばならぬことが多かつた。頼まれた速記の翻訳や、借りた書物や自分の記録類や、友達からの手紙や、洗濯物の仕末など、《ママ》私の頭は俄に実際的に働かさねばならなかつた。日中は是等の雑務で殆ど忙殺された。さて総ての用事も片付いた後、家出前二時間の静座、真に一切の所縁を放棄したあの二時間の快い静座、あの心ゆく思はどうしても忘れられない。其後はあれだけ深い、あんな透徹した心境を味はうと思ふと並々ならぬ骨折りを要する。私は何故殺されるのか、何故死ぬのか、そんなことは何ん《ママ》にも知らなかつた。又、知らうとも実は思はなかつた。私は只殺さうといふことに対してそれを避けやうとする念が全く動かなかつた。毎々殺すといふやうなことを聞かされてゐた。始めからきかされてゐた。が、いつでも私は死んでもい、やうな気でゐた。何故だか避けやうと思つたことは一度もなかつた。何としても自分が殺される、自分が死ぬといふことは私には考へられないことなのだ《ママ》。もう一度死んだ自分には、そして死から新に生れた自分には死といふものがどうも考へられない。考へられないといふよりも実は殆ど考へに上らなかつた。

（「円窓より」、『青鞜』第二巻第四号、大正元年四月）

整然と叙述される情死行前夜の心境。情死者のひとりとしての嘆きや哀しみなど皆無である。ここに登場する「速記」は、英語とともにらいてうが将来の自活に備えて身につけようとしていた、いわばスキルである。加えて「洗濯物の仕末」などという「実際的」な配慮も忘れていない。書き手はやがて静かに座禅を組み、「心ゆく思」のする「透徹した心境」に達する。いわゆる「三昧境」といわれる二時間あまりのその時間、らいてうは渦中の自分さえも劇中の一登場人物に化してしまうような自己相対化の時を過ごす。おそらく静座からえた自己集注とその結果の余裕が、文中から看取される書き手の快感の正体であろう(13)。

手に入ることが難しかった『青鞜』が復刊される前には謎として語られることの多かった「煤煙事件」直前のらいてうの心境も、事件から四年後の『青鞜』で語られていたこの文章からその一端を窺うことができる。もちろんリアルタイムではないので、事後的な語りの側面も当然ある。見性体験で再生した、つまり「一度死んだ自分」という大過去を起点として四年前の過去の記憶が再構成されているのだ。円窓のある空間はらいてうにとって誰も侵すことのできない内省の拠点であったのである。

❷ 初刊本『円窓より』

年号が明治から大正に改まって間もない大正二年五月、らいてうは東雲堂から『円窓より』を初刊行する。この書は発禁処分となるが、らいてう及び東雲堂は当局の忌避に触れた一文「世の婦人達に」を削除したアンソロジー『扃《とざし》ある窓にて』を翌月ただちに刊行する。この発禁および題名変更の意味を『青鞜』運動史の面から捉えることはここでの目的ではない。むしろここでは発禁の事実をひとまず括弧に入れて、一冊の書物としての『円窓より』の全体像を把握することからはじめたい。『青鞜』の「円窓より」という表題の連載についてはすでに触れたが、初期のらいてうがメディアに向かって何を焦点化しようとしていたのか、あるいは初出と単行本の違いなど、その答えは何よりも『円窓より』という書物のなかにあるはずだからである。

地味な装丁の本である。灰色で粗い手触りの厚紙の表紙には文字も模様も一切ない。わずかに背表紙の地に「円窓より　らいてう」と金色で印字されているのが目につくだけだ。たとえば同時期にやはり初刊行された西崎花世（筆名長曾我部菊子）の『情熱の女』が「竹下夢二氏口絵、小寺白衣氏装幀　菊判裁　洋装美本[14]」とされていたのと好対照である。暖色や模様を嫌ったらいてうらしい渋好みの表紙を繰ると、「畏れながら」と題された献辞「我が真太陽のみまへに、我が心奥なる真人のみてに、この年頃のささやかなるいとなみを捧ぐ」とあり、その後にプロローグがつづく。この献辞とプロローグは『扃ある窓にて』には未収録なので次に引用する。

私は一切の旧きものの敵である。

けれどそれは必ずしも不善なるが故ではない。

旧きものには生命がないからだ。

実に旧きものはすでに、すでに「死」の所有に帰したものだからだ。


私は一切の新しきものの味方である。

否、新しきものそれ自身でありたい。

何故なら、新しきものの中には常に必ず生命の核が宿つてゐるから。

潑剌たる真生命は新生、又新生かくて無限に生成発展するものだから。

常に真太陽と共なる私は日に日に新に、新より新を通じて永遠に流れる生命の火焔でありたい。


人は今日は過渡期だと云ふ。

けれど私に於ては今日も、明日も、明後日も恐らくすべて過渡期であらう。

後を顧ると「死」が大きな手を開いてゐる。

私は直往邁進せねばならぬ。

大正二年四月十五日　　　　著者

巻頭言はしばしば大仰になりがちだが、それにしても身振りの大きい言葉たちである。しかしこれに続く本欄の最初に置かれたのが、魂のドラマトゥルギーともいうべき「元始女性は太陽であつた」であることを考慮すると、これはいかにも本書にふさわしいプロローグという気がしてくる。「新しきものそれ自身でありたい」とはなんと力強いメッセージであることだろうか。最終連の「直往邁進」など、硬質でありながら単刀直入に訴えかける標語的な力をもつ漢語のレトリックは、初期らいてうの文体を特徴づける有効な指標といえよう。(15)『青鞜』創刊号のテクスト分析を行った第一章であきらかなように、「文体におけるジェンダー闘争」においては、周縁化＝女性化された前時代の美文や文語文ではなく、硬質な漢語を用いてストレートに自己を「新しきもの」に仮託することは、既成の「女流作家」路線から離脱することでもあったはずである。まるでトゲを抜くように、発禁後にこれらの文言を含む献辞とプロローグはきれいに削除されたという事実は、これらの言葉たちがまぎれもなく「女流文学」に抗する「トゲ」であったことを逆証しているといえよう。

この本に収録された文章は、「元始女性は太陽であつた」・「読んだ「マグダ」」・「ノラさんに」・「ヘツダに就て」・「ヘツダ、カブラア（メレジコウスキー）」・「女としての樋口一葉」・「見よ、女の眼を」・「新しい女」・「世の婦人達に」・「田中王堂氏の「哲人主義」」・「四月の評論二三」・「わがまなこ」・「高原の秋」・「靄の帯」・「降神」である。これらは明治四四年九月の創刊号から大正元年一〇月までの『青鞜』に発表されたものを基に編成されている。「元始女性は太陽であつた」については本書第一章で触れたので、ここでは主に初出誌『青鞜』と刊行本との異同および「女としての樋口一葉」にしぼって焦点化したい。

初出との異同でまず注目したいのは、「茅ケ崎へ、茅ケ崎へ」（『青鞜』第二巻第八号、明治四五年八月）が未収録であることだ。これはよく知られているように、青鞜社員尾竹紅吉との恋愛および彼女の肺結核発病でそれが終止符を打つまでの一連の経緯を綴ったものである。だが、いま問題にしたいのは恋愛事件そのものではない。同性間の恋愛を触媒にして「円窓」の世界に起きた書くことをめぐる選択と排除のドラマこそ、ここで焦点化したい事柄である。

たとえば初出のリードにはこう記されている。

前号の続きを掲載する筈だつたが、其後或事に出逢つた自分は、今の心を動くがま丶にここ暫くでも動かして置きたいので、読者にはすまないけれど特に今回は次のやうな我侭を許して頂く。

「今の心を動くがま丶にここ暫くでも動かして置きたい」、「我侭を許して頂く」など、前述のような硬質なレトリックとはかなりかけ離れた語句に読者はまず驚かされる。それもそのはず、この文章はまったくのイレギュラーとして執筆されたものである。ここでこの一文の特徴をあきらかにするために、当初らいてうがその続きを書こうと意図していたはずの前号までの評論を一瞥してみよう。

前号（第二巻第七号）は「円窓より」と題して田中王堂著『哲人主義』[16]、ソオレイ原著・千葉鑛蔵訳『輓近倫理思潮の傾向』（警醒社、明治四五年四月）の書評を試みたものが掲載されている。実際は王堂の『哲人主義』を論じた「一」だけで終わっており、次号に千葉鑛蔵の訳書が取り上げられるはずだった。この頃のらいてうの文章を鷗外は「男の批評家にはあの位明快な筆で哲学上の事を書く人が一人も無い。立脚点の奈何は別として、書いてゐる事は八面玲瓏である」と評している。これは『中央公論』明治四五年六月号に載ったもので、リアルタイムで鷗外が読んだ可能性のあるものは「心象事実」（『青鞜』第二巻第二号）・「降神」（同三号）・「円窓より」（同四号・五号）などである。このなかで「哲学上の事」に該当するのはおそらく「四月の評論二三」と副題された第五号であろう。

これは白松南山「神になる意志」（『早稲田文学』明治四五年四月）、相馬御風「近代主義の第一人」（同）、金子筑水

「運命と自己」(『中央公論』明治四五年四月)、錦田義富『丁酉倫理講演集』[17]を批評したものである。特に南山による綱島梁川の「見神」批判を再批判し、「論者まづ、自己の内部から、聖者となり、覚者となり、予言者となり、無我となり、大我となり、神を見、神子の自覚を得、大悟徹底し、絶対独立を得、神となり、仏となり給へ。其物となつて其物を検し給へ。果たして、不正直と、無気力と、不聡明とのどれかの悪徳を認むるや否やを《ママ》その時にして氏と共に語らう」と結ぶあたりは、明治一〇年代の岸田俊子など漢文系フェミニストの文体を彷彿とさせる。また、相馬御風に対しては「何となく一体が上調子で、字面で極め付けて行つたらしい個所も多」いと不評を呈する。さらにアンドレーフの「人間の一生」を評した筑水に対しては、「自己を絶対に尊重する、どこまでも個人的な、主観的な禅の修養に嘗て多少頭を突き込んだことのある自分」という立場からの共感を率直に語る。このようならいてうの批評文を見れば、鷗外のいう「明快な筆」が単なる外交辞令でなかったことが窺われよう。

❸「茅ケ崎へ、茅ケ崎へ」という書きもの

しかし、この「明快な筆」は突如折られることになる。明治四五年八月号の『青鞜』の「円窓より」欄には、「意外」という語からはじまる「茅ケ崎へ、茅ケ崎へ」と題された「雑録」が掲載される。これはいったい何と名づけたらよい文章なのだろうか。ルポルタージュ・小説・エッセイ……。確かなことは、ここには女性自身の性的な欲望が端的に綴られていることだ。異性愛・同性愛を問わず、性的な欲望の表象は他の『青鞜』ライターたちにも見られるが、らいてうの場合は論理的な文章を書く同じ人間が突如性的な欲望を語ったことが他と際立っている点である。

しかし、これをらいてう個人の資質に還元してはならないだろう。たとえばらいてう・草平の情死未遂事件の新聞報道には「自然主義の高潮」という見出しが掲げられ(18)、性的な事柄イコール「自然主義者」とする風潮があったことが推測される。ここで「自然主義者」および「自然主義」論を展開するつもりはないが、明治末期においてメディアに流通していたのは、たとえば啄木のいう「一切の近代的な傾向を自然主義といふ名によつて呼ぼうとする(18)」傾向であったことは一面の真理を衝いている。習俗の規範に囚われない自己の欲望肯定者はみな「自然主義者」と目されていた。これらの傾向とらいてうが一線を画すのは、欲望の対象が異性ではなく同性であること、しかも欲望の主体が「哲学上の事」を「八面玲瓏」に論議できるリテラシーをもつ書き手であるという点である。


「淋しい？　どうした。」と言ひざま私は両手を紅吉の首にかけて、胸と胸とを犇と押し付けて仕舞つた。

「いけない。いけない。」

口の中で呟いて顔を背けたが、さりとて逃げやうとはしない。

私は自分の身体に烈しく伝わつて来る心臓の鼓動を静にきゝ乍ら、小唄のやうに。

「ね、い、でせう。あなたが病気になれば私もなる。そしてふたあり《ママ》で茅ケ崎へ行く。ね、私の好きな茅ケ崎へ。星の光る夜、ボートに乗つて、たつたふたりきりで烏帽子島の方へ漕いでいく、沖の方へ、沖の方へと漕いでいく、ね、い、でせう。」紅吉は久しく顔を上げなかつた。


（「茅ケ崎へ、茅ケ崎へ」『青鞜』第二巻第八号、明治四五年八月）

他の個所にも「紅吉を自分の世界の中なるものにしやうとした私の抱擁と接吻がいかに烈しかつたか」、「私の少年よ。らいてうの少年よ」など、恋人たちの睦言と愛の仕草が記されているが、これらはすべて過去語りとして再構成されていることを見逃すわけにはいかない。前年から続いていた紅吉こと、尾竹一枝との恋は彼女の肺結核の発病と茅ヶ崎南湖院への入院をもって実質的な終止符を打つ。女性の日本画家として前途を嘱望されていた紅吉と、同じく女性ライターとして『青鞜』の中心にいたらいてうはともに「何事」かをなさなければならない存在であった。文章には病と性の二つのコードが前景化されているが、二人にとって焦眉の課題は紅吉にあっては「一双の六折り屛風」の制作[20]、らいてうにおいては「円窓よりの続稿」であったことは明白だ。そのような現実的課題＝障害があってこそ恋の劇は燃焼することになるわけだが、体験時と執筆時のふたつの時間を弁別すれば、一編の主題が女性ライターの「恋の別れ」にあったことは明瞭である[21]。「私はあなたを抱くことを、接吻することを欲してゐる、けれど孤独のたのしさ、深林の静けさを更に、更に欲してゐる。さらば、さらば。」と記すこの書き手において、「総ては僅三日間で落着した」のである。したがって「茅ケ崎へ、茅ケ崎へ」はらいてうが「何事」かをなす為には是非とも必要ないわば否定的な媒介物だったといえよう。

むろん否定的な媒介物といっても、それが『青鞜』の外部だけではなく内部にも見られた恋する二人への批判的な眼差しを封印するためにだけ書かれた、と言っては早計に過ぎるだろう。仮にこの文章が功利的な目的のためだけに書かれたとしたら、そのリスクはあまりにも大きいからだ。同性の恋を綴ることは、動機はともかく、結果的にはいわゆる五色の酒、吉原登楼事件など一連のスキャンダル言説の一端に自ら荷担することになりかねない。紅吉の情報はこの文章と同号の「南湖だより」につづいて、翌月にも「南湖便り」(『青鞜』第二巻第九号、大正二年九月)が掲載され、紅吉の編集室への出入りは十月頃までつづいたようだが[22]、すでに指摘したように二人の恋は実質的にこの一文によって終わったとみてよい。

性的な欲望の生成とその終局の劇を誌上で繰り広げること。それは硬質な批評文体を書き綴ることを第一義としていた主体が、初めて「今の心を動くがまゝに暫くでも動かして置きたい」と願った結果生まれたエクリチュールなのであった。その新しく生成した欲望の前には、たとえどんな高いコストが支払われようとも、何ものも主体の欲望をとどめることはできはしない。これは書かれ、そして破棄されるべき一文だったのである。

❹ 一葉日記刊行と『青鞜』周辺

『青鞜』年表によれば、らいてうは明治四五年八月一七日から茅ヶ崎南湖下町にある漁師の家に間借りして『一葉全集』を読んだという[23]。この「一葉全集」とは、おそらく同年の五月一〇日から六月九日にかけて博文館から刊行された、正確には『一葉全集前編 日記及文範』(以下『一葉日記』と略記)・『一葉全集後編 小説及随筆』のことであろう。「一葉」という記号がその死後、後続の作家たちに及ぼしたものについてはいまだ十分に検証されているとはいえないが、三〇年代のカノン化を経て四〇年代には異なる意味を担うようになったことはすでに第一章で指摘した。その「没後の一葉」がさらに再定義の季節を迎える契機となったのが、近代作家のまとまった日記としては初である一葉日記の公刊であった[24]。『青鞜』創刊から数ヶ月のらいてうが「没後の一葉」にどのように対峙したのか興味の尽きないところであるが、まずは『青鞜』周辺と日記公刊との関係から焦点化してみよう。

たとえば『青鞜』大正元年一一月号巻末の博文館広告頁には『再版一葉全集』という案内が載っている。

故樋口一葉女史の諸作は明治文壇の光輝也。女史が遺せる所の日記四十四巻は、女史が晩年六年間の記録にして、操持不撓なる一女性の立志伝なると共に、感情熾烈なる女作家の忌憚無き告白録也。人生に対する偽らざる観察誌也。乱調なりし当事の文壇裏面史也。増訂一葉全集は、従来刊行の女史が諸作に加ふるに、此比類無き秘書と、女史が小説及随筆の未だ公刊せられしことあらざるものとを収む。前後両篇合せて千五百余頁、此稀世の女作家の真面目を江湖に紹介するに於て遺憾無からん敢て薦む。

一葉全集はすでに明治三〇年一月、同年六月の二度にわたって博文館から刊行されていた。引用の文面からは「明治文壇の光輝」・「乱調なりし当時の文壇裏面史」という過去化の視線[25]とともに、「一女性の立志伝」・「女作家の忌憚無き告白」・「人生に対する偽らざる観察」・「比類無き秘書」などの語から、同時代の自然主義的な評価軸[26]によってもたらされた実録や日記というジャンルへの関心が、本の惹句に用いられるほどメディアのなかで価値化されていたことが窺われる。一葉日記が収められた全集の公刊という事態は、単に一作家の新全集刊行を意味しただけではなかった。自然主義と連動して市民権を得つつあった新たな評価軸のもと、近代における「作家の肖像[27]」の典型例としての一葉像がメディアのなかで再編成される時期が到来しつつあったのである。たとえば筆者の手元にある『一葉日記』（大正八年七月、一七版）の奥付によれば、再版は明治四五年六月で、二ヶ月後の改元直後にあたる大正元年八月には早くも五版が、翌二年九月には一〇版という具合で、同書が刊行ラッシュを迎えていたことがわかる。

『一葉日記』の刊行は様々の波紋を投げかけた。まず『文章世界』と『女子文壇』がいち早く反応した。前者は近松秋江「一葉女史の「一葉全集」」（『文章世界』明治四五年六月）、水野葉舟「一葉女史の周囲」（同、大正元年一〇月）、島崎藤村「新片町より」（同大正元年一二月）などの男性ライターたち。いっぽう女性側はらいてう「女としての樋口一葉」（『青鞜』第二巻第一〇号、大正元年一〇月）にはじまり、田村俊子「私の考へた一葉女史」（『新潮』大正元年一一月）、木内錠「樋口一葉女史」（『女子文壇』大正元年一二月）となり、期せずしてすべて『青鞜』関係の女性たちが動員されている。これはメディアが進んでこれらの女性たちを召喚したというより、女性の発言を求めた結果、自ずとこのようなラインナップになったということであろう。

木内錠については、らいてうの一葉論が掲載された『青鞜』の「編輯室より」に、「来月あたり木内さんが一葉論を出される筈です、此の間の晩らいてうと可成り盛むに話合つてゐらした。一葉を自分の姉さんの様たつて、あんな一葉崇拝者は今の世の中ぢやないでしよう。一葉の何週忌《ママ》とかが十月の何日だからそれが済むと一葉論を書きますつて、命日命日にいつでもお墓詣りをしてた」という記事が見られる。

それでは『青鞜』きっての一葉崇拝者とされていた錠の一葉論とはどのようなものだったのだろうか。

在来の一葉全集と通俗書簡文と、僅々此二巻の上に有らん限りの想像を拡げて生前の一葉女史が人となり殊に其日常の微細なる態度に亘つて迄も、此様な場合は斯うも有つたらう、あゝも有つたらうかと好勝手に考へて来た私は、旦暮《あけくれ》其偽らざる記録たる日記の出版を期待して止まなかつたにも係らず、それを手に入れることが出来て、飢ゑた狼が餌にでも有り付いたやうな思ひで一息に読み通して了つた時、云ふに云はれぬ失望に終つたのでした。

（「一葉女史論」、『女子文壇』大正元年一二月）

引用の他の箇所で木内は、「一葉と云ふ人の名を知つた」のは「小学校に通つて居た十三四の頃」で、「通俗書簡文」を家人から買ってもらったのが最初であったと語っている。『通俗書簡文』にはじまり『一葉全集』収録の小説へと読み進めた木内は、一葉がカノン化されていた明治三〇年代の典型的な読者といえよう。[28] 錠の一葉との最初の出会いが『通俗書簡文』であったなら、小説世界との落差は大きかったはずである。そして今度は日記。錠が二度目の落差を味わったとしても不思議ではない。『通俗書簡文』が一般女性向けの手紙マニュアルであるなら、小説はどちらかといえば文芸誌愛好の読者向け、日記はといえば、それはいままで読者が眼にしたことのなかった近代作家の書き物であった。この性質のまったく異なる三領域のテクスト群を前に、木内錠が戸惑いを隠せなかったのも当然であろう。これらの領域の総合は、いわゆる「素人読者」と「玄人読者[29]」に分化しつつあった読者層の境界を越えてしまう編成でもあった。

それでは田村俊子の場合はどうか。

この人の小説は私がまだ肩揚げをしてゐる頃に大層崇拝して読んだものでした。それで今斯うして一葉全集を手にして見ると、何よりもまづ自分の昔の初心《うぶ》な情緒が忍ばれるのでした。自分の娘時代に着古した着物をふと、葛籠《つゞら》の底から取り出して、その匂ひを再び嗅いだやうな床しいおもむきがあるのでした。いかにも懐しかつたのであります。

（「私の考へた一葉女史」、『新潮』大正元年一一月）

田村俊子は師の幸田露伴から、同時代小説ではなく古典や一葉小説を読むことを求められたことはすでに第一章で指摘した。この引用箇所でも、着物の縁語や比喩を用いるなど、いかにも俊子らしい叙述がみられる。他の箇所にも「駄菓子屋渡世」・「任侠的な強い力」などの語が見られ、俊子が前時代の女性作家としての一葉像を再構成していることがわかる。俊子は明治三〇年代の表現活動の出発期に、一葉との格闘を経験していた。その意味で一葉読解において初陣ではない俊子は、木内錠のように簡単に失望するわけにはいかなかった。同時に共感一辺倒では、すでにこのとき当代の女性作家として目されていた自己が立たない。そこで俊子は共感しつつ差異化するという方法を選ぶことになる。

かうして日記を通読して、さて其れを繰り返して見た。成る程一葉と云ふ人は短いわりに変化の多い境遇を経て来たけれども、その境遇が常に糊口と云ふ事を因《もと》にした小さな自己本位にあつたが為に、そして、真の人生に対する、又、深き芸術に対するこの人の思想を極度まで発達させてくるだけの問題には出逢はずに済んでしまつた。その代り自我と云ふものはいかなる場合にも失はなかつた。

（「私の考へた一葉女史」同）

「真の人生に対する、又深き芸術に対するこの人の思想」とは、いかにも四〇年代的な発想法である。「人生」や「芸術」という言葉が価値化されていた時代、「一葉」という記号が表象していたものは多義的だった。メディアは「一葉」を再配置する必要に迫られていたといってよい。

俊子はすでに『青鞜』創刊号に小説「生血」を発表してはいたが、実際のところ他誌の活躍の方が多く、この頃は『青鞜』誌上の発表は激減している。[30] しかし尾竹紅吉による、田村俊子と長沼智恵子の姉様人形と団扇絵のコラボレーション報告記「あねさまとうちわ絵の展覧会」(『青鞜』第二巻第七号、明治四五年七月)が見られたり、らいてうの一葉論と同号の「編輯室より」には、「逢つたあと」と題された紅吉とらいてうの関係を冷やかした俊子の詩が掲載されるなど一定の関係を保ってはいた。つまり実質ではなく象徴的な「中心」として、俊子は初期『青鞜』のなかでポジションをもっていたのである。

❺ らいてうによる一葉論の位相

樋口一葉の日記について言及した最初の女性が平塚らいてうであったことは、やはり感慨を覚えざるをえない。かたや創刊一年を経た『青鞜』の求心力を担う「らいてう」という署名、かたや三〇年代にカノン化され、いままた新たな評価軸を得ようとしている「一葉」という固有名。ふたりの誌上対決が面白くないはずはない。

だが実際のところ、らいてうの一葉論にさほどの新味があったわけではない。すでに指摘されているように、そのフレームは「一葉はやはり旧い日本の最後の女であつた、彼は又最後の江戸の女であつた」と述べる相馬御風の「樋口一葉論」(『早稲田文学』明治四三年一月)などの域を出るものではなかった。しかしなぜか私たちは、らいてうの一葉論のなかでは「一葉には一葉自身の思想がない。問題がない。創造がない」という箇所や「彼女の生涯は否定の価値である」などを抽出して、新と旧あるいは思想家と作家という対立図式を作ってしまう。まるでその「対立」こそ意味があるといわんばかりである。すでに本論の冒頭で指摘したように、思想／文学などの二項対立を自明視することは有効でないばかりか、既成のらいてう像を無批判に再生産する恐れがある。また新旧の対立図式は「女対女の図式」[31]へと回収されてしまうことになりかねない。事実同時代の水野葉舟などは、「女が女を如何に見るかといふ、一点に不思議な興味を感じる」（『女子文壇』前掲文）と好奇心を隠そうとしなかった。

虚心にらいてうの一葉論を読むと、それはこんにちコード化されている「日記を素材として作家論に至る」という方法の典型例であることに気づかされる。作家情報の宝庫ともいうべき日記の刊行は、「〈作家〉について語ることと自体の興味と、それが語られる場の生成」[32]が前提とされるが、日記の刊行は「〈作家〉についての語ること」をさらに助長する結果となった。もちろん二〇年代から四〇年代へかけては、「「作家」と「モデル」」という二項の関係の再編成」[33]などが介在し単純にはいかないが、作家自身が「モデル」化される日記というテクストがこの傾向に拍車をかけたといっても過言ではないだろう。そして女性が女性を語る場合、「作家」と「モデル」の二項にさらにもう一項の偏差が加わる。それは「女―女」と言ふ関係」（水野葉舟前掲文）に対立を期待してしまう、つまりマイノリティ同士を争わせようという構造的なジェンダー偏差である。

おそらくらいてうはこの時点で初めて一葉テクストの精読者になったのだろう。[34]このときらいてうが眼にした可能性のある一葉日記についての論は、馬場孤蝶の「日記を通して見たる樋口一葉」（『早稲田文学』明治四四年一二月）、近松秋江「一葉女史の「一葉全集」」（『文章世界』同四五年六月）などである。前者は「ある婦人の偽らざる思想、偽らざる生活を書いたもの」、「女の狭い所が如何に文字よく出て居る」、「旧思想側に居た人」という言葉から類推されるように、御風の一葉論の域を出ていない。後者は「日記を読むに及んで、ますく一葉女史の懐かしい尊敬すべき奥床しい女情を具さに知ることが出来る」と結ばれ、二〇年代にメディアで流通していた「閨秀作家」的視線を一葉に浴びせていることがわかる。

これらとは別に注目したいのは相馬御風が一葉について再考した次の文章である。これはらいてうより後の発表だが、一葉日記に新しい読みを付け加えたものと見てよいだろう。

故人一葉の生涯を思ふと、そこには此頃の若い女の人達の思ひも及ばない程の生活の戦ひがあつたやうに思ふ。(中略)平塚明子女史にしろ、田村とし子女史にしろ、いづれも一葉を論じて、此の点に及ばないのは、やがて夫等の人々が、本当に生活の独立と云ふ問題に触れて居ないからだとおもふ。平塚女史も田村女史もともに一葉の情的な生活のあまりに道徳に因へられて居たのを多少に拘はらず非難して居る。それは一葉女史が、単に道徳生活に対して、肉欲生活を卑しんで居たと云ふばかりではなくして、むしろそれ以上に大切な問題があつたからだ《ママ》その大切な問題は、前に云つた経済的の独立問題である。いかにしてパンを得んかの問題である。

(「一葉女史論」『女子文壇』大正元年一二月)

御風が日記を読んで新たに発見した「如何にしてパンを得んか」という問題は、第一章で検証したように、このあと『青鞜』周辺で前景化されるテーマである。この問題を語るには、らいてうは適任ではなかった。むろん「実に彼女の天才を発揮させたものは、そして彼女の生命を明治文学史上に不朽にしたものは、直接生活の圧迫だつた」(「女としての樋口一葉」)と記すことを忘れないらいてうが、「パン」の問題にまったく無知だったわけではない。らいてうには「パン」以上に大切な問題があったのである。

一葉の作品の総てが弱者と又弱者の数に洩れぬ女に対する熱烈な同情なのはあやしむに足らぬ。けれど一葉の心はまだ左程に淋しいものぢやない。真に淋しいものぢやない。所謂近代的の女の心の淋しさとは違ふ。まだ年が若かつたからでもあらうけれど彼女には十分な反省がなかつた。意識的な処が少なかつた。自己に対して批評的な処が少なかった。だから社会を呪ふけれども決して自分は呪はない。世の濁れるを憤るけれど、いつも自己は清い正しいとして自から安んじもし慰めもしてゐる。人に対しては狭量でも己れに対しては案外寛大である。彼女は孤独ではあつたらうけれど、其心は左程淋しくはない。まして暗くはない。

（「女としての樋口一葉」）

「反省」がない、「意識的な処」、「自己に対して批評的な処」が少ない、「自分は呪はない」、「自己は清い正しい」、「己れに対しては案外寛大」等々、らいてうの一葉評価は辛辣だ。だが、ここで着目したいのはこれらアクセントの強い言葉ではなく、「弱者」という語である。らいてうの「弱者」という言葉から、ここで「茅ケ崎へ、茅ケ崎へ」を想起することは無駄ではないだろう。恋に翻弄される女性と、恋の経緯自体を対象化する事の出来る眼をもつ、自らがその登場人物のひとりである書き手の女性。むろん、「茅ケ崎へ、茅ケ崎へ」とこの文章を同一水準で扱うことはできないが、ジャンルの境界がさほど問題にならなかったこの時期のらいてうにとって、ふたつの文章は連続していると見てよい。らいてうの一葉論の特徴が、一葉への共感と反発の二面があることはすでに指摘されているが、引用文前半は「けれども」という逆接助詞でこの二面が連結されている典型的な箇所である。

「けれども」に導かれてここで唐突に語られる「淋しさ」とはおそらく「強者の淋しさ」にほかならない。「強者」にとって、「弱者」とセットになった「同情」が美しいはずがない。したがって「同情」を拒否する女は「心の淋しさ」に耐えなければならない、ということになる。「淋しさ」とは、明治四〇年代初頭の『文章世界』などの投稿文芸雑誌に見られた文学青年に共有されるキーワードのひとつである。[35] たとえば女性版投稿文芸雑誌である『女子文壇』に投稿を続け、記者格になっていた頃の西崎花世の「姿見日記を読む」（『女子文壇』大正元年一二月）にもこの「淋しさ」が登場する。

以前私は邦枝さんの恋愛が火の燃えるやうに、牡丹の花の真赤な色に開くだらうと予想する事がありましたが、今になつて、それはさうではなかつたのだと云ふわけがわかりました。寂寥を感ずることのつよい人だつたと了解してからは、邦枝さんが、その『寂しさ』からいつまでも離れず、処女時代にそれによつて向上したやうにこれからの後も、『寂しい』扉をひらいてい、生活に進んでゆく事をのぞみました。『寂しさ』は真面目な生活の鍵だと思ふのです。(36)

「寂寥」・「寂しさ」は「火の燃えるやう」な「恋愛」・「牡丹の花の真赤な色」などの語の対義語として置かれている。『寂しさ』は真面目な生活の鍵」という表現は、わかりにくいがおそらく「恋愛」を中心化せずに自己省察や内省を持続させることを含意すると思われる。「寂しさ」は、そのように感じる自己が確かにあることを確認する手だてだった。この「寂しさ」と花世のエッセイの二ヶ月前に発表されたらいてうの「淋しさ」とはおそらく通底しあうはずである。むろん「人形の家」のノラに「乞食根性」を指摘し、「盲目的な雲雀や、栗鼠であつたあなたがさう申しては口幅つたいことですが、自覚なさるにはあまりに容易に過き《ママ》はしますまいか」(「ノラさんに」、『青鞜』第二巻第一号、明治四五年一月)と辛辣に評すらいてうと花世とではその強度は異なるが、「寂しさ」という感情自体は共通のものであったはずだ。安易な「同情」や恋愛の至情に翻弄されるのではなく、「淋しさ」・「寂しさ」を噛み締め、さらには「暗さ」からも目をそむけないこと。それらのメンタリティこそ、「近代的女」であることのまぎれもない証しであったのである。

「強者」の視点から一葉を差別化せざるをえなかったらいてうの選択はある面で正しかったといえるが、立場の表明は当然ながら言説の政治の場に自らを置く事でもある。たとえば島崎藤村は『文章世界』と『女子文壇』とで実に二度にわたって「新派の婦人がしきりに一葉破壊を企て、ゐる」と書き、「新しい女」を「偶像破壊者」として印象づけることに結果的に貢献した[37]。むろん藤村も「今の時」、「大抵の人が皆な偶像破壊者」と付け加えることを忘れないが、「一葉の破壊が始まつたのは、あの日記が公にされてからのことだ。もし一葉にすぐれたところがあるなら、それは破壊された後でもすぐれたものに相違ない」（藤村「新片町より」）という彼の指摘は、奇しくも同時期の相馬御風の発言で実証されることになる。御風は『女子文壇』所収の文章（前掲）で「いかにしてパンを得るかと云ふ問題」（同）を一葉日記から抽出し、「私はかつて一葉を論じた場合に、あの人をもつて、古き日本の女の最後の人と云つたけれども、私はこのごろになつて、更に彼女《かれ》は古い日本の最後の女であつたと同時に、新しい日本の最初の女であると付け加へて置く」とあきらかな修正をくわえた。「古い日本の最後の女」から「新しい日本の最初の女」へとは、何という急転回であろうか。

「天性の時評家[38]」と評される御風のこの期の時評的文章は、実作者藤村の評価と連動してある認識の地図を強固に形成する。先の藤村の文章が『文章世界』と『女子文壇』に二度にわたって掲載されたことに端的に表れているように、この勢力地図のもとでは、らいてうは「女対女の図式」のなかに位置づけられざるをえない。「女対女の図式」とは、一葉を「文学」を担う女性作家から「女流文学」をもっぱら担う作家へと位置づけ、らいてうをその路線の枠内で相対的に新しい「新派の婦人」へと定義づけることによって成立する図式である。

らいてうは、「一葉」を烈しく拒絶した。それは「円窓」を拠点に言葉たちを発信していたらいてうにとって、この時期主流化されつつあった藤村的な枠組みにとらわれないための必然の選択であったのである。

注

（1）『平塚らいてう著作集』全七巻、補一巻（一九八三年六月～一九八四年一一月）があるが、『明星』掲載の美文「はらから」（明治四一年一月一日）、初期書簡など未収録のものがある。なお『青鞜』については岩田なつ「「青鞜」

復権への歩み―研究史・参考文献目録―」（『鶴見日本文学』創刊号、一九九七年三月）を参照した。なお最新刊のものとして米田佐代子『平塚らいてう―近代日本のデモクラシーとジェンダー』（吉川弘文館、二〇〇二年二月）があり、示唆を得た。

（2）禅学との関係を焦点化したのは佐々木英昭『「新しい女」の到来』（名古屋大学出版会、一九九四年一〇月）、生命主義・神秘主義については岩見照代「一九一一年・〈太陽〉・らいてう誕生」（『大正生命主義と現代』河出書房新社、一九九五年三月）・「平塚らいてうと神秘主義」（『『青鞜』を読む』學藝書林、一九九八年一一月）などがある。

（3）らいてうの自伝『元始、女性は太陽であった』四巻（大月書店、一九七一年八月～一九七三年一一月）に至るまでには大小様々の回想記が書かれており、『青鞜』関係者への眼差しも不変一律ではない。

（4）たとえば津島佑子は徳田秋声『仮装人物』の梢葉子を「今の私たちが熟知しているジャーナリズム、資本主義におどらされている女流作家の先鞭」と評している（「女が読む徳田秋声―『仮装人物』の新発見―」、『野口冨士男文庫4』越谷市立図書館、二〇〇〇年三月）。また林真理子はその著のなかで語り手の女性に「女流作家なんてまっぴら、そんな悲しくて業の深いもの」（『女文士』新潮社、一九九五年一〇月 24頁）と言わせている。

（5）子安美知子「「青鞜」運動の展開と終熄」（成瀬正勝編『大正文学の比較文学的研究』明治書院、一九六八年三月 179～180頁）。

（6）子安注5前掲書。

（7）初めて平塚明に「禅学令嬢」の語を進呈したのは、『万朝報』明治四一年三月二四日付け記事である（佐々木英昭注2前掲書の示唆による）。

（8）井上禅定『釈宗演伝』（禅文化研究所、二〇〇〇年一月）による。

（9）平塚らいてう『元始、女性は太陽であった』上巻（注3前掲書 172～173頁）。

（10）「見性」とは、自己本来の心性を徹見して悟りを得ることで、「直指人心見性成仏」という禅宗の教え。「安名」は、禅宗で出家得度の際、戒師が法名を授けること。らいてうは釈宗活老師のもとで修行し、明治三九年七月、「慧薫」

の名を受ける（注9前掲書 187頁）。

（11）らいてう注9前掲書 174頁。

（12）父から与えられた小部屋という意味では限界があるが、自活前の青年期において、いかにその「所与」を「当為」とするかが重要であろう。

（13）らいてうは『青鞜』創刊前、特集「小説に描かれたるモデルの感想」（『新潮』明治四三年八月）で、「本当の意味の客観は、物に同化しながら而もその間に余裕があつて自ら観得る、其場合にのみ出来ることでせう」と語っている。

（14）本書第一章87頁参照のこと。

（15）斎藤緑雨は一葉宛の手紙に「直往し給へとばかりには候へどもこれ実にわれの君につげんと存候第一に候」（明治二九年一月八日付、野口碩編『樋口一葉来簡集』筑摩書房、一九九八年一〇月）と記していた。

（16）未見のため刊記不明である。

（17）右同。

（18）『東京朝日新聞』（明治四一年三月二五日記事）。

（19）石川啄木「時代閉塞の現状」（明治四三年八月稿。引用は『石川啄木全集』第四巻、筑摩書房、一九八〇年三月）による。

（20）渡邊澄子『青鞜の女・尾竹紅吉伝』（不二出版、二〇〇一年三月）によれば、この年は落選。翌一九一三年の第三回巽画展に出品した「枇杷の実」が出品作中第三三位で褒状一等を得たという。

（21）この点については黒澤亜里子に「表層においてはみずからの赤裸々な愛を、そして深層においてはその終焉を」語ったという指摘（「一九一二年のらいてうと紅吉―『女性解放』とレズビアニズムをめぐって―」、『文学・社会へ地球へ』三一書房、一九九六年九月 315頁）がある。なお「茅ケ崎へ、茅ケ崎へ」というテクストに注意を促したのは、吉川豊子の同テクスト「解説」（『ジェンダーの日本近代文学』翰林書房、一九九八年三月）である。

（22）らいてうの自伝（注3前掲書）による。

（23）「『青鞜』年譜」（『『青鞜』を学ぶ人のために』世界思想社、一九九九年一二月）。

（24）馬場孤蝶「日記を通して見たる樋口一葉」（『早稲田文学』明治四四年一二月）によれば、一葉の死（明治二九年一一月二三日）の後、妹樋口くには日記を保管。斎藤緑雨を経て彼の死後馬場孤蝶の手に渡った日記はその後何回か公刊の動きがあったが、公刊反対の森鷗外、一部削除説の露伴、最初は部分削除、後全面公刊説に変る馬場孤蝶などの間での調整や『文学界』メンバーらの回覧を経たのち公刊されたという。

（25）「過去化の視線」の典型例として、「明治故人評論」（『中央公論』明治四〇年五月）、「近代三十六文豪」（『文章世界』明治四一年五月）などが挙げられる。前者は第一回の高山樗牛に続き第二回に一葉が特集され、後者は世界の作家のなかで正岡子規・尾崎紅葉・北村透谷・高山樗牛と並んで樋口一葉の特集記事が編まれた。これらは雑誌の作家論特集であるが、小説では明治二〇年代の『文学界』グループを回顧的な視線で再構成した藤村の「春」（『東京朝日新聞』明治四一年四月七日～八月一九日）などがある。

（26）「自然主義的な評価軸」といっても多岐にわたるが、ここでは「告白」・「観察」など同時代に共通了解されていた技法面でのコードを意味する。

（27）中山昭彦「〝作家の肖像〟の再編成―『読売新聞』を中心とする文芸ゴシップ欄、消息欄の役割」（『季刊　文学』第四巻第二号、一九九三年春号）。

（28）金井景子は明治三〇年代に一葉がカノン化された様相を『女学世界』を基に分析している（「自画像のレッスン―『女学世界』の投稿者記事を中心に」『メディア・表象・イデオロギー―明治三十年代の文化研究』小沢書店、一九九七年五月）。

（29）金子明雄「小栗風葉『青春』と明治三〇年代の小説受容の〈場〉―『早稲田文学』の批評言説を中心に」（『ディスクールの帝国―明治三〇年代の文化研究』新曜社、二〇〇〇年四月 124頁）による。

（30）「生血」（『青鞜』第一巻第一号）の他は、「その日」（同第二巻第一号）、「お使ひの帰つた後」（同第二巻第九号）の小説二編のみ。

（31）中山清美「明治四十年代　一葉受容と「新しい女」―「円窓より　女としての樋口一葉」を中心にして―」（『名古屋近代文学研究』第一五号、一九九七年一二月）。
（32）小川昌子「「一葉女史」誕生―博文館発行『文芸倶楽部』をめぐって―」（『国語国文研究』第一一二号、一九九九年七月）。
（33）日比嘉高「「モデル問題」とメディア空間の変動―作家・モデル・〈身辺描き小説〉」（『日本文学』第四七巻第二号、一九九八年二月）。
（34）らいてうは明治三七年に本郷教会で徳富蘆花から一葉の「たけくらべ」の話を聞き、「感動的で深い印象」を受けたと述べている（『元始、女性は太陽であった』上巻、注9前掲書160～161頁）。また同書によれば、煤煙事件の森田草平が一時一葉の本郷丸山福山町の旧宅に住んでおり、その家を訪ねたこともあったという。
（35）飯田祐子「彼らの独歩―『文章世界』における「寂しさ」の瀰漫―」（『日本近代文学』第五九集、一九九八年一〇月）を参照した。
（36）西崎花世「姿見日記を読む」（『女子文壇』大正元年一二月）。なお花世は後の生田花世であり、「姿見日記」の筆者は山田邦枝（後の今井邦子）である。今井邦子は「樋口一葉私論　恋愛を通して観る一葉女史、生活を通して観る一葉女史」（『婦人公論』昭和二年八月、一〇月）、生田花世は「一葉女史の生活難」（『女流作家群像』行人社、昭和四年一一月）でそれぞれ一葉テクストに向き合うことになる。
（37）島崎藤村「新片町より」（『文章世界』大正元年一二月）、「一葉女史論」（『女子文壇』大正元年一二月）。
（38）浅見淵「相馬御風と大杉栄」（『史伝早稲田文学』新潮社、一九七四年二月　71頁）。なお『青鞜』第二巻第一号、明治四五年一月の「編輯室より」には「「人形の家」に関して相馬御風先生や中村春雨先生の御好意にあづかつたことは同人の感謝する処で御座います」という記述が見られる。『女子文壇』大正二年六月号の特集「平塚明子論」に寄せた御風の一文によれば、彼は明治四〇年に成美女学校で聴講生のらいてうと出会っている。

文体の端境期を生きる

――新聞小説「袖頭巾」までの田村俊子――

はじめに

田村俊子という名でまず思い出されるのは、その名を冠した文学賞「田村俊子賞」ではないだろうか。しかしその想起のされかたは、同賞の第一回を評伝『田村俊子』（文芸春秋、一九六一年四月）で受賞した瀬戸内晴美（寂聴）が、第二回女流文学賞を小説『夏の終り』（『新潮』、一九六二年一〇月）で受賞しているためか、読者の脳裡には田村俊子・瀬戸内晴美・女流文学という表象が切り離しがたい三点セットになっているのではないかと思う。誤解を恐れずにいえば、まるで俊子は「女流文学」の起源であるかのような印象が出来上っているのである。

俊子には全集という名のつくものがない。作品集ならあるが、デビュー作は収録されているものの、その後の八年は空白のままである。[1]このように一次資料が十分整備されていない作家が、正当に「読まれない」のは至極当然である。それでいて「女流」としてなら、その名の文学賞に象徴されるように、俊子は確固たる起源であるかのように位置づけられている。これはなぜなのだろうか。その女流文学賞も廃止された現在、[2]ようやく俊子の空白期のテクストに光をあて、その歴史的なコンテクストを掘り起こすときがやってきたといえよう。

ところで、アメリカのフェミニズム批評家E・ショウォールターは近年翻訳された本のなかで、一九世紀のイギリスの小説界に君臨したジョージ・エリオットの死を次のように語っている。

ジョージ・エリオットというイギリス小説の女王が長い治世のあとについに亡くなると、後継者たちは遺産をめぐって争いを繰り広げ始めた。誰がジョージ女王の玉座を受け継いで、その小説はどのような新しい王国を所有することになるか。文学界の娘や息子たちはどちらも自分たち独自のイメージで小説を作り替え、作家としての新しい役割と発言力を見つけていく必要性に直面せざるをえなかった。(3)

男性名を用いて小説を書いたジョージ・エリオット、本名メアリアン・エヴァンズと、むしろメディアのなかでは「女」であるがゆえに注目され、デビュー第一作から「一葉女史」という敬称で呼ばれることになる樋口一葉とでは、東西の文化的落差をはじめとするさまざまな差異が存在し、比較の対象にならないかもしれない。しかし、わたしたちはわずか二四歳の戸主として借金苦のなかの女所帯で小説を書きつづける生前の一葉ではなく、その没後にメディアで流通される「一葉」という署名のあるテクスト群に注目すると、異なった視界が開けてくるのを目にすることになる。死後数ヶ月での二度の全集刊行を経て、一〇数年後の明治最後の年には日記を含めた全集が刊行される。現代作家としてはむろん「旧派」の烙印を押されるが、新しい評価軸のもとに「一葉」という記号は再配置されたのである。さら大正元年一一月には彼女の生前には刊行されなかった歌集が一冊の書物として編まれ、小説・日記・書簡（但し、この時点ではマニュアルとしての書簡）・和歌を主軸とする彼女の書き物の全体が近代作家の全集として編成される地ならしが行われる。これは大正から現在に至るまで受け継がれている全集編成の基本的な構図である。つまり巨視的にみて没後作家としての「一葉」は、大変な「厚遇」作家、すなわち「小説の女王」ならぬ「全集の女王」として位置づけられるのである。

それではそのような「一葉」の影響を最も受けた者は誰か。人はあるいは与謝野晶子を挙げるかもしれない。だが、小説と歌というジャンルの差異を無視することはできない。『明星』の女王」と謳われた晶子にとって、「小説の女王」の継承者が誰であるかが問題となるはずはないのである。「小説の女王」としての一葉に強く就縛されていたのは出発期の田村俊子であろう。これは第一に彼女のデビューがちょうど一葉没後と重なったこと、第二に彼女の師匠幸田露伴の指導が現代小説ではなく、古典や一葉などのテクストを読むことを奨励したこと、第三にその露伴自身が「其の小説の調子は故一葉に似て其の先鋭のところは及ばざれども其の艶麗のおもむきは或は勝れり」などと評し、女弟子デビューにあたって「ポスト一葉」を演出したことなどによる。(4)(5)(6)

「新らしい女流作家の現はれるたびに、「一葉以上」といふ評語を聞くのは、明治末から大正へかけての通り言葉」とは上司小剣の言葉であるが、俊子の前に「一葉」は越えるべきハードルとして立ちふさがっていた。デビュー作「露分衣」(『文芸倶楽部』明治三六年二月)から「あきらめ」(『大阪朝日新聞』明治四四年一月一日〜三月二一日)まで、俊子は三〇年代から四〇年代にわたって多くの雑誌・新聞に作品を発表している。「露分衣」と「あきらめ」は言及されることが多いのだが、この期のその他の作品群は、一次資料が手に入りにくいなどの理由から雌伏のときの習作としてほとんど評価されてこなかった。しかし小説一六編、戯曲一編、短詩三編、エッセイ一編、手紙二編を、七つの雑誌、二つの新聞に発表したこの時期の書き物にこそ、俊子が没後の「一葉」と格闘した様相をつぶさに知ることができる。とくにあとで詳しく取り上げることになる「袖頭巾」(『東京毎日新聞』明治四〇年一一月二六日〜同四一年三月一七日)は、俊子初の新聞小説としてその意味は大きい。まず、「袖頭巾」までの諸作を検証してみよう。(7)(8)

❶「一葉」というハードル

最初の小説「露分衣」には、擬古文によって倹子の特徴である中流階層の家庭内の情愛をめぐるドラマが華麗に描きだされている。この物語は妻をもつ兄が女義太夫に夢中になったことで心傷める実妹の視点から描かれ、階層差や貧困などによるのではない情愛の欠落ゆえに不幸に至る家庭のドラマである。いわば露伴のいう「一葉」に勝る「艶麗」が当てはまる作品である。翌年の「白すみれ」(『女鑑』明治三七年三月)は、貧しい子守りの少女を年若い青年が庇う物語である。タイトルの「白すみれ」とは青年の胸に挿された花で、物語の末尾にそれは前途を思いやる彼の手から少女へと手渡される。このプロットからは、「たけくらべ」(『文学界』明治二八年一月〜二九年一月)の最終章、僧侶になる信如から遊女になる美登利へと差し出された白い「水仙の作り花」が思い浮ぶ。

だが、「水仙の作り花」が「手向けの花」として明確に意味づけられているようには「白すみれ」は機能していない。倹子も一葉と同様に貧困階層の人物を描くのだが、他者への眼差しは「憐憫」以上の水準を超えることができないのである。次に同じ『女鑑』に発表された「若紫」(同誌、明治三八年四月)は、源氏物語「若紫」を思わせる少女が継母に苛められる継子譚。彼女は継母たちのいじめに耐え兼ね、日頃から少女を庇ってくれる若い使用人新吉の家を訪ねる。彼の家は龍泉寺町、主家である少女の家は上野広小路にあり、下谷を舞台にした点が一葉の小説世界と似ている。しかし、幼い少女をヒロインにしたことで、二人のあいだは保護する者/保護される者の非対称の関係に限定され、作品全体としては継子譚の枠を越えていない。

低迷気味の短編が多いなかで、唯一の長編でまとまりをもつのは「葛の下風」(『新小説』明治三九年七月)である。

上流家庭の小浜保江という実業家の後添えとして嫁いだ芳美という女性が、独身で同居の義姉から先妻の不幸な身の上を知らされ、煩悶のあまり出奔する内容である。玉の輿結婚といい、その破綻といい、一葉の「十三夜」（『文芸倶楽部』明治二八年一二月）と設定が似ている。なかでも芳美が実家にもどり、両親に窮状を打ち明ける場面はかなり類似している。打算的な母が、娘が幸運な結婚を失うのを戒めたあと、父親は娘に優しく語りかける。

「何んだ、そんな他人がましい事を俺に云つてくれるな、彼女は彼女だ、俺は何も彼も承知して居る、お前の後悔したと云つた事も俺には分かつて居る、自体お前に養子をして楽しまうと思つて居たのが俺の性心で、これを年甲斐もない、不意と彼女の云ふ侭にして小浜へやつた俺が不調法なんだ、元々釣り合はない縁の纏つて行かう道理はない、何も因縁だ、と俺は断念める。何も彼もお前の胸は承知し切つて居るから心配せずに、病気にだけは成られないでくれ、な、煩はないやうにさへ為て呉れゝば其れで俺は安心だ。」

芳美はたゞ父懐かしき膝に身を投げて、一時に沸き出でし涙に咽び入りつ。夜はやゝ更けてゆきて、蛙鳴く。[9]

むろん小説の細部では、二人の間が相思相愛であること、二人の破局には小姑がからんでいること、夫の海外遊学等々のプロット上の差異は見られるが、全体としては一葉小説の延長上に三〇年代の家庭小説を接ぎ木したような印象である。大塚豊子は「一葉の影響はその文章上にとゞまり、内容や人物の設定には紅葉の感化を感じさせる」[10]と指摘したが、引用文の箇所は「十三夜」には無かった父の自己批判を挿入することで、俊子なりに一葉小説を批評したものと見ることもできる。しかし批評は父の場合のみで、母は「十三夜」以上にリアルな金銭感覚の持ち主として造形されている。

それでは一葉小説の特長のひとつである貧困という主題はどうか。元両国の糸問屋の内儀がいまは落ちぶれ、長屋住まいの身の上となって貧苦に耐え兼ね、妾暮らしを望む「濁酒」（『文芸界』明治三九年二月）は、女性が貧しさゆえに淪落する物語である。また「その暁」（『新小説』明治四〇年一一月）は破戒僧とその妻の堕落した生活を描いており、紅葉を思わせる写実的な手法が用いられている。その意味で俊子は師匠の露伴をはじめとして一葉、そして紅葉とも格闘したわけだが、思えば先行作家たちと格闘すること自体はそう珍しいことではない。俊子が他の場合と大きく異なる点は、同時代様式としての文体が急カーブで変わる時期と作家としての出発期が重なってしまったことである。それまでは「紅露葉」を参照軸とすれば事足りた。しかしその参照軸自体がゆらぎはじめたのである。

・「上野の鐘を池一つ隔て、聞く茅町の外れに、呉木やへ、と呼ぶ女名前の瀬戸札なまめかしく、傍に『美笑流活花指南』と拙からず古風に書き流したる、新らしき札を掲げし閑静なる一構あり」（「夢のなごり」、『文芸界』明治三七年二月）

・「何れも園に生ひたれど、取り集むれば美しきばかりはあらず。と端にしるして、友が手製の写真帖に収められたる幾輪の撫子、実《げ》にや、濃き紅、薄紅、白きも交じりてとりぐ〵に面白し」（「乙女写真帖」、『女学世界』明治三七年九月）

・「我に二人の妹ありき。僅かに去年《こぞ》と今年とを隔てたるばかり、長《うえ》なるは我れ六才の梅散る夕べ、少《した》なるは我れ七才《なゝつ》の花咲きし朝《あした》、いま、老いたる母が眼鏡越しに針運べる彼《か》の一室に、この広《ひろ》大き世にと向ひて淀みもなく、共に其の美しき産声をば上げしなり。」（「露」、『新小説』明治三八年十一月）

これらは俊子の小説の冒頭を任意に書き出したものだが、一文が長く措辞が旧レトリックによるなど、美文的な文語体の伝統に則って書かれている。このような文体に乗って義姉妹と兄（「露分衣」）、姉妹と又従兄（「夕霜」、『新小説』明治三七年二月）、姉妹と兄（「春のわかれ」、『文芸界』明治三八年七月、「露」、『新小説』明治三八年一一月）など、いわば俊子的な主題ともいうべき身内間の家庭内恋愛や家族愛の物語が幾度となく繰り返し語られてゆく。なかでも出発作の「露分衣」はいち早く取り上げられ、「文章はなかなか達者」、「嫂を思ひ兄を思ふ可憐なる処女の心情を写してうれし」（『独立評論』明治三六年三月）などと好評を得るが、ここで用いられている「可憐」という言葉には注意が必要だろう。これは、発話者の状況に応じて誉め言葉にも貶し言葉にもなることを見逃すわけにはいかない。たとえば「露」（『新小説』明治三八年一一月）は兄による亡妹追悼物語だが、「如何にも女性の作」・「あはれなるはらからの愛を偲びては、眼に露を宿さぬ人もなかるべし」（桃太郎「甘言苦語」、『新潮』明治三八年一一月）というような好意的な評が寄せられると同時に、次のような評も与えられていた。

十一月の「新小説」に小山内八千代の「紫蘭」と佐藤露英の「露」という小説あり、共に女作家の由なれど、女らしき、しほらしき所は何処にも見えず、今の女作家の作を読む度に思ひ出さるゝは一葉也。(11)

いっぽうで「如何にも女性の作」といわれながら、他方で「女らしき、しほらしき所は何処にも見えず」といわれる状況。ダブルバインドともいうべきこの状況は以後俊子を悩ませつづけることになるだろう。ここでいわれている「女らしき」・「女作家」の基準となっているのは、いうまでもなく「一葉」である。ここで俊子と並列されている小山内（後、岡田姓）八千代の「紫蘭」は女性一人称による口語体小説で、女学校の習字の女教師が隣人の若夫婦の表層的な結婚生活とその破綻を、聴き手の小説家に語るという構成である。可憐な女学生妻が、実は「妖婦」だったという露悪的な内容が会話調で綴られており、同一誌面に後続する俊子の「露」がセンチメンタルな亡妹追悼を文語体で綴ったのと好対照をなしている。おそらく引用文の評者は八千代の露悪的、俊子の感傷的、そのどちらの女性像にも失望したにちがいない。これは書き手や評者の個人的能力の問題というよりも、文体と物語内容がずれを見せはじめた明治三〇年代後半期の文学シーンの問題ではないだろうか。

明治三六年一〇月の紅葉の死を象徴的な境界として、「紅露葉」の過去化や貶下がはじまる。本書の第一章で指摘したように、『明星』が「一葉」という記号を導入しはじめるのが明治三五年、馬場孤蝶や上田敏の回想を経て、一葉の妹邦子を真ん中にした「一葉会」の記念写真が同誌に載るのが、ちょうど日露開戦の明治三七年二月。日露戦争を経て、晶子の最後の文語体による書評が掲載されたのも明治三八年一一月の『明星』だったことも思いあわされる。

このような時代、女性の表現者が「一葉」と結びつけて評価されることは彼女たちをして身動きのとれない状態に置くことを意味したといえよう。いったい誉められているのか、貶されているのかさっぱり分からない時代が出来したのである。ことあるごとに「一葉」は想起されるが、どうやらそれは部分的には「全集の女王」として奉られながら、同時代的には「旧派」プラス「女流」という二重に周縁化された表象に化していたのである。

それでは俊子はどのようにしてその文体と物語内容を同時代にふさわしい形に転換することができるようになったのだろうか。ここでわたしたちは新聞小説という媒体に出会う必要がある。

❷ 新聞小説の時代

周知のように紅葉が多くの一般読者を獲得するようになったのは、『読売新聞』誌上の「金色夜叉」（『読売新聞』明治三〇年一月一日～三五年五月一一日）によってである。その紅葉が余命いくばくもない病骨を『二六新報』へと委譲したあとの『読売新聞』の紙面には小杉天外「魔風恋風」（同紙明治三六年二月二五日～九月一六日）を経て、幸田露伴の「天うつ浪」（明治三六年九月二一日～翌三七年二月一〇日）が連載される。これは結局中絶するが、紅葉が言文一致体と文語体の間で苦闘したように、この時期新聞小説の文体は変革期を迎えていた。かつて伊藤整は、「漢文系の文語体の中になまなましい口語体を使った点」に「金色夜叉」の成功があったと指摘したが、[12]紅葉没後に『読売新聞』紙面を飾った「魔風恋風」が言文一致体であったことに象徴されるように、新聞紙の多くの読者獲得にとって、口語体ないし言文一致体は時代の要請であった。

ここでひとつの仮説を立ててみよう。師の露伴が継続できなかった新聞小説で成功することは低迷期にあった俊子の打開につながる、というものである。新聞小説は前時代の「小説の女王」一葉でさえも短期連載でしか試みていない発表形式であった。[13]新聞小説の作家が相手にするのは大量の読者たちである。たとえば俊子の「あきらめ」が掲載された明治四四年の『大阪朝日新聞』の発行部数を見ると『東京朝日新聞』の一二万四二二部を大きく超えて一八万二九〇〇部である。[14]一葉が一大ブレイクを迎えたのは明治二八年一二月の『文芸倶楽部』閨秀特集号であるが、それでも発行部数は一万八〇〇〇部[15]に過ぎない。新聞小説の成功は、作家にとっていままで出会わなかった読者に出会うだけでなく、作品の生成および次作への連鎖という再生産サイクルが機能しはじめ、需要と供給面で相対的に安定した文学場が形成されることを意味する。

このような市場を強固にし、潜在的な需要を掘り起こすべく、新聞というメディアが懸賞小説という手法を用いたことはよく知られている。それは読者から書き手への回路を瞬時に作り出すという点でまぎれもない投機的な再生産機能を果たしていた。[16]懸賞小説は、メディアと読者そして作家予備軍という三者によって欲望される新聞小説の象徴的なあり方といってよいだろう。

ところで俊子の新聞小説は通説では二作とされているが、実は柴瑳予子によって俊子の新聞小説ではないかとされたものに「貴公子」(『万朝報』明治四〇年一月二一日)という作品がある。[17]この小説は『万朝報』紙の第四九三回

「懸賞小説」募集で応募数一一〇通のなかから二等入選したものである。『万朝報』や『大阪朝日新聞』などの懸賞小説を分析した紅野謙介は次のように指摘している。

> 『万朝報』は明治三〇年代のはじめからか毎週一回、懸賞小説の募集と発表をおこなっている。二〇字×一五〇行以下の小品で、一等十円というその小説は、ほぼ日曜日ごとに当選者が発表され、翌月曜日の四面に掲載された。おもしろいことには、当選発表欄には住所および氏名が出ているが、掲載された小説の欄には必ず筆号が記されている。[18]

「あきらめ」以前にも俊子が懸賞小説を試みていたという柴瑳予子の説は興味深いが、「露伴に内証で、自分の新しい口語体の試みを世に問うてみたかった」（柴瑳予子）とするなら、紅野の指摘するような「二〇字×一五〇行以下の小品」（但し応募規定は明治四〇年には「廿字詰百五十行以上」に変更。同紙明治四〇年一月二一日、月曜第一面記事）の一回読み切りものではあまりに寂しい。少なくともすでに明治三六年から「露英」の名でデビューしていた女性作家ならもっと周到であったのではないだろうか。たとえば明治四〇年にかぎっても、『万朝報』は大塚楠緒子「露」（同紙明治四〇年六月一九日～九月一三日）、岡田八千代「彷徨」（同明治四〇年九月一四日～四一年一月三〇日、未完）を連載していた。岡田八千代には他に「黄橙」（『都新聞』明治四〇年二月二三日～六月八日）などもあり、明治三八年一月の『女子文壇』創刊に象徴されるように、その誌名に示されるような需要と供給の機能を果たす「女性の文学市場」が形成されつつあった。[19]女性作家が新聞小説を連載する回路はすでに開かれていたのである。

「貴公子」の物語内容は、武田男爵家の令嬢幸子の婚約者である養子の定則が単身渡米し、志半ばでアラスカ湾で水死してしまうというものである。物語は渡米をめぐる二人のやり取りの場面から始まるが、末尾に至って読者はそれが四年後の「女子大学寄宿舎のベッド」で目覚めた幸子の見た夢のなかの出来事であったことを知らされる。

あはれ初めて恋てふ心を覚えた四年前の見果てぬ夢を見たのである。雄志を抱いてアラスカ湾頭の水泡と消えて仕舞つた定則の健気なる生涯を思へばこんなに心弱くてはならぬと、我と我が心を鞭うつても、扨て定則なき後の幸子は矢張り誰が為の家政学であらうと悲嘆に暮れて居るのである。が革命は常に一の進歩である。此の悲惨なる一身上の変化に依つて得たる、真面目なる痛切な煩悶、悩、傷心はやがて幸子を如何なる向上の道に賛美の歌を歌はしむることであらう。[20]

かなり読者迎合的な内容である。またタイトル「貴公子」に附せられた筆名「露英」と「懸賞小説当選披露」記事中の「日本橋本町博文館内　番場宗八」という名の関係も問題であろう。さきほど引用した紅野論文によれば、同紙の懸賞小説応募には本名を記載する条件があったという。しかし柴瑳予子は、すでにこの頃までに「露英」の名で二〇本もの書き物があった俊子以外の人物がその名を使用することは考えられないとしている。また文中に「女子大学」が登場するが、当時日本には「日本女子大学校」しかなく、その第一期に入学したのは旧姓佐藤俊子であった。また題材となっている「許婚者」の「渡米」も明治三六年九月の田村松魚の場合と似ていることは否定できない。[21]また文体的に俊子らしくない男言葉が用いられている印象を受けるが、「葛の下風」（前掲）のヒーロー小浜保江が用いる言葉もかなりステレオタイプな男言葉である点[22]を考慮すると、この作品も俊子の懸賞小説としたいが、定則の次のような演説口調には疑問を感じざるをえない。

僕だつて幸《さち》さんに別れるのは厭です、厭ですけれども国を愛するものは一時の私情を忍ばなければならんのです。四五年辛抱して下さい、さうすれば屹度独力独行する一人前の人間となつて貴女を迎ひに来ます。驕奢なる淫靡なる東京の交際社会に恋々として、足苟くも都門を出づることを嫌つて居る我が同族中の急先鋒となつて僕等は新大陸に殖民するのです。斯くして二人は生命のあらん限り帝国主義の喇叭を吹くことを天職としたいではありませんか。何うです。幸さん、僕の言ふことは分かつたでせう。[23]かなり露骨な「殖民」思想や「帝国主義」的主題に傾斜した作品である。おそらく米国留学中の田村松魚と日本にいる佐藤俊子の関係を知る二人の周辺にいる番場宗八という人物[24]が「露英」の筆名を用いて『万朝報』に投稿したというのが真相ではないだろうか。

❸ 「袖頭巾」の登場

それでは「袖頭巾」はどうか。これは明治四一年一一月二六日から『東京毎日新聞』に連載された作品で、明治四一年三月一八日に「中編五十四」をもって中絶している（連載八六回）。そのためか、単行本として刊行された『あきらめ』はその後『田村俊子作品集』（前掲書）をはじめ、文庫にもなっているので比較的入手しやすいが、「袖頭巾」のほうは初出の新聞紙を一枚一枚たぐるしか方法がない。いわば「まぼろしの新聞小説」といってよい。しかし、だからといってこれが駄作であるとか、習作の域をでないのかと思うと早計である。結論を先にいえば、これは筆名「露英」時代の最後を飾る重要な作品といえよう。

物語内容は、器量良しであるが家が貧しいので物堅く仕立物の内職仕事をしながら学校へ通う、一八歳の娘千寿《ちず》を中心にした家族物語である。千寿には下谷の瓦斯会社に勤める兄の誠一がいるが、道楽者の夫と死別し派手な暮らしを厭う母お町を中心とする家の雰囲気が窮屈でならない。千寿もごく地味な娘であるが、ある晩、仕立物を届けに行った浜町の叔母粂代《くめよ》の家で娘のお久が、彼女を気に入って足繁く訪れる文科大学出の菱之助《れうのすけ》と睦まじくしているのを見てなぜか気が塞いでしまう。千寿が無意識に抱いている「華やかさ」への欲望をお久と菱之助が触発したのである。誠一も中学校中退の学歴では今以上の上昇は望めないことを知っており、友人の手引きで物持ちの有夫の女性と怪しげな関係をもってしまう。

このように、物語は貧しく慎ましく暮らす姉と、表面は華やかだが、いつ花柳界に落ちてもおかしくない妹の二つの母子家庭を軸に、息子や娘たちの受難を風俗小説的に描きだす。青年の欲望を焦点化した点ではいかにも同時代的な物語内容であるが、「露分衣」から明治四〇年までの作品を読み進めた眼で見ると、これが俊子の作かと怪しまれるほど著しい変化が見られる。変化の第一の指標はその文体であろう。以下文体を中心に考察をくわえてみたい。たとえば第一回の冒頭。

濁った水の凍つた様な雲に空は閉ぢられて、木がらしは裸木に声を立てる荒涼《すさまじ》さ。木も石も、暮れかゝつた庭の内は軒から雲の色が染滲《にじみ》だしたやうに段々と薄墨色に裾濃《ぼか》されて、椽端《えんばな》にある低い楓《もみぢ》の紅色だけが、冷めたい景色のうちに一層《ひとしお》の冷たさを見せて浮き出して居るばかり、赤い葉がたつた一たつ、丁度重り合つてわな〱枝先に戦慄いて居る桜の梢に、雪待顔に泣き萎《しほ》れて居た夕烏が、仔細あり気《げ》に首を捻るとひとしく、不意と気《け》魂《たま》しい羽ばたきの音を残して、彼方《むかう》側の家根を目掛けて飛んで去つた。

（「袖頭巾」一）(25)

この箇所を読んだかぎりでは、文末だけが言文一致体に変化したのではないかと危ぶまれるかもしれない。高橋重美は「露分衣」の文体分析をおこない、その句読法は「音声的句読から文法的句読への過渡期的一例」とした(26)。高橋は、一文の終りや意味上の一まとまりに打つ近代的文法による句法と、語り物の系譜とも重なる語り手の音声リズムによって打たれる音声的句読というふたつの中間形態が「露分衣」には顕著であるというのである。五年の時差をひとまず括弧に入れて「袖頭巾」の句法に注目すると、引用箇所には二つの句点があり、ひとつめは一行一七字の紙面に三行三七字目で打たれ、比較的短いが、次の文は一二行で計一九二字を数える。読点を多用したこの文はかなり長く、その意味では文語文的といえよう。

高橋は「露分衣」はある意味で一葉以上に「音声的」であるとしたが、しかし過剰に「一葉」的であることは、すこしも「一葉」を越えたことにならないだろう。それを知ってか俊子は「露分衣」の九ヶ月後の「小萩はら」（『女学世界』明治三六年一一月）では一葉テクストが決して用いなかった鍵括弧を使いはじめる。句読点・鍵括弧などの符号が会話と地の文の分離を推し進める言文一致体と不可分であることはよく知られているが、俊子において記号面での変革は比較的早く進んでいたといってよい。問題はそのような表記面での近代化と内容面での変化がどうクロスするかであろう。

柄谷行人は言文一致体で語られる小説の三要素として、告白・真理・性（『日本近代文学の起源』講談社、一九八〇年八月）を挙げたが、この小説で問題になるのは「真理」が潜んでいるとされる「内面」がどのように語られているかという点である。通常の三人称小説の場合、すべての登場人物の「内面」が等しく語られるわけではなく、焦点化された人物、つまり主人公格の人間が集中的に語られるものだが、「袖頭巾」では千寿、誠一、お町、粂代など主要な登場人物すべてが「内面」をもつものとして語られている。たとえば次のような場面。


羞づかしかつたか千寿が俯向《うつむ》いて了つた、ばら〳〵と額髪が乱れかゝつて、声ない人の寂し気なのを見ると、其の服装《みなり》の哀れなのに心が付く。十八才の妙齢《としごろ》を、欲しいものも買ひ度《た》いものも有るであらうに、一向無頓着《かまい》もな気な様子、斯《か》うして苦しい中を学問ばかりして当人は其れが楽みなのだらうか、自分の容貌《きれう》には気が付かないのだらうかと不図思つた。

（「袖頭巾」一[27]）


最初の一文は千寿を見る粂代を視点にした語りである。粂代は久しぶりに会った千寿が大変美しくなったことに驚き、誉めそやす。引用文は彼女の反応がゆるやかに語られたあと、「十八才の妙齢を」以下、粂代の「内面」が記されるのである。それでは次に引用する千寿の内面はどうか。

何時もなら勉強に余念もない筈なのを今宵は字を読む事が鬱陶《うつとふ》しい、物を書くのが面倒に堪へない、唯黙つて美しい幻に憧れて居たい様な心地なのであつた。気の所為《せい》か頭痛の為る様にもあり、胸苦しい思ひも、為るかと思へば為て居るやうにもあるので、大方川風に当つて風邪を冒《ひ》ひたのであらう、と千寿自身は極めて居る、然う思へば熱もあるやうな。眼を閉ぢて自動《みじろ》きも為《し》ずに居ると、奇麗なさま〴〵の色が額の辺りに群がつて来て、久の服装《なり》がちら〳〵する。薄桃色の簪《かんざし》が見える、男の声や久の声や叔母の声が幽《かすか》に床しい音色になつて聞えて来る、と其れを破つて二階の女房の声が耳を貫くやうに思ふ。妾になつて贅沢をするのか。

（「袖頭巾」十二）(28)

千寿が二階の間借り人であるお立《たつ》から妾奉公を仄めかされ、いつになく思い惑うくだりである。ここに登場する「妾」というテーマ自体はそう珍しいものではない。俊子の明治三九年二月『文芸界』に掲載された「濁酒」（前掲）にも、遠くは一葉の「わかれ道」（『国民之友』明治二九年一月）にも登場するだけでなく、明治三一年には『万朝報』が「弊風一斑　蓄妾の実例」(29)の連載特集で長期にわたって取り上げた、紙面価値の高い「商品」であった。だが、この小説が興味深いのは、金銭を代償とする「妾」ないし「姦通」(30)という表象が兄妹双方の「欲望を映し出す鏡」として機能している点であろう。千寿の欲望はこのあと彼女が肺炎に罹り、病床の人となるのでひとまず回避されるが、兄に至っては物語時間の内部でそれは現実化され、すでに抜き差しならぬ地点に立ち至っている。

引つ返そうと思ふ頃は、何時か罪科の重荷を負はされて居て動く事も出来ぬと云ふ始末、行方には大手を拡げて道を防いで居る。此処《こゝ》までを釣り出して置いて重荷を負はせた慾の手が堅く繋がつて行方を囲んで居るので、今は力の限り其れを破つて、迷つた形《なり》に道を付けねば成らぬと誠一は思慮《かんがへ》たのであつた。

（「袖頭巾」三十二）(31)

妾や愛人といえば、それまでのテクストではおおむね女性だけを指し示す表象であった。しかしここでは男女双方に可能な欲望の対象として眼差されている。たとえばこの紙面から一年まえ、漱石の「草枕」（『新小説』明治三九年九月）には奇矯な言動で人々を驚かす那美さんという女性が登場し、「男妾」という言葉を口にするが、これは彼女の奇矯さを示す例証として機能している。いわば言葉の綾の域を出ないのに比べ、こちらはすくなくとも虚構の世界を生きる登場人物のリアルな「現実」として作用している。引用のすぐ前の箇所には「自分は玩弄《おもちゃ》に成りに行くのだ。可笑しくないのに笑つて見せる、嬉しくもないに嬉しい顔を為る」などの言葉が綴られている。これらの言葉はそれまでの俊子の小説に見られたステレオタイプ化された男言葉とは異質な、後ろめたい影をふくむ言葉といえよう。

奥武則は様々な欲望を抱くという点では誰にでもあてはまる「均一な個人」という幻想が、近代人の影の部分としてのスキャンダリズムの温床になったと指摘した[32]。このようなスキャンダリズムと相補的な関係にあったのが、「内面」神話に基づく自然主義の言文一致体小説であったといえよう。俊子は果敢にもこの危ういテーマに挑戦した。「袖頭巾」と大塚楠緒子の「露」（前掲）、岡田八千代の「彷徨」（同）を比較してみれば、俊子が彼女たちのような比較的裕福な中流階層の娘たちの結婚譚ではなく、より貧しい階層の「欲望の表象」としての妾や姦通という自然主義的なテーマを選択したことの意味が見えてくる。大量の読者に向けて開かれている新聞紙上において、「性的」な「欲望」を抱く「内面」を抱える若者を描く小説を連載すること、それが俊子の課題であったのである。

❹ 連載形式が創り出すもの

漱石が朝日新聞に入社した明治四〇年四月以降、新聞小説は新しい季節を迎える。その漱石の新聞小説を中学生読者として読んだ経験をもつ大熊信行は次のように断言している。

いったい、小説といふものの寿命は短いのである。ひとびとはそれを信じまいとするけれど、一つの小説が生命をもって存在してゐるのは、半年から一年、または二三年、それ以上つゞくとして、五六年を越えることは、まづ稀なものとおもはなければならない。小説の発表後、それ以上の歳月を経て存在してゐるのは、実は保存されてゐるにすぎず、なかんづく全集のごときは文学の保存形式たるにすぎない。（中略）小説は発表された歴史的瞬間のなかで、ほんのしばらく息づいてゐる生物であって、やがて水からあげられた魚かなどのやうに呼吸をすることをやめ、そして生存を終るのである。(33)

大熊の論は強烈な新聞読者論として読むべきであろうが、ここには新聞紙面の小説を読むことを創造的な慣習行為としたひとつの読者意識がいかんなく綴られていると思う。これよりさき、大熊は新聞の連載形式がもつ「一種独特の効果性」を指摘していた(34)。彼の論を要約すれば、1、空間的には分散した状態にあっても、時間的に同時進行的に一斉に語り物を聞くごとく同一作品を読むこと。2、まるで薬でものむように読みつゞけてゆくことが可能なこと。3、作品内容そのものが、全体として読者自身の生活と並行して発展しつゝ、あるかのやうな錯覚を生じさせること。4、小説に対する関心は生活の現実的関心と混淆しないまでも、しばしば交錯し、したがって読者が小説からうける効果の総量は大きなものとならざるをえないこと、などとしている。彼は主として個別的な漱石の新聞小説の読者としての体験を理論化したのであろうが、新聞読者のひとつの側面を言い当てていることは否定できない。

しかし「読者の心理」については、活き活きとした考察をくわえた大熊であるが、「作者の原理」のほうは残念ながら一般論の域を出ていない。したがってここでは新聞という形式が書き手に及ぼしたものを以下、大熊論を補う形で検証してみたい。すでに指摘したように、同時代において大塚楠緒子や岡田八千代などは、文芸雑誌での口語体小説の試みを経ていくつかの新聞小説を発表していた。彼女たちの新聞小説の文体は言文一致体である。[35] 一回ごとに読者を惹きつけること、その読者を手放さないことにくわえ、言文一致体で書くことは新聞小説の同時代的課題であったといってよい。

だが、書き手にとっての問題はジャンルと時代というふたつの制約のなかで、「何」を「どのように」書くか、であろう。坪井秀人がいみじくも指摘したように連載形式を手放しで「規格化」[36] してしまうことは危険である。さきに「内面」を中心に分析したが、ここでは連載一回ごとの終りの書き方に注目してみよう。全八六回のなかで会話およびそれを補うト書き的部分で終わっている回がほとんどだが、なかには次のような地の文による末尾もある。

唯可愛いゝ人はあつた。長唄の糸調会《してうくわい》といふ云ふのゝ会員で、例も年の少《おさな》いのに謡ひ手の方へ廻はる、声の勝れて美《よ》い久といふ娘で、菱之助は其の声に惚れたばかり、此家《こゝ》へ繁々通つて来るやうになつたのである。馴れゝば仇気《あだけ》ない丈《だけ》の無邪気な娘《こ》で。兄さんと睦まれるのが、面白さに時々久を見度くなるばかり。恋ふとも恋はれたとも、其様《そんな》味な糸は両人の間に繋がれなかつた筈であつたが、何時か其の手繰《たぐ》つた糸が久に搦み初めたので、久自らは知らぬのであらう。と其の笑ひに漲つた久の顔を見守つて、菱之助は心のうちが乱れてゆく様に思つた。

（「袖頭巾」中編、六）[37]

「ばかり」が一度も使われるなど、決してこなれているとはいえないが、このような終り方は読者に菱之助の「心のうち」に寄り添うことを求める。翌日の第七回冒頭は菱之助の会話からはじまるので、六回目を読んだ読者はお久には決して語られることのない彼の心中を知ることで、秘密を共有するかのような意識をもってしまうのである。彼に縁談が起きるが、お久への愛が底の浅いものであったという彼の内面が語られることで、早晩お久は捨てられることが読者に暗示されている。読者はいわば作者と共犯関係に置かれるのである。これは一種のドラマトゥルギーであるが、思えば「全知の語り手」が支配していた一葉小説などでもこの方法はしばしば使われていた。(38)だが、語り物の語り手に近い一葉小説のそれと異なり、言文一致体の語り手が「全知」であることは人物や場面・風景などの統括を損ない、小説世界がばらばらに分離する恐れがある。これを避けるにはこなれない地の文を少なくし、会話部分を膨らませる必要が生じる。全編、圧倒的に会話の末尾が多いのはこのような理由によるものだろう。

連載形式に求められるのは、一回ごとの山場の設定と次回への興味の接続であることはすでに述べたが、それが安易な形式性ではなく小説の必然であれば問題はないはずである。この点でも「袖頭巾」は一定の成功を収めているといってよい。たとえば誠一が初めて外泊する場面は廿五・廿六・廿七・廿八・廿九と五回つづき、欲望の現実化という物語全体の主要な山場となっている。次の引用箇所は、誠一の帰りを待ちわびるお町と千寿がしだいに不安を募らせ、疑心暗鬼に陥る場面。

若い、水の出端《でばな》の派出つ気には叶はない様な気がして、今はもう斯《か》う手放して置くのも気掛かりになつて胸が焦心《あせ》つてくる、何処に居るか探し出して、引張つてゞも来度いやうに胸が騒ぐので。今が迷いの道に踏み込み初めた時のやうな、神経的な心持に閉ぢられるのであつた。（廿七）(39)

息子の行方を案じる母の内面が語られたあと、誠一の朝帰りの場面（廿八）を経て、兄に疑念を募らせる千寿に焦点化される。彼女は、女が兄に貸したのであろう「柔かいオリーブ色の羽根の付いた共色《ともいろ》の絹肩掛《きぬショール》」（廿八）が屑篭に投げ捨てられているのをじっと見つめる。

> 如何《どう》しても、密かに昨夜の行衛を探り出さねばならぬ。と云ふ様に千寿は一図に心が急《せ》くのであつた。母へ偽りを設ける程、兄が心奪はれた其のものを、確めて訊《たゞ》さねばと意気込んで、邪気のある熱い息を勢《はづ》ませながら肩掛《ショール》の面《おもて》を眺め入つて居た。（廿九）[40]

小倉孝誠は推理小説の源流としての新聞紙面および新聞小説を検証したその著書のなかで、「市民社会とは、個人が監視のまなざしをみずからのうちに抱えこみ、管理の網の目とどうにかこうにか折り合いをつけてゆかねばならない社会である」[41]と指摘したが、この場面で千寿が注ぐきわめて「探偵的」なまなざしは、読者も共有できるものといえよう。兄が残していった「肩掛《ショール》」は逸脱の痕跡として読者のなかにも焦点化されるのである。無言で見交わし、忖度しあう人々の「内面」は語り手が受け持ち、彼らが見つめるモノたちは欲望の鏡として機能する。

物語はその後千寿の発病と入院、捨てられたお久の鬱屈と粂代の窮状など次々と両家を襲う不幸の様相を語りつづける。物語内容はまったく救いがないのだが、しかし次のような文体に接するとき、私たちは都市小市民家族の不幸の物語が言文一致体という器にちょうどうまく収まっているのを確認することになる。

> 俄に四辺《あたり》が静まつて、夜に入つた寂しさを洋灯《らんぷ》の丸心《まるじん》一つに集注《あつめ》たやう。横臥《よこた》はつて居た人は眼も開けず、半面を肘の内に隠して、深い溜息を其の内に消して了ふ。と、又、格子が開いた。眼を光らして頭を凭げながら、思つた人の声でも聞くかと胸を轟かしたが、何か独言を云ひながら、忘れ物をしたとて、母のお町が引返して来たのであつた。
> （「袖頭巾」中篇四十六）[42]

引用の最初の一文は全知の語り手による観察だが、夜更けの「寂しさ」が「丸心一つに集注たやう」という直喩表現も巧みだ。物語は夜陰の小説といってよいくらい、夜の本郷・下谷・日本橋周辺を繰り返し映し出していた。闇のなかでわずかな明かりに灯されて陰影をもって浮き出る人物たちの形象。強力な一光点からの全知的な語りではなく、語り手は「横臥はつて居た人」すなわち誠一に寄り添うようにその様子を窺う。三文目の格子戸の描写に導かれて、次の四文目は「思った人の声でも聞くかと胸を轟かした」までが誠一に、つづく「何か独言」以下はお町に焦点化した語りに変っている。このように主語を省略することで、なだらかに視点を移動させることが可能となる。これは一例に過ぎないが、言文一致体による視点移動は文体の成熟度を示すものといえよう。

こうして新聞小説の連載形式は、擬古文体小説で低迷していた俊子を後押しすることになる。毎日繰り返される一定の字数と小さなドラマの積み重ね。それはテーマの「欲望の表象」としての妾や姦通など、声に出してははばかられるような秘密の「内面」を抱える人々を語るには恰好の形式だった。そのような「内面」の形象は「音読性」に結びつく文語体ではなく、「黙読性」を属性とする言文一致体こそがふさわしい。「黙読性」が「近代的描写」に接続することを指摘したのは大熊信行であるが[43]、「黙読性」とセットになった「内面」の形象は、他の女性作家に比べ最後まで文語体にこだわっていた俊子にとっては新しい地平を切り開くものであったにちがいない。

このような文体的試行は挿絵に頼る後代の新聞小説では忘れられている側面であろう[44]。「袖頭巾」は題字部分のカットのみで一切挿絵は用いられなかった。それだけでなく、明治四〇年一二月三〇日には「元旦からは「イーヴの日記　文学士栗原古城氏が翻案せる者にして一月一日の紙上より掲載すべし」という記事が載る。まるで俊子の「袖頭巾」を挑発するかのように、そのすぐ下段に目に立つ西洋趣味の挿絵つきの連載翻案小説が登場する。一二六回に亘るこの小説との併走にも良く堪え、挿絵なしの「袖頭巾」は八六回にわたって紙面に連載されつづけた。文体の達成という事実の前では、作品が未完であることは大きな問題ではないはずである。俊子は新聞小説という様式に助けられる形でようやく言文一致体という「彼らの文体」の所有者になったのである。

注

（1）『田村俊子作品集』第一巻～三巻（オリジン、一九八七年一二月～一九八八年五月）があるが、「露分衣」から「あきらめ」の間が収録されていない。
（2）「女流文学賞」は二〇〇一年に廃止され、代わって「婦人公論文芸賞」が設けられた。
（3）E・ショウォールター『性のアナーキー』（原著一九九〇年、富山太佳夫他訳、みすず書房、二〇〇〇年五月 109頁）。
（4）俊子は明治三四年四月に日本女子大学校に入学したが、一学期で退学し、翌年四月、幸田露伴に入門。
（5）田村俊子「木乃伊の口紅」（『中央公論』大正二年四月）による。
（6）幸田露伴「痩せて帰られなば詩想を得て」評、『手紙雑誌』（明治三七年三月）。
（7）上司小剣「田村俊子の追憶」（『明日香』昭和八年二月）。
（8）注1参照。
（9）「葛の下風」（『新小説』明治三九年七月）。
（10）大塚豊子・佐藤道子「田村俊子」（昭和女子大学近代文学研究室『近代文学研究叢書』第五五巻、昭和女子大学近代文化研究所、一九八三年一二月）。
（11）無署名「片々録」（『早稲田学報』明治三八年一二月）。
（12）伊藤整「文体と思考様式」（『近代日本思想史講座』第三巻、発想の諸様式、筑摩書房、一九六〇年五月）。
（13）一葉の新聞小説は「別れ霜」（『改進新聞』明治二五年四月四日から一五回の連載。なお初出紙は現在発見されていない）、「軒もる月」（『毎日新聞』明治二八年四月三日、五日）、「うつせみ」（『読売新聞』明治二八年八月二七日～同三一日）の三作。
（14）朝日新聞百年史編集委員会編『朝日新聞社史　資料編』（朝日新聞社、一九九五年七月）。

(15) 浅岡邦雄「明治期博文館の主要雑誌発行部数」(『明治の出版文化』臨川書店、二〇〇二年三月)。
(16) 紅野謙介『投機としての文学 活字・懸賞・メディア』(新曜社、二〇〇三年三月)
(17) 柴瑳予子「田村俊子「あきらめ」以前の隠れた新聞小説二篇と其の文体をめぐる考察」(『日本文学』第三九巻第七号、一九九〇年七月)。
(18) 紅野謙介「戦争報道と〈作者探し〉の物語――『大阪朝日新聞』の懸賞小説をめぐって」(『季刊文学』第五巻第三号、一九九四年夏号、後注16前掲書所収)。
(19) 『女子文壇』については本書第一章を参照されたい。
(20) 『万朝報』明治四〇年一月二一日。
(21) 同じ露伴門下の田村松魚は明治三六年九月に渡米(「時報」『文芸倶楽部』明治三六年九月参照)。
(22) 一例を挙げれば「僕の我欲を満足させる為に芳さんの運命を翻弄した事になる、其の侭にして置けば清い貴重い飽くまで輝きのある美しい玉で居られたものを、僕の手には刺あるを知りつゝ強ひて抱いて、再び元の姿には復《かへ》られないまで疵つけて了つた事になるぢやないか、僕が無理強ひに芳さんの姿から盛春の華やかな影を奪つてしまつて、其れに代へて豊かな実果《みのり》の時代は与へもせずに、再び其の褪《あ》せかけた花の蔭へ逐《を》つたやうな事になる其の僕の大なる罪は何うして償ふ!」(「葛の下風」)というような文体。
(23) 「貴公子」(『万朝報』明治四〇年一月二一日)。
(24) 柴瑳予子注17前掲考によれば番場宗八とは博文館社員であるという。
(25) 『東京毎日新聞』明治四〇年一一月二六日。掲載紙面は第一面、八段組みの、はじめは五~七段、二回目からほとんど七~八段に収まっている。他の紙面同様総ルビであるので、「紅色」(くれない)、「戦慄いて」(わなないて)、「気魂しい」(けたゝましい)というように漢字と読みが一義的ではない形で組み合わされている。
(26) 高橋重美「句点の問題――『露分衣』の〈一葉ばり〉検証と其の文体的問題点――」(『日本文学』第五〇巻第一二号、二〇〇一年一二月)。

(27)『東京毎日新聞』明治四〇年一一月二六日。
(28)同明治四〇年一二月九日。
(29)「弊風一斑　蓄妾の実例」（『万朝報』明治三一年七月七日～八月二六日）。連載五一回で計四二一人の実名が掲載された。
(30)「袖頭巾」（三十二）で、誠一の友人大場友吉が彼と関係している静野が有夫の女性であることを告げ、「罷り違ふと姦通だぜ。君本当に確固し給へよ」（『東京毎日新聞』明治四〇年一二月二九日）と警告する。
(31)『東京毎日新聞』明治四〇年一二月三〇日。
(32)奥武則「『万朝報』にみる社会現象の側面―スキャンダルの誕生―」（『社会科学討究』第一一八号、一九九五年三月）。
(33)大熊信行「新聞小説家としての夏目漱石―覚書二三―」（『思想』一九三五年一一月）。
(34)同「新聞文学の存在形式―小説の日本的形態」（『文芸の日本的形態』三省堂、昭和一二年一〇月）。
(35)大塚楠緒子「露」（筆者が確認できたのは『万朝報』明治四〇年七月二一日～九月一三日まで）、翌日から同紙に岡田八千代「彷徨」が掲載された。両者はともに言文一致体小説。
(36)坪井秀人「一九三〇年代のメディア／文学論と黙読性の問題―大宅壮一と大熊信行の理論の批判的検討―」（『日本文学』第四三巻第一二号、一九九四年一二月）。
(37)『東京毎日新聞』明治四一年一月七日。
(38)ほぼ全篇が「全知の語り手」によって統括されているのは「大つごもり」（『文学界』第二四号、明治二七年一二月）である。
(39)『東京毎日新聞』明治四〇年一二月二五日。
(40)同明治四〇年一二月二七日。
(41)小倉孝誠『推理小説の源流　ガボリオからルブランへ』（淡交社、二〇〇二年三月）。

(42)『東京毎日新聞』明治四一年三月四日。
(43)大熊信行「近代文学と黙読性」(『文芸の日本的形態』注34前掲書)。
(44)伊藤整は新聞小説の連載を終えたあと、単行本化された本のあとがきで次のように述べている。「私は新聞小説は、所謂新聞小説とは遠く、その形式の本質は、毎日の分が小さな一場をなす戯曲に近いものではないか、ひょっとしたら、挿絵と相まって、歌舞伎か歌劇に近い芸術形式ではないか、と考えた。(中略)一行十五字でなるべく行を変えて軽い感じにすることが必要であれば、写実的描写の努力が拒否され、また長い説明が拒否される。それは形態の描出が絵に受け持たれているから当然である」(『花ひらく』初出『朝日新聞』一九五三年五月～七月、単行本同年一〇月)。これは「挿絵つき」という新聞小説の形態が完成された後の論といえよう。

❶

「没後」の一葉姉妹

メディアに一葉という署名が出現したのは、半井桃水の主催する文芸誌『武蔵野』の創刊号に『闇桜』が掲載された明治二五年三月のことである。それから亡くなる明治二九年一一月まで、一葉は短期間に二二篇の小説をはじめ、日記・和歌・書簡など多くの足跡を残したが、それにもまして注目したいのは、没後の一葉の活躍ぶりである。一九九六年はちょうど没後百年にあたり、さまざまの行事や関連の出版が相次いだ。一葉の没後百年とは、わずかな例外をのぞいてほとんどが顕彰の歴史といっても過言ではないだろう。それはなによりも一葉自身の資質や能力によるところが大きいのだが、いっぽうで、デビュー後四年での満二四歳の死という夭折ゆえの特権化から一葉が免れていないこともまた事実であろう。没後の「一葉」とはいうまでもなく記号的な存在である。それは生者たちの視線を浴び、新たに意味づけられることによって活性化され、生き延びる存在である。そこにはいかなる力が「一葉」に働いたのであろうか。小文はそのような力についての考察へのささやかな覚書である。

没後の「一葉」を語るうえで最初に触れなくてはならないのは、その死から二ヶ月もたたない明治三〇年一月七

『一葉全集』（博文館、明30・１）鈴木華村による口絵

『一葉全集前編日記及文範』（博文館、明治45・５）巻頭写真

『校訂一葉全集』（博文館、明30・６）下村為山による巻頭肖像画

日付けであわただしく刊行された『一葉全集』、ならびにその五ヶ月後の『校訂一葉全集』の存在であろう。これは近代作家の個人全集として初めてのまとまった著書であり、以後現在に至るまでもっとも整備された個人作家の全集として規範化されてゆく碁礎が築かれる。また『通俗書簡文』は一葉の生前刊行された唯一の著作（正しくは共著）であるが、大正までにそれは三五版を重ね、ロング・セラーとなってゆく。このような事態は、すでに生前の一葉がメディアとの遭遇においてかなりめぐまれていたという事情ぬきには考えられない。『武蔵野』『都の花』『文学界』『太陽』『文芸倶楽部』『国民之友』など、一葉の発表媒体を年代順に追ってゆけばマイナー雑誌からメジャー雑誌へと、数作ときには一作ごとに驚くような転進を示していることからもうなずける（ここで商業誌と同人誌との区別は考慮しないことにする）。結果的に一葉は渡りに舟のごとく、発表誌を開拓して行ったことになるのである。これは『文学界』やその前身である『女学雑誌』にあきらかなように、ほかならぬメディア側に女性作家を必要とする機運があったゆえであり、いっぽうものを書く能力をもち、その能力を生かすことに活路をもとめた貧しい女性の側がその動きに呼応したということでもあろう。

❷

このようなメディア側の事情とともに見落とせないのは、一葉のふたつ違いの妹くに（種々の書き方があるが、ここでは仮名で統一する）の存在であろう。『樋口一葉事典』[1]によると、くには明治二九年一二月一四日付けで亡き姉の代わりに相続戸主となる。翌々年二月には母たきが、九月には一番上の姉ふじが亡くなり、くには樋口家に残されたたったひとりの後継ぎになってしまう。もしかしたら、多くの文学者の遺族がそうするように、くにも文筆で身を立てることを考えたかもしれない。しかし、くには姉の思い出についてのわずかな回想録の類いを除き、なりわいとして筆を執る道を選ばなかった。姉一葉が亡くなったとき、くには二二歳。一六歳で相続戸主となった一葉と比べると、成人に達してはいるものの、父兄も、そして頼りがいのある姉もいない点では、格段に状況は悪化していたといわざるをえない。姉を語る回想記（「故樋口一葉女史　如何なる婦人なりしか」明治四一年一一月二三日）のなかのくには、どこまでも分を越えない、いかにもつつましやかな妹という印象である。

一葉没後のくに自身のプロフィールを想像することは簡単のようでいて意外にむずかしい。一葉アルバムなどでみられる姉没後の数少ないくにの肖像写真のなかでとくに印象に残るのは、明治三七年に「一葉会」が本郷丸山福山町の旧居で開かれたときのものであろう（「一葉会」の結成は明治三六年とされる）。幼少の長男悦を抱えた若奥様風のその姿は、ふたり隣りで帯のあたりを突き出し、顎をぐっと引いてやや憂鬱そうにカメラを見据えている与謝野晶子や、しゃがんで横向きなので表情はさだかではない岡田八千代ら、多くの男性作家に立ち交じる三人の女性のなかでもとくに水際だっている。このとき、くに満三〇歳、晶子二六歳、八千代二一歳。不在の一葉という二〇年代の女性作家を中心に、実妹と文学上の妹たちが一枚の写真に収まっているのである。

このほかにくに像を結ぶうえで頼りになるものといえば、先輩格の同時代作家として一葉に大きな影響をあたえ、その死後も全集刊行などで援助を惜しまなかった幸田露伴のルートが参考になる。露伴の娘文《あや》が、彼女らしい観察眼で一葉姉妹についてのエッセイを残しているのである。なかでも次のような樋口くにの姿は読者に強烈な印象を残す。

私は畠をやらされたおかげで一人の知己を得た。一葉女史の妹、故樋口邦子さんである。このかたは一葉以来の交際であるから古い人で、母が死んだのも継母が来たのも知つてゐる。色白にすらりとして、高い鼻と鮮やかに赤い口をもつた西洋人のやうな美しい人、半襟は男物の黒八を重ね、下駄は糸柾の雨ぐりに白鼻緒、地味は粋のつきあたりといつたすつきりした様子で、盆暮には礼儀正しい挨拶と多分な贈り物を持つて来訪する。綺麗な能弁で文士の内幕、作品のよしあしも論じ、世態へ向ける目もおもしろく、賑やかに話して行く。

（『こんなこと（あとみよそわか）』）

文が生まれたのは明治三七年九月、ちょうど第一回の一葉会が開かれた年である。露伴の妻幾美が、文ら三児を残して亡くなったのは明治四三年の四月であるから、ここに書かれているのは大正期の中頃、くに四〇数歳の頃であろう。身体の弱い継母に代わって女学生の頃から一切の家事を任せられた文にとって、畠仕事もいわば家事の一環だったらしい。畠仕事に励む文の「百姓姿」は、一分の隙もない奥様風の身なりで幸田家を訪れたくにをいたく揺さぶる。「よくまあなさいます。あ、いふおとうさまおかあさまです、あなたはお若い、御辛抱なさいませ。あなたのおかあさまはそれはよくお働きになりました、あなたもどうか」。あとはことばにならず、くには文の手のひらをつつんで泣いたという。勝ち気な少女だった文は、くにのかなりストレートな同情の身振りに当座は反発したようだが、そののち「子をもつ女のやはらかさ」をくにに見いだすようになる。如才なさと激しさ。どこか生前の一葉を思わせるようなくに像である。彼女に対する文の反応には、もしかしたらもの書きを家族に抱える者同士の共感が横たわっていたかもしれない（ちなみにこの文章は露伴の死後二年目の一九四八年のものである）。

くには明治三二年一一月に吉江政次と結婚する。ふたりの間に六男四女を得るが、樋口家の家婦としての仕事とは別に、くににはやらなければならない仕事があった。ひとつは姉の年譜づくり。もうひとつは、死に際に焼き捨てるように言い残されたといわれる姉の日記の処理である。前者については、くには一葉の生前から「かきあつめ」と称する草稿（備忘録や手紙の下書きなど）をしたためており、塩田良平によれば、それが基になって「一葉略伝」

が出来上がったという。(2) 駒場の日本近代文学館には「伝記覚書」と題する(塩田の命名による)くにの真筆が所蔵されており、一葉によく似た千蔭流の書風でその生涯が簡潔にしかも脈絡あるものとして記されている。こんにちではよく知られた一葉年譜も、日記公刊以前は、くにが唯一の情報の担い手であったのである。ふたつ違いで、姉の秘書役でも付け人的存在でもあった一葉日記の準主役ともいうべきその女性は、「一葉日記」という舞台の台本を参考にしつつ、主役の年譜を作成したのであろう。

❸

ところでさきに引用した文の文章には、「利口な女さなあ」という少々気になる露伴のくに評が書き加えられている。文のエッセイ「一葉姉妹」にも、露伴が「邦子さんの手をかへ品をかへ姉のために図る計画に、あるときは多少その才女ぶりに閉口してゐた」とあり、同時代の男性作家にとり、一葉という記号は妹くにの存在と切り離せないものだったようだ。たとえば露伴や鷗外ともども「めさまし草」で鼎談批評「三人冗語」を担当した斎藤緑雨。よく知られているように、緑雨は一葉日記が終幕を迎えつつあった明治二九年一月、初めて手紙を寄越し、それから一葉が亡くなる直前の同年一〇月付けの手紙に至るまで、奇妙でありながらも丁々発止の駆け引きが両者のあいだに繰り広げられる。『にごりえ』『わかれ道』『われから』など、メディアのなかで最も注目された一葉の小説に遠慮のない批評をくわえ、驚きや警戒心とともに、書き手にとっては初めて本格的な批評家を得たという喜びの念を呼び起こしたのも彼である。しかしながら、ほんとうの醍醐味は皮肉なことに一葉の死後に訪れたようだ。

「一葉全集の校訂に就て」(『早稲田文学』明治三〇年三月)で彼は次のように述べる。「小生の托され候は博文館よりならず一葉が遺族よりに候わが亡き後若し文筆に関する用事あらば挙げて一切を緑雨に托せよと一葉の申のこし置きたる故に候」。なんと自信たっぷりの物言いであることだろうか。彼が『一葉全集』の校訂をすることに対して博文館に舞い込んだ不平不満への回答である。「わが亡き後」云々は少々大袈裟であろうが、一葉日記からうかがえる彼女の緑雨への傾倒ぶりからすると、あるいはほんとうかもしれないと思えるくだりである。この頃彼がいかに樋口家と近い存在であったかは、くにの「一葉略伝」に朱筆で彼のコメントが加えられていることに端的にあらわれている。これは右肩下がりの特徴のある字体で、くにの千蔭流と絶妙なコントラストを見せている。その全文は日本近代文学館に保存されているが、先に触れた塩田の『樋口一葉研究』にも写真版でその冒頭部分が掲げられている。

○性ハ静カニ沈ミタル方ナレド人ニアヒテハソレヲ口ニ出サズ出シ得ズ東京風ノ円転タルせじヲイヒ居タリ眉山云々ノ如キハコレヨリ生ジタル誤聞

○廿四五ニテ死シタル女ノコトユエ　タイシタ傳記ナシ（中略）

○冷酒ヲアホル云々ハ△△△氏ノ捏造説ナリ一盃ノ屠蘇ニモ酔ヒテ苦シミシ婦人ナリ

このあと、くにの筆になる「一葉略伝」のそこここに彼の書き込みが加わることになるのだが、冒頭のこの部分からも緑雨の抱く一葉観・一葉像の一端がうかがわれる。それは「東京風ノ円転タルせじ」ということばに端的に表れているように、愛想のよい外向きの顔と、もの静かでどちらかといえば沈みがちな内面を抱えた分裂気味の一葉像である。最後の△△△とはおそらく泉鏡花のことであろう。このくだりといい、眉山云々といい、緑雨がいかにこの種の「誤聞」に神経質になっていたかがうかがえる。いずれにしても、このような一葉像が結ばれるのは、自分こそが最もよく彼女を識る者、という自負なしにはありえない。この文章の末尾には、『校訂一葉全集』への言及があるので、執筆はおそらく明治三〇年春以降から三六年ぐらいまでのことであろうか。緑雨が亡くなるのは明治三七年四月一三日。その緑雨の死後において前景化するのは、かつての『文学界』同人たちの存在である。

島崎藤村の「春」（『東京朝日新聞』明治四一年四月七日～八月九日）には、一葉姉妹をモデルとした「堤姉妹」が登場する。「年老いた母親にかしづいて、忙しい、風雅な女暮しをしていた」とされる「春」の第一〇九段を最初に読んだとき、「姉妹」や「堤の姉」という言い方がどうも気になった。なぜ一葉個人ではなく、姉妹なのか疑問だったのである。しかし、一葉の日記公刊というフィルターを掛けるとこの謎が解けるような気がする。藤村の「十人並」（『時事新報』明治四四年一一月一四日）には、当初くにの頼みで馬場孤蝶・戸田秋骨・藤村の順で日記が回覧され、その後日記は鷗外・露伴・緑雨らのもとに回り、いったんは公刊を見合わせるということで決着したことが語られている。緑雨の手元に残された日記が彼の死の直前に樋口家にもどされ、馬場孤蝶や露伴らによってようやく公刊の運びとなるのは明治四五年五月。つまり、藤村・孤蝶ら旧『文学界』グループは、明治三〇年代末から四〇年代にかけて死者としての「一葉」、生者としてのくにという姉妹の二重の視線を感じざるをえない状況に置かれていたことになる。くに側からいえば、それは姉一葉の全体像があきらかなるか否かの瀬戸際であった。

一葉日記の公刊は、男性作家たちを巻き込んで、「一葉姉妹の力」で実現されたといえるかもしれない。

注

（1）岩見照代他編『樋口一葉事典』（おうふう、一九九六年一一月、295～297頁、執筆者野口碩）。

（2）塩田良平『樋口一葉研究〈増補改訂版〉』（中央公論社、一九六九年四月）による。

一葉と手紙
——『通俗書簡文』の世界——

❶

『通俗書簡文』（博文館、明治二九年五月「日用百科全書第拾弐編」）は一葉の生前に公刊されたただ一つの単行本である。ただし単行本といっても本書は、一葉執筆の「本欄」と鷗夢（岩田千克）による「鼇頭《ごうとう》」の二段組になっており、鷗夢の分担が「書簡文法」「作例」「証書及び請願書」「用語類纂」など、いかにも明治中期の現実社会にふさわしい網羅的な部立てになっているのにたいし、一葉のそれは「新年の部」から春夏秋冬の部をへて「雑の部」「唯いさゝか」にいたるまであくまで女性を対象とした実用的・日常的な書簡文範となっている点が対照的である。日記によれば、一葉が博文館の「日用百科全書」の企画を知ったのは明治二八年四月一六日。[1]この時、一葉の役目は「礼式の部」の題字と題歌の執筆を前田侯ならびに夫人に引き受けてもらうようにという博文館からの依頼をとりつぐたんなる仲立ちにすぎなかった。それが二九年に至って、一葉は家庭婦人ならびにその予備軍である若い女性を対象とする同書の一巻の主要著者として筆を執ることになる。「本書本欄は閨秀小説家として有名なる、一葉女史樋口夏子君の編する所、君が文壇に於る位置は世既に定評あり。君がその創作に用ふる材を藉つて、こゝに淑女諸子の為に経営惨憺これを草す[2]」。これは『通俗書簡文』の冒頭に置かれた大橋乙羽の「凡例」である。これを見てもわかるように編者の意図はすでに当代の人気女性作家として名を為していた一葉の創作的才能を援用し、「文範」として足りない点は鴎夢によって補うといった周到な二段構えで新時代にふさわしい手紙文集を発行することにあった。

このような出版者側の意図にたいし、表現者としての一葉がどのような対応をしたのかは興味ある点である。言い換えればそれは「淑女諸子」という読者層と「表現者としての一葉」の関係を探る手がかりになるかもしれないからである。「仮そめの手紙の文、なほ千載の後にも残りぬべきものをなほざりごとに墨ぬりをくべきかは」(「唯いさゝか」)とその書に記す一葉が、博文館側からの企画だからといっていい加減な気持ちで執筆したとは考えられない。加えて、同時代においては未公開だった一葉の私的書簡を読むことのできるわれわれは、虚構の書簡集ともいうべき『通俗書簡文』を分析することで「手紙」という形式を一つのフィルターとし、一葉の生活者としてのあり方、および「書簡文範」という制約にもかかわらず無意識的・意識的に形象される表現者としての資質の一端をうかがい知ることもできるのではないだろうか。

当時一般に流布されていた女性のための手紙文集で著名なものだけを挙げれば、『日本女子用文章』(佐々木信綱著、博文館、明治二三年九月)、『女子消息文かきふり』(小野鵞堂編・書、関根正直校閲、吉野半七刷、明治二四年六〜八月)『女子消息往復ふり』(鈴木弘恭著・多田親愛書、散文堂、明治二五年二月)、『明治女子書簡文全』(大和田建樹編、小野鵞堂書、博文館、明治二七年三月)、『婦女往復用文』(紅葉女史著、大阪浜本伊三郎、明治二九年三月)などがある。いまその特徴を簡単に述べると、ほとんどが往復書簡の体裁を採用していること、かなりのものが書体を重視した筆記体になっていることである。たとえば明治三五年までに改訂四版を出した『女子消息文かきふり』のなかで小野鵞堂は、「文は其書きぶりうるはしければ何となうゆかしく覚ゆるものなるを、今はやさしき仮名書風の衰へて女子にふさはしからぬとげ〳〵しき文字のみ流行すなれば、いかでと思ひたちて連綿墨つぎの法を考がへ、御候などのおほき所をたゞし」と述べ、二〇年代前半の時点では、書家が編者をも兼ねるという書体重視の傾向にあったことがうかがえる。(3) それが時代を下るにしたがい、より一層内容の充実が求められるようになる。たとえば一葉の『通俗書簡文』刊行直前の『女学雑誌』四二〇号（明治二九年三月二五日）には、「我国の女消息文」と題してこんな一文が掲載されている。

わたくしは考へ過つて居るかは知りませぬが、日本の婦人の手紙には、まづ失望します。まづ平たく、自分が他郷に旅寓して居るとして、遙る〴〵五六千里もある所から来る手紙を読むときには、幾多の感情と望みを持つて封を切られたると云ふことをば察しなさらなければなりませぬ。（中略）扨文を開くとどうでしやう。墨黒い字できまりきつた、新年千里同風何々と云ふやうな、数行の文章で、それきり、雪がふつたんだか、どうしたんだか、何だかさつぱりとわかりません、（中略）国家の為に外を家とする男の方とか申すなれば、わたくしは何とも申しませんが、若い女で文学を専門にして居るといふやうな人が、手紙の価値を粗にして、筆も下手で文味も意想もないと云ふに至つては、なんだ〳〵と泣かれる程に感じます。(4)

これは当時米国の女子大学に留学中の一女性の書信（同号の但し書による）ということであるが、異邦にある一女性の眼から言文一致体で忌憚なく日本女性の手紙文の儀礼性が指摘されている。「幾多の感情と望み」を受信者に抱かせる手紙には、「文味」と「意想」が是非とも必要である、という主張である。この場合は言文一致体を求めているようだが、興味深いのは、「筆も下手」ではだめだという点である。表現の充実がなにより求められるいっぽう、表記面への目配りも欠かせなかったのである。このように表現重視の傾向は進み、二九年の時点では、書体（表記）は活字で、表現の多種多様性をめざし、用例を充実させた書簡文範が登場するに至る。博文館の『通俗書簡文』はこのような時代の趨勢のなかから生まれたとみてよい。

先の引用の他の箇所には、「筆」「文脈」「意想」が「女子消息文」の三条件として挙げられていた。「若い女で文学を専門にして居る」当の人である一葉が、このような要請にまったく無関心であったとは考えられない。一葉が直接『女学雑誌』誌上のこの文章を読んだか否かはあきらかではないが、『通俗書簡文』巻末には次のような一文が付されている。

はやう我が知る何がしの女子《をなご》、年たけぬるまで文字《もんじ》かくことを知らで、日々の用事親はらからのもとにも聞えやらん便《たより》きなくいと佗しき由歎きしが、おもひおこして三十の手習ひにいろは唯四十七文字をまなびぬ、さて文のこと書ならふに、ます、ませぬをば候にかへて、いつしか前文の躰もそなへつ、いと長き用事をも一句、一句に点打ちつゝ滞りなく書きおくる、いと珍らかに俄なる修業を、いかにして斯くはと問ひしに、何事にもあらず、もとより文法語格をまでたどりてあるべき際ならねば、あやまり書かじの一念にて唯この口にいふ事をもとゝしつ、夫れに綴りてものせしなり、人、人に逢ふかならず言葉あり、寒暑の挨拶、疎遠の詫び、これをば文のはじめに書きて、やがて用事の物がたりに移る、これより彼れ、かれより此れ、口ならば無用の言葉にいたづらの時をも過《すご》すべきなれば、文には紙の限りあり、用なきことをすべて省きつ、唯いはんと思ふそれ計《ばかり》を書きつゞくるものなりと言ひき、げにこれこそは手紙の文の本意にて法といひ心得といふ此外にはあらざるべし[5]

『通俗書簡文』公刊直後に『めさまし草』（明治二九年六月三〇日）でも「この寓言めきたる一節、何事もなく聞ゆれども、著者がいたづらなる形式に拘はらで、所観のまゝを筆にせよとの教いとめでたし」と称揚されている箇所である。「唯この口にいふ事をもとゝしつ、夫れに綴りてものせし」という言葉からは、『女学雑誌』で提唱された我が国の女性の手紙文の改良というテーマに、おそらく当代一の候文の使い手であった一葉がより現実的・実際的な見地からわかりやすく答えた彼女なりの回答であったといえよう。時代は「ます、ませぬをば候にかへ」ることの方にリアリティが存在したのである。

❷

以上のことから、『通俗書簡文』が同時代に流布されていた女子書簡文のフレームに準拠しつつも、可能なかぎり新しい時代の要請に見合った「文範」たりえようと模索していたことがわかるのではないだろうか。自他ともに「すね者」の呼称を許す一葉であったが(6)、真に「文範」を必要とする「初まなび」の読者に対しては素直に規範意識を働かせたといっていい。

しかし実際のところ『通俗書簡文』を繙くと、そこに定着されている世界と執筆者の世界があまりにもかけ離れていることに改めて驚かざるをえない。馬場孤蝶などの『文学界』青年グループを除き、おおむね金銭や小説制作をめぐって、依頼・詫び・催促・督促など生活的・物質的な色調で覆われた一葉関係書簡が、金銭の額・日付がものをいう計量的な世界であるなら、ここで繰り拡げられているのは、堅実ではあるが心情や情緒が支配する非計量的な女性的世界である。世代も一〇代から七〇代の各世代にわたり、境遇も女学生・婚礼間近の娘・新妻・商農家の主婦にいたるまで分類が困難なほど実にさまざまのタイプの女性を登場させているが、既に指摘があるようにその多くは中流階層以上の女性である(7)。

ところで『通俗書簡文』には手紙に添えて数々の贈答品が登場し、それらはとかく平板になりやすい「文範」という形式に鮮やかで具体的なイメージを喚起することに役立っている。現実のレベルで考えるならば、四季折々に交わされるそれらの贈答品は、おもに中流階層の相互コミュニケーションの表徴でもあるはずだ。日常生活のディテールを支えるこれらの小物たちの名が単なる名詞の羅列としか感じられないとしたら、物と女性たちとの深い関わりを見失うことになるだろう。たとえば寺井美奈子は物に取り囲まれて生きる女たちのありようを次のように述べている。

女は自分が手をかけ、心をかけたモノに自分の存在を感じ、そこに生きている自分の充足感をえていた。衣食住に関するモノ自体は無機物であっても、暮らしのなかにおけるモノは無機物としてではなく、それを管理する個々の女の生命を吹きこまれた有機物であり、モノは女の生命を受けて生きていた。(8)

「手をかけ、心をかけたモノ」が中流階層の女性たちの日常生活の表徴であるとしたら、一葉の私的世界と『通俗書簡文』の世界の相違を贈答品というモノ(名詞)のレベルから検証することも許されてよいだろう。ここで本書中の贈答品を列記すれば次の通りである。

鉢うゑの梅　栄太楼の梅ぼし　甘酒　五人ばやし　桃　桜の押し花　手製のかすていら　土筆　すみれの押し花　竹の子　藤の花　のぼり　武者人形　そら豆　新茶　枇杷　羊羹　蓮　林檎　菖素麺　泡盛　萩　桔梗
女郎花　柿　葡萄　玉子　羽織　湯たんぽ　滋養せんべい　赤飯　新海苔　羽子板　駒下駄　塩引鮭　黄八丈
さらし飴　酒　草餅　鰹節　天木蓼粉　朝顔の種　重づめの煮物　蠟

これらのなかで一葉日記に登場するものは、鉢うゑの梅、すみれの押し花、そら豆、新茶、蓮、林檎、女郎花、柿、葡萄、玉子、羽織、赤飯、駒下駄、塩引鮭、黄八丈、酒など計一六例である。そのうち、すみれの押し花(馬場孤蝶)、新茶・玉子(半井桃水)、林檎(安井哲)、柿(久保木ふじ)、葡萄(野尻理作)、駒下駄(野々宮菊子)、塩引鮭（佐藤梅吉）の八例は、それぞれ括弧内の人物から一葉および樋口家に贈られた品物である。もちろん日記に登場しないまでも実際に贈答された品目はあるはずだ。また「土筆」や「すみれ」などは品物というより、野の草花であるが、それらは観賞用としてあるいは季節の到来を告げるしるしとしての意味作用を担う中流階層の記号である。記載された物品にかぎってみれば、一葉は『通俗書簡文』執筆にあたり四四例中二九例までも架空の（一葉にとって現実的でない）物品名を採用したことになる。さらに一葉の生活圏内にあった物品でも一六例中の半数にあたる八例は近親者からの贈り物であった。

明治二二年七月から二九年七月にいたる一葉日記を贈答・貸借の観点から読むと、一葉一家はモノを贈る人ではなく贈られる人、金銭を貸す人ではなく借りる人であることに今更ながら気づかされる。一葉の長兄樋口泉太郎在世（明治二〇年一二月二七日病没）の頃まで、一葉一家が持ち家のある中流程度の暮らしぶりであったことはよく知られている。二一年五月以降、樋口家は借家住まいを始めるが、以後一家は一葉の亡くなる二九年一一月まで借家を転々とし、月々の生活費にも窮していたことは日記がつぶさに示している。しかし甲州の農民から身を起こし、則義ともども苦労の甲斐あって比較的羽振りのよい若妻時代を過ごした一葉の母たきは、夫の死後もなかなか昔の生活スタイルを捨てきれず、二四年頃までは時々分不相応な散財をしていたことが『わか艸』（明治二四年八月三日）や『筆すさひ』（明治二四年九月九日）に記されている。

夏よ　我ミはいとあしきことして来にけり　なにしかられぬべく思ふぞよとの給ふ　何事にかおはします　我身にはゞかりは侍らずかし　猶の給へととひ参らすれは　さは聞よ　もち月がり行てミるに赤子はいたうやせてさらばひてよも生くべくもミえざるに家はいとまづしうて今日の暮の米のしろ覚束なげに打なげくめる　とし寄のえミすグしがたうて昨日よ所よりかりたるこがねかすべきにはあらざりけれどちと斗かして来ぬ　い

かゞゆるせよとの給ふになぞの御はゞかりぞ　そはいとよくもせさせ給し哉　情は人の為ならずとかや俗の詞ニ侍るものをこゝにて成る丈のこと　しあらば何ごとにまれめぐませ給へ　いとよき事をといへばさいはるれば心おちゐぬとて打笑ひ給ひぬ

（『筆すさひ一』）[9]

たきは前日、真下専之丞の甥三枝信三郎のもとで借りた三〇円のうち幾許かを義侠心からか望月某に貸し与えてしまう。また同年九月二九日には、則義と親交のあった時計商藤田屋にも借金の又貸しをしている。定収入のない樋口家の財政状態からいえば、人に貸し与える余裕などなかったはずである。注意すべきは引用文からもうかがえるように、このような性癖はたきだけではなく一葉にも備わっていたことである。一葉は初めて手にした「暁月夜」の稿料の一部を、たきが幕末に乳母奉公した旗本で、いまは零落している稲葉鉱のもとに歳暮として贈った（『よもきふにつ記』明治二五年一二月二八日）。さすがに龍泉寺町時代以降このような散財はみられなくなるが、逆に返済の目当のない借財は月を追って増えつづけることになる。本郷丸山福山町時代もこの傾向はつづき、周囲の誰彼なしへの借金の挙句、一葉日記終焉間近い『ミつの上日記』明治二九年七月一八日の条には、「早朝奥田老人のことにつきて井出良かんといへる弁護士来る　さま〴〵のものがたり　事なしにもどりたれどやがて我れ等が浮沈の伏線となりぬべき事ならんとおもふ」[10]という不気味な語句が書きつけられることになる。樋口家の債権者であった奥田栄がついに弁護士を通じて借金の返済を迫ってきたのである。これは則義時代からの義理人情の絡んだ貸借関係が崩壊したことを物語っていよう。こと金銭に関するかぎり一葉一家は安定した中流的生活からはほど遠かったといわざるをえない。

　このように不如意な実生活を送っていた一葉ではあるが、『通俗書簡文』の主流をなすのはさまざまのモノに囲まれ、近隣知人への配慮を怠らない中流女性の語り口である。しかし、先に引用したようにモノと女たちの関係が並々ならぬものであるなら、モノから疎外された女、あるいは疎外される恐れのある女は「自分の存在」「自分の充足感」を求めて焦慮せざるをえない。作家でもあり女でもあるという二重性を生きていた一葉が、一対一コミュニケーションという枠組みのある手紙文集においてどのような意識のもとでモノを配置したかはたいへん興味ある点である。その答えを得るために、いささか迂回路ではあるが、ひとまず小説作品に眼を転じてみたい。

❸

一葉の小説のなかでモノが女たちの心に微妙な翳りをもたらす様相がくっきりと描き出されるようになるのは『にごりえ』(『文芸倶楽部』明治二八年九月)以降のことであろう。銘酒屋の女お力に入れ揚げた挙句、羽ぶりのよかった町内の蒲団屋から裏長屋住まいの土方に零落した源七の妻お初は、「返礼が気の毒」という理由から「牡丹もち団子と配り歩く」彼岸の近所づきあいから除け者にされてしまう。『にごりえ』末尾の悲劇の終局を招くのも、直接の引き金はお力が源七の息子太吉に買い与えた当時は高級洋菓子「新開の日の出やがかすていら」であった。中流の商家の内儀から下層の土方の女房に転落したお初にとって、夫の情婦からの施し物は憎しみの対象でしかなかったのである。一葉の小説のなかに物質的に豊かな中流上層の世界が具体性をもって描かれるようになるのは『十三夜』(『文芸倶楽部』明治二八年一二月)からである。『この子』(『日本之家庭』明治二九年一月)、『裏紫』(『新文壇』明治二九年二月)、『われから』(『文芸倶楽部』明治二九年五月)なども同類であるが、モノが豊かな生活の表徴としてあざやかに浮かびあがってくるのはとくに『十三夜』の場合であろう。「大丸髷」に結ばれた「金輪」、「何の惜しげもなく」身にまとわれた「黒縮緬の羽織」が高級官僚原田勇の「奥様風」のシンボルとして立ち現われ、逆に「木綿着物」「毛繻子の洋傘」[11]や使い古しのありふれた「重箱」は貧しい斎藤家の表徴という具合である。縮緬／綿銘仙、大丸髷／結び髪という対立項の連想は、斎藤主計という父親に焦点化されて行われるが、このあまりにものの分りのよい父親の視線は、女とモノとの深い関わり、抜き差しならない関係をよく知っていた作者の視線でもあるだろう。お関という存在に付与されたモノたちが語る言葉の威力が発揮されるのは物語の末尾である。お関の胸元から差し出された「紙入れ」は、たまさかの出会いにもかかわらず、貧しい身なりで俥引きの身すぎをしている録之助から「いま・ここ」に関わる情緒的な言葉を奪ってしまうのである。

さらにモノが威力を発揮し、人間の絆をつぎつぎに破棄していく様子が描かれるのは『われから』であろう。「大蔵省に月俸八円」の夫を持ち、つつましいながらも落ち着いた生活を営んでいた美貌の若妻である美尾の欲望が一気に目ざめるのは、上野の花見で綺羅を尽した華族の一行を目のあたりにしてからであった。「腰弁」の女房世帯でも「比ぶる物なき時は嬉し」かった美尾であるが、上層の世界を、その具体的な表徴であるモノたちを見てしまってからは、夫との生活を耐えがたく思うようになる。また物語の後半、美尾の娘お町の書生との仲を醜聞として喧伝したのも、「かねてあら〱心組みの、奥様のお着下しの本結城」を書生に奪われたお福という中働きの女中であった。モノは女たちの眠っていた欲望を喚び醒し、さらには憎悪・諦め・安堵など時には人間の発する言葉以上の意味作用を担うわけである。

『通俗書簡文』にもどれば、一葉にとって同書に置かれた数々のモノは、ひとりの生活者としてのあるいはひとりの女としての欲望の対象として要請されたのであろうか。若いひとりの女としての一葉にそのような欲望が皆無であったと言いきれるものではない。むしろあった方が自然というものである。それでは一葉は無意識のうちに、中島湘煙の『病中日誌』(『湘烟日記』育成会、明治三六年三月所収)のように[12]、末期の結核病患者がその生の最後の輪郭を愛しむようにモノを描き出すことに熱意を注いだのであろうか。結核の兆候があったとはいえ、同書執筆の時点での一葉にそのような自覚があったとは思われない。執筆からおよそ三ヶ月後の孤蝶宛書簡にこんな言葉を洩らしているからである。

　私は日々考へて居り候　何をとの給ふなたゞ考へて居るのに候　大抵の人に思ふ事をうち明けたとて笑ひごとにされて仕舞ふべきに候まゝ私は何もいはぬ方が洒落て居ると独ぎめにして居り候　たかゞ女子に候もの好い着物をきて芝居でも見たい位の望みがかなはねば彼《あ》のやうにぢれて居るのであらうといふやうな推察をされて馬鹿にされて嘲弄されてこれで五十年をやつさもつさに送つてそして死んでしまふ事かと思ふに其死ぬといふ事がをかしくてやつとほゝゑまれ申候[13]

（傍点原文のまま）

一葉とて「好い着物をきて芝居でも見たい」と全く思わなかったわけでもあるまい。しかしそのような常識的な「推察」を跳ね返そうとする意地・張りだけは一葉には失われていないと思われる。おそらく一葉は『通俗書簡文』執筆にあたり、中流程度のふつうの日常生活を営む明治中期の女に自己を仮託することで、自らの「中流意識」を思うさま解き放ったはずである。そこでは一葉は、贈られる人であると同時に贈る人でもあるという、貸借関係のない対等な人間関係を実現させることができた。作家意識を成熟させていたこの期の一葉にとって、モノはひとりの生活者としての欲望の対象であるよりも、むしろ中流的世界を支える虚構の仕掛けとして意識されたはずである。それが「淑女諸子」という予め設定されていた読者層への一葉なりの対処の方法ではなかったろうか。

　じっさい『通俗書簡文』のなかで出色の出来映えを見せているのは慶事ではなく、依頼・謝罪・詫び・諫言・病気見舞・家内不取締の訴え・新盆の慰めなど辛口の手紙である。とくに『雉の部』「雇人の逃亡を人に告る文」「家を売らんといふ人の老碑かもとに」「不縁に成し人をなぐさむる文」や『夏の部』「人の新盆に」『冬の部』「煤払ひに紛失物見出たる人につぐる文」など状況設定も巧みで、人情の機微に触れたものも多い。たとえば新盆見舞の手紙は次のように書き起こされている。

　またぬ月日のたつに早くて今年もいつか苧《を》がら売るこゑを大路に聞くやう成申候などに釣たる提燈の薄青き色を見るにつけうら淋しき事おもひ出られ候にまして御わたりはと思ひやられ申候こその此頃はまだ御妹御様御やまひも出候はず私屋後《うら》の蓮池にその花折（ママ）にとおはしまし浮葉の露の玉のやうなるをさながら取らんと片手を岸の小松にかけ給ひ御洋傘《かはほりがさ》さしのべ給ふはしに御袂より紅のはんけちの洩いで、水にうかびし有様など唯今のやうに思はるゝを今年は門火に迎へられ給ひ御《み》魂祭《たままつり》の棚の上にみそ萩のつゆ手向けられ給ふらん御事おもへども猶夢のやうに御坐候(14)

どこやら『にごりえ』『やみ夜』などの小説を連想させる雰囲気が漂う文面である。じっさいのところこのような見舞状をもらった遺族はかえって困惑するかもしれない。情景があざやかすぎて故人を思う涙の種とこそなれ、心穏やかに故人を偲ぶ気になれないと思われるからだ。長兄泉太郎の死（明治二〇年一二月二七日）以来、父則義（同二二年七月一二日）、従兄樋口幸作（同二七年七月一一日）など近親者の相つぐ死に接してきた一葉はさまざまの弔いの言葉を自分のなかに貯蔵してしまったのであろうか。

　引用文例に見られるように、一葉は小説のパン種になりそうな素材を惜し気もなく使っているわけであるが、「文範」という枠組がある以上、一対一コミュニケーションを超える展開は読者がそれぞれ固有のイメージを膨らます以外にない。引用の手紙にみられた鮮明なイメージもその後すぐに「返信」が置かれることできわめて個別的・儀礼的な日常の出来事の一齣に収斂してしまうのである。もし一葉が密かに書簡体小説を目ざしたのであれば、往復書簡の体裁を採らなかった方があるいは良かったかもしれない。『通俗書簡文』執筆に際して一葉が参照したといわれる西鶴の『万の文反古』は、一方通行の手紙であることで、場合によっては、返事ももらえないかもしれないというコミュニケーションが成立するか否かの切羽詰った地点での人間の肉声となりえているからである。

❹

『通俗書簡文』に対して「はじめより終りまで、ことぐく朱墨を入れつゝ一々の評釈いとこまやかなり」(『ミつの上日記』明治二九年七月一五日)という熱の入れ方をした読者は斎藤緑雨であった。二九年一月いらい一葉と交際の始まった緑雨は、その作品以上に作家一葉に尽きぬ興味をそそられたひとりである。その緑雨が一葉に「此書簡文全体にわたりて例の冷笑の有さまミちくたり」と指摘したことはよく知られている。「冷笑」の一語は一葉をたいへん刺激したらしく、緑雨の言葉を一言も洩らすまいというような綿密な叙述がつづく。

世人ハ一般君がにごりえ以下の諸作を熱涙もて書きたるもの也といふ　こハ万口一斎の言葉なり　さるを我が見るところにしていはしむればむしろ冷笑の筆ならざるなきか、嘲罵の詞も真向よりうつてかゝるあり、おもてハ笑みをふくみつゝ、君ハかしこうこそおハせ、いとよき人におハします、と優しげにいふ嘲りもあり、君が作中にハ此冷笑の心ミちくたりとおもふハいかに、されど世人のいふが如き涙もいかでなからざらん、そハ泣きての後の冷笑なれば正しく涙ハミちたるべし、まこと同情の涙もて泣きつゝこれを書くものとせんか、さのミ悲しみの詞をつらねて涙の歴然と顕ハるゝやうの事あらんや、人一度ハ涙の渕に身もなぐべし　さて其後のいたり処ハ何処ぞや　泣たるのみにとゞまるにハ非じ　君ハ正しく其さかいとおぼゆる物から御口づからもれたる事なければ如何あらん、君がかつてあらはし給ひしやミ夜といへる小説の主人公うらめる男の文おこ

し〻に憤りはむねにミちつ〻猶そしらぬ顔にかへしした〻むるの条ありき　あれこそハつ〻ミなき御本心なるべけれ(15)

あたかも一葉の日記や書簡を盗み見た人であるかのような緑雨の発言に、さすがの一葉も畏れを感じたにちがいない。緑雨の指摘が鋭いのは作家としての一葉を固定的にではなく、「泣きての後の冷笑」という言葉にあきらかなように、作品体験を通じて変貌する表現主体として捉えた点にある。「人一度ハ涙の渕に身もなぐべし　さて其後のいたり処ハ何処ぞや　泣きたるのみにとゞまるにハ非じ　君ハ正しく其さかいとおぼゆる」という言葉は、自分の身丈に合わせて各々勝手な作家像を作りあげようという世の大方の読者・批評家とは異なる印象を一葉に与えたにちがいない。それは一葉の実像に向かって一歩踏み込んだ批評であったはずである。

長兄泉太郎の死後わずか一六歳で相続戸主となった一葉は、次兄虎之助や親戚の誰彼に対し、一家の責任者としての気負いをもって接しなければならなかった(16)。同時に作家的成功のためには桃水には甘えを(17)、花圃には卑屈といっても言いすぎではないような媚(18)をもって臨んだ。久佐賀の場合は甘えと媚の両方を武器に自己の立場を貫くという危険な芸当さえ試みた。そして作家意識を成熟させてからの一葉は、柔剛二様を自在に操ることのできる交際術の持ち主となっていた。緑雨のいう涙ののちの「いたり処」とは、このような対人関係を巧みに処理するペルソナとなって結実したと思われる。緑雨のいう「冷笑」とはこのような外向きの自己、ペルソナを指すものとみて大過ないのではないだろうか。

以上のことから『通俗書簡文』における「冷笑」とは次のような意味をもつことになる。それは、豊かな小物たちに取り囲まれた生活を生きる女たちの語り口を仮構すること、自らが語り口を規範化する主体となるという表現者のレベルである。もちろんその下層には幼少女期を余裕のある中流家庭で育ち、多感な思春期・青年期を窮乏状態のなかで生きなければならなかったという生活者のレベルが横たわっていたはずである。『通俗書簡文』の世界を司る語る主体は、語る、驕る、つまりウソをつくことで一つの自由を実現したといえる。緑雨はそんな一葉の語りの構造を見抜いた数少ないひとりだったのではあるまいか。

驚かずにはいられないほどさまざまの階層の人間たちと種々雑多な手紙を交すことでしだいに自信を獲得していった一葉は、作家として自己を位置づけるようになると今度は容易にホンネを見破られないようにペルソナで身を固めるようになる。日記に露わに記されているようなストレートな一人称で小説を書くことができなかった(19)一葉は、作者の共感がいったい誰により多く寄せられているのか判然としないような三人称の小説や書簡文という二人称的世界の形式のなかにその屈折した表現主体を挿入させた。そのような主体形成に「手紙」という形式がおよぼした影響は決して小さくはなかったのである。

注

(1)「水の上につ記」(『樋口一葉全集』第三巻(上)筑摩書房、一九七六年一二月 404頁)。
(2)大橋乙羽「凡例」(『通俗書簡文』博文館、明治二九年五月所収)。
(3)国会図書館所蔵の小野鵞堂に関する図書は明治二〇年代から戦後の一九六〇～八〇年代まで八一件を数える。
(4)引用は『女学雑誌』複製版(臨川書店、一九六七年三月)による。
(5)引用は『樋口一葉全集』第四巻(下)(筑摩書房、一九九四年六月 779～780頁)。
(6)馬場孤蝶は一葉宛書簡のなかで、「すね給へる一葉の君へ」(馬場孤蝶書簡2『樋口一葉来簡集』筑摩書房、一九九八年一〇月 160～163頁)と呼んで揶揄していた。
(7)野口碩「『通俗書簡文』をめぐって」(『国文学　解釈と鑑賞』一九七四年一一月)による。

（8）寺井美奈子「生活文化の伝承について」（『思想の科学』一九七五年四月）。
（9）引用は『樋口一葉全集』第三巻（下）（筑摩書房、一九七八年一一月 633～634頁）。
（10）引用は注1前掲書520頁。
（11）日記によれば樋口家には「甲斐絹二重張」の外出用と「毛端子」の平常用という二種類の洋傘があった。
（12）関「福田英子『妾の半生涯』の語り」（『語る女たちの時代　一葉と明治女性表現』新曜社、一九九六年四月）を参照されたい。
（13）一葉「書簡86」（明治二九年五月三〇日付）。引用は注5前掲書 924頁。
（14）引用は注5前掲書 694～695頁。
（15）引用は注1前掲書 517～518頁。
（16）一六通にわたる虎之助宛書簡を読めば、一葉がいかにこの兄に対して気を遣っていたかがよくわかる。また親戚筋への手紙はおおむね四角四面の候文体であった。
（17）たとえば一葉「書簡29」には「この文も誠に内々にてした丶め候のゆゑ宅のもの丶みる目くるしく手前勝手ながらお返事らしくなき御文待入まゐらせ候」（注5前掲書855頁）などという言葉がみえる。
（18）田辺龍子宛一葉「書簡24」（注5前掲書849～850頁）を参照されたい。
（19）一葉の一人称小説については関「樋口一葉『雪の日』『この子』の語りをめぐる一考察」（『嘉悦女子短大研究論集』第四六号、一九八四年一二月）を参照されたい。

手紙のジェンダー／手紙のセクシュアリティ
——彼女たちの言の葉——

はじめに

「できることなら永遠にお目にかかりたくないかた」。この言葉は水村美苗と辻邦生の往復書簡集『手紙、栞を添えて』(朝日新聞社、一九九八年三月、910頁)の「プロローグ　最後の手紙」の部分で、水村が思わず漏らしたものである。無礼とも傲慢とも受け取られかねないこの一節には、手紙というメディアが本来孕んでいる虚構性がストレートに披瀝されているのではないだろうか。もちろん手紙といっても、これは当初新聞で、のちに一冊の本にまとめられた公開の往復書簡であり、通常のプライヴェートな手紙と異なることはあきらかだ。しかしそのような公／私という分節を超えて、手紙という媒体が抱えている虚構性や操作性、さらには演劇性などの要素を衝いた言葉としてこの指摘はたいへん興味深い。

別の箇所では次のようにも述べられる。「辻さんは私の想像どおりのかたにちがいないと私は確信しているのです。ところが、辻さんのお手紙は私よりずっと上等な女の人に宛てられたものであることを、私は知っているのです。お手紙をいただくたびに、恥ずかしく、恥ずかしい以上にふわふわと嬉しゅうございました。私があのようなものでないことを、私以上に知ることはできないでしょう（中略）お目にかかる幸せよりも、辻さんのお心の中で、辻さんの手紙にあるような私で居つづける幸せを選びたい」（前掲書、17〜18頁）。

これは手紙の送り主である辻邦生へのメッセージというよりも、公開書簡を見守る大勢の読者へ向けられたものというべきだろう。なぜ彼女は、受け手はもちろん読者にとってもなくもがなのこんな言葉をわざわざ書きつけたのだろうか。そんなことはわかっている、どうせなら最後まで「上等な女」を演じつづければいいのに、と思う読者も少なからずいるにちがいない。

おそらく水村は、わたし／あなたという比較的安定した一人称／二人称的関係で交わされる手紙という形式にも、実は虚構性や操作性が色濃く影を落としている、そのことを連載の終了にあたって読者に伝えたかったのだろう。二〇世紀も終わり、電子メールなどの登場で相対的に「原始メール」などといわれもする「手紙」に対し、これは作家として当然のエクスキューズであったといえるかもしれない。だが、水村の意味するものはそれだけにとどまらないように思える。そこには手紙の書き手が、「女性作家」あるいは「女性」であることで直面するジェンダー化の作用と、さらにそんな芝居がかった身振りが、実は「ふわふわと嬉し」くもあったという書き手のパフォーマティヴな欲望＝セクシュアリティが窺えるのである。

手紙におけるジェンダーというと、通常は候文の場合の過剰に女装した文体を思い起こしがちである。[1]しかし言文一致体が成立しておよそ百年になろうとする現代でも、異なった形での言葉の女装＝女性ジェンダー化が十分存在している。思えば往復書簡集『手紙、栞を添えて』は、現代の女性作家と男性作家との緊張を孕む文学観対決＝紙上でのジェンダー・バトルだったはずである。それが必ずしも一般にはそう受け取られなかった理由は、大新聞という当初の発表媒体の性格にもよるが、ひとつには手紙というメディアそのものがもっている儀礼性のコードが働いたためといえよう。そのコードこそコミュニケーションを円滑にするいっぽう、言葉の女装を求めずにはいない手紙のジェンダーといえるものの正体なのである。

❶ 一葉と手紙

いまから百年余り前の一九世紀末を生きた女性作家樋口一葉は、候文の文化圏で自在に女装し、女性のための手紙マニュアル『通俗書簡文』（博文館、一八九六年五月）を執筆するなど、文字どおり「手紙の名手」の名をほしいままにした人物である。名手の第一条件はまず筆まめであることだろう。実際にどれだけの量の手紙が一葉をめぐって交わされたのかは、『樋口一葉全集』第四巻（下）（筑摩書房、一九九四年六月。以下『全集』と略記）ならびに『樋口一葉来簡集』（筑摩書房、一九九八年一〇月。以下『来簡集』と略記）から知ることができる。前者には計一二二通が、後者には九七名約三百数十通が収録されている。興味深いのは『全集』の収録書簡のうち、およそ半数にあたる六二通までが「投函資料」を使って再現されていることである。つまり相手の元に届けられた手紙がそのまま保管され、それを元に手紙資料が『全集』に採録されたというわけである。また「下書資料」は、手紙の下書きが保存されている場合で、これはやや少なくおよそ二五通を数える。いっぽう『来簡集』のほうは「改行を原文通りに」（野口碩による「後記」）しただけでなく、巻末には収録された書簡のほかに、一一六通を数える「往復書簡」を含む「往復書簡対照一覧」が掲載され、一葉の生きていた日々のなかで書簡が交わされるダイナミズムが一目瞭然読み取れる仕組みになっている。

しかし考えてみれば驚くべきことではある。コピーもワープロもいわんや電子メールも存在しなかった一九世紀末に書かれた、これほどの手紙が「往復書簡」の形で現存しているとは。なかには斎藤緑雨の手紙のように、本人はすぐに返却するように求めたのに、一葉がわずかの間に早業で筆写したという代物もある（明治二九年一月八日付）。このように数多くの手紙が残されているのは、おそらくひとつには一葉の短命の事実と深くかかわっていよう。今日でも知人や友人からの手書きの手紙をとっておくことはままあるが、それでもよほどでないかぎり数年も経てば用済みになることは確実である。一葉の手紙がかなり保存されていたのは、彼女が明治二九（一八九六）年に文学的活躍のさなかに二四歳の若さで忽然とこの世を去ったからだろう。死後数ヶ月も経ないで最初の全集が出版されたことは、早くも「一葉」という記号が価値をもつという出版資本側の「神話」が形成されつつあったことを意味する。そのような神話の主の手蹟を愛惜する気持ちが一葉の手紙の所有者に働いたとしてもなんの不思議もない。

だがそれだけでは名手の説明としては不十分である。ここで一葉の名手ぶりを語る格好の人物に登場してもらうことにしよう。半井桃水といえば、一葉に比べこんにちでは知る人も稀な明治の文学者である。彼は最初は朝日新聞の特派員、のちに漱石が入社するまでは朝日の有力な新聞小説作家のひとりとして一葉の文学上の手ほどきをした男性である。彼は一葉からの手紙を大切に保存していた。

一葉からの来信一三通、彼からの書信一二通、これがふたりの間に交わされた手紙の数である。しかし一葉日記が公刊（『一葉全集　前編』博文館、明治四五年五月）されていらい、事情は一変する。桃水は馬場孤蝶ら『文学界』のメンバーと並んで、「一葉」をめぐる貴重な証言者のひとりだった。それまでの彼の基本的なスタンスは一葉の師という立場であったが、公刊された一葉日記の記述から彼が恋人視されていた事実が判明したのである。慌てた桃水は、それが一方的な一葉側の「片恋」であることを証明するためか、これ以後進んで手紙を公開するようになる。

❷ 候文のセクシュアリティ

一葉という手紙の名手の相手、半井桃水の証言は色々な意味で興味深い。彼は孤蝶が「樋口一葉の手紙」を発表する（『女学世界』明治四五年六月〜七月）と、それに追い立てられるように「一葉女史の日記に就て」（『女学世界』大正元年八月）を書き、そのなかで一葉からの手紙が披露される。この一文のなかで彼は、「女史は恋を歌ふ人で、実行し得る人ではない女史は恋を理想化せしめたいと力める人で、同時に理想の恋は歌ふべくして実現せぬといふ事を知りぬいて居る人であると。私は日記に書かれて居る女史の文を見て、初めて女史が理想の恋の研究材料の一部分に使われて居た事を知た」と告白することになる。ここで手紙は彼の無知＝無実を証明するための証拠物件となっている。一葉よりも十一歳年上で、晩年とはいえ歌沢や長唄の作詞作曲者として知られるようになる桃水が、それほど恋の機微に疎かったか否かはこの際問題ではない。ここで注目したいのは、彼が次のように述べている点である。『三越』に掲載された一文を引用しよう。

男子と云ふ者は言葉の上では打解けても跡に残る書物の上では決して打解けないものだ、夫に反して女子は相対した時話の上では打解けないで手紙になると打解ける　それゆゑ少しでも親しくする女の手紙は往々疑ひを引起し何等関係の無い者が怪しい中でもある如く他から思はれる事がある、（中略）或時五六本の手紙を示して此れはアナタの書いた手紙だ、此の手紙の中で斯う云ふ所が宜しくない　知らぬ人は斯いふ風に曲解さるゝかも料られぬと云ふと、成る程恥入つた次第です　今後は注意致しませうと言つて其の手紙を自分で持ち帰られて裂いて仕舞つたさうであります（『三越』大正元年一一月[2]）。

書の点でも千蔭流という流線形の美しさを誇る書風を会得していた一葉のこと、ここで破棄された手紙にどんな言の葉が綴られていたのか興味は尽きないが、小説技術を習得するために入門した彼との間でかなり高度な言葉をめぐる虚実の駆け引きが行なわれたことだけは間違いない。桃水は日記が公刊されるまで、彼女の手紙に見られる「打解け」た言の葉が「女の手紙」ゆえのものであると誤解していた、いや少なくともそう理解しようとしていた。「打解け」た言の葉とは、いまはもう失われた候文というモードがもつ文化的な「女装のセクシュアリティ」というべきものであろう。

それでは一葉は実際にどんな「打ち解けぶり」を見せていたのだろうか。

御目にかゝらぬむかしもあるをじゆうのきかぬ身と存じ候ほど意地わるく参上いたし度われしらず考へこミ候時などもありこんなこと人に話しでも致し候ものなら夫こそ〳〵笑ハれぐさにもなりからかはるゝ種にも成り候ハんなれども私しは唯々まことの兄様のやうな心持にていつまでも〳〵御力にすがりも度願ひに御坐候を斗らぬことより変な工合になり只今の所にては私ししひてお前様におめもじ致し度などゝ申さば他人はさら也親兄弟も何とうたがふか知れ申さずとに角にくやしき身分に御坐候

（明治二五年七月八日付　半井桃水宛　改行は全集本文通り）(3)

「御目にかゝらぬむかしもあるを」とは、手紙文の冒頭としては大胆な書き出しである。以下会いたい心境／会えない現実を繰り返すこの書き手は、相当な言葉のテクニシャンだといわなければならない。二〇世紀末の女性作家なら、抑制してしまうか、事後的に嘘＝虚構技術を告白せざるをえないような「女装」ぶりである。この頃一葉は彼女の最終学歴ともいえる民間女子教育機関である和歌和文の塾「萩の舎」で、小説の師匠半井桃水との関係を疑われ、苦境に立たされていた。彼を傷つけずにうまく別れる方法を一葉は考えなければならなかったのである。

手紙の効果があったのか、ここではいったん事態は収拾する。双方円満離別の成立である。しかしこの手紙の一ヶ月後、事の次第を一葉の友人から知った桃水は、激怒の手紙を一葉に送りつける。「源は私申出したる事とさる方の仰せられ候由素より斯る疎しきこと言ひし言ハざりしなと慭《なま》じ洗立て致さんは恥の上の恥と思召し扨こそ御口づから仰せ聞けられず野の宮様よりおぼろげに窺ふ事とは相成りしならめ、さりとては御恨みニ御坐候」（明治二五年八月三日記）。この日付よりも一週間遅れて投函されたこの手紙は、ふたりが演じていた兄／妹的な師弟関係がすでに崩壊してしまったことを告げている。とはいえ長兄や父の死後、女戸主として奮闘していた一葉にとって、どうして直接言ってくれなかったのかという桃水の「恨み言」はそう響くものではなかったようだ。

…今日しもめづらしき御玉章
久々にて御目もじせし心地
うれしきにも又お恨ミ
の御詞がうらめしく候私し
愚どんの身人様をそしるなど、
申すことかけても及ばねど
師の君なり兄君なりと思ふ
お前様のこと誰人が何と

申し伝へ候とも夫を誠と聞
道理もなくもとよりこしらへ
ごと、は存じ候故別して
御耳にも入れざりしに候
（明治二五年八月一〇日付）(4)

私はあなたのことを師の君とも兄君とも思っているのだから、誰がなんと言おうと噂にとやかく左右されるはずはないではありませんか、また噂は噂なのだから自然と月日が経てば消えるでしょうから取り立ててお伝えするまでもないと思ったのです……。文面で判断するかぎり、この手紙での勝負は一葉の勝ちといえよう。彼は噂を確める術を禁じられたうえに、師弟関係も旧に復さない。肝心なのは一葉側に修復の意志がなかったことであろう。若き旧派歌人のひとりとして和歌・和文の修辞に長けていた一葉は、作家デビューという重要な時期に生じた最初の困難に、候文のセクシュアリティで事態を乗り切って行ったのである。

❸ 一葉小説のなかの手紙

一葉小説には手紙が数多く登場する。手紙の名手なら当然の成り行きであろう。しかし注目すべきなのは、その使われ方である。たとえば男性客と心中する花柳界の女性を扱ったという点では、一葉の「にごりえ」（『文芸倶楽部』明治二八年九月）と広津柳浪の「今戸心中」（『文芸倶楽部』明治二九年七月）は共通項をもつが、こと手紙の用いられ方という点で大きな違いがある。後者では遊女の遺書が小説の末尾にそのまま挿入されているのに比べ、前者では手紙について言及される場面はいくつか見られるものの、手紙の文言それ自体が直接示されることはないのである。おそらくこれは「手紙のやりとりは反古の取かへッこ、書けと仰しやれば起証でも誓紙でもお好み次第さし上ませう」という「にごりえ」のヒロイン酌婦お力の言葉に象徴されるように、彼女（ら）にとって手紙の大半は客に向けられた営業用《ダイレクト・メール》であり、そうであるならば操作性に満ちた手紙の文言をわざわざ引用する必要はないということなのだろう。

このような手紙の操作性に対する一葉の認識は徹底している。「にごりえ」に先立つ「暗夜」（『文学界』一九・二一・二三号、明治二七年七月〜同一一月）では、手紙は高度な政治性を発揮する書き手と読み手の間の駆け引きの道具として明確に位置づけられている。(5)「大つごもり」（『文学界』24号、明治二七年一二月）の石之助の「受取一通」を広義の手紙と解釈すれば、これは下女お峯の窮地を救うという本来の目的のために、彼自身が金を拝借したという表層的なメッセージが事態の解決策として要請された事例であろう。

それでは一葉小説はすべて手紙の操作性という認識で貫かれているかといえば、必ずしもそうともいえない。「軒もる月」（『毎日新聞』明治二八年四月三日、五日）や「ゆく雲」（『太陽』第一巻第五号、同五月）は、当初は備えていた書き手と読み手の間の緊密な関係性が、状況のなかで読み替えられてゆくことを示唆した、いわばメタ手紙小説といえよう。前者はかつて小間使いを務めた家の主人からの女名の封書を大切に秘匿していた人妻が、ある夜――それはちょうど職工の夫がその日から家族のために夜勤を始めた夜だった――に封切らずの手紙の束を取り出し、「心試しに」読んでみるという内容である。

封じ目ときて取出せば一尋《ひとひろ》あまりに筆のあやもなく、有難き事の数々、辱じけなき事の山々、思ふ、恋《した》ふ、忘れがたし、血の涙、胸の炎、是等の文字を縦横に散らして、文字《もんじ》はやがて耳の脇に恐しき声もて呻くぞかし、一通は手もとふるへて巻納めぬ、二通も同じく三通四通五六通より少し顔の色かはりて見えしが、八九十通、

開きては読みよみては開く、文字は目に入らぬか入りても得読まぬか。(6)

手紙を秘匿するという行為において、この女性は手紙の書き手と共犯関係に置かれている。たとえ封を解かなくても、手紙というマティリアルが届くことそれ自体が彼からの誘惑行為であり、それを隠し持っていることが共犯性への荷担であることは自明である。「付け文」という今は死語になってしまった言葉は、文を書きそれを手渡す／受け取る、そのこと自体がもっていた手紙文化のセクシュアリティを如実に語っていよう。

十二通の手紙を溜め込んでいた彼女は、今宵初めて手紙の束を開封する。読まないことで温存されていた彼女のセクシュアリティの行方に決着をつけようとしたのである。この方法は種々の点で効果的であったといえよう。ひとつは仮に手紙が届けられるたびに破棄していたとしたら、手紙の主にかなり未練を残している彼女に相当な苦痛を強い、下手をすれば思いを募らせるという逆効果が生じたかもしれない。また一通の手紙ではなく十数通の手紙の束を読むという行為は、手紙がもつ緊急性を薄れさせるという効果をもつ。具体的には何も記されていなくとも、手紙は必ず日付を伴う。文のなかに定着された言の葉は、それがどんなに激情に刺し貫かれていようとも、心情のリアリティを保証する時間、つまり時効を有するのだ。だからこの小説のヒロインのように、時間を遅延させて手紙の束をまとめて読むことは、手紙の時間性をズラし、読み手を優位に立たせることになる。姦通罪の存在した明治の刑法下、正妻がいる手紙の送り主に対し、「有夫の婦」である彼女にとってそれは当然の知恵というべきだろう。

❹ 周縁化する候文

藤森清は「蒲団」(『新小説』明治三九年九月)における手紙の分析を通じて、言文一致と候文のちがいを次のように指摘している。

候文が属するのは、礼儀作法、儀礼、レトリックに関連した文化である。礼儀とか儀礼とは、内面が複雑で定義できないものであることを認めて、そういう内面を伝える社会的回路をつくるという方法である。この文化のなかでは内面は、自立した実態的な客体としては扱われず、もっぱら関係枠の準拠体系によってしか定義されない。その意味で、内面は問題にならないのである。それに対して、言文一致の属するのは、リアリズムの文化、言い換えると、行動や出来事の下につねに「真実」「本当」「実態」を仮定するような文化である。(7)

近代文学史上著名な田山花袋の「蒲団」の成功は、柄谷行人がいうように告白／真理／性の三つの要素を必要としたことは今日では広く共有されている認識であろう。藤森の指摘はそのような「三種の神器」生成に手紙というメディアが深くかかわっていたことを示唆している。藤森が指摘したように、「蒲団」は手紙小説という一面をもつが、そこに挿入される主流の手紙はもはや候文ではない。「先生　私は堕落女学生です。私は先生の御厚意を利用して、先生を欺きました。其罪はいくら御詫しても許されぬほど大きいと思ひます。先生、何うか弱いものと思って御憐れみ下さい(8)」などという文言は、現代の手紙文としても十分通じる言文一致体なのである。

注目したいのは、このようなあまりにもあからさまな敗北宣言を発しているのが女性性であることだ。師と女弟子という関係で終始しているこの小説では、女弟子に性的欲望を抱き、にもかかわらず踏みとどまったという男性側のセクシュアリティこそが中心的なものとして問われている。現代では一笑に付される、去って行った女弟子の蒲団の匂いを嗅ぐ場面も、同時においては男性性のセクシュアリティの「真摯な告白」として価値づけられたのである。このような振る舞いをする男性性は、確かに対世間的には「女性ジェンダー化」したものといえるだろう。しかしそのような「女性性」こそ、竹中時雄を「文学者」としてプラスの方向で価値づけする紛れも無い指標なのである。文学の領域内部で「男性ジェンダー化」が進行する明治四〇年前後、[9]手紙・小説の習作など書き物のすべての第一読者=検閲者が時雄であるかぎり、ふたりの関係において芳子が優位に立つことは不可能なのである。

五日目に、芳子から手紙が来た。いつもの人懐かしい言文一致でなく、礼儀正しい候文で、『昨夕恙《つゝか》なく帰宅致し候侭《まゝ》御安心被下度、此度はまことに御忙しき折柄種々《いろ〳〵》御心配ばかり相懸け候ふて申訳も無之、幾重にも御詫び申上候、御前に御高恩をも謝し奉り、御詫びも致し度候ひしが、兎角は胸迫りて最後の会合すら辞《いな》み候心、御察被下度候、（中略）山北辺より雪降り候ふて、湛井よりの山道十五里、悲しきことのみ思ひ出て、かの一茶が『これがまアつひの住家か雪五尺』の名句痛切に身にしみ申候、父よりいづれ御礼の文奉り度存居候へども今日は町の市日にて手引き難く乍失礼私より宜敷御礼申上候、まだ〳〵御目汚し度こと沢山に有之候へども激しく胸騒ぎ致し候まゝ、今日はこれにて筆擱き申候』と書いてあった。[10]

物語の最後に故郷へ強制送還された芳子から候文の手紙が届く。この一節には人懐かしい言文一致／礼儀正しい候文という対立するコードが明示され、語り手は芳子の候文を物足りなく思う。しかしこの手紙文、さきほど引用した芳子の言文一致の告白と比べるとかなり余裕に満ちた書き振りであることは見落とせない。芳子は候文や古文のレトリックを駆使し、強制送還というほんとうはかなり屈辱的であるはずの帰郷紀行を比較的すらすらと綴っていく。藤森のいう「関係の準拠体系」が作動し、少なくとも芳子は手紙文においては守られていたのだ。候文という手紙のモードが芳子を包んでいるといってもよい。「蒲団」はそのような文体の圏内にいた女性である芳子が、リテラシーと文学の両面おいて一日の長のある言文一致の男性作家に敗北を喫する物語といえよう。

❺ 『或る女』の言文一致体

最後に「蒲団」の物語とほぼ同じ時期を物語背景とする有島武郎『或る女』（前編、叢文閣、大正八年三月、後編、同六月）を一瞥してみよう。[11] よく知られたようにこの小説は葉子という自らの性的欲望に殉じる女性を主人公としたものであるが、同時に手紙小説という一面ももっている。次に引用するのは作者有島にもっとも近い人物として設定されているといわれる古藤の手紙である。

「あなたはおさんどんになるといふ事を想像して見ることが出来ますか。おさんどんといふ仕事が女にあるといふ事を想像して見る事が出来ますか。僕はあなたを見る時は何時でもそう思つて不思議な心持になつてしまひます（中略）女の人と云ふものは僕に取つては不思議な謎です。あなたは何所まで行つたら行きづまると思つてゐるんです。あなたは既に木村君で行きづまつてゐる人なんだと僕には思はれるのです。結婚を承諾した以上はその良人に行きづまるのが女の人の当然な道ではないのでせうか。木村君で行きづまつて下さい。[12]」（傍点原文のまま、以下同様）

言文一致体でいかにもさりげなく「おさんどん」になって夫に「行きづまる」ことを説くこの手紙の書き手は、実に巧妙な「良妻」イデオローグといえよう。イデオローグのイデオローグたる所以は、平易な言葉で読み手（受けて）になるほどと思わせることだろう。案の定「良妻」の対局にいるかのような葉子でさえも、「馬鹿々しい事が云はれてゐるとは思ひながらも、一番大事な急所を偶然のやうにしつかり捕へてゐるやうにも感じられた[13]」と思ってしまう。

古藤の安定したことばの包囲網にからめとられるように、婚約者木村の待つシアトル目指して船に乗る葉子は、こともあろうに船中で事務長倉地と関係してしまう。以下に引用するのは彼の船室で抱かれた葉子が自室にもどり、呆然自失のままペンを執るくだりである。

　女の弱き心につけ入り給ふはあまりに酷き御心と唯恨めしく存候妾の運命はこの船に結ばれたる奇しきえにしや候ひけん心がらとは申せ今は過去の凡て未来の凡てを打捨て、唯眼の前の恥かしき思ひに漂ふばかりなる根なし草の身となり果て候を事もなげに見やり給ふが恨めしく〳〵死[14]」

「死」という言葉で唐突に終わるこの手紙は、小説中唯一候文で書かれた手紙でもある。さきほどの芳子の手紙と比べると、ここである捩れが起きていることがわかる。藤森のいうように候文とは、「内面」が「複雑で定義できないもの」とした上で成り立つ文化であった。だがここで実行されているのは、候文で性的な告白をすることなのである。「関係の準拠枠」のなかでのみ立ち現れるはずの「内面」を危うい関係のまま当の相手に無防備に差し出すことは、「私は堕落女学生です」と告白する「蒲団」の芳子と同様に敗北を意味する。結局手紙は破り捨てられるのだが、このような捩れた形でしか自己を語る言葉をもたない葉子は、状況を切り開くことはできないのである。

　このように、女性作家においても男性作家においても、手紙のジェンダーは女性性の欲望と密接に結びつけられていた。ただ異なる点は、後者ではそれは主に敗北の物語の表象として、前者では敗北を免れるための表象として立ち現れていたことを忘れないでおきたい。

注

（1）一葉の「女装」については関『姉の力　樋口一葉』（筑摩書房、一九九四年一一月、147～156頁）を、一葉小説の分析については、同『語る女たちの時代　一葉と明治女性表現』（新曜社、一九九七年四月）を参照されたい。
（2）引用は野口碩校注『全集樋口一葉　別巻　一葉伝説』（小学館、一九九六年一二月、200～201頁）による。
（3）引用は『樋口一葉全集』第四巻（下）（筑摩書房、一九九四年六月、847頁）による。
（4）引用は注2前掲書851頁によるが、改行は『樋口一葉・資料目録』（台東区立一葉記念館編、二〇〇一年一〇月、42頁）による。
（5）山本芳明「一葉作品にみる書簡の機能―『通俗書簡文』と小説と」（「国文学　解釈と教材の研究」一九九四年一〇月）を参照した。
（6）引用は『樋口一葉全集』第一巻（筑摩書房、一九七四年三月、481～482頁）による。
（7）藤森清「「蒲団」における二つの告白」（『語りの近代』有精堂、一九九六年四月、104頁）。
（8）引用は「蒲団」（『新小説』明治三九年九月）による。
（9）飯田祐子『日本近代文学とジェンダー　彼らの物語』（名古屋大学出版、一九九六年六月）による。
（10）注7前掲誌による。
（11）大津知佐子「たわむれる言の葉―『或る女』の手紙」（「成城国文学」第七号、一九九一年三月）参照。
（12）「或る女」第一一章。引用は『有島武郎全集』第四巻（筑摩書房、一九七九年一一月、86頁）による。
（13）同上87頁。
（14）同上146頁。

明治から読む『源氏物語』

「暗夜」の相互テクスト性再考

はじめに

樋口一葉の「暗夜《やみよ》」[1]は同時代の他作品からの影響を指摘されることの多いテクストである。近年にかぎっても、北田幸恵の半井桃水『湖砂吹く風』（金桜堂、明治二六年一月）説[2]、出原隆俊の川上眉山「賤機」（『二枚袷』春陽堂、明治二六年一〇月所収）説[3]が提出され、特に後者では「闇夜」は「賤機」が存在しなければ小説としての肉体を持ち得なかった」とまでその影響関係が力説されている。つとに吉田精一は「賤機」が一葉の『暁月夜』から影響されたことを推測し、これを受けて関良一は眉山の「書記官」が「暗夜」から発想されたと指摘した。[4]この時点ではいわば「一葉」を発信源とする影響関係が焦点化されていたわけで、出原はこれを転倒させ、「一葉が眉山から」影響されたことを説明したことになる。

確かに華族とおぼしき上流階級の女性綾子と、地方にある別荘の寮番与作との恋愛を題材にした「賤機」は、女性の主導権のもとで恋愛が進行し、その結末が訪れるという点で「暗夜」と共通点をもつ。「其方《そなた》と姉弟《きやうだい》にならうよ」（「賤機」十四）・「進む方には仆《たふ》る、までも野太《のぶと》かれよ」（同十八）・「命のあらん限り奮起《ふるひた》てよ」（同）などの言葉と「今日より蘭が心の良人になりてたまはれ」（「暗夜」その十二）・「御命を賜はれや」（同）など詞のレベルだけみても、女性主人公たちは類似している。日清戦争期という初出の歴史的コンテクストを考慮すれば、男性を鼓舞し叱咤激励する烈女タイプの女性の活躍は、興味深い符合を示してもいる(5)。

だが、典拠論ではなく引用の織物としての「テクスト」が本来的にもつ複数性に着目した「相互テクスト性(6)」という観点に立てば、典拠の洗い出しは出発点ではあってもゴールではないことはあきらかだ。また「暗夜」に顕著な相互テクスト性は、このテクストが「一葉的」ではない、言い換えれば後期に代表表象されるテクスト群とは異質であることを側面から語ってもいる。それを「暗夜」の小説としての未熟度を測るバロメーターとしてもなんら生産的ではないだろう。ここでは同時代テクストが前景化されるなかで、いささか後退した感のある『源氏物語』との関連を糸口にすることで「暗夜」の相互テクスト性がもつ新たな読みの可能性を探ってみたい。

❶「父の娘」の物語

廃邸に従者とともに住むお蘭という女性が自分を裏切った男性波崎への復讐のために、彼女に心を寄せる年下の直次郎を教唆して暗殺を行わせるという「暗夜」の筋立ては突出している。執筆者である一葉周辺でこそ、「お蘭さま」という綽名で一葉が呼ばれたり、文中の「涙の後の女子心」（「その七」）などのフレーズが持て囃されはしたものの、一般的には不評を蒙ったことは北田幸恵の簡潔な研究史の整理(7)が指摘するところである。上述の出原論や北田論にしても、同時代の女性像の水準から大きく抜きん出たお蘭に着目はしていても、物語の構造としてなぜこのテクストが意味深いかを説明するには至っていないといえよう。両論が見逃しているのは、この物語がお蘭だけでなく、無念のうちに自死した父の怨念が重なった、「父の娘」の復讐物語である点であろう。松坂俊夫のお蘭「孤児」説[8]いらい、彼女の孤独や孤立が焦点化されることが多いが、私見によれば、物語現在では不在であっても、お蘭にとっての父の存在感は直次郎や波崎漂などの及ぶところではない。そして父の存在に呪縛される娘という点で想起されるのは、『源氏物語』「宇治十帖」の大君と父八宮の父娘関係である。

周知のように、「宇治十帖」の「橋姫」・「椎本」・「総角」などの巻は、政治的に失脚し、宇治に隠棲した源氏異腹の弟宮のひとり八宮とその二人の姫たちを中心に繰り広げられる。なかでも「総角」に登場する長女の大君は、見苦しい結婚はするなという父の遺訓を守って薫の求愛に応ぜず、いわば結婚拒否のために憤死に等しい最後を迎える。父の憂鬱に長女である彼女が感染し、その思いを純化させることで自らの家にふさわしい家族物語[9]を完成させるのである。彼女には貴公子薫が求愛するが、後見のない娘はしょせん彼の正妻になれないという判断が大君にはあったのかもしれない。

ここで作者側に眼を転じてみよう。一葉には「浮舟」を詠んだ歌[10]があり、「宇治十帖」の物語世界に親炙していた可能性は高い。想像を逞しくすれば、父の娘の受難物語を生きる大君／中君と、なつ／くに姉妹の姿はかなり重なる。前田愛は一葉にとって『源氏物語』はたんなる古典の教養ではなく、「現実に鋳型を与え、そのパースペクティヴを開いてくれる言葉の世界」[11]としたが、「宇治十帖」のなかでも特異な生き方を決行する大君と「暗夜」のお蘭は「父の娘」である点で共通項をもつのではないだろうか。

❷ 廃邸イメージの形成

先述した前田愛の指摘にもあるように、「暗夜」は『源氏物語』の「蓬生」の巻と深く関わる。冒頭近くに置かれた「閉じたるま、の大門は何年ぞやの暴風雨さながら、今にも覆へらんさま危ふく」という語の連鎖から喚起される表象が「蓬生」の巻の「野分あらかりしとし、らうどももたふれふし、しものやどもの、はかなきいたぶきなしなどは、ほねのみわづかにのこりて[12]」という表象と重なるというのである。言うまでもなく、「蓬生」はその日記の表題に幾度となく採用されたように一葉の愛用語であった。その由来である『源氏物語』「蓬生」の巻は、正編のなかでは例外的に階級というコードが働き、父を失った末摘花が貧窮のなかで生き悩む姿が描かれている。たとえば、受領の妻になった叔母は彼女を従者に格下げして使おうと画策し、そのため末摘花の忠実な侍女もついに叔母に伴われて筑紫へ下ってしまう。正編を覆うのが「雅《みやび》」というコードならそれとは異質な物語世界が形成されているのである。それはともかく、庇護者である父不在の娘の受難という点で、「蓬生」は「宇治十帖」の前身ともいえるわけで、両者とも「暗夜」と共通項をもつといえよう。

父の娘がひとり取り残されている「暗夜」の廃邸はつぎのように語られる。

さしも広かる邸内を手入れのとゞかねば木はいや茂りに茂りて、折しもあれ夏草ところ得がほにひろごれば、忘れ草しのぶ草それらは論なし、刈るも物うき雑草のしげみをたどりて裏手にめぐれば幾抱への松が枝大蛇《おろち》の中にのぞめる如くうねりて、その下枝はぬるゝ古池のふかさいくばくぞ、むかしは東屋のたてりし処とて、小高き処の今も名残は見ゆめれど、まやのあまりも浅ましく荒れて、秋風ふかねど入日かぐろふ夕ぐれなどは、独りたつまじき怪しの心さへ呼おこすべく、見わたす限り物すさまじき宿……
（その五）

先に引用した前田論や最近の菅聡子の注(13)などによって『源氏物語』「夕顔」巻の「なにがしの院」を描写したくだりとの関連が指摘されている箇所である。このような読みは、物語の冒頭で「俗にくだきし河原院も斯くやとばかり、夕がほの君ならねど」（その二）などの語が置かれ、書き手がその枠組みで読むことを誘導した効果であろう。たとえば幕末の源氏学者萩原広道は「準拠をいはば右の如く（引用者注『河海抄』の準拠説）ならめど、凡て名をかくして只なにがしの院といへば、夕顔の宿近き一つの院と見てあるべし(14)」としており、単一準拠説を退けている。すでに指摘されているように、『湖月抄』で『源氏』を読んだ一葉は、その注釈の一端を挿入することで『湖月抄』的な『源氏』の世界をいわば借景し、そうすることで廃邸という場面イメージの生成を意図したのであろう。「夕顔」・「蓬生」・「総角」の巻々は「そのパースペクティヴを開いてくれる言葉の世界」、私流に解釈すれば、ひとつの「借景」として機能したと言えよう。とすれば後世の読者である私たちは、ここで『源氏物語』から離陸し、引用中にある「ふかさいくばく」もあるという「醜名ながく止まる奥庭の古池」（その一）への想像力を喚起させなければならないだろう。

❸ 睛としての古池

松川屋敷の奥深い場所に横たわる「うら手なる底しれずの池」（その一）。そここそは彼女の父が一命を捨てた場所であり、いわば墓である。しかし、それは物いわぬ不動の墓標ではなく、季節や日々刻々の変化によってさまざまの表情を見せる饒舌な死者の睛《ひとみ》である。廃邸に住むお蘭とは墓守に等しい日常を過ごしている者の謂いであり、死者の想念に囚われている者である。「脊負ふにあまる負債《もの》」（その五）を抱え、邸はすでに「他人《ひと》の所有《もの》」（同）という境遇のお蘭は、波崎の「所有《もの》」（妾）になるか、「此底のみは浮世の外の静かさ」（その十）であるところの池の中へと身を捨てる以外の選択肢はもはやない。その意味では誕生前に医師であった父を失い、正妻でなかった母は認知すら受けずに死んだという出自をもつ直次郎も、「詮方なき身の捨て処」（その八）として、お蘭が身を置く廃邸に行き着いたとしても不思議ではない。家父長制のもと、家父のいない彼らは、不遇の父たちの無念を果たすという自爆的なテロリズム以外にその選択肢を見つけることができないのだ。

つとに松坂俊夫は物語の復讐譚は「忠臣蔵」に依拠するものとした。(15) 死者の弔い戦という点では松坂説に賛成であるが、明治近代においてはすでに十二分に過去化され、歌舞伎などにおいて祭典化されていた「忠臣蔵」ではあまりに個別的で生々しい「暗夜」のエートスを掬い取ることは出来ないであろう。かつて森山重雄が同時代の殺傷事件との関連を指摘したが、(16) そうせずにはいられないほどテロへと至る「暗夜」のエートスはリアルといえよう。それにしてもなぜお蘭は直次郎へのテロ委託にあたって「我が手を下して率ざとあらんは、察し給へ、まだ後に入用のある身つらく、欲とおぼすな父の遺志のつぎたさなり」などと未練がましい言葉を口にするのであろうか。菅聡子の脚注にもあるように、「父の遺志の内実は明らかでない」以上、この代行依頼は実に不可解だ。しかし、「内実」は不確かでも代行依頼を行ったという事実は動かせない。お蘭がそうであったように、廃邸の住人となった直次郎はいつしか場のエートスに感染する。テクストにはふたりで池のほとりに佇む次のような場面がある。

直次が驚愕に青ざめし面を斜に見下して、お蘭様は冷やかなる眼中に笑みをうかべて、水の底にも都のありと詠みて帝を誘ひし尼君が心は知らず、我父は此世の憂きにあきて、何処にもせよ静かに眠る処をと求め給ひしなり、浪は表面にさはぐと見ゆれど思へば此底は静なるべし、暗くやあらん明くやあらん、世の憂き時のかくれ家は山辺もあさし海辺もせんなし、唯この池の底のみは住みよかるべしとて静かに池の面を見やられぬ（その六）。

この時、二人は揃って古池の面を見つめる。共通の「眺め」の体験がいかに重要であったかは、後に彼がお蘭に恋情を告白する際（その十）にこの場面を繰り返していることからも窺えよう。このとき直次郎は「古池の睛」に間違いなく射すくめられたのだ。北田幸恵が言うように直次郎がお蘭の「実行する「身体」」となるのはまさにこの時を起点とする。[17]

しかし、「実行する身体」とは没主体化され、言わばお蘭の操り人形になることでもある。どんなに彼の献身が純粋であろうと、そうであればあるほど直次郎は主体化から遠ざかる。前々作「琴の音」（『文学界』第一二号、明治二六年一二月三〇日）の主人公金吾と類似の逆境に生きる直次郎だが、実行犯として他者の目的に奉仕するだけでは、金吾の回心はおろか、寮番から絵描きに転身する「賤機」の与作の境地にさえ到達していないことはあきらかだ。

❹ 挫折するテロ／挫折する語り手

物語のクライマックスとなるべき波崎刺殺もあっけないほどの体たらくに終わる。「頬先少しかすりて、薄手の疵」（その十二）はまだしも、「逃足いづこに向ひし、たちまち露と消えて誰とも分らず成りける」（同）とは笑止だ。犯人が誰かわからなければ、犯行の動機も不明のままであるわけで、政治家波崎に一矢報いることも不可能である。犯人が「党派の壮士」や「何々倶楽部の誰れ」（同）と取り沙汰されたことは、事件が政治的文脈においてのみ解釈されたことを意味する。近代のメディア社会において男女間のトラブルというスキャンダラスな文脈こそ、政治家としての彼に確実に一撃を与えたはずではないか。

大きすぎる想念と小さすぎる効果。悲劇というよりむしろ笑劇に近い展開に、語り手自身も「直次郎はいかにしたる、川に沈みしか山に隠れしか、もしくは心機一転、誠の人間になりしか」と物語の末尾で彌縫策を口にせざるをえなくなる。最後の一句「世間は広し、汽車は国中に通ずる頃なれば」とは、物語の展開というより、物語世界の構築が未完のまま挫折に終わったことへの語り手じしんの自己批評だろう。確かなことは『源氏物語』を借景にして立ち上がった「女夜叉」の想念のみは思うさま解き放たれ、そして自爆を遂げた、ということであろう。飛び散る物語切片から何が生まれたか、それは小稿の範囲外のことである。

注

（1）本論は初出『文学界』第一九・二一・二三号（明治二七年七月三〇日〜同一一月三〇日）本文を基にしているため、「暗夜」と表記する。

（2）北田幸恵「越境する女・お蘭——『やみ夜』論」（新・フェミニズム批評の会編『樋口一葉を読みなおす』學藝書林、一九九四年六月）による。

（3）出原隆俊「「闇夜」の背後」（『日本近代文学』第五二集、一九九五年五月）。

（4）吉田精一『自然主義の研究　上巻』（東京堂、一九五八年一一月）。関良一「眉山・文学界・一葉」（『明治文学全集20』月報、筑摩書房、一九六八年七月）。

（5）歴史学の片野真佐子が描き出したように（片野「近代皇后像の形成」富坂キリスト教センター『近代天皇制の形成とキリスト教』新教出版社、一九九六年四月所収）、貞淑さの影に実は年下の男性を鼓舞する烈女であったという明治皇后美子像を同時代の象徴的な女性表象とする日清戦争期との関連は興味深いが、この点は別稿を期したい。

（6）「相互テクスト性」とはJ・クリスティヴァのintertextualityの訳語「間テクスト性」と同義である。

（7）北田幸恵「やみ夜」の「研究史および研究動向」（『樋口一葉事典』おうふう、一九九六年一一月）。

（8）松坂俊夫「一葉小説の構想とその展開」（『樋口一葉研究』教育出版センター、一九七〇年九月）。

（9）通常「家族物語」とは、母をめぐる父と息子の葛藤劇として語られるが、ここでは娘と父の関係を焦点化した物語を意味する。

（10）「浮舟のうきし心を立花のこじまの色になど契りけん」（詠草23「寄物語恋」、明治二三年作。引用は『樋口一葉全集』第四巻（上）筑摩書房、一九八一年一二月　212頁による）。

（11）前田愛「一葉の転機―『暗夜』の意味するもの―」（『文学』一九七三年九月、引用は『樋口一葉の世界』筑摩書房一九八九年九月　168頁）。

（12）「蓬生」からの引用は有川武彦『増註源氏物語湖月抄　中巻』（弘文社、昭和二年九月　55頁）による。

（13）菅聡子「やみ夜」脚注『新日本古典文学大系　明治編　樋口一葉集』（岩波書店、二〇〇一年一〇月　64・502頁）。

（14）有川武彦、注12前掲書上巻、192頁。

（15）松坂俊夫「一葉小説の人名の典拠と方法」注8前掲書。

（16）森山重雄「一葉の『やみ夜』と相馬事件」（『日本文学』第二〇巻第四号、一九七一年四月）など。

（17）北田、注2前掲書　97頁。

紅葉「多情多恨」をめぐる言説空間

——伏流する『源氏物語』——

序　両雄の時代

明治二九年前後の小説界の「両雄」といえば、紅葉と一葉ではないだろうか。通説では二〇年代前半から「紅露」といわれるが、この時点で硯友社を代表する男性作家紅葉と女性作家の一葉を「両雄」と並称するのは、あるいは奇異に聞こえるかもしれない。だが年譜をひも解けば、紅葉の「多情多恨」が『読売新聞』に連載されはじめるのが明治二九年二月二六日(1)、その連載中の五月には一葉の「われから」が『文芸倶楽部』に掲載され(2)、明治二九年前後は「両雄の時代」といって差し支えないほど二人が活躍していた事実に突き当たる。この二つのテクストは、直接の影響関係があるとはいえないにもかかわらず、さまざまの点で興味深い。詳しい検証は後で行うが、読者は妻・母・嫁という女性役割を見事にこなすいわゆる「良妻」が、妻を亡くした夫の親友に愛されるようになり危機を迎える前者と、贅沢三昧の奥様生活を送った挙げ句、書生と噂を立てられて別居を余儀なくされる後者という、きわめて対極的な女性表象を同時期に目にすることになる(3)。

「両雄」はまた短命でも共通している。新聞小説であった「多情多恨」が全編完成するまでのあいだには、「われから」・『通俗書簡文』（明治二九年五月二五日、博文館）の発表・刊行を経て、同年一一月二三日には一葉が死去するという事態が訪れる。満二四歳、文名絶頂期での死はメディアの注目を集め、報道件数は同月中の新聞紙一八、同年中の雑誌一六を数えた。[4] いっぽう質量ともに一葉に先んじてメディアの寵児であった紅葉も、それから七年後の明治三六年一〇月三〇日、満三五歳でやってくる死の前後は圧倒的な支持を受けていた。紅葉の場合も追悼記事は多いが、一葉と大きく異なるのは死後ただちに雑誌特集が編まれ、それら死の言説化を通じて過剰ともいえる神話化が為されたことである。[5]

たとえば、『新小説』は明治三六年一一月に特集を組んだが、泉鏡花の「紅葉先生逝去前十五分間」を筆頭に、筆跡一頁、写真九頁、印譜二頁、巌谷小波以下門下生談話九八頁（二頁ごとに紅葉遺品のイラストが誌面を飾っている）、後藤宙外の追悼文三頁の計一一四頁にわたる。談話形式はこの頃の雑誌などでよく見られる形態だが、平易で語りかけるような文体もさすがに百頁近くも続くと、読者はそれらの談話体を支える文学共同体の濃密さに違和感を抱くことになるだろう。死の前後における門下生たちの献身ぶり、師の偉大さへのオマージュの連続は紅葉の神話化を加速させ、結果的に編集の意図とは裏腹に紅葉を過去化することに力を貸すことになったはずである。

いっぽう死の直後、四九日もようようという頃に全集が編まれたのは一葉である。満二四の未婚女性だった一葉にはこれという門下生もおらず、少なくとも死の直後における作家像にまつわる神話化の罠からは免れた。見方を変えれば、作家像の神話を構成するには「一葉」はあまりにも未知数過ぎたといってよいかもしれない。だがそのことは有利に働く。すでに他の章でも再三触れたように没後の「一葉」という記号は近代の作家全集の起源として高い再生産性をもつことになり、本格的な全集は明治期だけでも三回、大正期には縮刷版が一回、昭和期には三回を数える。[6] 生前単著の刊行がなかった一葉は、死後出版ラッシュを迎えることになるのである。かたや紅葉の場合は、死の直後の明治三七年に最初の全集六巻が刊行されたのを皮切りに、四二～四三年のそれは『紅葉集』四巻という具合で、早くも縮小化の傾向がはじまり、以後大正末期の春陽堂版（四巻）、戦前昭和期の中央公論版（三巻）を経て平成版の『紅葉全集』に至るまで本格的な全集は編まれなくなるのである。[7]

このように死後の扱いでは差異をもつふたりだが、二〇年代末から三〇年代にかけて「両雄」と言ってよいほどの存在感のある両者を重ね合わせることは、いままであまり行われなかった。年譜的事実に基づいて一葉が紅葉門下になる可能性があったことは指摘されているが[8]、一葉自身は紅葉入門が断たれたのち、密かに彼へのライバル心を燃やすなどしていた[9]。本論では一葉のテクストなども視野にいれながら、紅葉最後の言文一致体長編小説「多情多恨」を題材として、「両雄」没後には見えにくくなってしまった明治三〇年前後の文学状況の一端をあきらかにしたい。

❶「意気地無き人」への評価

紅葉没後四年目の明治四〇年八月に組まれた『中央公論』誌上における紅葉特集の特徴は、小栗風葉・巌谷小波・柳川春葉などの門下生に交じって、正宗白鳥・田山花袋・長谷川天渓などいわゆる自然主義の作家や論客が批評を行っていることだろう。「紅葉先生に対しては、どういふ者か批評に遠慮があるやうに見える」と述べる白鳥をはじめとして、「同君には仕残した事業は無いやうに思はれる」が、「時勢其の物が自ら変化した」と控え目ながら強固な過去化の視線を注ぐ天渓や「文章が小さな型に入つて居る様でどうも鼻について嫌な感じを起させた所が少なくなかつた。あれはほんとうに思想が中に動いて居らぬ為めではないでせうか」と露わに批判する花袋などの言葉が目立つ。だがここではこのような紅葉貶下の言説を確認することが目的ではない。注目すべきなのは、門下生と自然主義派とを問わず、彼らの大多数が「心の闇」と並んで評価しているのが「多情多恨」であることである。

しかし「多情多恨」が新聞連載を経て刊行された明治三〇年前後において、その同時代評は十年後とは微妙に異なっていた。言文一致体という文体面での評価はいうまでもないが、たとえば前編を読んだ時点で批評を行った『文学界』の評者は「山人世の躍起の輩が言ふ処の如きに惑はず急がず静かに此の後編を完成せよ」とエールを送っただけでなく、「前段の境地は其の完き極に達したれば、此の境地は一転せざるべからず、この一転こそわれ等の鶴首して待ちし処」と物語展開の方向性までも示唆した。[10]『めさまし草』の評も、「是れ他人にありては、短編の資料とせんも、猶足らざる所ある一小話なるべきに、滔々四百紙面に漲りて、人をして其煩を覚えざらしむ[11]」と多少の皮肉は交じるものの、作全体には一定の評価を示していた。

だがなかには、このような批評側の期待の地平が、後編では裏切られたことに不満を示す評も生じていた。

『多情多恨』は元と新聞小説の続物として作られたのであるから、自然の必要で、一日一回づゝ、又時としては、作者の所労や何かで、久しく中絶えしたこともあッた、殊に後編の如きは、大分程経て出た、其のせいか、用意は十分に行届いて、人物の性格も終始貫透し、脚色にも無理が無く、修辞上の彫琢も十二分で、真に経営惨澹の作たるに恥ぢない価値があると思ふ、作者が此れを得意の作と自認するは其の筈である、併し読書社会が、新粧して一巻となッた此の作を、新聞紙上で読みはじめた時ほどに、感じないのも道理《もつとも》である……[12]

逍遙は、新聞小説という初出の発表形態と単行本化後では読書効果が異なることを指摘したのである。この引用文につづく箇所で彼は不満の理由を「作者自身は悲哀の方に七八分の重きを置いて書かれたらしいにも拘らず、読者は七八分の重みを滑稽の方に感じる」ゆえの「作者の肚と読者の肚」の「径庭」にあるとしている。新聞初出時は抑制されていた不満が刊行後に噴出したことは、たとえば『早稲田文学』誌上の『多情多恨』と世評[13]などからも窺われる。言文一致体には評価を示すものの、全体的には毀誉褒貶相半ばするという分裂状況が出来したのである。褒貶は小説評の宿命であるとしても、問題はその「貶下」の中身である。再度逍遙評を見てみよう。

> 作全体の上よりいへば、其の人物が我が理想以上の人物で無い限りは、否な、柳之助のやうな稍ゝ病的の人物である以上は、作家は十分に自家の見地を高うし、悠然として局外より瞰《みおろ》すといふ概がなくば、作者がおのづから小さく見え、作もおのづから小さく見えやうか、と思ふが、如何《どう》あらうか、(中略)亡妻を追慕して寝寐に哀傷するといふは、あまりに哀切な題目であるのに、人物は稍々痴愚に近く、極めて意気地の無い、女々しい、といふのであるゆゑ、滑稽には適せず、悲壮には向かず、主題其の物が既に矛盾をあらはしてゐはせまいか[14]

「女々しい」人物の造形は紅葉が意図的に行ったようだが[15]、問題はこのような人物に解釈共同体が共感したかどうかである。[16]たとえば逍遙と同じ合評に参加している島村抱月。彼は逍遙のような、自らの男性性があからさまになるような「女々しい」という語を慎重に回避し、「新潮流」としての「心理的写実の風」がこの作に認められるとした。さらに「其の往年外面的なりし写実の筆の、今も猶妙をば此の点に逞うすといへども、而も其の上に更に心理的内面的ならんとす」とし、「意気地無き人の一歩一歩零落し行くみじめの末路を描かんといふ如き観念あり」と結んでいる。[17]

コンセプチュアルな批評用語で覆ってはいるが、抱月も柳之助を「女々しい」に近接する「意気地無き人」とする点では逍遙と同意見なのである。ただ彼が逍遙と異なるのは「意気地無き人」こそが「小説壇」の「新潮流」となりつつある、という見通しをもっていたことであろう。周知のようにこの合評が発表された一年後に『早稲田文学』は第一次の幕を閉じ、抱月も東京専門学校の海外留学生として明治三五年三月に欧州へ留学する。ヨーロッパ仕込みの知見で知的武装をして三九年一月にはじまる第二次『早稲田文学』の主要メンバーとして論壇に再登場する抱月は、告白すべき内面の秘密を抱える「意気地無き人」たちを主人公とした自然主義派の小説を『早稲田文学』誌上で絶賛し、それは瞬く間にメディアで主流化されることになるだろう。(18) 先に引用した『中央公論』誌上での花袋の紅葉評は、「意気地無き人」の四〇年代版とも言える「蒲団」(『新小説』明治四〇年九月)で成功した者の自信に満ちた言葉なのである。

皮肉なことに紅葉はその死後、自然主義派が主導権をもつ解釈共同体のもとで事後的に「多情多恨」を再評価されることになったのである。

❷ 江戸か王朝か

> 紅葉の作物を通読するに『伽羅枕』、『三人妻』の二編は彼の前期を代表し、『多情多恨』、『金色夜叉』の二編は後期を代表して居る。則ち彼の前期は洋装せる元禄文学である。後期は新時代の要求に応ぜんと企てた者である。(中略)時代に煩悶あり、詩人先づ之に触れて苦悩す。紅葉山人が金色夜叉に難やんで居るは此故である。(中略)貫一の煩悶を記述するに当り、遂に其煩悶の如何にも皮相にして、人生の根底に触着するなくして已んだのは、畢竟紅葉其人の新時代の要求に応ずる能はざるを証して居るのである。(19)

これはこんにちの紅葉論を方向づけた国木田独歩の一文である。独歩はこの評論のなかで、紅葉の前期と後期をいったん差異化したうえで、次作である「金色夜叉」を読んだ眼で遡行的に「多情多恨」をとらえ、「矢張、巧妙なる洋装文学たるに過ぎざる」と結論したのである。ことの当否はひとまず措くとして、以後、引用文中の「洋装せる元禄文学」という語だけが紅葉論として一人歩きすることになる。独歩の言う「新時代の要求」とは引用の他の箇所にあるように、「人を社会の一員として視るばかりでなく、天地間の生命として観」たうえで「其玄と其妙と其大とを痛感し、而して煩悶する」ことを指す。硯友社の文学はこれらの要素に欠け、「彼らの写す人生は社会と個人との交渉たるに過ぎない」（同）とするのである。現在の眼から見れば、「生命」や「煩悶」という観念ばかりが先立つこの論の限界ははっきりしているが、「煩悶の時代」たる自然主義へと向かう潮流のなかでは威力を発揮することになる。

　しかし昭和になって、「多情多恨」を別の角度から再評価しようという動きが表面化する。昭和四年九月に村岡典嗣が『心の花』誌上に発表した一文がそれである。彼によれば紅葉は明治二七年二月から四月にかけて、博文館から刊行されていた『日本文学全書』[20]所収の『源氏物語』（以後『源氏』と表記）を通読したという。村岡は紅葉所蔵の手沢本の検証から直接的な影響関係を結論づけただけでなく、「多情多恨とは、源氏物語の本質」[21]で「類子を先立した鷲見の思慕情緒は、まさしく桐壺巻における帝の亡き女御に対するそれを偲ばせる」（同）とした。

　確かに一葉が作家デビューする明治二五年以降の作品に限っても「三人妻」（『読売新聞』明治二五年三月六日〜五月一一日、七月五日〜一一月四日）、「心の闇」（同明治二六年六月一日〜七月一一日）、「隣の女」（同明治二六年八月二〇日〜一〇月七日）、「不言不語」（同明治二八年一月一日〜三月一二日）などの主要作と「多情多恨」はその趣きが異なる。豪商とその妻妾たちの駆け引きや盲目の青年の挫折などを描いた物語群のなかで、「多情多恨」は際立っている。だがそれは村岡のいうように『源氏』の桐壺帝の系譜に連なる男性主人公が登場しているからだろうか。村岡論の発表される二年前に「紅葉は要するに江戸軟文学の継承者で、その作品は低調卑属であつた《ママ》人間を見る目は常識を出てゐなかつた」という正宗白鳥の著名な論[22]があり、あるいは村岡は「江戸軟文学の継承者」として括られていた紅葉論に異を唱える意図があったかもしれない。

村岡の意図はともかく、果たして「多情多恨」と『源氏』は結びつくのであろうか。相互テクスト性という観点にたてば、単一のテクストだけからの影響関係を問題にすることは意味がないが、村岡論以降の解釈共同体は「洋装せる元禄文学」という評価と「源氏影響説」をほとんど突き合わせることをせずに分離させたまま併存させてきた。独歩論の有効性が失われないまま、村岡説が接ぎ木されたのである。これはおそらく紅葉文学自体がマイナー評価されたことと関係する。「江戸か王朝か」ではなく、あれもありこれもあり、ということで本格的な影響論がなおざりにされたといえよう。

私見によれば、「多情多恨」は紅葉じしんの「前期」の作とも「金色夜叉」とも異なるテクストである。私たちが採るべきでないのは独歩に代表表象されるような「一括化」の身振りであろう。とくに問題化したいのは、「多情多恨」の柳之助と『源氏』の桐壺帝が似ていることをほとんど留保なしで解釈共同体が許容したことである。たとえば中村光夫。

この小説は紅葉がその頃読んだ「源氏物語」の影響で書かれたさうですが、いはゆる翻案の不自然さはまつたくなく、主人公の鷲見も、友人の葉山夫妻も、明治の時代を呼吸してゐる人間です。鷲見が亡妻をしたふ気持にはや〻誇張が感じられますが、この異常な思慕の情も、彼の性格の多くの面と調和してゐるために、はじめはその非常識にあきれる読者も、次第に彼に同情するやうになります。（中略）変人の鷲見は、その（いくぶん馬鹿々々しい）情熱に固執することで、小説の主人公たる資格を獲得します。これまで世間を知つた通人たちを描いてきた紅葉が、この人嫌ひの「変人」をあへて主人公にしたのは、作家としての成熟を語るものでせう。(23)

つづく引用箇所で中村は「変人」の系譜として「浮雲」の文三を挙げ、かくして鷲見と文三は、「意気地無き人」、つまり愛する者を失う哀しみに身を浸すような男性登場人物であるがゆえに近代文学の主人公の系列に連なる、ということになる。このような系列化は現在までも連続しているが[24]、『源氏』からの影響は男性登場人物にあるのだろうか。もとより王朝の『源氏』と明治の現代小説「多情多恨」を結びつけるのは容易でなく、さらに桐壺帝と柳之助とを結びつけるには幾つかの媒介項が必要であろう。時代差はもとより、文体の差異など看過できない点を挙げれば数多いが、ここではまず物語内容の面での共通項から探ってみることにしよう。

❸ 多妻と一妻

改めて繰り返すまでもなく、『源氏』は一夫多妻制度下の天皇家周辺の家族物語である。その制度のもとで理想的な「良妻」になることとは、天皇の正妻や東宮の母になることであるが、同時に「多妻」たちは、相互に他の女性への嫉妬や羨望を抑制しなければならない。天皇に準ずる「準太上天皇」となった源氏の正妻格である紫の上が、源氏のほんとうの正妻となる女三宮や東宮の母となる明石の上への嫉妬をいかに抑制していたかは『源氏』の「御法の巻」に詳しい。

これは物語世界の話だが、近代天皇制がスタートした明治という時代は、天皇家が京都から東京へ移住し、新聞紙上での皇室報道や行幸・行啓などを通じて、その姿がかつてない大衆的な規模で可視化された時代でもあった。たとえば一葉日記には、天皇・皇后の行幸・啓、成婚大祭などの記事だけでなく、日清講和条約調印後に広島から凱旋して二日目の明治天皇通輦の記述などが見られる。「いかに此ありさま百年の後に見せば明治のよの古雅なるさまなど人た丶ゆべし[25]」という一節など、あきらかに王朝絵巻を意識した語りである。歴史学の塚本学は、明治新政府は「天皇と「みやび」とを東京に移した」(『都会と田舎』平凡社、一九九一年四月、63頁)と指摘したが、このあたりの一葉日記の記述にはあきらかに「雅《みやび》のコード」が作動している。このコードはしだいに一葉の従兄で近衛兵として台湾へ出兵中の芦沢芳太郎などの存在によってゆさぶられ、相対化されることになるはずであるが、それはともかくすでに『源氏』などを通じて充分地ならしされていた近代の天皇家への想像力は、可視化された諸表象との接触を経て一葉の脳裏に形成されつつあったにちがいない。

実際に明治に成立した天皇家の家族像とは、歴史学の片野真佐子が各種の資料を基に活き活きと伝えているように、精力的に諸行啓をこなし、教育・医療・看護面だけでなく、時には軍事面においても年下の天皇を支えたとされる皇后美子のエネルギッシュな「良妻」ぶりに支えられていたという[26]。さらに片野は妻と息子の母がイコールではない明治皇室を「一夫一婦多妾制[27]」と呼んだが、それは「一夫一婦制」という近代的な婚姻制と前近代的な「多妾」制が結びついた複合的な産物であったといえよう[28]。

これと比較すれば、夫葉山誠哉をはじめ、幼い息子、舅に加え、夫の友人で妻を亡くして哀傷する鷲見柳之助の計四人もの男たちのあいだに立ってあれこれ心を砕く「多情多恨」の「一妻」であるお種が、いかに理想的な「良妻」として虚構化されているか首肯されよう。たとえば先にも引用した『めさまし草』の「天保老人」(依田学海)はこのように述べる。

葉山某は信友の為にその不幸を憐むことをしれり。しかれどもこれもまた礼義廉恥の教をしらざるがゆゑに、朋友に善を責むるの道を知らず。こゝをもつて徒にその不幸を憐むのみ、彼が愚痴を醒す能はず。その妻もまた男女有別の義をしらずして、唯鷲見の不幸を憐むの志ありて、嫌疑に渉るの女子たる道にそむきしをしらず。こゝをもつてしらずしらず半夜にその室に入りてこれをなぐさめ、これが為にその深夜に己が室に入りて、人の為に疑はる、の禍を醸せり。さすればこの三人いづれも礼儀廉恥の何ものたるを知らずしてこゝに及びしなり。作者が世を諷するの志また深いかな。[29]

まるで「夫婦相和」を謳った近代の「教育勅語」を前代の五倫的な「夫婦ノ別」論からたしなめるような厳しい倫理批評である。私たちは独歩と共に「天保老人」（学海）の旧弊ぶりを笑うこともできるが、[30]ここにはいくつかの看過できない点が見られる。

最初に注目したいのは学海が「多情多恨」の主要人物である葉山・柳之助・お種の三者を揃って批判していることである。しばしば葉山と柳之助の差異が問題化されるが、物語では三者がある共通の了解事項のもとに動いていることを見逃してはならないだろう。たとえば次のようなくだり。


「然し、可哀《かあい》さうな事をしたよ。」

と儚《はかな》さうに太息《ためいき》を吐《つ》く。

「何がです？」とお種は有繋《さすが》に訊《たづ》ねる。

「お類さんよ。鷲見が可哀さうだ、目も当《あて》られない。」と益《ます〳〵》昨夜《ゆふべ》を思出す。

「鷲見さんぢや然《さう》でせう。珍しい実のある方ですねえ。」

「お類様の事を言出しちや泣くのだらう、気でも違はなけりや可いと思ふやうさ。那《あゝ》も恋しいものかな。」

「それが本当の夫婦の情合《じやうあひ》なのでせう。」

此語《ことば》を聞くと斉《ひと》しく葉山は　趯然《ひよい》と首を挙げた。　（前編三）[31]

洒脱で物事に拘泥しない性質の葉山であるが、「本当の夫婦の情合」という妻から発せられた言葉に「趯然と首を挙げ」る。規範的な言葉の表層ではなく、深層のレベルに着目すれば、彼だけでなく古風な両親を手本に「妻は妻たる本分を守らねばならぬ」（前編三）ものとして生きていたお種も、柳之助のような「夫婦の情合」を（非現実的ではあるものの）、善しとしている点で同類であることが浮かび上がってくる。

もっともこの時点でのお種は「唯閑雅に芝居の御台所のやうに構へてゐる」（同）堅物の「良妻」ではあるが、物語はこのような「良妻」がしだいに硬さを解きほぐし「夫婦の情合」に感化されるプロセスが描かれるのである。

ここで先の学海評に戻ってみよう。彼の引用文の末尾に「作者が世を諷するの志また深いかな」とあったことに注意したい。学海はこの後よく知られているように、紅葉の『続金色夜叉』刊行に際しての序文「与紅葉山人書」のなかで「多情多恨金色夜叉類。殆与金瓶源語相似。僕反覆熟読不能置也」と評することになる[32]。

これは外交辞令的な面が強いが、学海はこれとほぼ同時期に、『心の花』誌上で「文章の面白くして能く人情世態を尽して極めて微妙なる所まで至つて居るのは源氏物語より外はない」とし、「光源氏は善人のやうではあるがそれが思はず知らず感情の上から罪悪に陥つて居るやうに書かれてある」という点に物語の主題があると論じた[33]。『河海抄』・『花鳥余情』・『湖月抄』・『玉の小櫛』などを渉猟した学海は、玉の小櫛を「奈何せむ、彼の先生などは小説と云ふものをそれ程読まないと見えて小説眼を有つて居ない為か私共は余り感服しない」とし、代わって幕末の萩原広道の諷喩論的な『源氏』観を高く評価した[34]。まさに「天保老人」の面目躍如とした『源氏』観である。

近年編まれた『紅葉全集』には紅葉の自筆原稿から翻刻された帝国大学国文学科在学中に書かれた「源氏物語を読み侍りて思へる事ども」[35]が収録されている。紅葉は「この物語が千載に敵なき奇書たる価値はあるなるに卑見の学者煩々たる小節に拘泥して無理強なる仏理よばゝりは我私に作者の為に悲しまざるを得ざるなり　本朝漢土の学者にはかゝる疾ありてさもなきに私見の蛇足を添へかへつて古書の真面目を損するもの多し　唯言へ源氏物語は本朝に双なき人情小説の極粋至精なるものなり」と評しており、「人情」を評価する点において彼と学海の『源氏』観は相通じているのである。ここでいう「人情」とは光源氏の場合を指すが、「自ら感情の上から引込まれて悪人になる」（学海）のは女性登場人物も同様であろう。

よく知られているように、近世から明治にかけて『源氏』評は二つの評価軸のあいだで揺れていた。野口武彦の簡潔な整理にしたがえば、「もののまぎれとものゝあはれ」、つまり儒教批評と国学批評のあいだに置かれていたといってよい[36]。若き日のしかもレポート原稿という点を差し引かねばならないが、先の引用にある「源氏物語は本朝に双なき人情小説の極粋至精なるもの」という紅葉の評は、絵に描いたような「良妻」であるお種に「もののまぎれ」、つまり姦通の可能性を与えている。

その意味で『源氏』が一夫多妻制という「体制」のもとでの理想的な女性たちを描いた物語なら、「多情多恨」は一夫一婦制（実質的には妾が許容される）という「体制」のもとで求められた「良妻」の姦通の可能性を描きだしたということもできよう。「良妻」の姦通が衝撃的なのは、源氏がもっとも畏れていたのが、物語中最上の「良妻」たる紫の上と我が子夕霧の姦通の可能性であったことからも類推される。

実質的にはともかく、一夫一婦制が知識人層を中心に理念化されていた当時[37]、この体制に殉じる男性造形はそれなりの必然性があったのである。悲傷に暮れながらも彼女によく似た藤壺を求めることが許容されていた桐壺帝とは異なり、「一妻」との間で「夫婦の情合」を実践しようとしていた明治の男性主人公たちが、「一妻」の喪失後にいかにして新たな「一妻」への欲望を抱くか、それは大変興味深いテーマであったにちがいない。

❹ 「良妻」たちの表象

しかし断っておくが「多情多恨」は姦通の可能性を描き出してはいるが、決して姦通小説ではない。紅葉門下のなかにも「お種と柳之助とがあのま、終わるのは、僕には物足りない[38]」という評が生じたが、その点は徳富蘆花のように「お種はあーいふ家庭に生長した、あーいふ気風の女であるのと、殊に夫の葉山誠哉はあの通りの性格で、家庭は極めて円満であるのに、二人はくつつくべき理由がない[39]」というのが当たっているだろう。「極めて円満」な家族の光景は葉山家だけではない。亡妻類子の妹や母など脇役の女性たちも「極めて円満」な姿で登場している。たとえば彼女たちが妻を失って悲嘆に暮れる柳之助を見舞う次のようなくだり。

此日来《このひごろ》老婢も鬱々《くさくさ》して、病人の枕頭《まくらもと》にでも附いてゐるやうに、心配やら陰気やらで精を疲らしてゐる折から、思懸けぬ今日の来客には、雲霧も一時に霽《は》れて御日様を拝むやうな心地がして、華美《はで》な縮緬の文色《あいろ》に薄暗い座敷も急に明るくなつて、聞いてさへ元気付く、母親の冴々とした高調子、元は何か無しに飛立つばかり嬉しくて、物も手に付かず、ちやほやと待《もてな》しながら、座敷を出たり入つたりする毎《たび》に、「好くまあ入らつしやいました。」と幾度言つたか知れぬ。（前編四の二[40]）

陰気がちだった家も女性たちの出現でたちどころに明るい空間に変容する。義母は「実意で訴へれば必ず実意で受けてくれる」（前編五）ほどの好人物で、それは鷲見家の老婢元《もと》も同じである。義母は欠勤を続ける鷲見を説得し、彼を職場に送りだす。そしてやおら、二階の彼の部屋の掃除をはじめるのである。平成版『紅葉全集』には尾形月耕による掃除の図「お客の災難[41]」が差し挟まれているが、それはあきれるほど楽しそうで「悲哀」の要素から限りなく遠い。鷲見家の老婢元をはじめ、亡妻類子の母や妹お島などの脇役をはじめ、物語の進展とともにしだいに存在感を増してくる葉山の妻お種など「多情多恨」に登場しているのは、一葉の小説や紅葉の他の小説に登場する女性たちと異なって、言わば明治中流階層の「良妻」的な女性たちなのである。「最近の明治は、狭斜の巷にあらず、学生の社会にあらず、もとより下層の生活にあらず、収めて此の多情多恨のうちにあり」とは『読売新聞』「月曜附録」の言葉[42]だが、花柳界や下層ではなく、しかも「良妻」から外れない女性たちを造形した点にこの小説の特色があるといえそうである。

その意味で彼女たちはいかにも「体制的」といえるのだが、彼女たちが構成する日常の時間の強固さは鷲見の捉われているテーマである類子の死さえ相対化してしまう。義母は類子の妹のお島を鷲見の後添えにしようと画策するが、これは類子とお島が交換可能な存在であることを物語っている。さすがに鷲見はお島を拒否するが、それは彼女と類子の隔たりが大きすぎたからで、差異がミニマムな存在が現出すれば、状況しだいでは彼の渇望の対象になりうるのである。

今夜のお種は信《まこと》に静淑《しめやか》に、弱々《よわく》とした所も見えて、不相変愛敬《あひかはらずあいけう》も世事も無いが、更に憎むべしとも覚えぬ迄に、女らしく可憐《あはれ》であつた。其所為《そのせい》か又美しくも見えた。固《もと》より醜い容色《きりやう》ではない、人に依つたら軽々《かろく》しく美人と言ふかも知れぬ、色も白し、目鼻立も揃つてはゐる、が、自分は決して美しいなどゝは思はなかつたのが、今夜は左《と》も右《かく》も美しいと可《ゆる》されたのである。何故に然《さ》うまで変つて見えたのかは、柳之助も自分ながら解らぬので。（前編十[43]）

柳之助が最初にお種を見初めるくだりである。寂しさに耐え兼ねた彼は夜更けに葉山家を訪れ、寝間から起きてきたお種の姿に接する。この後彼は「指輪を捻りながら其を見つめる」（十）という仕草をはじめとして、次々と亡妻との類似点をお種に探し出してゆくことになるだろう。お種にむけて欲望が編成されてゆくのである。この欲望は園遊会へ出かける日の朝、晴れ着をまとったお種の立ち姿でさらに強化され、帰宅後「何彼と誠実に夫の世話を為す」（後編（六）の二）彼女の様子を目にしたことで、ついに「何処か幽しい其人」（同（六）の二）へと変容を遂げる。彼は類子に抱いていた欲望とほとんど変らないものをお種に見出すのである。

しかしことここに至っても「多情多恨」の男性主人公は恋の自覚がないので、先に触れた逍遙のいう「滑稽」的要素は払拭されることがない。ここで一章において言及した逍遙のいう「作者の肚と読者の肚」の「径庭」という問題に立ち返ってみたい。手書きの回覧同人誌からはじまり、商業雑誌や新聞メディアの隆盛期を駆け抜けた紅葉が「テクストを取りまく諸要件への関心[44]」を旺盛にもっていた作家だったことはすでに定評がある。「多情多恨」が単行本化されるに際し、二〇人の画家によって二六葉の挿絵を用いたことはよく知られているが、紅葉ならばこそ可能になったこのような「テクストを取りまく諸要件」への作者の優位性は、しかしながら思わぬ効果をもたらすことになる。

❺ 表象の意味するもの

単行本『多情多恨』の挿絵は、巻頭に掲げられた「挿画目次」によれば、武内桂舟・渡辺省亭・水野年方・梶田半古・三島蕉窓・富岡永洗・小林清親・下村為山など総勢二〇人のメンバーから構成されていた。なかでも目を惹くのは桂舟による表紙絵である。片方の乳房も露わに幼児に添伏中の女性が、物音に振り向く驚きの一瞬とこれから濃くなるであろう不安の表情がみごとに形象化されている。画面の上方、母子を包み込む闇を白抜きにして浮かび上がるネガの文字は後編の次の箇所である。

「まあ、貴方《あなた》で………。」と徐《しづか》に床の上に起直つて、柳之助の気色を眤《ぢつ》と視《み》ながら、
「如何《どう》なすつたのでございます。」
何時《なにどき》か知らねど家内の寐鎮まつた此夜深《このよふけ》に、男の身として女の寝間《ねま》に忍むで来たは？　お種は漫《そゞろ》に胸を騒がせたが、余人《よじん》は知らず柳之助に那様《そんな》料簡《れうけん》が有らうとは思はれぬ。何ぞ是には様子《やうす》が有るのであらう、と直ぐに又考直したやうなもの丶、何と言出すやら其を聞くまでは、左《と》も右《かく》も気が釈《ゆる》されなかつた。（後編（九）の二）(45)

表紙絵から送り届けられるメッセージは、この物語が姦通の可能性を主題化していることを端的に告げている。

だが二〇名の画家たちによる二六葉の挿絵の意味するものは多義的だ。ここで言う「多義的」とは一般に言われる視覚表象としてのそれではない。目次と挿画には画題が付されているので読者はそれに沿って絵解きをすることになるが、画題そのものが読みを方向づけているのは良いとしても、その方向が逍遥のいう「滑稽」と「悲哀」の二要素に分裂したまま統合されていないのである。確かに引用の「後編（九）の二」には富岡永洗の挿絵「瓜田の履」が掲げられ、鬚面でかなりむさ苦しい形象ながら、欲望の対象である表紙絵のお種を「視る主体」としての鷲見柳之助を顕在化させている。だが、このような場面を例外として他のほとんどの絵は蘆花の言う「極めて円満」な家庭人たちの住む世界として描かれているのだ。これはなぜだろうか。

『多情多恨』表紙、武内桂舟画

その答えは初出紙『読売新聞』にあるようだ。紅葉が読者やメディアの要請に押されるようにようやく小説に挿絵を用いるようになったのは

「不言不語」（『読売新聞』明治二八年一月一日〜三月一二日）からだが、これもわずか一回のみで中止している。「多情多恨」の連載された明治二九年二月二六日から同年一二月九日までの同紙を繰れば、挿絵は前編のみでしかも毎日ではなく、二〜三日に一回、それも人物画はほとんどなく静物や庭前風景などばかりであることに気づかされる。

しかしそれら中流階層の家庭風景を演出するモノたちは雄弁だ。木の葉模様の炬燵布団のうえに置かれたビール壜とつまみ（前編一の壱）、丸型火鉢の縁に置かれた煙をくゆらせている葉巻（同二の七）等々。とくに柳之助が最初にお種に好意を抱く、深夜の訪問場面の挿絵（十の五）は、湯気をたてる薬缶に手を翳す男女の指の部位だけで表象されている。女の右手薬指の指輪が、部分で室内全体の雰囲気を暗示するという提喩的な効果を挙げているのである。通説では紅葉は新聞小説の挿絵を嫌ったとされるが、紅野謙介の言うように「モノとしての書物に対するきわめて高度な戦略性[46]」をもっていた紅葉が、書物や新聞紙上の視覚的要素に無頓着であったわけではないのである。

しかしながら「きわめて高度な戦略性」のもとで配列された初刊本『多情多恨』の挿絵編成は、その戦略性ゆえに紅葉の意図がそのまま露呈されてしまったといえよう。挿絵の通時的な流れや量的な総和から判断すれば、表紙絵をマキシマムとする危機の局面は、いささかユーモラスな画題の連続を経

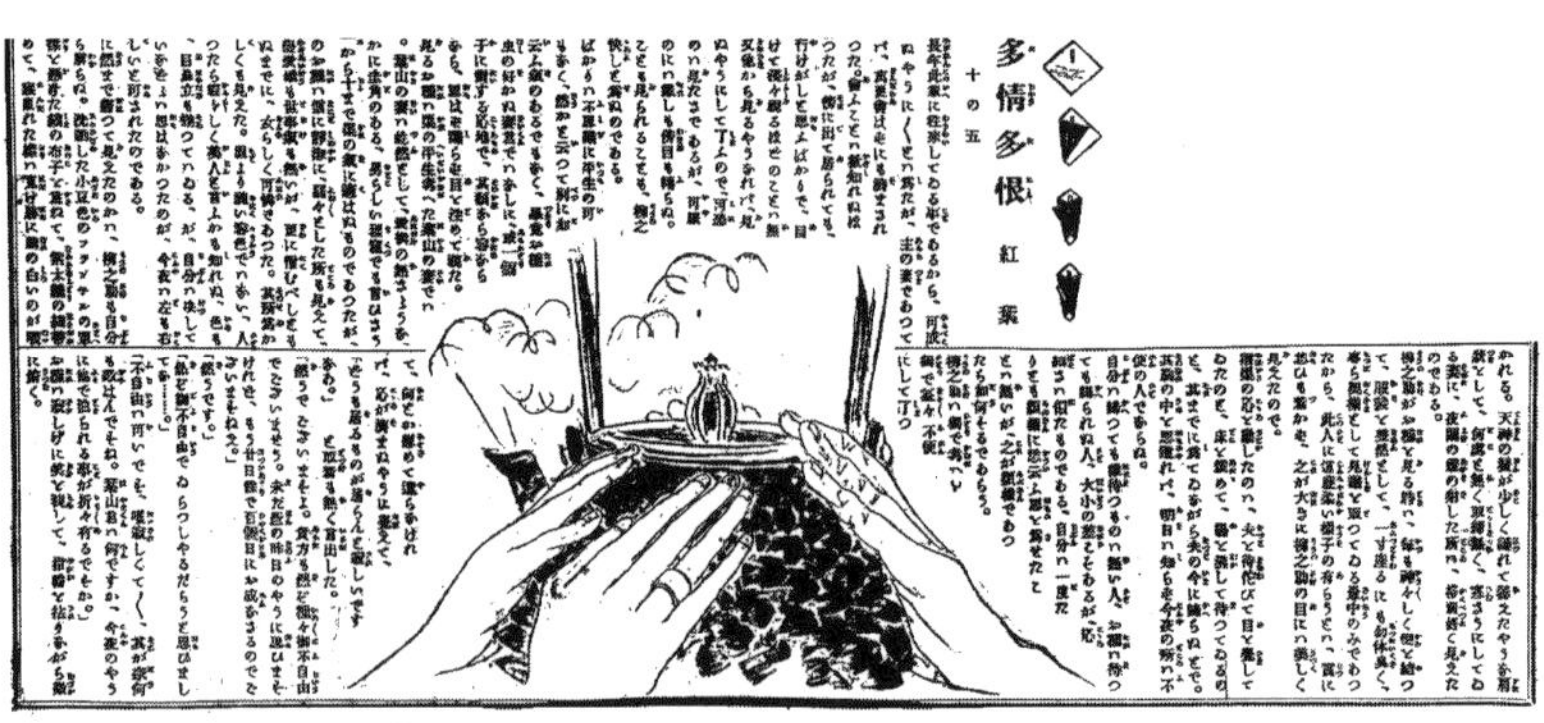

『多情多恨』十の五（『読売新聞』明治29年５月25日３面）

て最終画である武内桂舟の画題「例のをかしく」による葉山誠哉の「他事なき彼の心底と、毎に変らぬ実意と、久しぶりの洒落」でひとまずは回避されるのである。依田学海のように「諷喩」を読み取りたい読者は姦通の危機とその回避に高まる胸をなでおろすであろうし、小栗風葉のように回避が不満の読者はふたりのその後に思いを馳せることになるだろう。最愛の妻に「先き立てたる、後の心[47]」に共振する読者なら、姦通は許容されるべき「もののあはれ」の表象としてその期待の地平に叶うものだったのかもしれない。

❻「われから」との差異

さまざまな面から「多情多恨」の物語世界を読み解いてきたが、最後に同時期の一葉の小説「われから」と比較してみたい。「われから」は、大蔵省勤務の下級官吏夫婦の破局と、乳呑児を残されたその夫が復讐のために高利貸しとなって財を成したのち、その娘町子の代に至って夫婦生活が同様に破綻する有様を描いた小説である。母娘二代にわたる破局に「姦通の影[48]」があるところが一葉の他の小説と比べて異色であり、その点では「多情多恨」とは類縁性をもつかもしれない。

たとえば「われから」の初出『文芸倶楽部』(博文館、明治二九年五月)に掲載された三島蕉窓の口絵。蕉窓は初刊『多情多恨』で「眼鏡と涙と」・「襖の関守」の二葉を描いていた。お島と柳之助の喧嘩に思案顔の義母の半身像や、鷲見の動静を察知した誠哉の父がお種の寝間に泊り込んでやはり物思い顔な絵柄はどことなくユーモラスである。しかし「われから」は、深夜に火鉢を前に洋書を読む勤勉そうな書生と、画面のやや上方から猫を撫で肩に載せて妖艶な風情の奥様という絵柄である。夜更けの書生と孤閨の奥様という配合はあきらかに「姦通」を含意しているが、玄人女性を思わせる妖艶な奥様の像は「良妻」からはほど遠い表象だ。現在のところ、「多情多恨」のような作者による挿画指示の事態は確認できていないので、この口絵はメディア側の小説世界の読解といえるわけで、それは物語内容と連動して姦通小説としてのイメージづけに一役買っている。

このように「姦通の影」という点では共通しているのだが、ふたつのテクストの印象、より率直に言うと「姦通の強度」はかなり異なる。これはなぜだろうか。よく知られているように『めさまし草』誌上での「われから」評はかなり錯綜し、斎藤緑雨が一葉宅を訪れ、物語九章での町子の物思いに関する疑問や書生との間に「実事」があったか否かを問うなどの疑義がただされるという事態が出来した(49)。たとえば先にも登場した依田学海は「われから」の「三人冗語」で、「差出がましければ、此処にて云ひたきは、古風の小説ならば、お町の棄てられて後お美尾に会ふ一段ありて、大に因果の理を読者にお美尾の口より云ひ聞かせ、母子の愛情を悲しき情景に搦めて、充分に涙を絞らするところある筈なり」と不満を漏らしていた(50)。『源氏』評で「諷喩」的な「因果応報」説(51)を取った彼らしい評価であるが、近代小説と『源氏』との差異を差し引いたとしても、美尾やその母など物語の前半に登場する主要人物が後半に至ってまったく言及されないのは、この小説の欠点であることは間違いない。

ひそかに明治の『源氏』を書くことを志し(52)、『源氏』と連続する文体で小説を書いていた一葉の「われから」は、残念ながら「姦通の影」という点では「多情多恨」に比べて弱いといわざるをえない。いっぽう「われから」評で論議された「実事」からはほど遠く、また言文一致での姦通小説を試みた紅葉の「多情多恨」は、すでに見てきたように結末への不満はあるにもせよ、ストーリー展開上での疑義はほとんどといってよいほど見られなかった。どう贔屓目に見ても「姦通の影」は「多情多恨」にこそ色濃い。これはなにゆえだろうか。

言文一致体と擬古文体という文章上の差異をひとまず措くと、女性表象の違いが浮かび上がってくる。一葉は他の小説でも中流階層の妻たちを形象したが、「十三夜」（『文芸倶楽部』明治二八年一二月）のお関も「裏紫」（『新文壇』明治二九年二月）のお律も「良妻」といえる女性はひとりもいない。前者には「姦通」の、後者には「姦通露見」の可能性が訪れて物語を緊張させているが、そもそも結婚の当初から相手の男性を不本意とする彼女たちは、「良妻」たりえようが無いのである。

先に学海の不満に触れたが、なによりも『源氏』を愛読した眼から見れば、明治的「一夫一婦多妾制」度下にある「われから」のなかでいささか特異すぎるのは、女主人公の町子がまったく「反良妻」的な女性であった点であろう。町子に比べれば、金村家の跡継ぎ息子をもうけたばかりか、（逆説的ながら）堅実そうな家庭を営む妾のお波こそ、実質的には明治の「良妻」にふさわしい存在だ。むろん町子やその母美尾の奔放な生き方は、優に明治を超えているといえよう。それ自体は未来を予見させるに足る造形で、学海に劣らない『源氏』愛読者であった一葉が意図的に「反良妻」的な女性表象を造形したことが窺われるが、そのような造形が「われから」評価を錯綜させる一因となったことは否定できない。

この後、紅葉は言文一致体から雅俗折衷体に戻り、主題的にも自ら結婚相手を選択しながら、「良妻」からかぎりなく逸脱することになる女性表象を描くことになる。[53] このような女性表象の先進性とは裏腹に、物語内容は独歩から男性主人公の「煩悶を記述するに当り、遂にその煩悶の如何にも皮相」という批判を下されたが、文体だけは「精なるや、華なるや」と称賛された。[54] 物語内容には批判的だった逍遙も文体評価という点では、「生粋の東京式ともいふべき式をはじめたは此の作家の言文一致で、滑脱瀟洒なところ、到底ぽッと出の田舎大工などの企て及ぶ所でない」[55]と絶賛していた。だが、これらの賛辞は自然主義派の隆盛期をもくぐりぬけてほんとうに生き延びたのだろうか。その答えは次のような紅葉没後評のなかに垣間見られるのではないかと思う。

茲に言ふ言文一致の歴史は、主として純文学の方面からであるが、今日にまで横溢して来たあの文体の汎濫を眺めると、誰しも先づ故尾崎紅葉氏を思出すであらう。紅葉氏が言文一致に多大な貢献をしたことは、今更言ふ迄も然《な》い。（中略）あの『多情多恨』なぞの中に顕はれた紅葉氏がスタイルの選択、熟語の研究、語勢の注意、其他江戸ッ子に通有な美質─弁舌の豪気と華麗な神経質とは、長く言文一致の歴史を飾るであらうと信ずる。[56]

島崎藤村のこの言葉は、紅葉生前のものとは微妙に異なっていた。紅葉の言文一致体は何よりも「東京式」であるがゆえに称揚されたのである。たとえば「紅葉氏は、落想に於ても、観察に於ても、飽まで東京式なり。既に東京式と云ふ、江戸式にはあらず、最近の明治時代なり[57]」という三〇年代初頭の紅葉評があったが、いっぽう藤村は「江戸ッ子に通有な美質」ゆえに紅葉を評価する、いや「評価の身振り」を行うのである。紅葉は「江戸」という過去の方へ、取りも直さず「洋装せる元禄文学」という枠組みの方へと回収されてしまうのである。

「むかし湖月抄を持て、嫁づいたのが、今では金色夜叉の美本を携へてゆく[58]」という明治三五年八月に為された上田敏の評は、『源氏』が明治のある時空において小説の参照軸として生きていたことを傍証している。この翌年に敏は『明星』誌上で晩年の一葉を振り返って「一葉氏は非常な源氏崇拝家でありまして、その話はよく源氏に顕はれて居る女性の性格、又脚色の結構等に関する事で、其中には凡人の気のつかぬ女性の鋭利な観察が含まれてありました。（中略）文章の細い処に渉つても、一葉氏は種々緻密な批評を持つて居られたが、源氏に就いて斯の如く奇警なる観察を有せらるゝ人は、今まで御目にかゝつた人の中で樋口氏の外には、依田学海翁丈であります[59]」と述べていた。「金色夜叉」が学海から『源氏』に類する書として絶賛されたことはすでに指摘したが、「而源氏之能描性情。文雅而思深[60]」という評価基準は「多情多恨」にも有効であったのである。

注

(1) 前編は六月一二日まで、後編は九月一日～一二月九日。初刊は春陽堂から明治三〇年七月に刊行。

(2) 「われから」の初刊は『一葉全集』(博文館、明治三〇年一月)。なお石井和夫「姦通の影―「化銀杏」「多情多恨」「われから」の三つ巴―」(『香椎潟』第四六号、二〇〇一年一二月)が鏡花・紅葉・一葉の三小説を軸に論じている。

(3) 時期はやや下るが『早稲田文学』(明治三一年五月)「雑録」欄には、「文学局外観」として「矢張紅葉のが…大変に見ますから一々覚えません(中略)女では一葉のは好です、ハア一葉全集をみんな」という女性読者の評が掲載されている。

(4) 関良一編「一葉研究書誌」(『一葉全集』第七巻、筑摩書房、一九五六年六月)による。

(5) 亡くなる直前から談話筆記、泉鏡花・小栗風葉談「紅葉先生」(『明星』明治三六年一一月)が組まれたのをはじめとして、早くも死の翌月には「尾崎紅葉追悼」(『卯杖』同一二月)が現れた。これは晩年の紅葉肖像・墓所・神楽坂をゆく葬列などの写真三葉と絶筆影印のほかに四四頁にわたる特集が編まれている。

(6) 『一葉全集』(博文館、明治三〇年一月)、『校訂一葉全集』(同、同六月)、『一葉全集』全二巻(前編日記及文範、後編小説及随筆、同、明治四五年五・六月)、『縮刷一葉全集』(同、大正一一年六月)、『樋口一葉全集』全五巻、別巻一(新世社、昭和一六年七月～一七年一月)。『一葉全集』全七巻(筑摩書房、昭和二八年八月～三一年六月)、『樋口一葉全集』(同昭和四九年三月～平成六年六月)、『全集樋口一葉』(小学館、昭和五四年一〇月～五六年一二月)。

(7) 『紅葉全集』(博文館、明治三七年一月～一二月)、『紅葉集』(春陽堂、同四二年八月～四三年四月)、『尾崎紅葉全集』全四巻(同、大正一四年一二月～一五年五月)、『尾崎紅葉全集』(中央公論社、昭和一六年六月～一七年一一月)。

(8) 星野麥人「紅葉先生と一葉女史」(『書物展望』昭和一七年一二月)。一葉日記には半井桃水の紹介で紅葉に引き合わされる段取りであったのが、実現されなかったことが記されている(明治二五年六月七日・一五・二四日「日記しのふくさ」・「しのふくさ」、『樋口一葉全集』第三巻(上)、筑摩書房、一九七六年一一月)。

(9) 「此頃の作家のうち露伴紅葉三昧ちぬの浦などいづれも〳〵さるべき人々にておの〳〵一家の風骨をそなへたるけ

しきおもしろけれど猶その好ミにかたよりすきにまかせてともすれば千篇一律のきらひあるこそ口をしけれ」（「流水園雑記」明治二六年秋執筆。引用は『樋口一葉全集』第三巻（下）筑摩書房、一九七八年一一月）と一葉は日記に記していた。

（10）無署名「多情多恨」（『文学界』明治二九年六月）。
（11）「雲中語」（『めざまし草』明治三〇年九月）での「無情男子」の発言。
（12）「『多情多恨』合評」（『早稲田文学』明治三〇年一〇月）での坪内逍遙の発言。
（13）無署名「『多情多恨』と世評」（『早稲田文学』明治三〇年一一月）には初刊後の『文学界』・『帝国文学』・『反省雑誌』・『太平洋評論』・『国民之友』・『読売新聞』各誌紙の評を取り上げている。
（14）坪内逍遙注12前掲誌。
（15）菅聡子「『多情多恨』試論」（『人間文化研究年報』第一三号、一九八九年三月）。
（16）テクストと解釈共同体との関係については関「テキスト・解釈共同体・教育者―文学教材をめぐるジェンダー抗争」（佐藤学他編『ジェンダーと教育』世織書房、一九九九年九月）を参照されたい。
（17）「『多情多恨』合評」（注12前掲誌）での島村抱月の発言。
（18）島崎藤村『破戒』（緑蔭叢書第一篇、上田屋、明治三九年三月）や田山花袋「蒲団」（『新小説』明治四〇年九月）などに対する解釈共同体による評価については、金子明雄「小栗風葉『青春』と明治三〇年代の小説受容の〈場〉―『早稲田文学』の批評言説を中心に―」（金子他編『ディスクールの帝国―明治三〇年代の文化研究』新曜社、二〇〇〇年四月）を参照した。
（19）国木田独歩「紅葉山人」（『現代百人豪』新声社、明治三五年四月）。
（20）落合直文他編『日本文学全書』第八～一二編「源氏物語」（博文館、明治二三年一一月～二四年四月）。
（21）村岡典嗣「紅葉山人と源氏物語」（『心の花』昭和四年九月）。
（22）正宗白鳥「月曜附録」（『読売新聞』昭和二年七月二五日）。

（23）中村光夫「作品解説」（『尾崎紅葉集』日本現代文学全集5、講談社、一九六三年三月　424～425頁）。

（24）たとえば菅聡子は「柳之助もまた、内海文三から代助にいたる近代文学の主人公達の一つの変奏ではないか」（注15前掲誌）と述べている。

（25）「水の上」明治二八年六月一日（注8前掲書）。

（26）片野真佐子「近代皇后像の形成」（富坂キリスト教センター編『近代天皇制の形成とキリスト教』新教出版社、一九九六年四月）。

（27）片野「昭憲皇太后は着せ替え人形か―若桑みどり『皇后の肖像』を批判する」（『論座』二〇〇二年三月）。

（28）若桑みどりは憲法発布祝賀パレードで天皇・皇后が馬車に同乗したことは「はじめて民衆の前に一対の夫婦の姿を見せた」（『皇后の肖像』筑摩書房、二〇〇一年一二月）体験として位置づけている。この点に関する同時代の証言としてはアリス・ベーコン、久野明子訳『華族女学校教師の見た明治日本の内側』（中央公論社、一九九四年九月）がある。

（29）「天保老人」（依田学海）「雲中語」（注11前掲誌）。

（30）たとえば独歩は「時代の児であつて見れば、到底時代と共に葬らるべきは篁村、百川の諸老が時代と共に流れ去つたと同じことである」（注19前掲論）と述べていた。「百川」は学海の本名。

（31）引用は「多情多恨」（『紅葉全集』第六巻、岩波書店、一九九三年一〇月　38頁）による。

（32）学海「与金色夜叉書」（紅葉『金色夜叉　続編』春陽堂、明治三五年四月）。

（33）学海「源氏物語について」（『心の花』明治三五年三月）。

（34）諷喩論とは、ごく簡単にいえば安藤為章『紫家七論』にある源氏と藤壺の密通を批判的に捉えようとする立場である。この点については野口武彦「「もののまぎれ」と「もののあはれ」―萩原広道『源氏物語評釈』の「物論」をめぐって」（野口『『源氏物語』を江戸から読む』講談社、一九八五年七月）を参照した。

（35）引用は『紅葉全集』第一一巻（岩波書店、一九九五年九月　381頁）。

（36）野口注34前掲書。
（37）たとえば『早稲田文学』（明治三一年五月）には無署名で「一夫多妻説」が掲載され、「多妻」は「人間の至情たる恋愛を玩弄する」ところの「没人情の不徳」であると論難されている。また同時期の『万朝報』でも「弊風一斑　蓄妾の実例」が総計二四一名の実名入りで連載（明治三一年七月七日〜八月二六日）されるなど、一夫多妻・蓄妾への批判が展開された。
（38）小栗風葉「紅葉先生」（『中央公論』明治四〇年八月）。
（39）滝田樗陰「諸大家の見たる紅葉山人の傑作」（注38前掲誌）中の徳富蘆花の発言。
（40）注31前掲書　81頁。
（41）紅葉自筆による挿絵指定画は小平麻衣子『尾崎紅葉〈女物語〉を読み直す』（日本放送出版協会、一九九八年一〇月　180頁）を参照した。
（42）門外生「多情多恨と其の世評」（『読売新聞』明治三〇年一一月八日）。
（43）注31前掲書　177〜178頁。
（44）関肇「紅葉文学の界面―活字的世界における作者と読者―」（『国語と国文学』二〇〇〇年五月）。
（45）注31前掲書　324頁。
（46）紅野謙介『書物の近代―メディアの文学史』（筑摩書房、一九九二年一〇月）。
（47）門外生注42前掲紙。
（48）石井和夫注2前掲論文。
（49）一葉日記、明治二九年五月二九日のくだり（『樋口一葉全集』第三巻（上）注8前掲書）。ちなみに「実事」という語は『源氏』の注釈書である中院通勝著『岷江入楚』（慶長三年六月成立）に見られる批評用語である。
（50）「老人」（学海）「三人冗語」（『めざまし草』明治二九年五月）。
（51）学海「源氏物語について」注33前掲誌。

(52)「ひかる源氏の物かたりはいみじきものなれどおなじき女子のすさび也　よしや仏の化身といふとも人のみをうくれば何かはことならん」(「感想・聞書10」『樋口一葉全集』第三巻(下)注9前掲書)。
(53)「金色夜叉」については本書第一章「『金色夜叉』と「女性読者」―ある合評批評の読書空間―」を参照されたい。
(54)独歩注19前掲論。
(55)逍遙注12前掲誌。
(56)島崎藤村「言文一致の二流派」(『文章世界』明治三九年五月)。
(57)門外生注42前掲紙。
(58)「金色夜叉上中下篇合評」(『芸文』明治三五年八月)での上田敏の発言。
(59)上田敏「故樋口一葉」(『明星』明治三六年一〇月)。
(60)学海「与金色夜叉書」注32前掲書。

生成される本文
——与謝野晶子『新訳源氏物語』をめぐる問題系——

はじめに

『鉄幹 晶子全集』が刊行され、その第7・8巻に与謝野晶子の『新訳源氏物語』（以下『新訳』と略記）全巻がようやく収録されることになった。[1] 昨年『与謝野晶子の新訳源氏物語』全二巻が刊行されたが、[2] 全集収録は今回が初めてである。一般に「与謝野源氏」といわれているのは、昭和一三年一〇月から翌年九月にかけて全六巻が刊行された『新新訳源氏物語』（以下『新新訳』と略記）[3] に基づく訳書のことであるから、『新訳』が世に出されるのは昭和一〇年刊行の『新訳源氏物語』いらい実に六〇数年ぶりのことになる。[4]

なぜこのような事態になってしまったのか。それには主に二つの理由が考えられる。明治四五年二月から大正二年一一月にわたって上梓された晶子初訳の『新訳』は、その後大正から昭和期において金尾文淵堂の四冊と二冊の縮刷版、[5] 大鐙閣版、[6] 新興社版、[7] 非凡閣版[8] が刊行されたが、それ以後は晶子自身の『新新訳源氏物語』の出現により後景に退けられてしまったこと。しかしそれより大きな理由は、昭和一四年一一月にはじまる「谷崎源氏」の登場だろう。[9] 周知のように晶子の『新訳』は原文に忠実な逐語訳ではないので、国文学者山田孝雄を始めとする研究者の絶大な助力を得た「谷崎源氏」の出現いらい、相対的に「与謝野源氏」の旗色が悪くなったことは誰しもが認めることだろう。さらに「谷崎源氏」は谷崎潤一郎の個人全集にも収録されているのに対し、これまでの晶子の全集には『源氏物語』(以下、適宜『源氏』と略記)の現代語訳は未収録であったことも『新訳』の埋没に影響したかもしれない。

片桐洋一が嘆いたように「与謝野源氏」は一般読者にとっては「『源氏物語』を広く読ませるための道具」であるばかりでなく、研究者にとっても『源氏物語』の研究にも役に立たないし与謝野晶子研究のためにも役に立たない[10]」という隘路に置かれていた。対象が古典と近代文学という二領域に股がることは、その産物たる『新訳』の本文自体を入手しにくくさせることになった。戦後、『源氏』研究も近代文学研究もそれぞれ専門化し、その二つの領域に架橋することは一種の野蛮な力技なくしてはなしえなくなったのである。くわえて古典本文を現代語訳するということは広義の翻訳行為であるため、エージェントたる晶子の役割を測定することも多大な困難が予想される。

いうまでもなく『源氏物語』は物語本文だけでなく、歌や消息文などの多層的なジャンル編成が為され、長編特有のクロニカルな時間処理とともに、物語現在を鮮やかに顕在化させる直接・間接話法の駆使など、巧みな語りの構造をももっている。したがってすでに明治の歌人として名声を博していた晶子が全訳より自由度の高い抄訳『源氏物語』に挑戦するとは、ジャンルやナラトロジーなどをはじめとする物語の強度をもつ本文と直接対峙することを意味する。そうであるなら、この時点からさらに九〇年あまりを隔てたいま『新訳』に向き合うこととは、源氏研究と晶子研究という二系統のそれぞれの重圧に直面することにほかならない。

しかし、『新訳』本文が陽の目を浴びるという僥倖に接したいまだからこそ、この困難な作業に取り掛かる端緒が開けたというべきだろう。先に触れた論考のなかで片桐洋一は「抄訳・梗概である『新訳源氏物語』の方が全訳である『新新訳源氏物語』より興味深い」と指摘していたし、日高八郎も『新訳』は「省略が多いことと拙速の跡[11]はあるにしても、「改訳よりも遥かに生き生きとした情熱がたぎっている。改訳にも、谷崎源氏にもみられない、男性的な彼女の源氏を、ぼくはむしろ珍重し、敬重したい[12]」と高く評価していた。なぜ日高や片桐の言うように、「抄訳」や「梗概」であるはずの『新訳』の方が「興味深い」のだろうか。おそらく日高の言う『新訳』の「男性的な」側面とは、晶子による本文生成の効果のひとつであろう。あとで詳しく見るように、『新訳』は必ずしも「男性的」側面だけではない。しかし全体の印象としてそう見えるのは、文末表現に限っていえば、「です・ます」の敬体が使用された全訳「谷崎源氏」が制覇した結果であろう[13]。明治末年から大正にかけての時期、『新訳』の「与謝野源氏」は「谷崎源氏」出現以降とは異なる場所に置かれていた。

それはいったいどのような場所なのか、ここではまず現在とはかなり異なる明治末年の『源氏物語』を取り巻く環境を視野に入れることからはじめたい。

❶ 現代語訳の時代

源氏物語は我国の古典の中で自分が最も愛読した書である。正直に云へば、この小説を味解する点に就いて自分は一家の抜き難い自信を有つて居る。この書の訳述の態度としては、画壇の人人《ママ》が前代の傑作を臨摹《りんも》するのに自由模写を敢てする如く、自分は現代の生活と遠ざかつて、共鳴なく、興味なく、徒らに煩瑣を厭はしめるやうな細個条を省略し、主として直ちに原著の精神を現代語の楽器に浮き出させようと努めた。細心に、また大胆に努めた。必ずしも原著者の表現法を襲はず、必ずしも逐語訳の法に由らず、原著の精神を我物として訳

『新訳源氏物語』上巻　中沢弘光挿絵（金尾文淵堂、明治45年２月）

者の自由訳を敢てしたのである。自分が源氏物語に対する在来の注釈本の総てに敬意を有つて居ないのは云ふまでもない。中にも湖月抄の如きは寧ろ原著を誤る杜撰の書だと思つて居る。(14)

大胆不敵とも確信犯的ともいえるこの発言は、晶子の自信の表れであろうか、それとも日本だけでなく、世界に冠たる古典の名著である『源氏物語』の訳業に挑む者なら誰しもが味わわねばならないせっぱ詰まった心境のなせるわざであろうか。その真偽はともかく、ここには『源氏物語』というテクストを前にした緊張感が漲っている。もとより源氏読者のひとりとして「愛読」を誇るのは自由である。また古典から現代語への「訳述の態度」として、「原著の精神を我物」とし「自由訳」を試みるのも、あるいはひとりの文学者としての見識かもしれない。しかし「在来の注釈書の総てに敬意を有つて居ない」や、古注釈の成果である「湖月抄」を槍玉に挙げ、「杜撰の書」といってはばからないというのはあまりにも挑発的だ。後年「粗雑な解と訳文をした罪を爾来二十幾年の間私は恥ぢ続けて来た(15)」と後に『新訳』を振り返る晶子であるが、このときの晶子はそんな謙虚さなどをもつ余裕はなかったようである。

ところで「最も愛読した書」というが、そもそも晶子はいったいどの本文で源氏を読んだのであろうか。彼女は一二歳の年から源氏を愛読したといわれるが、明治一一年生まれの晶子が明治二〇年代の初頭から現代語訳をはじめた明治四四年までの間に入手する可能性があった本文がなにかは必ずしもあきらかではない。晶子より六歳年長の樋口一葉が愛読していたのは湖月抄本であったが、(16)「むかし湖月抄を持つて、嫁づいたのが、今では金色夜叉の美本を携えてゆく」と『新訳』の序文執筆者のひとりである上田敏が評したのは明治三五年のことである。(17)周知のように湖月抄本は「頭注・傍注に分け、本文に即して理解しやすいように注が施されているので、江戸時代を通じて最も広く流布した(18)」といわれる源氏の本文兼注釈書で、本文には頭注をはじめ傍注も置かれ、歌には詠み手が注記されるなど、こんにち一般的となっている注釈つき本文の原型となった書である。引用にあきらかなように晶子自身はこの書を攻撃している。かりに熟読したからこそ後に批判的になったのであれば、晶子の辿り着いたのはどの本文であったのか。あるいは、湖月抄本の注釈には批判的であっても本文は肯定したのかもしれない。

こんにち『源氏物語』の本文は青表紙系統の本文を中心に活字化されて流布されているが、同時代の版本や活字本の流布状況はどうであったのか。『源氏』にはその出現いらい現在まで一千年にわたる享受史があり、各種梗概や評釈など関連書も枚挙に暇がない。筆者が確認できた明治刊行の図書にかぎっても、版本の巻頭で「心得」・「経緯」・「段落」の章を設け、本文にはリード・説明をつけた鈴木弘恭述・小串隆記・黒川真頼閲『源氏物語講義』（柳河中外堂、明治一七〜二一年一一月）[19]、小中村義象・落合直文・萩野由之校訂『日本文学全書』第八編〜一二編（博文館、明治二三年一一月〜五年三月）、「古文を通訳して今文となす」（凡例）として原文を明治の文章に「通訳」した本居豊穎閲・増田干信訳『新編紫史 一名通俗源氏物語』（誠之堂書店、明治二七年二月）[20]などがあり、近代を迎えた『源氏』研究は新たな局面にさしかかっていたことがうかがえる。

『源氏』研究も近代における「古典」を対象とする以上、『万葉集』や『平家物語』などの場合と相似た国民国家における文化的装置としての側面[21]も当然持つが、その長編性や永きにわたる享受史は一筋縄ではゆかない強度を有してもいた。幕末から維新期の混乱を経て、東京奠都・江戸城の皇居化、旧江戸城西丸焼失に伴う新皇居の建設、天皇の全国行幸等々、さまざまな視覚的・非視覚的な媒体や経緯を経て、政治的にも文化的にも人々が「宮中」イメージを身近に擬似体験するようになるのは明治二〇年代初頭。そのとき梗概や翻案ではなく、ともかくも全巻この物語を通読したいという読者の欲望に答えたのは『日本文学全書』第八〜一二編に所収された「源氏物語」ではなかろうか。これは『日本歌学全書』（佐々木弘綱・信綱校訂・標註、全一二巻）を刊行した新興の版元である博文館が勢力を挙げて取り組み、句読点・漢字仮名交じり本文に頭注つきでほぼ現在の古典文に近い形で刊行し、一般に広く普及した[22]。村岡典嗣によればすでに版本で『源氏』を読んでいた紅葉は、明治二八年二月から四月にかけてこの活字版の『源氏物語』で全巻読了したという[23]。

もちろん、いくら普及したとはいってもその頭注の文末が「なり」・「べし」という文語であったことにあきらかなように、それは基本的に「古文」と「今文」の棲みわけであり混成であった。特に明治末は「今文」が言文一致体という新しい文に変ろうとしていた。田村早智は「『新訳』は「源氏物語」を大正以降一般に大いに普及させた」と指摘したが[24]、本文の流布状況や源氏享受史を踏まえるなら、こんにちの眼では大胆不敵とみえる晶子の方法も、本文普及をふくむ『源氏』享受史のうえでは、あくまでも「待望の書」としてそれほど抵抗がなかったものと推測される。

晶子の課題は、実は別のところにあった。本書第一・二章で検証したように、時代は言文一致体への変革期にあたり、短歌・美文などの文語体で三〇年代を駆け抜けた晶子は言文一致体ではあきらかに後れを取っていた。だが歌が重要な構成要素である『源氏物語』の現代語訳なら、当代一の女性歌人と目され、また古典の言語に通暁している晶子はその後れを挽回できるかもしれなかった。明治三〇年代にはじまる言文一致体の広汎な成立は、必然的に古文の現代語訳の需要をもたらした[25]。現代語訳も広義の翻訳行為であるなら「バイリンガル」として二言語に堪能であることが求められるが、翻訳行為のプロセスでもう一方の言語を自家薬籠中のものとすることも十分可能だ。晶子はこの可能性に賭けたといえよう。『新訳』を刊行した版元金尾文淵堂主人金尾種次郎の証言によれば、晶子を選んだのは内田魯庵の推薦があったという[26]。真偽のほどは不明だが、発売に際して次のような広告文が掲載されたことは、晶子が古文から現代文への恰好の媒介者《エディター》として市場で召喚されたことを示している。

『東京朝日新聞』明45・2・13　1面広告

紫式部の源氏物語に関する注釈や梗概の続出は本書の現代化の要求を証拠立てる然るに古典の精神をかみわけて言文一致に訳すことは西欧文学の翻訳よりも困難なる大事業である訳者は此困難を切抜けて見事に成功した而して現文壇の権威たる森上田両先生は本書に序して我国第一の古典文学源氏物語の訳者として晶子女史が現代第一人たるを論じその成功を激賞されたのは正に此新訳に裏書したものである加ふるに中沢画伯の華麗典雅とりどりなる源氏絵巻五十四帖（中略）は内容の優美と相俟ち彷彿として平安朝の栄華を展開し平安朝の天才と明治文壇の天才と日本に唯二人の才女の合作を飾つて居る。

（『東京朝日新聞』明治四五年二月一三日、第一面広告[27]）

原紙をみれば、「現代化」・「言文一致」・「現代第一」・「成功」・「激賞」・「源氏絵巻五十四帖」・「唯二人の才女の合作」など、ポイントを拡大された文字が紙面に踊っているのを確認することができる。広告コピーとしての誇張や戦略性は否定できないが、時代のなかで『新訳』が需要され、晶子に媒介者としての役割が期待されたことがわかる一文だ。ちょうど『新訳』刊行の一年前に「訳文はなるべ逐語的に現代の口語体に改めんことを期し[28]」た『新釈源氏物語』（笹川臨風・沼波瓊音・佐々醒雪合著、新潮社、明治四四年九月～大正三年五月。以下『新釈』と略記）が発売されはじめたが、こちらは二之巻で未完に終わり、たとえ抄訳でも全巻初めての訳業である『新訳』は付加価値をもつことになった。時代の後押しを得たことは表現者与謝野晶子にとっても好都合であった。現代語訳という行為は、単に二言語間の媒介行為にとどまらないすぐれて創造的なテクスト生成の意味をもつことになるからである。

それでは以下『新訳』本文を対象に晶子のテクスト生成の様相を具体的に検証してみよう。ちなみにここでは山岸徳平校注による岩波書店『日本古典文学大系』所収の『源氏物語』本文（以下『大系』と略記[29]）を対照テクストとする。最初に『新訳』次に『大系』を挙げ、例文が二つ以上の場合、対照が明らかになるよう、それぞれ⑴・①というように表記する。なお本論では紫の上の死、およびその追悼に明け暮れる源氏が描かれる第四一帖「幻」の巻までを考察の対象とする。

❷ 歌から文へ

『源氏物語』に収められている総数七九五首の歌[30]に比べると、『新訳』の一三一首はいかにも少なく、まず歌数の面での省略が確認できる。問題はその内訳であるが、採用された歌もそのままの場合だけでなく、一部あるいはかなりな改訳（改竄）を行っている。「逐語訳」という観点に立つなら、これはとんでもない越権行為であろう。さすがに「夕霧」の巻あたりからは原文通りの歌が多く採用されることになるが、それまではかなり大胆に改訳し、「晶子の歌」にして詠んでいる。『新新訳』ではみられないこのような変形は「面白い」というより「大胆」という方があたっているが、それは『新訳』にとってどのような効果をもたらしているのだろうか。

市川千尋は『新訳』の解説で「和歌の扱いには三通りあって、原文通りに記す場合、晶子が自分なりに歌い直す場合、五行の分かち書きの詩型にする場合があり面白いが、統一感に欠ける」[31]としているが、実際はこのほかにも少なくとも次の三通りの変換例が見られる。一つは歌を会話や地の文など散文に換えたもの、二つは歌を候文に換えたもの、このほか事例はわずかだが、これらとは逆に原文では歌ではないのに歌に変換した例などである。[32]本章では歌から文への変換例を物語前半部の「若紫」の巻で検証してみよう

よく知られているように、「若紫」の巻は物語のなかでも前半の山場である。「帚木」の巻で「中の品」の女性への関心を掻き立てられた源氏は、「空蝉」・「夕顔」でその階級の女性たちに出会ったあと、この巻で出会いの事後処理ともいうべき病躯治療のために出かけた北山で若紫と邂逅する。彼女を少女誘拐にも等しい強引さで自邸へ召喚したのと前後するように、藤壺との密会・妊娠などの事態が次々とつづくこの巻は、性的な遍歴譚としての物語的な面白さに充ちているが、ここで問題にしたいのはそのことではない。先に指摘した歌のジャンル変換がこの巻から明瞭な形で開始されるのである。

⑴『こんな人を置いて、私は心が残らないで死ねようかねえ。』（『新訳』第7巻「若紫」61頁）

⑵『そんな心細いことを仰しやるものでは御座いません。』（同）

①尼　おひ立たむありかも知らぬ若草をおくらす露ぞ消えむそらなき（『大系』巻一「若紫」186頁）

②大人　はつ草の生ひゆく末も知らぬまにいかでか露の消えむとすらん（同）

近年話題になった俵万智『みだれ髪　チョコレート語訳』（河出書房新社、一九九八年七月）を彷彿させるような歌から現代文への変換である。もっとも俵は文語から口語へではあるものの、「歌から歌へ」であり、この点ではジャンル差はないのに対し、この場合は歌から会話文への変換になっている。鈴木日出男は『源氏物語』所収の和歌を「贈答歌」・「唱和」・「独詠」の三種に分類しているが、[33]引用例は祖母の尼君と侍女の間で若紫の将来というテーマが

共有される贈答歌のケースである。老女の不安と侍女のいたわりの言葉が平易な口語に訳されているのである。それでは源氏が藤壺と道ならぬ逢瀬を重ねる場面はどうか。

(3)『私は稀々にかうしてあなたと寝て見る夢の中の人になつて消えてしまひたい』
（『新訳』第7巻「若紫」65頁）

(4)『いくら夢の中の人になつて消えても、世間の噂にいつまでも私のやうな因果者は残るでせう。』
（同）

③源　見てもまた逢ふ夜まれなる夢のうちにやがてまぎるゝわが身ともがな
（『大系』巻一「若紫」206頁）

④藤　世がたりに人やつたへんたぐひなくうき身をさめぬ夢になしても
（同）

原文が和歌というジャンルの器に収められて控えめな感情表現になっているのに比べ、晶子訳のほうは、一七歳の若者に相応しい直接的な声の表白になっているという印象をうける。『源氏物語』の歌のなかでも③・④の歌は登場人物の感情の沸点として物語散文を補強する心中表現として用いられている。しかし、物語のなかの物語ともいうべき「禁忌の恋」のこの場面で現代語訳を行う晶子において和歌を使用することをためらわせる力がはたらいたのではないだろうか。そのとき伝統的なコードである歌ではなく、新時代の性的な内面告白を盛り込むことを得意としていた新興の言文一致体が、「新鮮な器」として召喚される。(34) そのことを傍証するのは、次の引用に見られるように、同じ「若紫」の巻でも原文の和歌をそのままそっくり用いた場面が見られることである。

(5)ねは見ねどあはれとぞ思ふむさし野の露わけわぶる草のゆかりを
（『新訳』第7巻同72頁）

(6)かこつべき故を知らねばおぼつかないかなる草のゆかりなるらん
（同73頁）

⑤ねは見ねどあはれとぞ思ふ武蔵野の露わけわぶる草のゆかりを
（『大系』巻一「若紫」229頁）

⑥かこつべき故を知らねばおぼつかないかなる草のゆかりなるらん
（同）

源氏邸に引き取られた若紫に源氏が歌の手習いをほどこす場面である。「手習い」ではあるのだが、⑸の「ねは見ねど」など歌の内容は若紫が藤壺のダミーであることを示しておりかなり露骨だ。むろん若紫はまだ幼く、⑹の歌から判断するかぎり源氏の真意など知る由もない、というように書かれている。ここでは歌および手習いという伝統的なコードが、庇護者／被庇護者、実は性的欲望の所有者／その客体というきわめて「散文的な」関係性を隠蔽する機能を果たしている。このような場合、『新訳』はためらわずに原歌を採用するのである。

このような場合を除き、『新訳』は必要とあらば歌という韻文をも散文化する。ジャンルの解体にも等しいこのような試みこそ、『新訳』が「抄訳」あるいは「梗概」といわれるゆえんであろう。しかし、本書の他の章で検証したように言文一致体への移行が待ったなしで実践されていた明治末年の文をめぐる言説状況のなか、上田敏・森鷗外らのサポートを得て実現の運びとなる『新訳』の挑戦において、原歌の取捨選択および改変は大胆不敵に敢行されることになったのである。[35]

❸ 声を現前させること

『新訳』の特長は歌の変換だけではない。歌から候文への変換を述べるまえに、ここでは『新訳』に見られる特殊な用語法とそれに付記されたルビについて述べたい。

ルビは単に漢字の読みを示すものではない。それは声の痕跡として発話を加工＝仮構する。『全集』7・8巻は、初刊のルビを採用したのでその様相をつぶさに知ることができる。同書の凡例にあるように、「乳母《ばあや》」「継母《ままはは》」「継《まま》父《ちち》」「候《そろ》」「姫様《ひいさん》」「可愛想《かはゆさう》」「来歴《こしかた》」などであるが、ここでは「榊」の巻に登場する「可愛《かはゆ》い」を取り上げてみよう。

(1)東宮は嬉しくて珍しくて母宮にいろいろのお話をおしになる。可愛《かはゆ》いものであると思つて美しいそのお顔を御覧になると出家すると云ふ御決心は鈍るのであるが、皇太后一派の跋扈して居る宮中の有様がお目に入るにつけても、この侭で居てはどうされるやらと云ふ心細い気もお起こりになるのであつた。

『お目にかからないで居るうちに私の顔や姿が変つたら、どうあなたはお思になりますか。』

『式部のやうにおなりになると仰しやるの、そんな事はないでせう。』

『そうぢやないの。式部は年を取つて居るからあんな顔なのです。私はね、髪は式部よりももつと短くなつて黒い着物を着て坊様のやうになるのです。さうなつたらあまりお目にかかることも出来ないのです。』

と云つて中宮がお泣きになると、

『長くいらつしやらなくなつたら私は寂しい。』

とお云ひになつてお顔に涙のほろほろと落ちて来るのを隠すやうに彼方をお向きになる。後《うしろ》に垂れた髪がゆらゆらとうごいていて美しい。お顔は源氏の君をその侭に小くしたやうである。お歯が虫歯になつて、お口の中の黒く見えるのがお可愛《かはゆ》らしい。（『新訳』第7巻「榊」115頁）

①宮は、いみじう、美しう、おとなび給ひて、「珍しう、嬉し」と思して、むつれ聞え給ふを、「かなし」と見たてまつり給ふにも、おぼし立つすぢは、いと難けれど、内裏わたりを見給ふにつけても、世の有様、あはれにはかなく、移り変る事のみ多かり。おほ后の御心も、いとわづらはしく、かくいで入り給ふにも、はしたなく、事にふれて苦しければ、宮の御ためにも危く、ゆゝしう、よろづにつけて、思《おも》ほし乱れて、

藤壺「御覧ぜで、久しからむ程に、かたちの、ことざまにて、うたてげに変りて侍らば、いかゞ思さるべき」

と聞え給へば、御顔、うちまぼり給ひて、

春宮「式部がやうにや。いかでか、さはなり給はん」

と笑みての給ふ。いふかひなく、あはれにて、

藤壺「それは、老いて侍れば、醜きぞ。さはあらで、髪は、それよりも短くて、黒き衣などを着て、夜居の僧のやうに、なり侍らむとすれば、見たてまつらん事も、いとゞ久しかるべきぞ」

とて、泣き給へば、まめだちて、

春宮「久しうおはせぬは、恋しき物を」

とて涙の落つれば、「恥づかし」と、思して、さすがに背き給へる、御髪《ぐし》はゆら〳〵と清らにて、まみの、懐しげに匂ひ給へる様、おとなび給ふまゝに、たゞかの御顔を、ぬきすゑ給へり。御歯の、少し朽ちて、口の内黒みて笑み給へる、かをり美しきは、女にて、見たてまつらまほしう、清らなり。

（『大系』巻一「賢木」388〜390頁）

「可愛い」と「お可愛らしい」の用語例が見られるこの箇所は、桐壺帝崩御のあとも密会をつづける源氏との関係発覚を恐れた藤壺が出家を決意し、まだ幼い東宮にそれとなく仄めかすくだりである。近親姦とその結果である東宮のいたいけなさという対照が「可愛い」という語で接合されている。たまさかにしか会えない母宮に会ったのがうれしくて、言葉が途切れない東宮の様子を見つめる藤壺。その心境が「可愛いものである」という一語に集約される。「可愛い」の原文「かなし」は、新潮社版『新釈』では「悲しくなつてきて」と訳され、悲しさの感情表現となっているが、ここは晶子が用いた「可愛い」のほうが適当だろう。(36)

　興味深いのは、この語に導かれるように、原文の「それは、老いはべれば、醜きぞ」と「さはあらで」が入れ換えられ、「そうぢやないの」という女性性を帯びた口語がまず冒頭に置かれ現代語訳されていることである。一種の

倒置法で親しみのこもった若い女性の声が聞えるような表現は『新訳』ならではのものである（ちなみに『新釈』および『新新訳』では「そうではなくて」というニュートラルな文章語である）。

いっぽう「お可愛らしい」は原文の「（口の内黒みて）笑み給へる、かをり美しきは、女にて、見たてまつらまほしう、清らなり」を集約する形で用いられている。この箇所は「お」がついているので語り手のコメントといってよい。出家を仄めかされて思わず涙を落とすいたいけな様子と、やんちゃな男の子を思わせる虫歯のコントラストが微笑ましく、語り手は「笑み給へる」・「美しき」・「女にて、見たてまつらまほしき」・「清らなり」など物語のなかでも最上級の原文の誉め言葉たちを惜しみなく省略して、「お可愛らしい」の一語だけを発する。このほか「気の毒である」の意で用いられる「可愛（かわゆ）さうだ」（「澪標」の巻）などもあるが、余裕のある者が劣位の者に対して抱く同情心を意味するこの語は、語り手が称賛を惜しまない「可愛い」・「お可愛らしい」ほどの強度はないが、それでも「可哀相（かわいそう）だ」という哀れみだけを示す語より意味の幅は広い。晶子の用語法は感情の表現や他者評価における女性性の演出に一役買っているのである。

晶子の用語法は女性性の演出だけにとどまらない。朱雀帝が尚侍（朧月夜の君）に問いただす「私のことを思つて泣く涙なの。須磨の人が恋しい涙なの」（『新訳』第七巻130頁。原文「さりや。いづれに落つるにか」『大系本』「須磨」の巻38頁）など恋する男帝のストレートな言葉、また「私達は一日だつてじつとして天日様を拝んで居られやあしません。働かなきや直ぐ乾上がつてしまひまさあ」（『新訳』第七巻「須磨」の巻、134頁。原文「さまざま、やすげなき、身のうれへを申す」『大系本』巻二49頁）など暮らしをかこつ海士の嘆きなどがある。これらの用例は男女という性差、貴族と漁師という階層差を踏み越え、さまざまの声が現前するよう演出を凝らしているといえよう。

❹ 候文への変換

新間進一は「候文」を「『新訳』の特色(37)」と指摘しているが、ここではその事例を詳しく検証してみよう。候文は、原文の消息文を変換したもの、歌を変換したものに大別される。むろん歌からの変換といっても、贈答歌自体がコミュニケーション的要素を含むのでこの区別は便宜的なものであるが、ここでは五七五七七（三一）字で自立できる場合は歌とみなす。たとえば「明石」の巻、五節の君と源氏の贈答歌の場合。

(1)波かげに居て何時の日までもほのかなる御琴《おん》の音を聞かむと心悶ゆる女の思ひは知ろしめすべくもあらじと思はれ申し候《そろ》。

と云ふ文《ふみ》を船から人に持たせてきた。

さは御《おん》云ひなされ候へど、御船のこの浦出づる景色の見え候はいかなることにて候ふやらん。もとより流人《るにん》の琴は君を引き留《とど》むる力なきものに候《そろ》。

（『新訳』第7巻「明石」131〜132頁）

①五節　「琴の音にひきとめらるゝ綱手なはたゆたふ心君しるらめや

すきぐしさも、「人なとがめそ」」

と聞えたり。ほゝゑみ給ふ。いとはづかしげなり。

源　「こころありてひきての綱のたゆたはゞうち過ぎましや須磨のうら浪

「いさりせむ」とおもはざりしはや」とあり。

（『大系』巻二「明石」43頁）

船上から、須磨で謹慎の日々を送る源氏に送られた見舞文とその応答である。原文は歌だけでなく「ほゝゑみ給ふ」という、文をもらって思わず微笑する源氏自身の反応や、そんな源氏の微笑を「いとはづかしげなり」と見守る周囲の人々の様子にまで目を届かせているのに対し、『新訳』は源氏と五節のふたりのみに焦点化して心情を語る。「「いさりせむ」とは「おもはざりしはや」」と「もとより流人の琴は君を引き留むる力なきものに候」とは似て非なる表現である。「漁師」を意味する「いさり」という語からは源氏の隠棲が罪とみなされたゆえの行動ではなく、あくまで主体的判断に基づく謹慎であることが窺える。いわゆる「やつし」の姿勢なのである。いっぽう『新訳』の「流人」は、たとえそれが詩語としての効果を狙ったものであろうとストレートな「罪人」意識を表現したものといえよう。

このほか「藤の裏葉」の巻で、夕霧と後に彼の第二夫人となる藤典侍の間の軽妙洒脱な歌の応酬も候文に変換され、独特な効果をあげている。しかし、なんといっても興味深いのは物語後半の重要な分岐点に位置する「御法」の巻に登場する候文であろう。

⑴惜しからぬ命ながら、法《のり》説き給ふ尊き声も、これを今生《こんじやう》の終りの教へと聞く心地は悲しく候。

と書いた手紙を、三の宮にお持たせして遣《や》つた。

（『新訳』第8巻「御法」4頁）

⑵心細きさまをのたまはすこと、常の賢き君とも覚え候はず。尊き法の恵み得給ふは今日を初めと致して行末長き御事ぞと思ひ上げられ候を。

（同）

①明石の御かたに、三の宮して、きこえ給へる。

紫 をしからぬこの身ながらもかぎりとて薪つきなんことの悲しさ

御かへり、「心細きすぢは、後の聞《きこ》えも、心おくれたるわざ」にや、そこはかとなくぞあめる。

（『大系』巻四「御法」176頁）

②明石上　たきゞこる思ひは今日をはじめにて此（の）世に願ふ法《のり》ぞはるけき　（同）

⑴は①の紫の上の歌を候文に、⑵は①の語り手が明石の上に焦点化してその心中を推測する鍵括弧の部分と、語り手の評価や②の明石上の歌を合体させて候文に変換した例である。女三宮の降嫁によって正妻格だった紫の上がその地位を奪われ、病をえて死期を悟ったかのように明石の上へ三の宮（匂宮）に託して文を遣る場面である。②の明石の上の歌は、仏法のコードに則り、あくまで婉曲な社交辞令の域を越えていない(38)。いっぽう『新訳』は「常の賢き君とも覚え候はず」の一句が挿入され、紫の上の心中を推し測った応答になっている。

相手の心中に踏み込むことは、たとえそれが共感から発するものであろうと微妙な効果をもたらす。もちろんこの応答により、それまでの上下関係は解消されないまでも、ふたりの心理的距離がかなり近くなったことは確かであるが、地位の降下ゆえに示される「近さ」とはかなり微妙なことである。明石の上への「近さ」が相対的なものに過ぎないことは、このやり取りのすぐあとで紫の上が花散里へ送った歌と比べると判然とする。便宜上ここではじめに原文を掲げる。

①紫　絶えぬべき御法ながらぞ頼まる、世々にとむすぶ中の契（り）を

御かへり、

花散　結びおく契（り）は絶えじ大方の残りすくなきみのりなりとも　（『大系』巻四同177頁）

紫の上に次ぐ「第二夫人としての格(38)」をもつ花散里との応答は「契（り）」という言葉がキーワードになっている。晶子の『新訳』をみてみよう。

⑴何時《いつ》迄あると云ふことを余りあからさまに自ら知れる哀れなる命ながら、なほ後《の》ち長く情《なさけ》変らせ給ふなと望まれ候は、御仏の力によりて見るべき来世を頼めばに候。忘れさせ給ふな。あなかしこ。

こんなことを書いて送つた。

悲しき御言葉《おんことば》、かしこげに打ち消しまつり候はんや。必ず必ず来世も姉妹と頼みまゐらすわが一つの願ひを、仏はかなへさせ給ふべく候。御かへしまで。

優しい気立ての女は涙を零《こぼ》しながらこんな返事を書いて居た。

（『新訳』第8巻同5頁）

「なほ後長く情変らせ給ふな」と親近を示す紫の上に「必ず必ず来世も姉妹と頼みまゐらす」と答える花散里。シスターフッドにも似た情感を交わすふたりを晶子は「優しい気立ての女云々」と原文にはない一文を挿入することも辞さない。原文では一帖のタイトルにもなる贈答歌それぞれに嵌め込まれた「御法（みのり）」という仏法のコードが『新訳』では後景に退き、代わって実質的な第一・第二夫人という一夫多妻制度下での女性同士の連携が前景化されるのである。

ところで、私たちは『源氏物語』にも候文が使われていると思いがちであるが、その使用例はみられない。これはどういうことなのだろうか。候文は中古末から中世初期に成立した文体で、主に書簡や公文書・願・届などに使用された。いっぽう近代の明治二〇年代から三〇年代にかけては、候文が中流階層にふさわしい手紙文として盛んに用いられたときであった。たとえば山田美妙編『日本大辞書』（日本大辞書発行所、明治二五年七月刊）で「候文」の項を見ると、「今日モ文章ニ残ツテ同ジ義（引用者注「言語ノ末ニ添ヘタ敬語」という意）」とある。また落合直文著『ことばの泉』（大倉書店、明治三一年七月）にも「候ふといふ謙退の語を交へて書く文、即ち、手紙文」という記述が見られる。女性作家樋口一葉をメインに、男性ライター岩田千克をサブライターに起用した男女共用の候文マニュアル『通俗書簡文』（博文館、明治二九年五月）が日露戦後までロングセラーをつづけたことはよく知られている[39]が、この時期は書簡文＝候文だったので、書名には取り立てて「候文」を強調しなかったようである。事情が変るのは明治四〇年代以降である。

晶子も『新訳』刊行の直前には女性用手紙文例集『女子のふみ』（弘文館書店、明治四三年四月）を出版していた。そのなかで「雅俗折衷文と候文とは婉曲、荘重、優美等の特色ありて、厭味なく、品の高きものなれば、如何なる場合に用いても宜し」と高く評価していただけでなく、「候文と言文一致と中古の国文とを書きまぜて一体の手紙の文を作るもの、是は教育ある人々の中に既に行はれ居る所にて、雅俗折衷体とも云うべきものなり」と雅俗折衷の新しい候文体を好ましいものとして推奨していた。この試みが成功したか否か不明だが、興味深いのは長編の新聞小説「明るみへ」（『東京朝日新聞』大正二年六月五日～同九月一七日、単行本『明るみへ』金尾文淵堂、大正五年一月）のなかにも候文が挿入されていることである。

今日は御無心の文を書くにて候。そは云はざらむとも今更惑はれ候事もとよりに候。かにかくあなた様はめでたく候。私は哀れに候。世心こちたく持ちて云ふには候はず、斯る訴へを聞く人云ふ人の位置ばかりを左様に思はる丶にて候。お願い致さむと存じ候ことを下に含めて書き行くは苦しく候へば、二千円拝借の心持てることを現し置き候。

（「明るみへ」第六回『東京朝日新聞』大正二年六月一〇日第六面）

以下第七回（大正二年六月一一日）の全文、八回（同六月一二日）の半分が候文の引用で占められる。金銭の無心という、いかにも近代的な内容を含むこの文から仮に「候」をはずすと、かなり露骨な依頼文となる。引用箇所が晶子の提唱する新候文か定かではないが、少なくとも女性の交渉事において「候文」は隠れ蓑になっていたのである。

晶子の候文への傾斜は、明治期に隆盛をみた候文の流行と連動している。本書第一章の『明星』誌面分析で示したように、候文がそのまま批評のことばになる時期もかつては存在した。また日露戦争時の論争で晶子が武器にしたのが候文体の反駁文「ひらきぶみ」であったことも思い出される。だが、明治末から大正にかけて候文はしだいに周縁化する。むろん日常のレベルで候文は使用されたであろうが、表現のレベルではもはや中心とはなりえなかったのである。

しかし興味深いことに、ここで逆転現象が起こる。千年の享受史をもつ『源氏物語』の本文生成において、候文という旧式の手紙文体はそれを用いることによって「ここ」と「そこ」というふたつの時を生みだす。古文から現代文へという「翻訳」行為においてその時差は異化効果をもたらすのである。先に触れた増田于信の『新編紫史』にも候文が多用されていたが、この書が初刊された明治二〇年代においては候文はリアルタイムで流行する「今文」であった。いっぽう四〇年代における候文使用は、「旧式」であるからこそ一定の異化効果を発揮したのである。「明るみへ」のような大正初期の小説でそれが成功したとは言い難いが、少なくとも『新訳』における候文への変換は、晶子というエージェントが行った選択的な翻訳行為であったといえよう。

❺ 言文一致の手紙文

前節で候文への変換の様相を見てきたが、面白いことに『新訳』には言文一致体の手紙文も存在する。

(1)あさましい長雨に私の心はいよいよ闇の中へ落ちて行くやうに思ひます。あなたのお出でになる所もこんなのでせうか。かうであつたらどんなにお心細いであらうと悲しく思ひます。（『新訳』第7巻「明石」136頁）

①紫　あさましく、をやみなき頃の気色に、いとゞ、空さへ閉づる心地して、ながめやる方なくなむ。
うら風やいかに吹（く）らむ思ひやる袖うち濡らし浪まなき頃（『大系』巻二同58頁）

明石で失意の日々を送る源氏のもとへ届けられた紫の上からの手紙は、率直で簡潔だ。これには源氏も技巧や遊び心抜きに次のような手紙を寄せる。

(1)返す返す悲しいことばかり見る私はいよいよ出家する時が来たとも思ひますが、影だけでも鏡に残つて居たならと云つて泣いた時のあなたを思ふと、姿を変へる気にはならない。また明石の浦の方へ移つて来ました。どんな事に出逢つても私の片時の間《ま》も忘れないのはあなたです。

（『新訳』第7巻同140～141頁）

①源消息「返〳〵、いみじき目のかぎりを、見尽くしはてつる有様なれば、「今は」と、世を思ひ離るゝ心のみまさり侍れど、「かゞみを見ても」と、の給ひし面影の、はなるゝ世なきを、「かくおぼつかなゝがらや」と、こゝら悲しき、さまざまのうれはしさは、さし置かれて、

はるかにもおもひやるかな知らざりし浦よりをちにうらづたひして

夢のうちなる心地のみして、さめはてぬほど、いかに僻事おほからむ」

（『大系』巻二同67頁）

原文の歌を吸収するかたちで見事な言文一致体に現代語訳されているくだりである。このような応答が可能なのは、かつて交わした歌の一節の引用に顕著なように、物語内容のレベルにおいて打てば響くようにふたりの心が寄り添っているからであろう。しかし、事態は静かに変容していく。

(1)自分の心でありながら、何故あのやうな事をしてあなたに恨まれ、あなたの心を苦しめさせたのかと、昔のことなどを始終残念に思つて居ながら、またひよんな夢を見ました。あなたが訊かうともして居ないことを私の方から云ふ位であるから、私に隔心《へだてごころ》のないことを見とめて下さい。そして罪を許してください。

（『新訳』同146頁）

①源「まことや、我ながら、心よりほかなるなほざりごとにて、うとまれたてまつりしふし〴〵を、思ひ出《い》づ

るさへ、胸いたきに、また、あやしう、物はかなき夢をこそ、見侍りしか。かうきこゆる問はず語りに、へだてなき心のほどは、おぼし合はせよ。「誓ひし事」も」

など書きて、

源「何事につけても、

しほ〳〵とまづぞ泣かるゝかりそめの見るめは海士《あま》のすさびなれども」

とある。（『大系』巻二同84～85頁）

紫の上への思慕が高まりながらも、当地の明石入道の娘と関係を結んでしまった源氏は後ろめたいのか、京にいる紫の上にことのしだいを打ち明ける。果たして紫の上からは次のような返事が来る。

(1)京からきた返事には

忍びかねたる御夢語りにつけ候ひても、いにしへの事のなほ今のやうに思はれ候。とてもかくても男は女の知らぬ夢を多く見るものと思ひ候。ことにことに悲しき女の知らぬ夢を御覧遊ばすことと御羨しく思ひ申し候。

と書いてあつた。恨めしさうな紫の君の顔が目に見えて、この一字一字が胸に染《し》んで、源氏の君はそれから暫くの間は山手の家へ行かうとはしなかつた。（『新訳』第7巻同146頁）

①お返（り）、何心なく、らうたげに書きて、はてに、

紫「しのびかねたる御夢語りにつけても、おもひ合はせらるゝ事、多かるを、

うらなくも思ひけるかな契（り）しを松より浪は越えじ物ぞと」

おいらかなるものから、たゞならずかすめ給へるを、いとあはれに、うち置きがたく見給ひて、名残ひさ

しう、しのびの旅寝もし給はず。

（『大系』巻二同85頁）

言文一致体であった紫の上の文はここにきて候文に変わる。「隔心」なく浮気を告白する言文一致の源氏の文に、同じ文体で答えたのでは紫の上の不快感は伝わらない、そんな判断が晶子にはあったのかもしれない。それゆえか秀歌といえる紫の上の「うらなくも思ひかけるかな」の歌の省略を補うかのように、「いとあはれに、うち置きがたく見給ひて、名残ひさしう」を「恨めしさうな紫の君の顔が目に見えて、この一字一字が胸に染んで」という具象的な表現を使って現代語訳している。意訳といえば意訳だが、原歌の強度を補完する必要があれば、晶子は原文にない語を書き加えることも辞さなかったのである。

言文一致体の手紙はこのほかに、逢坂の関で再会した空蟬との応答にも見られる。

(1)この間あんな処で逢ふとは、よくよく前世からの因縁の深い恋だと私は思つた。あなたはさうは思はなかつたのですか。しかし私ははかなかつたのですよ。ある一人の男が妬ましかつた。（『新訳』第7巻関屋176頁）

(2)恋と云ふものをして居る女は、時々死ぬ程の悲しい思ひに逢ふものとこの間なども思ひました。夢のやうに嬉しいとも思ひながら。（同177頁）

①源消息「一日《ひとひ》は、ちぎりしられしを、さは思《おぼ》し知りけむや。

わくらはに行（き）あふみちをたのみしもなほかひなしや潮ならぬ海

関守の、さも、うらやましく、目ざましかりしかな

（『大系』同165）

②空蟬「逢坂の関やいかなる関なればしげきなげきのなかをわくらん

夢のやうになん」

（同166頁）

思いを残しつつ境遇ゆえに拒絶のポーズを取り続けた空蟬と逢坂の関で再会した源氏は、その奇遇に心打たれ、

①のような歌入りの文を寄越す。それに答える②の空蟬の歌は相変わらず実直そのものであり、この場合は歌よりも⑵の散文のほうが断然いい。

以上、手紙文の二つの位相を検証してみた。候文か言文一致体か、その基準は登場人物たちの状況によって決定されているといってよい。引用にあるような源氏と紫の上の関係において、相手が親しみのこもった言文一致体の手紙で露骨な話をしてきたら、不快感を表すのに候文を用いることが選ばれる。「距離」が必要な場合には、候文は俄然威力を発揮するのである。このように『新訳』の手紙文は二つの位相において書き分けられていたのである。

❻ 晶子の詠替歌

『新訳』の特長をさまざまに述べてきたが、最後に晶子が原文に拠りつつも創造的解釈を施した歌について考察したい。なお、ここでは原歌のごく一部のみ変更して詠み替えたものは除き、原歌に依りつつも場面や状況への創造的な解釈を詠んだものを挙げることにする。最初に晶子の歌、次に原文の該当歌を引用する。

⑴自らを押へ能はずいみじかる少女の世をば押しとりしかな　（『新訳』第7巻「葵」106頁）

①源　あやなくも隔てけるかな夜を重ねさすがになれし中の衣《ころも》を　（『大系』巻一同357頁）

⑵亡き魂のすすり泣くらん心地してみぞれふる日のさびしき心　（『新訳』第7巻「澪標」161頁）

②源消息　「たゞ今の空を、いかに御覧ずらん。
降りみだれひまなき空になき人のあまかけるらむ宿ぞ悲しき」　（『大系』巻二同128頁）

⑶かきくらしものを覚えぬ少女子《をとめご》の心のさまにふる霙《みぞれ》かな　（『新訳』第7巻同161頁）

③斎宮　きえがてにふるぞ悲しきかき暗し我（が）身それとも思ほえぬ世に　（『大系』巻二同128頁）

⑷心のみとこ新しく悲しみぬそのかみに似ぬわが身なれども　（『新訳』第7巻「絵合」182頁）

④朱　身こそかくしめの外《ほか》なれそのかみの心のうちを忘れしもせず　（『大系』巻二同182頁）

⑸なつかしさ唯この今のここちしぬ思ひしむには古《いにしへ》もなし　（『新訳』第7巻同182頁）

⑤梅壺　しめのうちは昔にあらぬ心地して神代のことも今ぞ恋しき　（『大系』巻二同182頁）

⑹いにしへを恋ふる心につくるなく湧く思ひにも似たる雲かな　（『新訳』第7巻「薄雲」203頁）

⑥源　入日さす峯にたなびく薄雲は物おもふ袖に色やまがへる　（『大系』巻二同231頁）

⑺世界みな氷るここちす雲の夜《よ》にわれ一人寝て君恋ふる時　（『新訳』第7巻「真木柱」325頁）

⑦鬚　心さへ空にみだれし雪もよにひとりさえつる片敷きの袖　（『大系』巻三同131頁）

⑻馴れ来つる真木の柱よわがあらぬ日とはなるとも長く忘るな　（『新訳』第7巻同327頁）

⑧真木　今はとて宿離《か》れぬとも馴れきつる真木の柱は我を忘るな　（『大系』巻三同135頁）

⑼いつしかと梅は咲けどもわが家の春の佐保姫行方しらずも　（『新訳』第7巻「幻」14頁）

⑨源　我（が）宿は花もてはやす人もなし何にか春のたづね来つらん　（『大系』巻四同195頁）

まだこの他にも読替歌は見られるが割愛する。よく知られているように、晶子は大正一一年一月の第二次『明星』に「源氏物語礼讃」（以下「礼讃歌」と表記）と題して五四帖を詠み込んだ五四首の歌を発表する。昭和六三年刊行の河出書房版『新新訳』には帖頭に一首ずつこの歌が置かれ、帖全体を象徴するインデックスのような役割を果たしている。この「礼讃歌」と比べると『新訳』の歌はそれぞれのコンテクストに深く根差して詠まれており、暗示的というより具体的状況を強化する機能を帯びている。引用したなかで特に印象的なのは⑴と①の歌の対照であろう。

若紫を自邸に引き取って養育した源氏は、彼女が思春期になるのを待ちかねたように性的な関係を結ぶ。源氏の初夜の歌に若紫の返歌がないのは、意外の展開に彼女が度を失い、それどころではないからであろう。原文でも「か丶る御心おはすらん」とは、かても、思《おぼ》しよらざりしかば」以下若紫の動揺の様がつぶさに記されているが、源氏の側はさほど痛痒を感じていない様子が窺える。『新訳』はこの源氏の側に焦点化し、歌を使って原文にはない解釈を施している。①の歌は「あやなくも隔てけるかな」といままさに「隔て」がなくなったことを手放しで喜んでいるのに、(1)の歌はたとえエクスキューズにせよ「少女の世」を奪ったことを自省しているのである。これは性的関係をもつことはその女性の生活を保証することを意味した源氏の性愛観と、未婚・既婚を問わず女性の性規範が強化された明治を生きた晶子の性認識の違いであろう。

この他に母性コンプレックスの人であった源氏の愛の対象である藤壺の死を悼んだ⑥の歌は、哀傷が直接的で原歌を凌いでいるという印象を受ける。⑦の鬚黒の玉鬘への恋歌も切実感がある。その他の歌も原歌より鮮やかに状況を再現しているといえよう。ただ父親（鬚黒）を玉鬘に奪われ、家を出ることになる真木柱の君の(8)の歌は、「真木の柱は我を忘るな」と「柱」を主語化して叫ぶ原歌の迫力のほうが勝っているように思われる。

このように当代一の女性歌人としての晶子が、物語所収の歌と対峙する様相はまことに興味深い。それは、紫式部と晶子の「歌合」＝歌対決であった。なかでも晶子が創造的解釈を施した歌が「礼讃歌」のようなメタ・レベルに立たなかったことは彼女の見識というべきだろう。鈴木日出男が指摘するように、歌は「物語散文の分析的な機能に徹底的にさらされる」という一面を有しており、そのようなコンテクストと拮抗する交渉的側面や逆にそこから零れ落ちる固有の側面こそ物語における歌の重要な機能であろう。原歌を隈なく採用した『新新訳』と比較すれば『新訳』の歌は、原歌そのまま、一部詠替え、大幅詠替え、応答歌を片歌に替える(40)、等々種々のレベルがあり、実に変化に富んでいる。

結びにかえて

以上、『新訳』の文章を原文と比較しながら分析した。冒頭で引用した日高らのいう、「抄訳」や「梗概」であるはずの『新訳』の魅力とは、地の文に新興の文体でありかつ「男性文体」でもあった「だ・である」文末の言文一致体を採用しながら、会話部分は性別や階層にかぎらずできるだけ親しみのこもった口語化を試みた効果であろう。また『新訳』の弱点として指摘される「省略」や概略的な記述も、物語展開に一種の「速度」をもたらした点では明治末年という「現代」にふさわしい読み物として貢献したかもしれない。いっぽう、『新訳』の手紙文は相手との距離や演出が必要な場合は候文、ストレートな感情表現には言文一致体など、自在な文体選択を行っている。候文と言文一致の併用は過渡期ならではの成果を挙げているのである。このような取捨選択は散文にとどまらない。歌の採否・詠替歌など、晶子の本領ともいうべき歌の分野でもこの原則は貫かれている。読者はその気になりさえすれば、原文と現代語という散文の二重奏だけでなく、紫式部と晶子という「二人の才女」(前掲『新訳』広告文)によるそれぞれのアリアをも聞くことができるのである。

『源氏物語』を「現代化」しようとしたその試みは、明治から大正へと移る大きな文体変動の時代に、晶子という媒介者が本文生成を模索した様相を遺憾なく伝えている。『新訳』から聞こえ、また見えてくるものに私たちは静かに対峙したいと思う。

注

(1)『鉄幹 晶子全集』第7巻(勉誠出版、二〇〇二年一月)、同第8巻(同、同年二月)。なお初刊は『新訳源氏ものがたり』と表記され、全三巻四冊。今回の全集第7巻には『新訳』の上・下巻が、第8巻には下巻の一・二が収録されている。

(2)与謝野晶子『与謝野晶子の新訳源氏物語』(角川書店、二〇〇一年一一月)。

(3)与謝野晶子『新新訳源氏物語』第一〜第六巻(金尾文淵堂、昭和一三年一〇月〜一四年九月)。

(4)田村早智「与謝野晶子訳『源氏物語』書誌(稿)」(『鶴見大学紀要』第三二号、一九九五年三月)によれば、『新訳』は昭和一年九月、新興社から刊行された四巻本いらい途絶えることになる。以下『新訳』書誌については主に田村注4を参照。

(5)『新訳源氏物語』縮刷版第一〜四巻(金尾文淵堂、大正三年一一月)、同縮刷合本(大正一五年四月〜昭和二年三月)。

(6)『新訳源氏物語』上下巻(大鐙閣、大正一五年二月)。

(7)「〃」一巻本(新興社、昭和七年七月)、および注3の四巻本。

(8)「〃」上・中・下巻(非凡閣、昭和一二年一月〜同三月)。

(9)山田孝雄校閲『潤一郎訳 源氏物語』(中央公論社、昭和一四年一月〜一六年七月。全二六巻。本文二三冊、和歌講義二冊、系図年立梗概一冊)。

(10)片桐洋一「與謝野晶子の古典研究」(『女子大文学』第四三号、一九九二年三月)。

(11)日高八郎「二つの与謝野源氏」(『図書新聞』一九六三年八月二四日)。

(12)日高注11前掲文。ここでいう「改訳」とは『新新訳』のこと。

(13)『新新訳』である「与謝野源氏」と「谷崎源氏」の文体的比較については北村結花「『源氏物語御』の再生—現代語訳論」(『季刊文学』第三巻第一号、一九九二年冬号)がある。

(14)与謝野晶子「新訳源氏物語の後に」(『新訳源氏物語』下巻の二、金尾文淵堂、大正二年一一月)。但し引用は『全集』第8巻々末所収の本文（注1前掲書449〜450頁）による。
（15）与謝野晶子「あとがき」（『新新訳源氏物語』第六巻、金尾文淵堂、昭和一四年）。
（16）塩田良平『樋口一葉研究』（中央公論社、一九五六年一〇月162頁）に、一葉在世中の樋口家蔵書のなかに「湖月抄」一巻〜五四巻があることが記されている。現在この本は山梨県立文学館に所蔵されている。
（17）「金色夜叉上中下篇合評」（『芸文』明治三五年八月）中の上田敏の発言。
（18）三浦幸子「湖月抄解題」（『批評集成・源氏物語』第一巻近世前期編、ゆまに書房、一九九九年五月467頁）
（19）「述」・「記」そして「閲」という区分に象徴されるように、この本の体裁は『湖月抄』など近世末の源氏物語をめぐる注釈・享受形態と重なる部分をかなり残している（但し、筆者の目にした国立国会図書館（以下国会図書館と略記）蔵本は「花の宴」まで）。
（20）タイトルに「訳」と銘打たれているように、本書は原文を明治二〇年代〜三〇年代の「今文」に「翻訳」したものであることを謳っている。なお、副題の「一名通俗源氏物語」にある「通俗」の意は、「文は曾て原書の意を失はず語は古雅に偏せず卑俗に陥らず坊間刊行の小説に比すれば真に玉石の別あり」（筆者が目にした国会図書館蔵明治三七年刊行の巻末広告）で、今日言うところの「通俗」と異なる。
（21）近代以降「万葉集」などの「古典」が国民国家の文化装置として「発明」されてゆくプロセスは、品田悦一『万葉集の発明』（新曜社、二〇〇一年二月）から示唆を受けた。
（22）国会図書館蔵明治二五年三月刊行の『日本文学全書』第二四巻巻末の広告には、「全部廿四巻　紙数一万頁以上一冊紙数四百廿頁余毎編読切洋装頗美本　正価金廿五銭六冊前金一円三十五銭十二冊前金二円五拾銭全廿四冊前金四円七拾五銭郵税一冊三銭」とあり、『源氏』だけを入手しようとすれば、一円余りで全巻を購読できたことになる。
（23）紅葉の『日本文学全書』での『源氏』読書体験については、この村岡典嗣「紅葉山人と源氏物語」（『心の花』昭和四年九月）を参照した。
（24）田村早智注4参照。

(25) 言文一致体の成立については山本正秀『言文一致の歴史論考　続編』（桜楓社、一九八一年二月）を参照した。
(26) 金尾種次郎「晶子夫人と源氏物語」（『読書と文献』昭和一七年八月）。
(27) 『新訳』に上田敏・森鷗外の序文が掲げられていることはよく知られているが、両者ともその文体が言文一致体（口語体）であることは興味深い。ちなみに鷗外は明治四二年三月の『スバル』に掲載した「半日」から口語体小説に転換している。『源氏物語』の言文一致体への翻訳が鷗外をはじめ、敏・晶子などの旧『明星』および後継の『スバル』系統の文学者にとって重要だったことは想像に難くない。
(28) 通常本書には藤井紫影も訳述に参加したとされているが、巻二の「澪標」の巻までの現代語訳に彼は加わっていない。小田切進編『新潮社八十年図書目録』（新潮社、一九七六年一〇月）によれば、藤井は「企画」には参与したようだ。
(29) 現在では多数の『源氏』本文が刊行されているが、それらのなかから最良の本文を選択することは筆者の現在の力量に余る。したがって、たまたま愛蔵していた山岸徳平校注『日本古典文学大系』（岩波書店、一九五八年一月〜一九六三年四月）を使用したことをお断りしておく。なお、引用に際しては、頭注・傍注を略すなど表記を適宜改めた。
(30) 鈴木日出男「『源氏物語』の和歌」（鈴木『古代和歌史論』東京大学出版会、一九九〇年一〇月所収）をはじめとする類書や筆者自身の調査による。
(31) 市川千尋「解説」（『鉄幹　晶子全集』第8巻前掲書　456頁）。筆者の調査では歌の「詩型」化は八例で、一例は四行詩である。
(32) 筆者の調査によれば、このような例は「朧月夜に似るものぞなき」（「花宴」）と「か、れとしても」（「手習」）の二例がある。なお「宇治十帖」については次章を参照されたい。
(33) 鈴木注30前掲書。
(34) 言文一致体小説による「性的な内面告白」で一世を風靡した田山花袋の『蒲団』（『新小説』明治四〇年九月）において、言文一致体と候文の二種類の手紙文があることは、藤森清「『蒲団』における二つの告白」（藤森『語りの近代』

有精堂、一九九六年四月）を参照した。

（35）金尾種次郎前掲注26によれば、鷗外は『新訳』序文だけでなく、パリ滞在中の晶子に代わってその校正を引受け、金尾のもとに「四百余頁の校正を一度に」送ってきたという。

（36）「かわいい」・「かわゆい」という語が若者文化のなかで焦点化されるようになったのは、一九七〇年頃成立したといわれる「変体少女文字」や少女文化の流行（山根一真『変体少女文字の研究』講談社、一九八六年二月。大塚英司『少女民俗学』光文社、一九八九年五月等）以降であろう。なお「かわいい」には「年齢性別を問わず、どのような対象に関しても、その無邪気さ・一生懸命さ・純粋な愛情・素直な正の感情表現、そしてユーモアなどといった、人間性の発露に出会った時に感じられる思い」（小原一馬「おばあちゃん―女子大生の「かわいい」の語法に見られる、ライフコース最終期に関する社会の葛藤する価値観の止揚」京都大学『研究紀要　教育・文化・社会』第四三号、二〇〇〇年七月）があるという。

（37）新間進一「与謝野晶子と「源氏物語」」（『源氏物語とその影響　研究と資料　古代文学論叢第六輯』武蔵野書院、一九七八年三月　263頁）。

（38）岩佐美代子「妻三態」（『源氏物語六講』岩波書店、二〇〇二年二月　87頁）。

（39）一葉が小説家としてだけでなく、歌塾出身の和歌・和文・書の人としても注目されていたことは、最近刊行された樋口智子・鈴木淳編『樋口一葉日記　上・下（影印）』（岩波書店、二〇〇二年七月）所収の鈴木淳の「解説」に詳しい。

（40）たとえば「幻」の巻の原文は源氏と明石の上、花散里と源氏というように応答歌になっているのに、『新訳』は場合によっていっぽうを省略し、それぞれ源氏・花散里の片歌として表出している。

抄訳から全訳化へ
——「宇治十帖」の再生——

はじめに

『新訳』[1]の読者は、「橋姫」の巻以降、巻を追うごとに分量が増え、物語の速度が急速に落ちてゆくことに気づく。それもそのはずで、全集第8巻[2]の「宇治十帖」だけで三六六頁を数える。これは全集第7巻[3]の「若菜 上」の中盤までに相当し、単純計算でいえば、前半の三四帖分を「宇治十帖」のみが占めることになる。やはり晶子は「宇治十帖」に至って全訳を行ったのだろうか。『新訳』のあとがきで晶子は次のように述べていた。

従来一般に多く読まれて居て難解の嫌ひの少いと思ふ初めの桐壺以下数帖までは、その必要を認めないために、特に多少の抄訳を試みたが、この書の中巻以後は原著を読むことを煩はしがる人人《ひとぐ》のために意を用ひて、殆ど全訳の法を取つたのである。源氏物語の結構は光の君と紫の君とを主人公とする部分と、薫の君と浮舟の君とを主人公とする部分とに二大別せられる。前段に於て絢爛と洗練とを極めた妙文が、後段の宇治十帖に到つて、その描写が簡浄となると共に、更に清新の気を加へて、若返つた風のあるのは、紫式部の常に溌溂として居た天才に由ることと唯だ驚嘆する計りである。源氏物語を読んで最後の宇治十帖に及ばない人があるなら、紫式部を全読した人とは云はれない。[4]

晶子が「宇治十帖」を高く評価していたことが窺える一文であるが、多少の誇張も見られるので、ここで表1を見ていただきたい。これは、原文と『新訳』を比較するため『源氏物語』五四帖全体について総文字数や歌数の対比を表にしたものである。周知のように『源氏物語』は「桐壺」から「藤の裏葉」までの三三帖を正編第一部、「若菜上」から「幻」までを正編第二部、以下「匂宮」から続編第三部といわれ、さらに第三部は「匂宮」から「竹河」までの匂宮三帖、宇治十帖に分類される。[5]この分類に従うなら『新訳』正編の抄訳率の平均は約五七%であるのに対し、「宇治十帖」では「椎本」の四六%、「早蕨」の六九%を例外としてあとの巻はすべて七〇%台を越えているばかりか、「東屋」を境として原文字数を越えていることがわかる。晶子の言う「中巻以後」が「殆ど全訳」とは誇張表現であることに違いないが、少なくとも「東屋」以降は『新訳』「宇治十帖」が数字的にも「全訳化」の様相を呈していることは間違いないようだ。[6]

それでは歌についてはどうか。表1にもあるように「宇治十帖」の原歌数は一七七首なのに対し、『新訳』に採用されたのは五一首でかなり省略されている感があるが、「宇治十帖」を除く四四帖の総歌数六一八首に対し、『新訳』の歌数は八〇首、採歌率一三%、いっぽう「宇治十帖」の採歌率はその倍近い二九%であることがわかる。また原歌の採用率以上に興味深いのは歌の変換である。前章で晶子が正編の現代語訳化のなかで歌の詠替や会話文・候文への変換を行ったことをみてきたが、「宇治十帖」ではどうか。

まず詠替歌であるが、「宇治十帖」でのそれは一六首、採録された歌のなかで三一%が詠替歌ということになり、高率を示している。これは歌人としての晶子が「宇治十帖」の歌に敏感に反応した結果といえるだろう。『源氏物語』のなかでも「宇治十帖」に採録されている一七七首の歌は「描写が簡浄」でしかも「清新の気」が加わる物語

帖	巻名	原歌	新訳歌	詠替歌	原文頁	原文字数	新訳頁	新訳字数	抄訳率
28	野分	4	1	0	20	11200	8	6912	0.62
29	行幸	9	0	0	30	16800	11	9504	0.57
30	藤袴	8	1	1	16	8960	7	6048	0.68
31	真木柱	21	3	2	40	22400	14	12096	0.54
32	梅枝	11	2	1	21	11760	7	6048	0.51
33	藤の裏葉	20	1	0	25	14000	10	8640	0.62
34	若菜　上	24	4	2	104	58240	27	23328	0.40
35	若菜　下	18	1	1	102	57120	37	31968	0.56
36	柏木	11	4	1	42	23520	15	12960	0.55
37	横笛	8	0	0	20	11200	10	8640	0.77
38	鈴虫	6	1	1	15	8400	5	4320	0.51
39	夕霧	26	9	2	75	42000	29	25056	0.60
40	御法	12	5	2	19	10640	11	9504	0.89
41	幻	26	5	3	22	12320	11	9504	0.77
42	匂宮	1	1	0	14	7840	8	6912	0.88
43	紅梅	4	4	1	14	7840	10	8640	1.10
44	竹河	24	2	2	44	24640	27	23328	0.95
45	橋姫	13	9	6	40	22400	25	21600	0.96
46	椎本	21	4	2	40	22400	12	10368	0.46
47	総角	31	0	0	92	51520	46	39744	0.77
48	早蕨	15	2	1	20	11200	9	7776	0.69
49	寄生	24	2	0	95	53200	46	39744	0.75
50	東屋	11	0	0	68	38080	44	38016	1.00
51	浮舟	22	13	5	74	41440	64	55296	1.33
52	蜻蛉	11	3	2	60	33600	48	41472	1.23
53	手習	28	17	0	76	42560	58	50112	1.18
54	夢の浮橋	1	1	0	20	11200	14	12096	1.08
	小計	410	95	35					

宇治十帖	177	51	16
歌数総計	795	131	46

表１　『源氏物語』と『新訳源氏物語』

帖	巻名	原歌	新訳歌	詠替歌	原文頁	原文字数	新訳頁	新訳字数	抄訳率
1	桐壺	9	0	0	25	14000	9	7776	0.56
2	帚木	14	0	0	52	29120	17	14688	0.50
3	空蟬	2	2	2	12	6720	5	4320	0.64
4	夕顔	19	2	0	66	36960	17	14688	0.40
5	若紫	25	2	0	56	31360	17	14688	0.47
6	末摘花	14	2	1	34	19040	9	7776	0.41
7	紅葉賀	17	0	0	29	16240	7	6048	0.37
8	花宴	8	1	0	11	6160	4	3456	0.56
9	葵	24	1	1	48	26880	12	10368	0.39
10	榊	33	1	0	48	26880	13	11232	0.42
11	花散里	4	1	0	54	30240	2	1728	0.06
12	須磨	48	3	0	44	24640	13	11232	0.46
13	明石	30	4	0	41	22960	15	12960	0.56
14	澪標	17	4	3	33	18480	13	11232	0.61
15	蓬生	6	2	0	24	13440	11	9504	0.71
16	関屋	3	0	0	6	3360	3	2592	0.77
17	絵合	9	3	2	18	10080	6	5184	0.51
18	松風	16	3	1	22	12320	12	10368	0.84
19	薄雲	10	1	1	32	17920	11	9504	0.53
20	槿	13	0	0	42	23520	20	17280	0.73
21	乙女	16	1	0	53	29680	19	16416	0.55
22	玉鬘	14	0	0	46	25760	21	18144	0.70
23	初音	6	2	0	15	8400	6	5184	0.62
24	胡蝶	14	1	0	21	11760	7	6048	0.51
25	螢	8	0	0	21	11760	5	4320	0.37
26	常夏	4	0	0	25	14000	9	7776	0.56
27	篝火	2	0	0	4	2240	2	1728	0.77
	小計	385	36	11					

※　原文　１頁560字、新訳　１頁864字として概算した。
なお巻名は『新訳源氏物語』の表記を用いた。

表２　主要人物の歌数

詠歌主体	原歌数
源氏	221
紫の上	22
明石の上	22
藤壺	11
六条御息所	13
大君	13
中君	18
浮舟	26
薫	54
匂宮	22

表３　浮舟歌内訳

浮舟歌内訳	原歌数
東屋	1
浮舟	13
蜻蛉	0
手習	12
夢の浮橋	0
計	26

展開と緊密に連携し、一般的な贈答歌の域を越えているものが多い。そのような「宇治十帖」の歌を前にして晶子はどのように対応したのか。本書「生成される本文」（副題略）ですでに指摘したように、詠替歌なら、それは紫式部と晶子の歌合であろうし、会話や候文への変換であるなら、明治末から大正初期という翻訳時現在の言説の問題が絡んでくるはずである。本章では主として原歌と詠替歌との関係を焦点化して論じることにより「全訳化」の様相を具体的に検証してみたい。

❶ 娘たちの家族物語

ここで「宇治十帖」の物語内容をまず確認しておく。近年「宇治十帖」については、三田村雅子・神田龍身などによって刺激的な論が展開されており[7]、近代文学研究者のひとりである筆者などの手に余るが、それら先行研究を参照しつつも、筆者なりの読みを提示しておきたいと思う。

一言でいえば「宇治十帖」とは、都から三・四時間も離れた川縁の地で繰り広げられる八宮家の家族物語である。

正編にも須磨・明石という海辺が登場したが、そこは都への上昇志向に絡め取られた明石の人々が住む地で、落魄者を都に押し戻す生命力に満ちた場所であった。いっぽうここ宇治は、八宮という落魄の皇子一家が内閉する場所で、世間的な劣位は逆に家族の求心力を高め、宮を中心に母のいない娘たちがその小宇宙で自足している。たとえば大君と薫はいかにも相愛になっても不思議ではない似た者同士のカップルのようだが、たびたびの求愛にもかかわらず大君は薫を拒み続ける。その拒絶の力がいかに強いものであったかは、薫が押し入る寸前にこともあろうに彼女は妹の中君を身代わりにするという行為によく表れている。

だが、薫も薫である。大君の処置に対抗すべく彼は自分の身代わりに匂宮を忍び込ませる。「身代わり」とは自己の一回性を相対化する行為にほかならない。また大君の死後、あとに残された中君に至っては匂宮との関係維持のために、大君の「人形」(形代)を欲している薫に異腹の浮舟を差し出してしまう有り様である。神田龍身は「宇治十帖」を薫と匂宮を中心とする男たちによる「欲望の三角形」の物語としたが[8]、視点を換えれば八宮家の娘たちの家族物語ということも可能なのである。

「宇治十帖」の主要な登場人物は、源氏から彼の孫にあたる匂宮、息子にあたる薫という二人の貴公子で、身分も年齢差もそれほど隔たってはいない二人が演じる恋の鞘当ては、確かに正編にはない華麗さがつきまとっている。正編の中心人物が源氏であるなら、続編である「宇治十帖」のその座に「二枚看板」として彼の子孫の二人の貴公子が坐ることに何の不思議もない。歌数から言っても、薫五四首、匂宮二二首で二人分で彼らは「宇治十帖」全体の歌の四三%を占めていることもその傍証になるだろう。

しかし、彼らは物語の狂言回しであっても中心人物というのは当たっていない。匂宮は冒頭に記した強烈な上昇志向の持ち主明石一族腹の子であるし、いささか軽薄で正編の源氏のコピーという印象がどうしてもつきまとう。

それでは薫はどうか。確かに彼は女三宮と柏木の不義密通の子であるという「出生の秘密」を刻印されており、いかにも物語にふわしい悲劇的人物めいている。だがその出生の秘密が「橋姫」の巻で宇治の老女房弁御許からつぶさに語られ、さらには自死にも等しい八宮の死、憤死に近い大君の死が重ねられるに反比例して、彼から「悲劇的人物」に伴うアウラが少しずつ失われてしまう。いやそもそもそのような「出自」という宿命的なもの以上に、彼ら自身の身の処し方や行動、つまりはその語られ方、登場のさせられ方に問題があるのである。もちろん「道心」三昧を志す薫と「好色」そのものの匂宮とでは差があるようであるが、そのような差異は所詮「表と裏」としての相互補完的なものでしかない。「宇治十帖」を読み進める者は、「薫」や「匂」という官能的な命名やそこから立ち昇る芳香に幻惑されさえしなければ、この二人がそれぞれ互いを必要とせずにはいられない非完結的な人物であることに気づくことになる。

それでは続編の正真正銘の主要人物とはいったい誰だろうか。晶子の言明したように「薫の君と浮舟の君」をその座に置きたい誘惑に駆られるが、それでは「宇治十帖」の真相を見失うことになるだろう。

その意味で大君の死後彼女の「形代」として登場する浮舟は興味深い。彼女は大君・中君とは異母姉妹で最後になって宇治の世界に迎え取られる。詠歌数も大君一三首、中君一八首に対して二六首の歌を詠む浮舟こそ「宇治十帖」の重要人物というにふさわしいかもしれない。むろん、浮舟は「形代」つまり大君の代用であることには違いないのだが、中君が大君の死後彼女の代用たる様相を発揮する如く、「宇治十帖」の世界でこの関係は特殊ではなく、この点自体はマイナスとならない。

また境遇的にも浮舟は橋姫姉妹に劣っているが、これも負の要素と見るべきではないだろう。同じく八宮を父としながらも、彼女は大君・中君にとって「劣り腹」の異母姉妹であるだけでなく、実母が受領と再婚したことで、受領を継父とする「後妻の連れ子」としてのポジションを占めることになる。桐壺帝の第八子を父にもちながら実母が現在受領の妻であるという階層性が、彼女の立場を錯綜させている大きな原因となっている。たとえば、薫は道心こそ篤いものの、性格的には優柔不断男性の一典型のようであるが、浮舟をめぐっていまひとつ行動的になれない理由に、この階級差が関与していることを見逃してはならないだろう。

しかし、浮舟に刻印されているこの階級差こそ、実は彼女が「宇治十帖」の女性たちのなかでも突出していることのまぎれもない資格なのである。八宮ファミリーの異端として位置する彼女は自らの出自に刻印された劣等性を身に纏いながら、しだいに彼女独自の地位を築きあげる。したがって、「宇治十帖」前半が落魄皇子の末裔である大君の物語なら、後半は彼女よりさらに周縁に位置する浮舟の物語といってよいだろう。それでは浮舟は正編で源氏を魅了させたあの「中の品」の系譜に属する女性なのであろうか。

確かに正編にも、受領の妻である空蟬や、親のいない夕顔、その娘の玉鬘など魅力的な「中の品」の女性たちが登場する。しかし空蟬は源氏に惹かれながらも結局は人妻の立場を堅持しつづけるし、夕顔はあっけなく六条の御息所の生霊に憑り殺される。その遺児玉鬘に至っては、方々からの求愛がありながらも、気の進まない鬚黒大将に請われ、彼の家庭崩壊を招いたうえで正妻に収まるという有り様である。とくに匂宮三帖の「竹河」に至っては鬚黒も早世し、没落貴族の境遇に置かれる彼女を見れば、物語のヒロインというわけにはいかなくなる。

「浮舟を磁場にして物語が一挙に階層的広がりを組織している」(9)といわれるように、受領と貴族、都と宇治・横川・小野など、階層や空間を軽々と横断する浮舟の存在はこの物語のなかでも際立っている。「宇治十帖」の世界は表層では源氏から子孫の物語へとバトンタッチされてはいるものの、物語の真の構成力を担うのは前半では宇治に死す大君、後半では陸奥・常陸・京・宇治・横川・小野と流浪する浮舟という女性なのである。

いささか物語内容に立ち入りすぎたようである。問題は、このような「宇治十帖」の物語展開に晶子がどのように対応したかであろう。それを解明する鍵は晶子の詠替歌に潜んでいるはずである。

❷「橋姫」の詠替歌

「宇治十帖」で晶子が詠み替えたのは、「橋姫」六首、「浮舟」五首、「椎本」・「蜻蛉」が二首ずつ、「早蕨」一首、あとはゼロの計一六首である。なかでも「橋姫」の六首は『新訳』全体のなかでも最大数を誇り、次いで「浮舟」の五首がつづく。最初に「橋姫」の詠替歌を、次に原歌を挙げる。

(1)巣立ちたる雛の心になげかれぬ一つのみなる親の水鳥　（『新訳』第8巻「橋姫」72頁）
(2)やうやうに水鳥の雛生ひ立ちぬ一人の親のつばさの下に　（同73頁）
(3)さすらひぬ恋しき君も君と居し家も煙《けぶり》となりはてしのち　（同74頁）
(4)尋ねこし槙の尾山の朝ぼらけ家路も見えず秋の霧立つ　（同85頁）
(5)雲のゐる峰の岨路《そばぢ》を秋の霧いとどへだつる寒き日は来ぬ　（同85頁）
(6)さす掉《さを》のしづくにわれも袖濡れぬいかにさびしき宇治の橋姫　（同86頁）
①いかでかく巣立ちけるとぞ思ふにも憂きみづ鳥の契（り）をぞ知る　（『大系』巻四「橋姫」302頁）
②泣く〳〵も羽うち着する君なくは我ぞ巣守《すもり》になるべかりける　（同302頁）
③見し人も宿も煙になりにしを何とて我（が）身消え残りけむ　（同304頁）
④朝ぼらけ家路も見えず尋（ね）こし槙の尾山は霧りこめてけり　（同321頁）

⑤雲のゐる峯のかけぢを秋霧のいとゞ隔つる頃にもあるかな（同322頁）

⑥橋姫の心をくみて高瀬さす棹のしづくに袖ぞぬれぬる（同322頁）

が、原歌①・②は実は八宮の「うち捨て、つがひ去りにし水鳥のかりのこの世にたちおくれけむ」（『大系』巻四同301頁）という歌の返歌として詠まれているが、『新訳』においてこの歌は「私はあなた達の母様《かあさん》に残された一羽《いっぱ》きりの水鳥だね」（『新訳』第8巻同72頁）という会話に変換されている。八宮は中君の誕生と引き換えに北の方を失ってから男手ひとつで姫たちを養育する。ある麗らかな春の日、池の水鳥がおほどかに泳ぐのを眺めながら娘たちに琴を教えていた八宮は、つい片親としての心境を披瀝してしまう。これに対する娘たちの反応が①・②の歌である。大君の原歌①は、八宮の寂しさを共有する形で「憂きみづ鳥」の境遇を嘆き、いっぽう中君のほうは亡母ではなく、生きている父宮への感謝の気持ちを子の立場からストレートに表出している。

それでは『新訳』の歌はどうか。⑴・⑵は、それぞれ大君・中君の詠んだ歌であるが原歌と同じく、⑵に比べれば⑴のほうが亡母や残された父子など、さまざまの関係項を統合して詠まれている。ここで忘れてはならないのは、これらの歌は父宮が娘たちに琴を教えている場面で詠まれた点であろう。八宮家が音曲の道に長けた音楽一家であったことを思い起こそう。琴の手習い中に、宮は庭の水鳥に反応してしまう。そんな情緒的な父に対し、姉娘は取り繕うように「御硯をやをらひき寄せて、手習のやうに、かきまぜ給ふ」（『大系』巻四同301頁）。そういえば「若紫」の巻にも源氏と若紫の間で手習の空間が現出していたが、これはそのバリエーションであるとともに、父の心情に寄り添う娘の心情が綴られることで、養育者／被養育者という「若紫」では圧倒的であった非対称性が弱められている。姉妹は③の八宮の歌にあるように、母亡きあと、父宮の翼に守られた水鳥のように生育した。その一対二の状況のまま成人した二人にとって、父宮こそ③の歌にあるように「何とて我（が）身消え残りけむ」と亡妻追慕の情に駆られたかもしれないが、相対的には安定した空間であったはずである。想像をたくましくすれば、「総角」における大君の死などは、この小宇宙に殉じた結果と取れないこともない。

それでは⑶の歌はどうか。これは原歌③にくらべ、北の方亡き後の父宮の孤立感が際立っている。「さすらひぬ」や「恋しき君」という表現には、この場面で実は伏流していた父宮の亡妻追慕の情が一挙にひき出されている。大人になった姫たちはそのことに気づきつつも、大君は「一つのみなる親の水」、中君は「一人の親のつばさ」という親子関係をことさら偽装して「巣作り」という秩序構築を行うのである。『新訳』が父宮の歌を会話文に換え、大人の女性に生育した大君、やや子供っぽい中君の歌を差異化して前景化したのも、このような「巣作り」体制を強調した結果であろう。「宇治十帖」がヒロインたちの物語であるなら、これはこれで当然の方法といえよう。

それでは⑷の薫の歌はどうか。これは娘の養育の傍ら道心篤く「俗聖」と綽名される八宮を慕う薫がある秋の末、都から宇治にやって来て初めて姫たちを垣間見る場面でのものである。読者には父宮が「阿闍利の寺」（『新訳』第8巻同78頁）へ行って不在であることが知らされているが、薫はまだその事実を知らない。馬を駆ってはるばるやってきた薫の耳に、道筋も辿れないほど川霧が立ち込めるなか、ほのかに「楽の音らしい響が風に交じつて聞こえて来」（同79頁）る。山荘に入るとその音が琵琶で、琴と合奏していることが判明する。かねて聞いていた姫たちの演奏であること、さらに父宮が山寺に行って不在であることを知った薫は、宿直人に姫たちの演奏の垣間見を懇望する。このあたりの彼の交渉ぶりがなかなか冴えていることは、原文にはない『新訳』の「家従は薫の君に隠れ聴きの場所を教へた」（同80頁傍点引用者）という表現からも窺うことができよう。

「隠れ聴き」を十分果たした薫はさらに弁御許などと交渉の末、ようやく詠まれたのが⑷の歌である。偶然と必然がないまぜになったこの出会いがいかに趣き深かったかはこの歌によく表れていよう。原歌④は、はるばる「槙の尾山」まで「尋(ね)こし」た思いを伝えようとして伝えきれず「心ぼそくもあるかな」という一句を付け足していた。いっぽう晶子の歌は一首として完結し、それに呼応させて大君の返歌(5)も「寒き日は来ぬ」と簡潔である。もうひとつ薫が大君に贈った(6)の歌はどうか。「いかにさびしき」という形容句は、やや押しつけがましいが、『新訳』ではこれでも物足りなく思ってか、さらに「かよわき御心を、朝夕に、自然がいかに慈悲なくさいなみつつあるやなど思ひ申し候」(同86頁)という一文さえ挿入されている。大君の返歌も、原文はただ「「身さへ、浮きて」と、いと、をかしげに書きたまへり」(『大系』巻四同323頁)であるのに、『新訳』では「身さへ浮ぶと覚え申し候。烈しき音するこの川の水に、あらず身を嘆く涙に」(同86頁)と増幅された表現になっているのである。

「橋姫」のこの場面は、薫が宇治に自閉する八宮ファミリーの堅い扉をこじ開けようと試行錯誤するくだりである。その意味では相聞の男歌と切り返しの女歌に分類されようが、「総角」の巻で明らかになるように、大君の拒絶は女歌の「切り返し」の域を越えている。かつて河添房江が指摘したように「切り返し」が基本的に女の「媚び」を含むものなら[10]、大君の歌に「媚び」は不在である。「宇治十帖」を「薫の君と浮舟の君」の物語として把握していた晶子にとって、大君は物語展開が浮舟へと至る重要な一ステップであり、「橋姫」はこれからはじまる恋物語の序幕でなければならなかったのであろう。『新訳』がことさら二人の出会いを恋の序章として演出してみせた所以である。

❸ 分岐点としての「東屋」

冒頭で「宇治十帖」が正編とは異質な物語空間であり、さまざまな空間や階層が交錯していることを指摘したが、実は正編にもその片鱗は差し挟まれていた。たとえば「蓬生」では孤高の皇女末摘花の叔母が登場し、零落した彼女を受領の夫の赴任先である筑紫に召人として連れて行こうと画策する。末摘花が拒むと、叔母は彼女の召人の侍従を身代わりに筑紫に伴うのである。筑紫は「玉鬘」の巻で夕顔の死後、乳母によってその地に下った玉鬘が太宰の大夫監からの求婚を逃れるために流浪した場所でもあった。もっとも「蓬生」ではその後日譚として、源氏との復縁を果たした末摘花とは対照的な侍従の後悔が語られる。それでは「東屋」はこれら正編に挿入されていた周縁的な物語とは異なるだろうか。

中将は理想的の美男であると思つて薫の君を見て居たのであつた。浮舟の君の乳母が時時《ママ》、姫様《ひいさん》を大将に縁付けしたらなどと云ふのを、思ひも寄らないことのやうに云つて自分は押へて居たが、この人であるなら、偶《たま》さかより来てくれない良人であつても娘に持たせて見たい、自分の娘は普通の人の妻にさせるのは余りに美しさが過ぎて居る。東夷《あづまえびす》のやうな人ばかりを長い間見て居たので、あんな少将をさへも見よい男ででもあるやうに思つて、婿にとらうとした自分の愚さは何と云つて好《い》いか分らない程だなどと中将は思つた。

（『新訳』「東屋」第8巻240〜241頁）

この母君、「いとめでたく、思ふやうなる、御様かな」とめで、、「乳母、ゆくりかに思ひよりて、たびく、言ひしことを、『あるまじき事』に言ひしかど、この御有様を見るには、天の川を渡りても、かゝる、彦星の光をこそ、待ちつけさせめ。我（が）むすめは、なのめならむ人に見せむは、惜しげなるさまを、えびすめきたる人をのみ、見習ひて、少将を、かしこき者に思ひける」を、くやしきまで、思ひなりにけり。

（『大系』巻五同160頁）

これは、下級貴族の少将から婚約破棄された浮舟を母の北方が哀れんで異母姉にあたる中君の新居に彼女を匿う場面である。北方は、たまたま出会った薫にすっかり魅了されてしまう。注目したいのは、原文で中心化されている「惜し」や「くやしき」という率直な感情が『新訳』では、前者は「余りに美しさが過ぎて居る」に、後者は「自分の愚かさは何と云つて好いか分らない程だ」に替わっていることである。思えば、「宇治十帖」は正編では比較的後景に退いていた「受領の妻」の声が横溢している。いや北の方だけではない。夫の常陸介、彼らに少将を取持った仲立人など「東屋」には正編ではとうてい考えられない人々の散文的な声が満ちている。「惜し」と「くやしき」はそれらの人々の声が集約された表象と言えよう。彼らは自らの「惜し」・「くやしき」をエネルギー源として生きている。「惜しい」・「くやしき」とは自己と他を比べること、つまり相対化の眼差しなくしては起こり得ない感情である。原文にある北方の声はそれらを代表表象する箇所であるのに対し、『新訳』の訳文ではその強烈な感情がかなり脱色されている。端的に言えば、晶子の「リアル」なものからの「美学化」が働いた結果ということができるだろう。

　それでは次の場面はどうか。

世の中と云ふものはこんなものであるから、自分などは人の云ふ通りに幸福者《しあはせもの》であるかも知れない。薫の君が自分への恋をさへ捨ててくれれば、自分はもう物思ひなどはしないなどとも女王《によわう》は思つた。多い髪であるから容易に乾かないで、起きて居なければならないのが苦しさうである。白い著物《きもの》を一重《ひとかさね》著ただけであるのが艶《なまめ》かしく見えた。

（『新訳』第8巻「東屋」249頁）

世の中は、有り難く、むつかしげなる物かな。我（が）身の有様は、飽かぬ事多かる心地すれど、かく、物はかなき目も見つべかりける身の、さ、はふれずなりにけるこそ、げに、目安きなりけれ。今はたゞ、この、憎き心添ひ給へる人の、なだらかにて、思ひ離れなば、更に、何事も思ひ入れずなりなむと思《おも》ほす。いと、多かる御髪《ぐし》なれば、とみにもえ干しやられず、起き居給へるも苦し。白き御衣《ぞ》一襲《かさね》ばかりにておはする、細《ほそ》やかに、

をかしげなり。（『大系』巻五同173頁）

中君の髪洗いの間に手持ち無沙汰のまま「たゝずみありき給ひ」（『大系』巻五同164頁）ていた匂宮が偶然浮舟を発見し、ひと騒動が起きた直後のくだりである。事情を知った中君は濡れ髪を乾かしながら姉妹の身の上を引き比べる。「洗髪」という日常的な行為と、匂宮による浮舟垣間見という非日常的な出来事が同時並行に語られている。注目すべきなのは浮舟の受難ともいうべき事態を中君がわが身に引き比べて冷静に見ていることであろう。ありていに言えば中君はたいそう自己保身的＝ポリティカルなのである。そんなポリティカルな中君を、『新訳』も『大系』も政治の美学化というべきレトリックを施して処理している。

興味深いことには、『新訳』では原文にある中君の心中思惟「かく、物はかなき目も見つべかりける身の、さ、はふれずなりにけるこそ」の箇所が省略されてしまっていることだ。浮舟は少将の婚約破棄に加え、匂宮に不躾にも垣間見される、つまり「視姦」されるという不名誉が重なる。そんな異母妹の身に引き比べて、中君はわが身を「幸福者」と見なすのである。このような絶えざる「相対化」こそ「宇治十帖」の世界にふさわしいなら、『新訳』の省略は一夫多妻制度下の「異母姉妹間の政治」[11]という露骨な事態を回避しているといわざるをえない。ちなみに『新新訳』では「妹のような辱めも或いは受けそうであった境遇にいたにもかかわらず、そうはならずに正しく人の妻になり得た点だけは幸福と云わねばなるまい」[12]と訳されているのを見れば、この箇所の露骨さはあきらかだ。不名誉が重なることにより、浮舟の有徴性はいよいよ強化されることになるが、注意したいのはこのような有徴性と連動する形で『新訳』の文字数が増加してゆくことである。

ここで表1に立ち返ってみよう。「東屋」の原文字数約三万八千に対し、『新訳』の文字数は同じ三万八千、「匂宮三帖」の「紅梅」でも行われた原文を超過するという逆転現象には至っていないが、ここに来て原文と新訳の拮抗現象が起きていることがわかる。だが、「紅梅」が特殊な現象であったのにくらべ、表1を見ればあきらかなように、「東屋」以降は加速度的に文字数が増えていくのである。母北の方や中君に代表表象される人々はみな「リアル」な物語内容を生きている。そのような視点に立てば、女三宮と柏木の密通の子である薫、明石ファミリーの末裔の匂宮などヒーローたちでさえその出自は「リアル」そのものだ。超越的な人物など一人もいない「東屋」は「宇治十帖」の物語展開上の重要な分岐点であり、そうであるなら媒介者たる晶子はもはや正編のように原文を自家薬籠中のものとして自由に抄訳することなど困難な地点に立ち入ったといえよう。

❹ 浮舟の成長／物語の生成

「浮舟」の巻の原歌数二二首に対し、『新訳』に採録されているのは一三首。「手習」の二八対一七に比べて決して多いとはいえないが、「東屋」以降の物語展開との絡みで見ると質的な変化が顕著であることに注目したい。その質的変化とは一言でいえば、浮舟物語の生成である。確かに「宿木」においてすでに浮舟は登場していた。だがそれは中君の語る話のなかでの登場であり、しかも八宮ファミリーの認知せざる「「世にあらむ」とも知らざりし人」(『大系』巻五「宿木」91頁)、あるいは大君の「人形《ひとがた》」(同)としての枠組みに嵌められていた。しかし、ここ「浮舟」の巻に至って初めて彼女はヒロインの座を獲得する。何をもってヒロインの条件とするのかといえば、とりあえずは詠歌数がその指標となるだろう。

表2にもあるように浮舟の詠歌数は総数二六首、この数字は正編の紫の上、明石の上の二二首を優に超えている。階層的にも教養の面でも浮舟は正編のヒロインにくらべ劣位に置かれているが、こと詠歌数では彼女たちを凌いで

おり、うち一三首が「浮舟」の巻で詠まれている。内訳は匂宮との贈答歌七首、薫とのそれは三首、残りは独詠歌で、少なくとも量的な面で浮舟はヒロインとしてふさわしいと言えそうである。

晶子はこの浮舟にどのように対応したのだろうか。ここでもやはり「橋姫」に次ぐ数量の「浮舟」の詠替歌を検証してみることからはじめたい。

(1)世のかぎり変らぬ恋もはかなけれ明日の命の知り難きため　（『新訳』第8巻「浮舟」284頁）

(2)いのちのみ世に頼まれぬものならば人の心を歎かざらまし　（同285頁）

(3)降る雨は涙とともに止《や》まざりと君に書く時かなし死ぬほど　（同303頁）

(4)待つことを末の松山波こゆる頃とも知らずたのみけるかな　（同315頁）

①ながき世をたのめても猶悲しきはたゞ明日知らぬ命なりけり　（『大系』巻五「浮舟」223頁）

②心をば嘆からざらまし命のみ定めなき世と思はましかば　（同224頁）

③つれ〴〵と身を知る雨のをやまねば袖さへいとゞみかさまさりて　（同245頁）

④浪越ゆる頃とも知らず末の松まつらんとのみ思ひけるかな　（同258頁）

以上四首のうち、(2)・(3)が浮舟の歌である。(2)は(1)の匂宮との贈答歌、(3)は薫との贈答歌である。「東屋」で浮舟を見初めた匂宮は、薫によって彼女が宇治に隠されたのを知るや薫を装い、強引に彼女を手に入れてしまう。その後朝の歌が(1)である。匂宮と対照的なのが薫である。薫は宇治に浮舟を伴ったその当夜、こともあろうに、箏の琴や手習などで浮舟が劣っていることを言い出し、彼女を赤面させるのである。このような無粋な薫に対し、匂宮はそんなことはおくびにも持ち出さず黙って「いと、をかしげなる男女、もろ共に添ひ臥したるかた」（『大系』巻五同223頁）を描きだし、(1)の歌を詠みかけるという恋の巧者ぶりを発揮する。

(2)・②の浮舟の返歌は典型的な「切り返し歌」であるが、初めて異性に詠んだ歌である点を考慮すれば彼女にしては上出来というべきだろう。浮舟の歌は「東屋」で初登場だが、それは母との贈答歌で、以下、異母姉中君への社交的な歌とつづく。『大系』(1)と『新訳』①の匂宮の歌は、それぞれ「明日知らぬ命」・「明日の命の知り難きため」と言葉こそ大仰で実態が伴なわない空虚さが滲み出ているが、状況的には浮舟の心を捉えることに成功している。物語のコンテクストにおいては、たとえ秀歌でなくとも女の心を捉えることは可能なのである。興味深いことに物語の展開にともなって浮舟の歌を辿れば、彼女は実直な薫によってではなく、匂宮との関係によって成長している。「いと、ようも、大人びつるかな」(『大系』巻五同233頁)という薫が驚くような成長は、他ならぬ匂宮との関係によって生じたものなのである。

ところで贈答歌(1)・(2)と原歌を比べてもそう差はないが、(3)と③では質的な相違が認められるがこれはなぜだろうか。ここでいささか回り道ながら匂宮との関係を整理してみよう。ひとたび浮舟攻略に成功した匂宮は再度宇治訪問を決行し、著名な橘の小島の場面が出来する。すでに指摘したように、浮舟は実直な薫ではなく、逆説的ながら軽薄な匂宮によって成長した。軽薄さやその裏返しの瞬間的な情熱こそ、劣等感に打ちひしがれていた彼女を武装解除したからにほかならない。それは過去や未来ではなく、「いま・ここ」という現在の時空に彼女を集注させる。そのとき浮舟は現存在の主体として振る舞うことが可能となるのだ。

次の贈答歌はそのことを端的に物語っている。

匂宮　年経《としふ》とも変らん物かたち花の小島がさきに契る心は　(『大系』巻五「浮舟」237頁)

浮舟　たち花の小島は色も変らじをこの浮舟ぞゆくへ知られぬ　(同)

『新訳』では採用されなかった歌だが、浮舟が初めて自らを「この浮舟」と名ざしした歌として記憶に留めたい。

連体詞「この」は、他の誰でもない「この私」と自らを認知することである。父の認知を得られなかった私生児の彼女は、ここで初めて自己認知することで詠歌の主体への契機をつかんだのである。それでは『新訳』はこの事態をどのよう処理したのか。

『あれを見て御覧、こんな小島に生《は》えて居ても千年の常盤木《ときはぎ》らしい心強い処があるぢやないか、私の恋も丁度そんなのだよ。』

と宮は女にお囁《ささや》きになつた。浮舟の君は、怪しい運命の神に伴《つ》れて出られたやうな自分はどうなるのであらうと惑ひながら、

『この島の木は何時迄も青いでせうけれど、それは千年も青いでせうけれど、この浮《うか》んだ船のやうな私はもう何時覆《くつが》へるやら流れに押し流されてしまふやう解《ママ》らないのですわ。』

（『新訳』第8巻同296頁）

おそらく晶子はこの原歌の重要性に想到したからこそ、歌ではなく会話文に変換したのであろう。本書の「生成される本文」で指摘したように、言文一致体は「新しい文」であったが、なかでも引用文中の文末「～ですわ」に注目したい。こんにちでこそ、何でもないありふれた文末であるが、大正初期の時空においてこの文末表現は新興の文体《スタイル》として物語のヒロインにこそふわさしかったということも可能だろう。(13)

(3)の歌は匂宮・薫の両者からほとんど同時に贈答歌が寄せられるという錯綜した状況下で、浮舟が薫に答えたものである。ちなみにこの間の歌の遣り取りを挙げれば、次のようである。

匂宮　ながめやるそなたの雲も見えぬまで空さへ暮るゝ頃のわびしさ　（『大系』巻五同242頁）

薫文　水まさるをちの里人いかならん晴れぬながめにかきくらす頃　（同243頁）

浮舟　里の名をわが身に知れば山城の宇治のわたりぞいとゞ住み憂き　（同244頁）

浮舟文　かきくらし晴れせぬ嶺の雨雲に浮きて世をふる身をもなさばや　（同244頁）

浮舟　つれぐ〵と身を知る雨のをやまねば袖さへいとゞみかさまりて　（同245頁）

匂宮への返歌「かきくらし」の歌は思わず宮を泣かせるほど効果的に詠まれているし、いっぽう薫への返歌「里の名を」の歌もありふれてはいるが、それだけに状況の中での完成度は高い。最後の「つれづれと」の歌など、実直な薫をして正妻女二宮に浮舟のことを交渉させてしまうほどの力をもつ。この歌を晶子は⑶「降る雨は涙とともに止まざりと君に書く時かなし死ぬほど」に詠替えたのである。この歌は浮舟の心が薫に傾倒している、という解釈がなければ為されない。冒頭で触れたように晶子は「宇治十帖」を薫と浮舟の恋物語と把握していた。ならばこそ、はからずも（匂宮に傾倒してしまい、そのことで）涙が止まらないと「君に書く」このいまという時が「死ぬほど」に「かなし」いと浮舟は歌うのである。

やがて三角関係は露見し、さすがの薫も④の歌「浪越ゆる頃とも知らず末の松まつらんとのみ思ひけるかな」を浮舟に寄越す事態となるが、もはや浮舟は右往左往することはない。かつて「東屋」では「その大和言葉だに」[14]（『大系』同197頁）といって教養の不足を自己卑下していた浮舟はいまや薫の歌を「所違へ」[15]（『大系』同258頁）といなすことができる言語主体へと変容している。その応答ぶりは薫をして「かけて見及ばぬ、心ばへよ」（『大系』同259頁）と讃嘆させるほどだ。浮舟は三角関係を経て驚くほど成長を遂げたのである。しかし、これはあくまで匂宮や薫体制のなかでの「成長」に過ぎないことも忘れないでおこう。彼女の「成長」は意外な方向へと及ぶことになるのである。

❺ 全訳化の様相

「宇治十帖」で採用歌数も詠替歌も増えたことはすでに指摘したが、どうしたわけか「手習」・「夢の浮橋」と晶子は詠替を行っていない。「夢の浮橋」は原歌自体が少ないので、ここで「手習」の巻の原文と『新訳』の比較を行ってみよう。

表1にあるように、「手習」の原歌は二八首。晶子の採用歌数は一七首で、うち一〇首が浮舟の詠歌、その他中将三首、僧都の妹尼君二首、薫一首、残り一首は引歌になっている箇所を古歌に復元したものである。これらの歌を晶子は若干の語句訂正を施したのみで詠替えは行っていない。いま浮舟の一〇首を贈答・独詠別に分ければ次のようである。

〈独詠〉

(1)身を投げし涙の川の早き瀬にしがらみかけて誰かとどめし　（『新訳』第8巻「手習」393頁）

(2)われかくてうき世の中にめぐるとも誰かは知らん月の都に　（同393頁）

(3)はかなくて世にふる川の辺《ほと》りには尋ねも行かじ二もとの杉　（同406頁）

(4)なきものに身をも人をも思ひつつ捨てにし世をぞ更に捨てつる　（同417頁）

(5)限りぞと思ひきはめし世の中をかへすがへすも背《そむ》きぬるかな　（同417頁）

(6)かきくらす野山の雪を眺めてもふりにしことの今日ぞ悲しき　（同424頁）

(7)袖ふれし人こそ見えね花の香のそれかとにほふ春のあけぼの　（同425頁）

〈贈答〉

(8)憂きものと思ひも知らで過ごす身を物思ふ人と人は知りけり　(同409頁)

(9)心こそ浮世の岸を離るれど行方も知らぬ海人《あま》の浮木ぞ　(同418頁)

(10)雪ふかき野辺の若菜も今よりは君がためにぞ年もつむべき　(同425頁)

独詠が贈答の倍以上であることがわかるが、(1)・(2)は回復期にある浮舟の手習歌である。「手習」は「若紫」や「橋姫」などの巻にも登場した。これらは幼年期における文字どおりの手習であるが、「手習」の巻は病者の再生行為としてのそれである。入水未遂の後、横川の僧都一家に助けられた浮舟は、人事不省の数ヶ月を経たのち、「物怪」が身を離れてようやく回復する。現在でも日記や歌さらに手紙は心を病む者の自己回復の手段として用いられることがあるが、これはその早い文学的表象であろう。浮舟は薄紙がはがれるように、ぼやけていた記憶を取り戻し、(1)では入水という経験の対象化、(2)ではその原因となった都人との人間関係の再把握を行うのである。(3)は妹尼君からも冷やかされたように、第三者にも容易に解読可能という点で軽率の感は免れないが、三角関係という事態を正確に対象化したという面では明晰な状況把握の歌といえよう。

(4)・(5)は、順序としては僧都の妹尼君の亡き娘婿である中将からの執拗な相聞に応えた(8)のほうが早いが、その中将の存在によって彼女が出家したあとの歌である。身の危険を察知した浮舟は、僧都の老齢な母尼君の寝所に緊急避難する。そこで直面した老いの醜悪さに死後の世界を垣間見た浮舟は、ふたたびの自死ではなく出家をこそ決意するに至るのである。興味深いのは出家という事態は彼女を「宿世」という男女関係から解放していることである。これは正編の藤壺の場合にも当てはまるが、浮舟の場合に顕著なのは「出家後」の彼女が実に生き生きとしていることである。

たとえば、碁打ち。これは浮舟の得意のわざであった。回復期に少将の尼に知らしめたその腕前は、「基聖《きせい》が碁《ご》には、まさらせ給ふべきなめり」（『大系』巻五「手習」379頁）というほどだ。浮舟が和歌において急速に上達したことはすでに指摘したが、出家前後の彼女は自歌だけでなく、「か〻れとてしも」（『大系』巻五同385頁）という古歌の一節を口ずさんだりする。いわゆる引歌であるが、本書（三〇二頁の注32）ですでに触れたように晶子は「たらちねは斯かれとてしも烏羽玉の我黒髪は撫でずやありけん」（『新訳』第8巻同413頁）と元歌を復元していた。これは注釈的な処理であろうが、原文の引歌による方法は、メタレベルに立つことでいかにも浮舟が別人として再生したかのような印象をあたえることに成功している。また当たり前と言えば当たり前なのだが、出家したことにより中将にも返歌(9)を贈ることが可能となる。「宿世」という男女関係のコードを降りた浮舟の「世」は確実に広がったのである。

浮舟の新しい「世」がいかに広やかなものであったのかは次のくだりに端的に表れていよう。

されば、月頃、たゆみなく結ぼゝれ、物をのみ思《おぼ》したりしも、この本意《ほい》の事、し給ひて後より、すこし、はれ〴〵しくなりて、尼君と、はかなく、戯《たはぶ》れもしかはし、碁、打ちなどしてぞ、明かし暮らし給ふ。行ひも、いと、よくして、法花経は更なり、異法文《ことほふもん》なども、いと、多く読み給ふ。（『大系』巻五同402頁）

そして妹尼君との次の贈答歌には老若二人の尼の世界がさわやかに言祝がれている。

妹尼　山里の雲間の若菜摘みはやし猶おひ先の頼まる〻かな（『大系』巻五同403頁）

浮舟　雪ふかき野辺《のべ》の若菜も今よりは君がためにぞ年もつむべき（同403頁）

浮舟の「生きられる空間」がいかに拡張され、かつまた充足していたかは、彼女がこともあろうに「春や昔の」と古歌の一節を口ずさんでいる身振りによく表れている。このいかにも「らしくない」行為はむろん語り手の造形のなせるわざだが、そうせずにはいられないほど彼女が再生の喜びに浸っていることが読み取れる展開である。さらにきわめつけは次の一首であろう。

袖触れし人こそ見えね花の香のそれかと匂ふ春の明（け）ぼの
（『大系』同403頁）

袖ふれし人こそ見えね花の香のそれかとにほふ春のあけぼの
（『新訳』第8巻同425頁）

ほぼ同一なのはこの歌だけではなく、「手習」で採用された歌のすべてがほとんど原歌そのままであるのは偶然ではない。原文字数四万二五六〇字、『新訳』五万一二一一字（抄訳率一一八％）という数字は「浮舟」（一三三％）・「蜻蛉」（一二三％）の巻には及ばないが、「浮舟」巻の浮舟歌における原歌対新訳比率は一三対九（抄訳率六九％）であるのに対し、「手習」巻の浮舟歌は一二対一〇（抄訳率八三％）である。浮舟歌という面から見れば「全訳化」はこの巻で最も進んだといえよう。全訳化とはいわば、訳者が原文に魅せられること、端的に言って敗北を意味する。だが、敗北は名誉ある撤退でもある。なぜなら、浮舟という源氏はもちろん正編に登場する女性たちの誰とも異なる、無力でしかも強いこの存在に魅せられることは物語の力を肯定することでもあるからだ。

春を言祝ぐこの歌は浮舟の再生を確かに告げている。八宮一家のネグレクト、さらに一家と関係を有する薫・匂宮からのネグレクトとその裏表である「寵愛」から解き放たれた浮舟は、僧都の一家に身を寄せ、しばしの春に安らうのである。最終巻「夢の浮橋」では還俗を求める薫の追手が迫って来るのであるが、その人は「浮舟の君の動き易い感情に信用を持たない人」（『新訳』第8巻「夢の浮橋」448頁）、すなわち「わが御心の、思ひ寄らぬ隈なく、落し置き給へりしならひ[16]」（『大系』同436頁）の人であるかぎり浮舟の再生とは無縁の人といえよう。

むすび

以上、「宇治十帖」全訳化の様相をみてきた。浮舟という女性の再生の物語に魅せられたかのようなその軌跡は、晶子が『源氏』、正確には「宇治十帖」本文の強度に呑み込まれるプロセスでもあった。いっけん屈服に見えるその事態こそ、実は晶子の媒介者としての功績といえるものであろう。たとえば現代の『源氏』研究者は「晶子訳『新訳源氏物語』こそは、近代社会での『源氏物語』の命運を決定してしまった」とし、「「新訳＝口語訳」だったために、『源氏物語』が『源氏物語』であるための最大の存在根拠《レーゾン・デートル》である「言葉の輝き」が奪われてしまった[17]」と晶子を批判する。しかしながらいままでの分析をみれば、晶子が媒介者として文体端境期の時代のなかで格闘している様相がよく理解されるのではないだろうか。

　思えば『新訳』が刊行された明治末から大正初頭という時期は、晶子個人史のうえでの渡欧体験にくわえ、日本固有の改元期とも重なる。この「明治越え」が意味するものを考察するのは本稿の範囲外のことだが、滞在先のパリから「ひんがしの皇土の草も木も泣ける七月のはてのうら寒きかな[18]」という天皇への追悼歌を送った晶子は、皇后美子の死に際しても「いにしへの世の人々知らざりしめでたき君をわれらのみ見し」・「この宮を末に生みたることにより藤原の代もゆかしと思ひし」などの追悼歌を詠む[19]ことになる。これらの歌の存在は、『みだれ髪』や日露戦争時の厭戦詩のみで語られてしまう晶子の詩的言語が、実は明治文化の深層と類縁性をもつことを物語っている。私たちがその事実から目をそらすのは、晶子の全貌を知るうえで賢明ではないだろう。

注

（1）『鉄幹晶子全集』第7巻（勉誠社、二〇〇二年一月）所収『新訳源氏物語上・中巻』、『鉄幹晶子全集』第8巻（同、二〇〇二年四月）所収『新訳源氏物語下巻の一、二』を『新訳』と略記する。
（2）前掲注1第8巻。
（3）同第7巻。
（4）与謝野晶子「新訳源氏物語の後に」（『新訳源氏物語』下巻の二、金尾文淵堂、大正二年一一月）。但し引用は前掲注1第8巻、巻末所収の本文による。
（5）ここでは前章と同じく山岸徳平校注による岩波書店『日本古典文学大系』所収『源氏物語』巻四～五（一九六二年四月～一九六三年四月）を原文とする。
（6）古文を現代文に直せば、主語・目的語などの補助説明を要し、字数が増えることは当然であるが、この場合はその分を換算せずに計算した。
（7）三田村雅子『源氏物語　感覚の論理』（有精堂、一九九六年三月）、神田龍身『物語文学、その解体─『源氏物語』「宇治十帖」以降─』（同、一九九二年九月）、同『源氏物語＝性の迷宮へ』（講談社選書メチエ、二〇〇一年七月）などを参照した。
（8）神田龍身注7前掲書『物語文学、その解体─『源氏物語』「宇治十帖」以降─』による。
（9）神田龍身注7前掲書『源氏物語＝性の迷宮へ』170頁。
（10）河添房江「『蜻蛉日記』、女歌の世界─王朝女性作家誕生の起源─」（『論集平安文学』第三号、一九九五年一〇月）。
（11）匂宮の第二夫人である中君と薫の第二夫人となる浮舟はともにマイノリティ同士の関係になる。マイノリティ同士は利害をめぐって争うべく位置づけられている。浮舟が匂宮の第三夫人となればこの関係はさらに緊張を増す。
（12）与謝野晶子訳『新新訳源氏物語』第六巻「東屋」（金尾文淵堂、昭和一三年九月）。なお引用は同訳『源氏物語・下』（日本国民文学全集第四巻、河出書房、一九五五年一〇月 251～252頁）による。

(13) この頃晶子は新聞小説「明るみへ」(『東京朝日新聞』大正二年六月五日〜同九月一七日)を執筆していた。そのなかに「人の顔つて忘れないもんですね。神戸へ送つて来てそれから急に来たくなつたんですわ」(第七九回)、「でもそのあなたのして下さる話を伺つてからでもいいんですわ」(第九八回)が見られる。「〜わ」は江戸時代以前には男女の別なく用いられたが、明治以後男女によって差が生じ、女性語化したという(小松寿雄「東京語における男女差の形成―終助詞を中心として―」(『国語と国文学』一九八八年一二月よる)。

(14) 「せめて、そ(吾妻ごと)の大和ことば、即ち歌を詠むことだけでも(十分にやればよかったのに)」(山岸徳平頭注、注5前掲書巻五197頁)。

(15) 「宛て所(先)が違っているように」(山岸徳平頭注、右同259頁)。

(16) 「薫自身の御心で、思いやりのない態度で見下げ侮り見捨てておく」(山岸徳平、頭注436頁ならびに補注495頁、右同)。

(17) 島内景二「パンドラの箱を開けた与謝野晶子」(『文豪の古典力―漱石・鷗外は源氏を読んだか』文春新書、二〇〇二年八月 215・217頁)。

(18) 「晶子女史の哀歌」(『東京朝日新聞』大正元年八月一九日)。

(19) 前者は「皇太后宮の崩御を悲しみて詠める」と題して『時事新報』(大正三年四月一二日)に、後者は「挽歌三首」として『新公論』(大正三年五月)にそれぞれ発表された。

あとがき

芸術や表現はもちろん消費されるものでもあるのだが、基本的には生産、創造されることが本質であり、人間の創造、労働行為から区分するほうが正確である。

石川九楊『筆蝕の構造』

ほんらいならば冒頭に置くべきかもしれないこのことばを、この場所に置くことをまず石川氏にお許しいただきたいと思う。擬古文から言文一致体へと変わりつつあった文体の端境期に、女性表現者たちはメディアのなかでどのようなスタイルを模索しようとしたのか、という視点から書き進めた本書を終えるにあたって、文字といういわば文学の最前線の考察を精力的に積み重ねている石川氏のこのことばが、いまさまざまと脳裡に去来するからである。

文学テクストとは、しょせんメディアで複製され、そして流通・消費される「商品」であるとしても、それらが発信される現場は商品性とは別の価値基準なしには為し得ないこともまた事実だと思う。もちろん何かが生まれ(産まれ)、「商品化」されることは、近代資本主義社会において、一定の評価を受けることである。しかし同時に「商品」は絶えざる「商品ならざるもの」との緊張や格闘の中に置かれなければ、他の「商品」との競合のなかで優れた「商品」価値を担うこともできない、というのも一面の真理であろう。それぞれ通算百号、五二号を数える、『明星』や『青鞜』をはじめとして、その他、明治から大正期にかけて創刊された多くの雑誌を支えつづけた執筆者・編集者、そして読者たちの、「商品化」とはほとんど無縁の持続力に改めて目を見張ることとなったのは、メディアという視覚で本書を執筆したことによる私なりの遅まきながらの発見であった。

同時に一九八〇年代に研究者として出発した私は、その時代の知的遺産ともいうべきテクスト論が、読者論やメディア論と接触したときにどのような変形を受けるのか、あるいは受けないで強度を持ちつづけることができるのか、という問題意識も執筆のプロセスで捨てることができなかった。地と図を反転させて、地から読むことも大切だが、図柄そのものの分析を怠ったら、私たち文学研究を生業とする者はその存在価値の多くを失うかもしれない、という思いを消し去ることは出来なかったのである。テクストがさまざまなレベルで相対化されて久しいが、まずもって「そのテクスト」を読むことに徹しなければ、文学の隣接諸領域に呑み込まれてしまう恐れがあるのである。

その意味で本書は、私が永い間個人的に関心を持ち続けてきた文体論──「文のスタイル論」をメディアという海のなかに浮かべてみた、という側面をもつものであるかもしれない。タイトルに「女性が書いたもの」、「女性を書いたもの」の二つの意味をもつ「女性表現」という名をつけたので、対象がいっぽうの性の表現の様相に傾斜するというジェンダー偏差をもつことをはじめ、その叙述方法も不十分な点が多いと思うが、この海でさっそうと抜き手を切る──ときには沈みそうになることもある──泳ぎ手たちの姿が少しでも読者の脳裡に浮かんだら、著者としてこんなうれしいことはない。

ここで少し告白めいたことを述べておきたい。晶子からはじめた本書は、花世・野枝・らいてう・俊子を経て、またしても一葉へとたどり着いてしまった。すでに私が一葉関係書を著していることを知っている読者は、あるいは辟易するかもしれない。しかし、本書での一葉は、多くは没後記号としての「一葉」であることをお断りしておく。また、いままでの自著で未収録だった（かなり旧記に属する）『通俗書簡文』に関する論文を入れさせていただいた。これは、作家としての「一葉」ではなく、書簡マニュアルの書き手、いまは失われてしまった候文文化の担い手としての一葉の居場所が、ようやく見つかったからにほかならない。読者はこの手紙マニュアルだけでなく、没後記号としての「一葉」がさまざまに活躍する様相をご覧になっていただきたい。

そして最後にたどり着いたのは『源氏物語』。恐れを知らない、と言うなかれ。晶子の文体の変容を扱っていたら、必然的に晶子を経由して『源氏物語』へと行き着いてしまったのである。「紅一点」ならぬ「白一点」、尾崎紅葉の章をもうけたのも、『源氏物語』の為せる技というほかない。苦手な分野にわけいってしまったため、とくにこの章では誤りや見落しなども多いかもしれないので、大方のご叱正を受ければ幸いである。

それにつけても、出版義務のある勤務先の特別研究休暇制度がなかったら、このような試みは実現しなかったことだけは間違いないだろう。勤務先の亜細亜大学および同僚の諸氏には衷心よりお礼申し上げる。研究休暇の一年、および休暇明けの日々は大変忙しいものとなったが、とても充実したものになったと思う。

出版に際しては翰林書房の今井肇・静江夫妻に大変お世話になった。お二人の温かい笑顔と誠実なお人柄に支えられなかったなら、本書を刊行することはできなかった。またブックデザイナーの林佳恵氏には、とくにお願いして素敵な装丁をしていただいた。また国立国会図書館・日本近代文学館には、関係資料の閲覧・コピー等でお世話になった。その他、一人ひとりお名前を挙げないが、たくさんの方のご協力をいただいた。

出版とはコラボレーションであることを今回ほど痛感したことはない。皆さん、ありがとうございました。

二〇〇三年　誕生月に

関　礼子

初出一覧

序にかえて　一葉以後の女性表現　　書き下ろし。

Ⅰ　メディアの時代

第一次『明星』誌上の与謝野晶子―リテラシーとジェンダーの観点から―（『日本近代文学』第六五集、二〇〇一年一〇月）に掲載のものをもとに一部改稿。

文体《スタイル》のジェンダー―『青鞜』創刊号の晶子・俊子・らいてう―（飯田祐子編『『青鞜』という場―文学・ジェンダー・〈新しい女〉』森話社、二〇〇二年四月、および一九九八―二〇〇〇年度科学研究費補助金研究成果報告書『近代日本の文学言説におけるジェンダー構成の研究』二〇〇二年二月）に掲載のものをもとにタイトル・本文を一部改稿。

「新らしい女」の生成と挫折―メディアを駆け抜ける生田花世―　　書き下ろし。

論争と相互メディア性―『青鞜』という言説の場―（『国文学　解釈と教材の研究』第四七巻第九号、二〇〇二年七月）に掲載のものをもとにタイトル・本文を改稿。

『金色夜叉』と「女性読者」―ある合評批評の読書空間―（江種満子・井上理恵編『20世紀のベストセラーを読み解く　女性・読者・社会の１００年』學藝書林　二〇〇一年三月）に掲載のものをもとにタイトル及び本文の後半を改稿。

Ⅱ　「一葉」というハードル

「円窓」からの発信―初期らいてうの軌跡―　書き下ろし。

文体の端境期を生きる―新聞小説「袖頭巾」までの田村俊子―　書き下ろし。

「没後」の一葉姉妹（『湘南文学』第一一号、一九九七年一〇月）に掲載のものをもとに一部改稿。

一葉と手紙―『通俗書簡文』の世界―（『日本文学』第三五巻第五号、一九八六年五月）に掲載のものをもとにタイトルと本文の一部を改稿。

手紙のジェンダー／手紙のセクシュアリティ―彼女たちの言の葉―（『現代詩手帖』第四二巻第六号、一九九九年六月）に掲載のものをもとに一部改稿。

Ⅲ　明治から読む『源氏物語』

「暗夜」の相互テクスト性再考（『国文学　解釈と鑑賞』第六八巻第五号、二〇〇三年五月）。

紅葉「多情多恨」をめぐる言説空間―伏流する『源氏物語』―　書き下ろし。

生成される本文―与謝野晶子『新訳源氏物語』をめぐる問題系―　書き下ろし。

抄訳から全訳化へ―「宇治十帖」の再生―　書き下ろし。

索　引

【け】

【こ】

【さ】

【そ】

【た】

【ち】

【つ】

【て】

【著者略歴】
関　礼子（せき・れいこ）
1949年、群馬県に生まれる。立教大学大学院博士課程後期過程満期退学。亜細亜大学教養部を経て、現在亜細亜大学経済学部教授。著書に『樋口一葉をよむ』（岩波ブックレット、1992年）『姉の力　樋口一葉』（筑摩ライブラリー、1993年）。『語る女たちの時代　樋口一葉と明治女性表現』（新曜社、1997年）で、1998年、やまなし文学賞を評論部門で受賞。

一葉以後の女性表現
文体《スタイル》・メディア・ジェンダー

発行日	2003年11月26日　初版第一刷
著　者	関　礼子
発行人	今井　肇
発行所	翰林書房
	〒101-0051　東京都千代田区神田神保町1-14
	電 話　03-3294-0588
	FAX　03-3294-0278
	http://village.infoweb.ne.jp/~kanrin
	Eメール●kanrin@mb.infoweb.ne.jp
印刷・製本	アジプロ

落丁・乱丁本はお取替えいたします

ISBN4-87737-182-6